La revanche de Bella

DE LA MÊME AUTRICE AUX ÉDITIONS J'AI LU

Les Malloren

1 – *Lady Chastity*
2 – *Lady Portia*
3 – *Sous le masque de lady Malloren*
4 – *Le prisonnier de lady Overton*
5 – *Le Sombre Marquis*
6 – *Ennemis à jamais ?*
7 – *Les prétentions de Damaris*
8 – *Le secret de lady Petra*
9 – *L'époux secret*

Jo

BEVERLEY

LES MALLOREN – 10

La revanche de Bella

Traduit de l'anglais
par Élisabeth Luc

J'AI LU

Si vous souhaitez être informée en avant-première
de nos parutions et tout savoir sur vos autrices préférées,
retrouvez-nous ici :

www.jailu.com

Abonnez-vous à notre newsletter
et rejoignez-nous sur Facebook !

Titre original
THE SECRET DUKE

Éditeur original
Signet, New York

1

Douvres, 1760

Le rire peut prendre bien des formes, de la joie pure d'un enfant au délire d'un dément. Le rire qui résonnait dans la nuit sombre et brumeuse était celui de cruels malfrats tenant une proie entre leurs griffes.

Ce rire mauvais incita l'homme qui marchait dans la rue à s'arrêter.

À sa gauche, l'eau venait lécher le quai et le vent secouait les gréements des bateaux. Au loin, la mer agitée malmenait une bouée. À sa droite, les lanternes des maisons luisaient dans le brouillard, diffusant à peine assez de lumière pour permettre aux passants de contourner les détritus du port, enchevêtrements de cordes, paille humide, barriques éventrées se vidant de leur contenu fétide...

L'homme secoua la tête et poursuivit son chemin quand, soudain, il entendit de nouveau ce rire, ponctué cette fois d'un mot. Il n'aurait pu déterminer lequel. Une voix féminine.

Peut-être un mousse qu'on taquinait ou une prostituée coutumière de ce quartier malfamé. Rien d'inquiétant.

Toutefois, il perçut quelques paroles supplémentaires, stridentes, presque autoritaires. Ce n'était pas un jeune garçon, ni une prostituée. Quelle femme respectable s'aventurerait dans ce coupe-gorge à une heure tardive par une froide nuit d'octobre ?

Enfer et damnation. Après deux jours et deux nuits passés en mer, il avait hâte de déguster un repas chaud et de retrouver un lit douillet à l'auberge de la Boussole, avant de rentrer chez lui le lendemain.

Il patienta un instant. Plus rien.

Le calme était revenu. Soudain, des railleries lui parvinrent. Étouffant un juron, il se tourna en direction de la rixe. Un globe lumineux marquait l'entrée d'un établissement, mais il n'en discernait pas davantage.

En s'approchant, il vit enfin deux fenêtres de part et d'autre d'une porte un peu branlante. Par les persiennes filtrait la lueur de chandelles. De la fumée de tabac s'en échappait, ainsi qu'une forte odeur de bière et de sueur. C'était une taverne sordide fréquentée par les marins et débardeurs les plus frustes.

Une voix rauque émit un commentaire salace sur les seins d'une femme, qui ne répondit pas. Peut-être n'était-elle pas en mesure de s'exprimer. Tendant la main vers la porte, il vit une pancarte clouée au-dessus : *Taverne du Rat Noir.*

— Que la peste vous emporte tous ! grommela le capitaine Rose en ouvrant la porte d'un coup d'épaule.

L'homme ne s'était pas mépris sur la fumée de tabac et de bougies qui enveloppait la salle, mais pas au point de le priver de toute visibilité.

Le Rat Noir était bondé. La plupart des hommes étaient assis sur des bancs et tabourets, buvant des chopes de bière. À sa droite, dans un coin, cinq hommes encerclaient une femme qui se trouvait prise au piège. Peut-être l'était-elle depuis la seconde où elle avait eu l'imprudence de franchir le seuil de la taverne.

Quelle mouche l'avait piquée ? Il suffisait d'un regard pour constater qu'elle était jeune et bien née. Sa robe à rayures crème et marron était visiblement coûteuse. Des boucles s'échappaient de sa coiffe ourlée de dentelle. Il fallait l'admettre, la naissance de ses seins qu'on devinait sous son fichu, au-dessus du décolleté plongeant, suggérait une poitrine ravissante. L'un des agresseurs tentait de lui arracher le fin tissu tel un chat s'amusant avec une proie, certain de l'emporter.

Elle lui donna une tape sur la main.

La brute s'esclaffa.

Rose chercha des yeux un soutien, mais ne vit personne de sa connaissance.

Une autre femme était présente. Âgée d'une quarantaine d'années, la mine dure, elle semblait monter la garde devant l'énorme barrique de bière – sans doute la femme du tavernier. Cependant, elle ne paraissait pas disposée à intervenir et continuait à remplir des chopes et à empocher les pièces de monnaie. Le capitaine se retrouvait seul contre cinq. Les autres clients commençaient à remarquer sa présence et à échanger coups de coude et messes basses.

Comment s'en étonner ? Ni cette malheureuse ni lui-même n'étaient dans leur élément ici. Il portait un costume sombre démodé mais d'excellente qualité. Ses cheveux retombaient sur ses épaules et il arborait une barbe de plusieurs jours. Toutefois, ces hommes sentiraient sans doute son autorité naturelle.

Son rang pouvait l'aider... ou le faire égorger. Il était facile de jeter un cadavre dans l'eau du quai voisin. Dans ces bas-fonds, nul ne dénonçait le moindre crime.

Quelqu'un reconnaîtrait peut-être le capitaine Rose, dont le foulard rouge et la boucle d'oreille en forme de tête de mort ne manquaient pas d'attirer l'attention, mais cela ne le protégerait en rien d'une agression.

Pour l'heure, ces hommes ne le reconnaissaient visiblement pas et ne se montraient pas hostiles. Ils étaient simplement curieux, comme si un nouvel acteur venait de faire son entrée sur scène pour agrémenter ce divertissement. Rose porta son attention sur le coin de la salle. Oui, c'était bien une lady qui se trouvait à la merci de ces malfrats. Sa tenue en attestait, ainsi que son port altier et la rage qui brûlait dans son regard. Comment avait-elle pu s'attendre à ce que des habitués de ce bouge qu'était le Rat Noir se comportent en gentlemen ?

Avec son attitude un peu hautaine et ses courbes féminines, elle risquait le viol. Car si ces vauriens auraient eu des scrupules à tourmenter une jeune fille fragile et terrifiée, cette femme pleine d'audace constituait à leurs yeux une proie de choix, surtout si elle était entrée de son plein gré dans la taverne.

Était-elle à la recherche d'une telle aventure ? Les brutes semblaient émoustiller certaines dames de la haute société. Néanmoins, il fallait être folle pour tomber aussi bas. En dépit de son attitude téméraire, elle était jeune – pas plus de dix-huit ans. Une telle dépravation n'était pas de son âge. Deux des agresseurs se sentirent observés et se tournèrent vers Rose. Serait-il assez fou pour chercher à l'extirper de leurs griffes ?

Si l'un des deux hommes était balafré et noueux, l'autre avait tout d'un bœuf trapu au front bas. Il ne serait pas facile de se sortir de ce mauvais pas sans effusion de sang – et ce sang serait d'abord le sien. Le plus petit avait dégainé un couteau à la longue lame acérée.

Il était trop tard pour réfléchir. Face à une bête féroce, il ne fallait pas montrer sa peur, même si elle était bien réelle. De plus, il ne pouvait abandonner cette écervelée à son triste sort.

Rose se fraya un chemin parmi les tables.

— Te voilà donc, petite catin ! gronda-t-il d'une voix tonitruante qu'il n'utilisait que pour lancer des ordres à ses hommes en pleine tempête. Qu'est-ce que tu fais ici, nom de Dieu ?

Aucun des agresseurs ne broncha. Quant à leur victime, elle se contenta de le regarder fixement, les yeux écarquillés. Rose constata alors l'ampleur de son courage. *Joue le jeu*, lui intima-t-il en pensée tout en évaluant le danger qui les entourait.

Les deux hommes à la mine patibulaire qui lui faisaient face constituaient sans doute le seul péril immédiat. Au moindre signe de faiblesse, les autres risquaient de s'en prendre à lui telle une meute de chiens errants. Le pistolet qu'il avait en poche ne tirait qu'un seul coup. Il détenait aussi une lame, mais ne se berçait pas d'illusions sur l'issue d'un combat au couteau. Et montrer ses armes ne ferait qu'indiquer à ses adversaires qu'il avait peur.

Il n'avait pas d'autre choix que d'avancer. Il dépassa les deux malfrats comme s'il ne les avait pas vus et saisit la jeune infortunée par le bras.

— Viens, grommela-t-il.

D'instinct, elle lui résista, puis elle fit un pas vers lui – ce qui semblait plausible de la part d'une femme surprise par un époux ou un tuteur furieux. Cependant, lorsque Rose voulut l'entraîner vers la porte, les deux hommes s'interposèrent.

— Votre petite dame est venue nous voir, déclara le colosse en crispant les poings, visiblement persuadé de n'avoir pas besoin d'une autre arme. Elle est à nous !

— C'est ma femme, rétorqua Rose d'un ton las, destiné à susciter la compassion. Et elle n'a plus toute sa tête, comme vous pouvez le constater. Laissez-nous passer.

— Si elle a une araignée au plafond, c'est pas un problème, du moment qu'il y a du monde au balcon ! intervint l'homme au couteau. On veut voir ses nichons ! ajouta-t-il avec un sourire édenté.

Oh, non...

— Je ne crois pas, objecta Rose.

Glissant sa main gauche vers son poignet droit, il sortit son couteau, ce qui impressionnait généralement ses adversaires. Il cachait cette arme dans un fourreau attaché à son avant-bras, donnant l'impression d'un tour de magie. Profitant de cette diversion, il dégaina son pistolet, rangé dans sa poche droite. Rose était gaucher, pratiquement ambidextre, et le pistolet était de petite taille, facile à armer d'une seule main. S'il ne pouvait tirer à longue distance, il suffisait pour maîtriser un adversaire proche.

Le plus petit des deux hommes observa les armes d'un air calculateur, comme pour évaluer ses chances. L'air mauvais, le colosse semblait pensif.

Allaient-ils lui barrer de nouveau la route ? Rose fit un pas de côté pour voir leur réaction. Les malfrats s'interposèrent aussitôt.

— Venez, les gars ! lança le premier. Il est seul et du genre femmelette, à en juger par ses armes. Regardez-moi ce couteau ! Attrapez-le !

Les autres hésitèrent.

Rose pointa son pistolet vers l'œil gauche de l'homme au couteau.

— Tu vas mourir le premier.

Dans un silence pesant, une voix puissante - celle d'un homme âgé - s'éleva du fond de la salle.

— Les gars, c'est le capitaine Rose. À votre place, je ne le chercherais pas trop.

Tous les regards se tournèrent vers lui, sauf ceux des deux malfrats, que le capitaine surveillait avec attention.

— Rose, comme la fleur ? fit l'homme au couteau d'un ton railleur. Je vais lui arracher ses pétales, moi !

Ses compagnons ricanèrent.

— Le capitaine Rose du *Black Swan* ? lança une voix secourable. La dernière fois qu'un homme l'a menacé d'un couteau, il lui a brisé le bras.

Les vauriens eurent un mouvement de recul. Rose ignorait tout de celui qui venait de prendre la parole, mais il le remercia en pensée en espérant ne pas avoir à se montrer à la hauteur de cette description.

La réputation du capitaine Rose et de son navire, le *Black Swan*, s'étendait le long de la côte. Si ce dernier se livrait généralement au commerce licite, il lui arrivait de traverser la Manche lors d'opérations de contrebande. Mais le capitaine avait veillé à ce que les habitants du littoral sachent que ces trafics ne bénéficiaient en rien aux Français, surtout lors de la dernière guerre. Même le plus vil pirate du Kent aurait vu d'un mauvais œil un complice de l'ennemi héréditaire.

Si chacun considérait le capitaine Rose comme un Anglais loyal et un marin hors pair, sa réputation ne se limitait pas à la contrebande. Il n'hésitait pas à jouer des poings et ne supportait pas d'être menacé d'une arme.

Toutefois, il existait en réalité deux capitaines Rose. Celui-ci était le duc d'Ithorne, surnommé Thorn par son entourage. Le second était Caleb, son demi-frère illégitime.

Thorn était aussi bon marin que Caleb, peut-être même meilleur, mais il n'avait aucun goût pour la bagarre et n'appréciait guère les rixes. Par ailleurs, Caleb et lui se ressemblaient comme deux gouttes d'eau. Les nuances subtiles de leurs traits étaient dissimulées par une barbe naissante. Pour parfaire l'illusion, le capitaine Rose arborait toujours la même tenue reconnaissable : une redingote marron démodée et un foulard rouge, ainsi qu'une boucle d'oreille en forme de tête de mort avec des yeux en rubis.

En général, les gens voyaient ce qu'ils s'attendaient à voir. Sa tenue suffisait à faire de lui le capitaine Rose du *Black Swan*.

Caleb étant maître à bord du *Black Swan* la majeure partie du temps, sa réputation de coureur de jupons et de bagarreur collait au personnage du capitaine Rose. Il s'engageait avec plaisir dans une rixe, surtout quand il avait trop bu, avant de trinquer volontiers avec ses adversaires – à condition qu'ils n'aient pas braqué d'arme sur lui. À ses yeux, un couteau constituait un affront personnel qu'il punissait de ses poings. À cet instant, la réputation de Caleb pouvait faire pencher la balance en faveur de Thorn.

— Je suis Rose, en effet, alors écoutez cet homme et ôtez-vous de mon chemin.

Le colosse fronça les sourcils.

— Mais vous êtes seul.

— Certains hommes seuls valent davantage qu'une bande d'ivrognes.

L'homme en demeura sans voix.

— J'ai entendu parler du capitaine Rose, intervint un autre homme. À ma connaissance, il n'a jamais été marié.

— J'avoue m'être plus ou moins dispensé de la bénédiction divine, fit Thorn avec ironie.

Quelques rires fusèrent.

— Pour une partie de jambes en l'air, j'aurais choisi une fille plus douce, déclara l'un des spectateurs.

— J'apprécie les femmes de caractère, répliqua Thorn.

— Elle est aussi flamboyante au lit ?

— Absolument.

Thorn comprit aussitôt son erreur, car l'assemblée se fit soudain plus attentive.

Mais alors une chope vola, répandant de la bière dans son sillage, et alla heurter la tempe de l'homme au couteau. Il cria, porta une main à sa tête et chancela avant de tomber à genoux.

— Eh ! C'était ma bière ! protesta sans conviction un homme.

Thorn se maudit intérieurement. Il s'était laissé distraire par cette conversation. Il recula pour se rapprocher de la jeune femme.

— Bien visé, mademoiselle...

— Merci, monsieur, fit-elle d'un air pincé. Hélas, je n'ai plus de munitions à portée de main.

Rose lui confia son pistolet.

— Prenez garde, il est chargé.

La jeune femme observa l'arme comme si elle n'avait jamais rien vu de tel.

— Pointez-le vers le haut, lui recommanda-t-il. Nous ne voulons tuer personne. Du moins par accident...

Les hommes reculèrent, visiblement plus effrayés par l'arme à feu maintenant qu'elle se trouvait entre les mains d'une femme... qui semblait ne savoir qu'en faire.

Thorn réprima son amusement. Pourvu que le coup ne parte pas... Quoi qu'il en soit, le vent avait tourné en sa faveur. L'homme au couteau était toujours un peu sonné et, sans son camarade, le colosse semblait moins déterminé.

Il glissa une main dans la poche de sa culotte de peau et sentit quelques pièces de monnaie. Quelle était la somme appropriée dans ce genre de situation ? S'il craignait d'attiser la cupidité de certains, il tenait à proposer suffisamment d'argent pour les sortir tous les deux de ce pétrin. Il dénicha une pièce de six pence et la lança à l'homme qui avait été privé de sa bière.

— Merci bien, monsieur ! s'exclama celui-ci avec un sourire édenté.

Thorn tendit ensuite une couronne à l'une des brutes.

— En guise de rançon ?

L'homme hésita avant de s'emparer de la pièce de cinq shillings.

— C'est d'accord, capitaine. Elle vaut bien ça, à en juger par son adresse au lancer. À votre place, je lui reprendrais cette arme, et vite fait !

— Excellent conseil.

Il prit le pistolet des mains tremblantes de la jeune femme et actionna le percuteur pour le désarmer. Il le garda néanmoins à la main, car la salle était toujours bondée de personnages patibulaires aux intentions incertaines. Ils risquaient de les bousculer, voire de les poignarder. L'argent à lui seul était une motivation suffisante. Si les femmes ne manquaient pas, la monnaie était plus rare.

Était-il encore en train de se faire des idées, comme le lui reprochaient souvent ses amis ? Mais comment ne pas se poser de questions, dans cette situation ? Cependant, il fallait se tirer de ce mauvais pas. L'homme au couteau commençait à retrouver ses esprits. Les visages qui l'entouraient étaient indéchiffrables.

Soudain, la cloche d'une église se mit à sonner le glas, captant l'attention de tous.

— Les Français ? marmonna quelqu'un, provoquant des murmures.

Plusieurs hommes se levèrent vivement. Depuis la nuit des temps, le glas alertait les hommes de la côte du Kent qu'une invasion menaçait. En dépit du traité de paix signé récemment, nul ne se fiait aux Français. Calais ne se trouvait qu'à une trentaine de kilomètres à vol d'oiseau.

Un homme surgit dans la salle en hurlant :

— Le roi est mort ! George II est mort ! Il a eu une attaque ce matin et il est froid comme la mort, je vous dis !

Il fallait profiter de l'occasion.

— Vive le nouveau roi ! s'exclama Thorn. C'est ma tournée ! Buvez, les gars ! À la santé du jeune George III !

Tandis que tout le monde se ruait vers le fût de bière, il empoigna la jeune femme par le bras. Elle résista.

— Ne faites pas l'imbécile !

— Ma cape ! protesta-t-elle.

Il lui permit de la ramasser et de la placer sur ses épaules avant de l'entraîner vers la sortie.

Ils furent interceptés par un homme au regard dur, la main tendue. Le patron de l'établissement. N'ayant pas de temps à perdre en négociations, Thorn prit une demi-guinée dans sa poche secrète et la lui remit. L'homme hocha la tête en esquissant un sourire.

— Merci, monsieur, et que Dieu bénisse le roi. Ça va nous faire bizarre d'en avoir un nouveau.

— Absolument, fit Thorn.

Il chercha des yeux l'homme qui lui était venu en aide en révélant son identité. Un vieil homme fumant la pipe lui adressa un clin d'œil. Thorn prit le risque de s'approcher de lui pour lui donner une guinée.

L'homme empocha la pièce avec dignité.

— Dieu vous bénisse, monsieur !

— Pareillement.

Enfin, Thorn entraîna la jeune femme à l'extérieur, puis le long du quai, où ils furent vite enveloppés par le brouillard et la pénombre. Lorsqu'il était entré au Rat Noir, le quartier était presque désert. À présent, les gens affluaient de toutes parts pour commenter la terrible nouvelle.

Le danger était écarté. En revanche, que diable allait-il faire de cette fille ? Surtout dans un moment aussi particulier...

Le vieux roi régnait depuis trente-trois ans, aussi loin que remontaient ses souvenirs et ceux de nombre de ses compatriotes. Frederick, le fils aîné du roi, étant mort depuis plusieurs années, c'était son fils qui héritait du trône : George, un homme plus jeune que Thorn, sous la coupe de sa mère et de son noble tuteur, le comte de Bute.

Le chaos était inévitable. Il fallait qu'il se rende à Londres au plus vite. Hélas, il traînait désormais un boulet en la personne de cette femme entêtée et imprudente. Elle avait relevé la capuche de sa cape, qu'elle serrait contre elle pour se protéger du froid humide. Elle le regarda dans les yeux.

— Vous allez m'abandonner, à présent, déclara-t-elle d'un ton neutre.

Une supplique serait plus efficace, jeune fille. Mais elle n'était pas du genre à jouer les coquettes, que ce soit face à un gredin avide ou à un ange gardien.

Ou bien ses paroles étaient-elles simplement une ruse visant à l'éloigner ? Comment osait-elle s'imaginer une seconde qu'il abandonnerait une jeune lady dans ce quartier malfamé, surtout un soir comme celui-ci ? Il en fut offusqué.

— Vous feriez mieux de m'accompagner dans mon auberge, rétorqua-t-il. Ce n'est pas loin. Nous réglerons votre problème, quel qu'il soit.

— Je doute que vous trouviez facilement une solution.

— Vous préféreriez que je m'abstienne d'essayer ? Dans ce cas, allez-vous-en.

Il la sentit se crisper.

— Non, je suis désolée. C'est un peu... difficile.

— Je vous crois volontiers.

Il la prit par la taille pour la guider parmi la foule grandissante. D'abord, elle résista, puis se montra raisonnable. L'ambiance était festive. Les gens préféraient manifestement célébrer le nouveau roi plutôt que de pleurer le défunt. L'alcool coulait à flots et les esprits ne manqueraient pas de s'échauffer à la moindre occasion.

— Que faisiez-vous au Rat Noir ? demanda Thorn.

— C'est le nom de cet endroit ? Fort approprié...

— Alors ?

— Je...

Sans crier gare, elle pivota et se jeta à son cou en se plaquant contre lui. D'instinct, il l'entoura de ses bras durant quelques secondes, puis il la saisit par les poignets pour l'écarter. Enfer et damnation ! Était-ce un complot destiné à le contraindre au mariage ?

— Non, murmura-t-elle, désespérée, en s'accrochant à lui. Je vous en prie...

Seigneur ! Il avait déjà entendu l'histoire de femmes rendues folles par le désir charnel. Était-ce le cas ? Qu'était-elle venue chercher sur les quais ? Il ne put réprimer un soupçon de curiosité mêlé à une certaine excitation, aussi embrassa-t-il ses lèvres entrouvertes.

Elle se transforma aussitôt en statue de glace et ferma la bouche en pinçant les lèvres.

Elle n'était donc pas mue par le désir... Tant pis. Elle n'exprimait pas le moindre enthousiasme. Il ne restait donc qu'une explication.

— De qui vous cachez-vous ?

Elle se détendit un peu.

— De ces deux hommes qui marchent dans la rue.

Le mouvement de ses lèvres contre les siennes était plutôt excitant, sauf pour elle. Elle ne s'intéressait pas du tout à lui.

Voilà qui était une chose inédite.

2

Thorn fit mine de l'embrasser encore pour se retourner et scruter les alentours.

Au milieu de cette foule en liesse, il aurait dû être quasiment impossible de repérer qui que ce soit, mais les deux hommes se démarquaient car ils étaient sobres et déterminés. Visiblement impatients, ils se frayaient un chemin dans l'assemblée. L'un portait une cape, l'autre non, et tous deux étaient coiffés d'un tricorne. Il aurait pu s'agir aussi bien de valets que d'aristocrates.

— Sont-ils les méchants, ou bien l'êtes-vous ? s'enquit-il sans relâcher son étreinte, toujours bouche contre bouche.

— Ce sont eux, bien sûr, répondit-elle en se crispant de plus belle.

— Ce ne sont pas des émissaires de votre famille chargés de vous ramener au bercail ?

— Absolument pas.

— Il ne serait pas raisonnable de tenter de me duper.

— J'aimerais pouvoir vous envoyer au diable en même temps que ces deux hommes, maugréa-t-elle.

Thorn eut du mal à réprimer un rire.

— J'ai l'impression que ce sera eux ou moi, ma chère. C'est sans doute préférable à ce diable dont vous parlez.

Elle en eut le souffle coupé.

— Très bien, fit-elle sèchement.

Il rit encore. Bon sang, il appréciait la capacité de cette jeune femme à se résigner à l'inévitable. Cependant, c'était sans doute son caractère marqué qui l'avait placée dans cette posture périlleuse et qui risquait de lui jouer des tours.

Quelles que soient son identité et sa situation, elle aurait dû rester tranquillement chez elle.

Ils avancèrent en surveillant les deux hommes du coin de l'œil. L'un d'eux entra dans une taverne tandis que l'autre montait la garde à l'extérieur en observant la foule. Même si Thorn s'efforçait d'entraîner la jeune femme dans la marée humaine en direction de son auberge, ils devraient ressortir du flot à un moment. Toutefois, leurs poursuivants cherchaient une femme seule.

Soudain, il se rendit compte qu'ils se démarquaient eux aussi par leur sobriété et leur détermination.

Alors, quand un marin éméché les bouscula, Thorn lui prit sa chope. Abasourdi, l'ivrogne écarquilla les yeux avant de s'écrouler lourdement sur des cordages. Thorn brandit la chope et se mit à tituber en entonnant une chanson paillarde.

— Qu'est-ce que vous faites ? demanda la jeune femme, étonnée.

— Je me cache. Faites semblant d'être saoule, vous aussi.

— Je...

Un passant se lança dans une version très personnelle de « God Save the King » :

— « Que Dieu sauve notre gracieux roi / Longue vie à notre illustre roi / Que Dieu sauve le roi ! »

Thorn s'époumona à son tour, chantant délibérément faux, sans cesser de tituber. La jeune femme joua le jeu d'une voix traînante. Thorn s'esclaffa et l'enlaça de nouveau pour l'embrasser avec fougue, profitant de ses lèvres entrouvertes pour chercher sa langue de la sienne.

Elle eut un mouvement de recul.

— N'oubliez pas que nous sommes ivres...

— Je ne le suis pas, affirma-t-elle. Je ne l'ai jamais été de toute ma vie !

— Ma pauvre petite... Quel ennui !

— Certains trouvent le plaisir sans boire d'alcool.

— Il faudra me montrer comment, dit Thorn en surveillant du coin de l'œil leurs poursuivants, qui s'étaient retrouvés et continuaient leurs recherches. En attendant, gloussez !

— Quoi ?

Il se pencha vers elle et lui mordilla le lobe de l'oreille.

Elle étouffa un petit cri, qu'elle parvint à transformer en une exclamation avinée plutôt convaincante. Ce faisant, elle lui assena un coup de pied dans le tibia. Comme il ne portait pas de bottes, il trébucha véritablement et faillit entraîner la jeune femme dans sa chute. Dès qu'elle retrouva son équilibre, Thorn fit mine de lui donner une tape sur les fesses.

Elle fit volte-face.

— Espèce de... !

Sa rage était telle qu'elle aurait presque pu passer pour une poissonnière. Hélas, ils attiraient désormais l'attention. Les badauds prenaient parti pour l'un ou pour l'autre. Alors qu'il croyait avoir tout gâché, Thorn constata que les deux poursuivants, n'ayant que faire de cette querelle, passaient leur chemin.

En se retournant vers la jeune femme, il reçut une gifle sans grande conséquence. Il se contenta de secouer la tête et de la saisir par le poignet pour l'entraîner dans son sillage.

— Je m'occuperai de toi dès notre retour à la maison ! tonna-t-il.

La foule les acclama, avant de poursuivre les festivités. Thorn s'engagea vivement dans une ruelle sombre menant à l'arrière de l'auberge de la Boussole.

— La voie est libre, pour l'instant, annonça-t-il à voix basse. Ils vont vite se retrouver au Rat Noir, où ils auront vent de l'histoire.

Elle fulminait encore.

— Dans ce cas, ils sauront que je suis en compagnie du capitaine Rose.

— C'est vrai, répondit-il, impressionné par sa vivacité d'esprit mais irrité d'avoir une longueur de retard sur elle. Et tout le monde sait où séjourne le capitaine.

— Mieux vaut aller ailleurs, décréta-t-elle avec un mouvement de recul.

Il la fit avancer.

— Mon cheval est à la Boussole, ainsi que mes affaires. Mais nous pouvons quitter Douvres en un quart d'heure. Ensuite, vous m'expliquerez de quoi il retourne.

Deux palefreniers s'affairaient dans la cour. Le premier menait un cheval fatigué, et l'autre portait un seau. Ils furent étonnés de le voir arriver par l'arrière du bâtiment, qui plus est avec une femme.

— Puis-je faire quelque chose pour vous, capitaine ? s'enquit celui qui tenait le seau.

— Oui... La nouvelle de la mort du roi bouleverse mes projets. J'ai besoin de mon cheval et d'un coussin pour cette demoiselle.

— Bien, capitaine, répondit l'employé en observant la jeune femme.

Thorn la considéra également, même si sa capuche dissimulait son visage. Redoutait-elle d'être reconnue parce qu'elle résidait à Douvres ? Ou bien était-elle une brigande notoire, voleuse à la sauvette, vide-gousset, voire l'une de ces rabatteuses qui attiraient d'innocentes proies dans les maisons closes ?

Il ne pouvait y croire. Elle était bien trop jeune et, en dépit de son intelligence manifeste, ne semblait nullement sournoise.

— Il y en a pour quelques minutes, annonça-t-il. Avez-vous besoin de quelque chose à manger ou à boire avant de partir ?

— Non, merci… Où m'emmenez-vous ?

Elle s'efforçait de faire bonne figure, mais ne pouvait maîtriser le tremblement de sa voix. C'était peut-être une jeune lady ayant de sérieux problèmes – ce qui n'arrangeait pas ses affaires, car il devait gagner la capitale au plus vite.

— Dans les limites du raisonnable, répondit-il, je vous emmènerai là où vous avez besoin d'aller.

— Près de Maidstone.

— C'est assez loin d'ici.

— En effet.

— Comment êtes-vous arrivée à Douvres ?

— En diligence.

Cette affaire risquait de s'éterniser et, en vérité, il n'avait guère envie d'en savoir davantage que ce qui était nécessaire pour se débarrasser d'elle le plus vite possible.

Maidstone se trouvait sur la route de Londres. S'il avait voyagé seul, il aurait fait une halte chez lui pour prendre des vêtements et sa voiture, où il aurait pu rattraper un peu de sommeil.

— Vous n'avez pas de destination plus proche ?

— Non.

— Si nous chevauchons de nuit, nous n'arriverons pas avant demain matin, surtout à deux sur un cheval. Votre absence sera remarquée, si elle ne l'a pas été jusqu'à présent.

— En effet.

Il avait envie de la secouer. Ses soupçons concernant un complot visant à le contraindre au mariage ressurgirent. Cependant, comment aurait-elle pu mettre en scène cette agression au Rat Noir, dans l'espoir que quelqu'un se présenterait à point nommé pour la sauver ?

Si elle découvrait qui il était vraiment, elle chercherait peut-être à en profiter. Elle pourrait prétendre avoir été compromise lors de ce trajet nocturne. Néanmoins, il se sentait incapable de l'abandonner, et il leur aurait fallu trop de temps pour louer une voiture et embaucher une domestique en guise de chaperon. De plus, il aurait alors été très facile de les traquer.

Quoi qu'il en soit, il mourait de faim. Lui qui s'attendait à souper tranquillement...

Un garçon émergea de l'écurie avec une brouette pleine de fumier.

— File à l'intérieur chercher mes bagages ! lui ordonna Thorn. Tu diras à Green que je réglerai ma note plus tard. Tu me prendras des provisions et à boire. Une tourte avec de la bière, par exemple. Fais vite !

— D'accord, capitaine, répondit le garçon en s'éloignant.

— Vous êtes vraiment capitaine ? s'enquit la jeune femme.

— Oui.

— De quoi ?

— D'un navire portant le nom de *Black Swan*. Comment vous appelez-vous ?

Elle hésita suffisamment longtemps pour qu'il devine qu'elle allait lui mentir.

— Perséphone.

— Comme votre homonyme grecque, vous vous retrouvez dans le monde souterrain ? Vous redoutez de devoir passer six mois aux enfers avec moi ?

Elle garda le silence.

Thorn songea à la Perséphone de la Grèce antique, mariée à Hadès, maître des enfers. Dans une version moderne de ce mythe, la jeune fille était violée par le sombre seigneur. Celle-ci avait-elle subi le même sort ?

Il chassa cette idée de son esprit. De toute évidence, sa mésaventure était récente. Si elle avait été abusée ou exploitée de quelque façon, elle en aurait porté les traces.

— Un peu de gratitude ne serait pas de trop, lança-t-il avec ironie.

— Je vous remercie, et je vous serai encore plus reconnaissante quand vous m'aurez prouvé votre honnêteté.

— Si ces deux types n'en veulent pas à vos charmes, pourquoi vous traquent-ils ?

Elle se détourna.

— Je me suis échappée.

— Ils vous gardaient prisonnière ?

— Absolument.

— Pourquoi donc ?

— Je l'ignore.

— Allons ! Vous devez bien avoir une petite idée sur la question. Seriez-vous une riche héritière ?

— Nullement.

— Et vous ne vous êtes pas évadée de prison ?

— Non.

— Donc ils vous ont enlevée dans votre maison, et vous êtes innocente de toute faute ?

Une fois encore, elle se mura dans le silence.

Dieu que c'était pénible ! Thorn décida de l'ignorer et de s'en débarrasser au plus vite en la déposant à Maidstone.

Deux hommes la pourchassaient, visiblement mus par de mauvaises intentions. S'ils se présentaient à l'auberge, les palefreniers lui viendraient en aide, mais Thorn préférait éviter de recourir à la violence. Un homme comme lui, ayant affronté bien des tempêtes en mer, n'avait guère l'expérience des actes chevaleresques.

— Quel âge avez-vous ? s'enquit-il.

— J'ai beaucoup vieilli en l'espace de quelques jours.

Cette réponse suggérait une terrible épreuve. Il ne put l'interroger davantage, car le palefrenier réapparut avec son cheval, suivi du garçon d'écurie portant leurs provisions. Un autre employé pliait sous le poids des sacoches pleines de vêtements, de pistolets et de livres.

Thorn fit charger ses bagages et prit le panier de vivres, puis il remit un pourboire à chacun.

— Si des inconnus se présentent, vous ignorez ce que je fais et où je suis.

— Bien, capitaine !

Il se tourna ensuite vers la silhouette drapée dans sa cape.

— Je suppose que vous vous laisserez tenter par une tourte...

— Non, merci.

Thorn mordit dans le feuilleté à la viande et s'éloigna pour donner ses ultimes instructions au personnel.

— Puis-je avoir un peu de bière ?

Elle lui avait emboîté le pas. Thorn lui tendit la chope. Elle but délicatement plusieurs gorgées.

— Allez-vous m'expliquer votre situation ? demanda Thorn, qui s'impatientait.

— Pas si je peux faire autrement.

— Vous ne pensez pas que je mérite de savoir ?

— Non.

— Cela me serait pourtant utile, rétorqua-t-il, exaspéré. Afin que je puisse assurer votre sécurité.

— Je ne vois pas en quoi ça changerait quelque chose.

— Je vais vous donner un exemple. Ces hommes s'attendent-ils à ce que vous vous rendiez à Maidstone ?

Elle lui répondit simplement par la négative, comme si elle y avait réfléchi. Elle avait beau être agaçante, elle n'avait rien d'une écervelée.

Avant qu'il puisse reprendre la parole, il entendit un son qu'il reconnut aussitôt : des pas dans la ruelle que les piétons n'empruntaient que rarement.

Il tourna la tête vers l'écurie. La jeune femme avait une longueur d'avance sur lui. Elle s'était déjà plaquée contre la porte, à l'entrée du bâtiment. Thorn la rejoignit, espérant que les palefreniers sauraient comment réagir.

— Eh, vous là-bas !

— Monsieur ? répondit l'employé en feignant l'étonnement.

— Je cherche un certain capitaine Rose. Vous le connaissez ?

L'homme s'exprimait presque comme un gentleman.

— Le capitaine Rose, monsieur ? Tout le monde le connaît, par ici.

— Il est là ?

— Pas à ma connaissance, monsieur.

Thorn sourit, puis observa sa compagne. Sa capuche était tombée en arrière et, malgré la pénombre, il constata qu'elle regardait droit devant elle, pétrifiée de peur. En d'autres circonstances, il l'aurait sans doute trouvée jolie.

— Je veux savoir s'il se trouve dans les environs, gronda l'homme.

Il semblait dangereux, déterminé, presque désespéré. Thorn regretta que ses deux pistolets se trouvent dans ses sacoches.

— Il a séjourné à l'auberge de la Boussole, c'est sûr, monsieur, dit l'employé. C'est son habitude. Il doit se trouver à bord de son navire.

— Lequel ?

— Le *Black Swan*. Il doit être ancré au large.

— Vous ne l'avez donc pas vu au cours de l'heure qui vient de s'écouler ?

Thorn se crispa. Le palefrenier allait-il mentir ?

— Non, monsieur.

Thorn se promit de lui verser une guinée. Soudain, l'homme reprit :

— À qui appartient ce cheval ?

— Au colonel Truscott, déclara l'employé après une légère hésitation. Mais je ne vois pas en quoi cela vous regarde. D'ailleurs, je vais l'emmener car le colonel se fait attendre et sa dame va faire des histoires.

Un bruit de sabots résonna dans la cour.

L'homme s'exprima de nouveau, s'adressant probablement à son compagnon :

— Entre dans l'auberge pour te renseigner sur Rose. Et ce Truscott.

Enfer et damnation. Il avait des soupçons.

Thorn sortit son couteau et prit le risque de toucher l'épaule de la jeune femme, qui sursauta, sans toutefois faire de bruit. Les yeux écarquillés, elle semblait terrorisée. Il lui montra le couteau et le plaça dans sa paume. Savait-elle s'en servir ? Quoi qu'il en soit, c'était mieux que rien.

Il prit son pistolet de poche mais ne l'arma pas immédiatement de peur d'être repéré. Ils auraient dû s'enfoncer plus loin dans l'écurie pour se cacher. Trop tard.

Soudain, il se rendit compte qu'il ne restait plus qu'un homme dans la cour. Peut-être parviendrait-il à se faufiler pour le maîtriser...

Mais il ne pouvait tuer quelqu'un de sang-froid sans avoir la certitude qu'il était malintentionné. Et même dans le cas contraire, si ce type se jetait sur lui, Thorn n'était pas certain d'être capable de tirer.

Pourquoi fallait-il qu'il soit aussi hésitant ?

L'homme qui portait une cape entra dans l'écurie. Il regarda d'abord devant lui, ce qui permit à Thorn de se préparer. Dès que leurs regards se croisèrent, Thorn pointa son arme vers la tête du nouveau venu.

— Au sol, ordonna-t-il en armant le pistolet. Face contre terre.

L'homme était corpulent, âgé d'une quarantaine d'années. À la lueur de la lanterne pendue à l'entrée, il avait la mâchoire crispée et l'expression dure. Il finit par obéir.

Et maintenant ? Le complice n'allait pas tarder à revenir.

Sans crier gare, Perséphone s'empara d'une sangle en cuir posée près d'un box.

— Les mains dans le dos !

— Cela ne marchera pas, grommela l'inconnu, qui se mit à tousser comme s'il avait avalé du foin.

— Vite ! Sinon, je vous donne un coup de couteau.

Thorn ne doutait pas un instant qu'elle en serait capable. Impressionné, l'inconnu joignit les poignets et se laissa ligoter. Le nœud ne semblait guère solide, mais il tiendrait un certain temps.

— Coxy ? fit une voix nasillarde, indiquant le retour du complice. Où est passé mon ami ?

— Je ne sais pas, monsieur, répondit le palefrenier. J'étais occupé avec le cheval.

— Je suis là ! s'écria l'homme aux poings liés. Fais attention !

— Voilà qui est bien dit, déclara Thorn, qui accueillit le complice en pointant son arme sur lui.

Il était plus jeune et séduisant, malgré un air mauvais.

— Rejoignez donc votre ami.

Furieux, l'homme s'exécuta.

— Allez-y, attachez-le ! lança Thorn à la jeune femme.

— Et si vous me donniez ce pistolet ? suggéra-t-elle. Un capitaine est certainement plus doué que moi pour réaliser des nœuds dignes de ce nom.

— Certes.

Il lui confia son arme. Par chance, elle n'appuya pas par mégarde sur la détente. Un certain nombre de chevaux innocents risquaient leur peau.

Thorn ramassa une corde et ligota avec soin le nouveau venu avant de rectifier les liens de Coxy.

Lorsqu'il se redressa pour faire admirer son œuvre à la jeune femme, elle avait disparu.

Enlevée par un troisième larron ?

Soudain, il entendit un bruit de sabots. Se précipitant dans la cour, il vit un cheval s'éloigner au galop dans la ruelle. Il lança une bordée de jurons.

— Pourquoi l'avez-vous laissée partir avec mon cheval ? demanda-t-il au palefrenier, qui eut un mouvement de recul.

— Elle m'a dit que vous l'aviez chargée d'aller chercher de l'aide, capitaine. Cela m'a paru crédible, sauf votre respect...

— Trouvez-m'en un autre, alors ! N'importe lequel.

L'homme s'affaira, mais Thorn dut patienter cinq minutes avant de pouvoir monter en selle.

— Et ces hommes, capitaine ? s'enquit l'employé en désignant l'écurie d'un signe de tête.

— Libérez-les dans quelques minutes, mais ne leur donnez pas de chevaux. S'ils vous posent un problème, vous direz à tout le monde qu'ils essayaient d'enlever la sœur d'un aristocrate et qu'ils méritent la pendaison.

Peut-être était-ce la vérité, d'ailleurs.

— Et faites-leur bien savoir que si le capitaine Rose apprend qu'ils ont importuné de nouveau la jeune lady, ils mourront.

Les hommes ligotés en penseraient ce qu'ils voudraient. Même si Perséphone ne méritait pas sa protection, il se devait de la lui offrir.

Devait-il filer au grand galop sur la route de Londres ? Cette petite sorcière rusée ne manquerait pas de brouiller les pistes. Sans doute n'avait-elle jamais eu l'intention de gagner Maidstone. Il décida de se renseigner aux alentours. Une cavalière solitaire ne pouvait qu'attirer l'attention.

Ceux qui ne célébraient pas l'avènement du nouveau roi étant couchés, seules deux personnes déclarèrent l'avoir aperçue. Sans doute une manœuvre de sa part. Il était hors de question qu'elle s'en tire à bon compte, et Thorn n'avait pas dit son dernier mot. Mais comment la retrouver ?

Il avait perdu assez de temps. Agacé, inquiet, il finit par mettre le cap sur le château d'Ithorne, admiratif malgré lui. Cette fille déterminée l'intriguait, et il avait envie de connaître son histoire.

Le roi était mort, et Thorn se devait d'être à Londres. Le nouveau souverain était jeune et hésitant. Les membres de la Cour ne manqueraient pas de se battre pour obtenir de l'influence. Certains possédaient déjà quelque avantage. Le marquis de Rothgar, par exemple, préparait le jeune homme depuis des années, jouant les mentors respectueux plus que les tuteurs. Le Sombre Marquis jouissait d'une réputation d'omniscience. Comme s'il savait que ce jour viendrait trop vite.

Mais lui et ses semblables n'auraient pas le champ libre.

Dès qu'il aurait remis de l'ordre dans son apparence, il filerait à Londres. Le duc d'Ithorne surpassait la plupart de ses pairs par son rang et son pouvoir. Il se devait d'en faire usage à la Cour en cette période cruciale.

3

Carscourt, Oxfordshire, avril 1764

— Une voiture ! Qui cela peut-il être ?

Bella Barstowe ne réagit pas à la question de sa sœur. Lucinda ne s'attendait d'ailleurs pas à une réponse de sa part, d'autant que cette visite ne pouvait être destinée à Bella. À Carscourt, la pécheresse pénitente ne recevait jamais personne et devait se contenter du gîte et du couvert. Mais l'ennui rendait le moindre détail intéressant. Tandis qu'elle brodait une petite violette sur un mouchoir, Bella dressa l'oreille pour découvrir l'identité du nouvel arrivant.

Un voisin ? Non. Lucinda se tenait derrière la fenêtre et aurait reconnu le véhicule.

Un invité ? Il n'y avait pas eu de préparatifs particuliers, et les visiteurs étaient rares depuis que les seuls résidents étaient Lucinda, Bella et leur frère, sir Augustus. Lucinda était à la fois stupide et amère, et Augustus, un donneur de leçons des plus moralisateurs qui se déplaçait souvent pour ses affaires en tout genre.

Bella, quant à elle, était la brebis galeuse de la famille. Les siens l'auraient volontiers enfermée dans un couvent s'ils en avaient eu la possibilité. Elle était confinée à Carscourt sans un sou vaillant. Elle avait maintes fois envisagé le vol pour financer son évasion, mais son père et désormais son frère se seraient fait un plaisir de la traduire en justice afin qu'elle soit envoyée au bagne, voire pendue.

Bella ravala les larmes qui lui montaient aux yeux. Bien qu'elle n'ait nullement recherché l'amour de son père, elle avait espéré au moins la justice ou un peu de pitié de sa part.

Pour ce qui était de son frère, elle se moquait comme d'une guigne d'obtenir son amour ou sa sympathie. Elle ne l'avait jamais apprécié. Toutefois, sa froideur frisait à présent la haine, sans qu'elle s'explique pourquoi. Sans doute pensait-il que la honte qui la frappait entachait sa propre réputation.

Comme tout le monde, il croyait qu'elle s'était enfuie avec un homme quatre ans plus tôt, avant d'être contrainte de rentrer à la maison, abandonnée et compromise. Ensuite, elle avait empiré les choses en refusant le mari qu'on lui avait trouvé à la hâte.

Il y avait de quoi être en colère et plein de dégoût, surtout pour un homme qui se voulait un parangon de vertu. Mais de là à la haïr ?

Quatre ans en arrière, elle avait cru que son enfermement serait un châtiment temporaire, que son frère et sa sœur se lasseraient d'être ses geôliers. Bien au contraire, ses conditions de détention s'étaient durcies.

Non seulement son père l'avait privée d'argent, mais il lui avait interdit de commander quoi que ce soit sans son autorisation. Elle devait supplier pour obtenir de nouvelles robes, des dessous, des souliers ou des gants. Avant son enlèvement, elle collectionnait les tenues à la dernière mode. Ils s'étaient attendus à la voir se traîner à leurs pieds. Étonnamment, le courage qui lui avait fait défaut autrefois s'était réveillé et l'empêchait de courber l'échine.

Elle avait appris à raccommoder ses vêtements et à faire semblant de se réjouir du résultat. Les souliers et les gants ne lui manquaient guère, car elle n'allait nulle part.

Au fil du temps, elle s'était dit que si elle était capable de repriser ses robes, elle pourrait apprendre à les coudre elle-même. Elle ne se contentait plus de raccommoder. Elle transformait les modèles et les ornait de dentelle et de broderies. Au lieu d'implorer l'achat de fournitures, elle récupérait ce qu'elle pouvait dans le grenier de Carscourt, qui regorgeait de toilettes et de meubles entreposés depuis cent ans. Elle démontait les fauteuils, découpait des étoffes, découvrant souvent des perles, du galon et de la dentelle.

Sa famille semblant jubiler de la voir désespérée, Bella avait dissimulé le plaisir grandissant que lui procuraient ces chasses au trésor. La jolie et frivole Bella Barstowe, la plus grande séductrice de l'Oxfordshire, ne pouvait aimer ces tâches pénibles et humbles.

Pour une raison quelconque, Augustus avait pourtant vu clair dans son jeu. En devenant chef de famille, il avait fait débarrasser la demeure de la majeure partie de ce qu'il appelait des « encombrants », et mis le reste sous clé. Depuis un an, Bella était suffisamment déprimée pour satisfaire l'esprit tordu de son frère.

— J'entends des voix, déclara Lucinda, qui s'empressa de vérifier son aspect dans le miroir avant de s'asseoir. Augustus nous a ramené un visiteur !

Imaginait-elle que c'était un prétendant pour elle ? À vingt-six ans, Lucinda semblait avoir perdu tout espoir dans ce domaine, même si ses yeux pétillaient soudain d'enthousiasme.

Bella rêvait de voir sa sœur se marier – ce qui changerait sa propre existence, car elle ne pourrait rester seule. C'était un pari dangereux, mais les portes de l'enfer étaient tentantes si elles lui permettaient de quitter Carscourt.

Augustus apparut et introduisit un gentleman replet vêtu d'une cape, avant de refermer vivement la porte. En ce mois d'avril, il faisait encore frais, sauf dans les rares pièces où un feu brûlait dans la cheminée.

Naturellement, la chambre de Bella n'en faisait pas partie. Sous le règne d'Augustus, elle n'avait pas bénéficié d'une flambée réconfortante, même au cœur de l'hiver. Elle avait envisagé de commencer à brûler les meubles.

Henry, le premier valet, s'était présenté dans le sillage des deux hommes. Il aida le visiteur à dérouler sa longue écharpe avant de le débarrasser de sa cape. Ce monsieur grisonnant et cordial était visiblement enrhumé. Tandis que le valet s'éloignait, il sortit un mouchoir pour se moucher bruyamment.

Si Lucinda s'était levée avec enthousiasme, Bella demeurait assise.

— Debout, Isabella ! rugit Augustus.

Ce saint homme aurait dû être mince, or Augustus était un peu bouffi, avec une fâcheuse tendance à pincer les lèvres qui lui donnait un air perpétuellement réprobateur.

La jeune femme obéit.

— Je vous présente mes excuses, monsieur Clatterford, déclara son frère. Comme vous pouvez le constater, elle ne répond pas vraiment à nos attentes.

Bella s'efforça de rester impassible, tout en évaluant ce nouveau danger inattendu. Ce Clatterford serait-il un médecin venu la palper et lui imposer une saignée ? C'était arrivé quatre ans plus tôt, lorsqu'elle avait refusé de racheter son comportement honteux en épousant sir Thoroughgood. Cependant, le Dr Symons n'avait pas souhaité pousser très loin des soins destinés à lui faire « recouvrer la santé » et avait refusé de la déclarer folle. À l'époque, cette menace avait pesé sur elle telle une épée de Damoclès pour lui imposer ce mariage immonde.

Dans un élan de fureur et d'innocence outragée, elle avait refusé catégoriquement. Mais, au fil des années, elle s'était souvent dit qu'un mariage avec une brute aurait peut-être été préférable à cette non-existence interminable. Après tout, un mari était susceptible de mourir...

Le visiteur posait sur elle un regard bienveillant, mais pouvait-elle s'y fier ? Ce Clatterford était peut-être le directeur de quelque institution pour aliénés.

— Je crois que Mlle Isabella Barstowe était simplement concentrée sur son ouvrage de broderie, déclara-t-il en s'approchant pour examiner le mouchoir. Très joli. Votre arrière-grand-mère m'a montré certaines pièces que vous lui avez offertes.

— Vous avez connu lady Raddall ?

La vieille dame avait été la seule amie de Bella. Elles ne s'étaient pas revues depuis le scandale. Bella était confinée à Carscourt, et lady Raddall, qui résidait à Tunbridge Wells, était trop âgée pour se déplacer. Elle lui avait néanmoins écrit de nombreuses lettres de soutien. En apprenant que le père de la jeune femme ouvrait et censurait le courrier de Bella, elle avait exprimé son objection sans retenue. Hélas, son père n'avait pas cédé.

Lire les lettres de lady Raddall avait été l'une des rares joies de Bella - une joie disparue, hélas.

— Sa mort m'a terriblement attristée, avoua-t-elle.

— Bella, fit Augustus, elle était centenaire !

— Cela n'empêche pas de pleurer son décès ! s'exclama la jeune femme. J'espère qu'elle n'a pas souffert, monsieur Clatterford ?

— Elle n'avait qu'une peur, mademoiselle Isabella : ne pas fêter son centième anniversaire. Ensuite, elle s'est éteinte doucement, un sourire aux lèvres. Elle a souhaité que cette prouesse soit gravée sur sa pierre tombale, au cas où certains visiteurs du cimetière ne seraient pas capables de calculer son âge.

Bella ne put réprimer un éclat de rire.

— Voilà qui lui ressemble bien ! Elle était si jeune d'esprit.

Lucinda toussota pour ramener sa sœur à la raison. Bella revint sur terre, dans sa prison de Carscourt. Ce moment de légèreté risquait de lui coûter cher.

Augustus enchaîna d'un ton froid :

— M. Clatterford est venu de Tunbridge Wells pour évoquer une question relative à la mort de notre arrière-grand-mère. Son testament, sans doute ?

D'un geste, il invita l'homme de loi à s'asseoir, avant de s'installer face à lui, l'air intéressé.

Bella reprit sa place. Elle comprenait l'intérêt exprimé par son frère. Il n'avait jamais assez d'argent à son goût.

— Je me demandais pourquoi nous n'avions aucune nouvelle, déclara Augustus. Naturellement, c'est son petit-fils, l'actuel lord Raddall, qui hérite de tout ?

Clatterford se frotta les mains face à la cheminée.

— Lord Raddall n'a plus l'obligation de pourvoir aux besoins de la douairière, ce qui constitue pour lui une économie substantielle. Le mari de lady Raddall s'était montré généreux avec elle car c'était un mariage d'amour, mais il n'avait pas prévu que la rente devrait être versée aussi longtemps. Quarante années de veuvage ! C'est remarquable.

— Et une lourde charge pour le domaine, ajouta Augustus.

Il était lui-même furieux de devoir verser une rente trimestrielle à leur mère, qui s'évertuait à rester en vie et s'était retirée sur la côte au lieu de demeurer à Carscourt, où une bonne partie de son allocation aurait pu être retenue pour couvrir les frais. Bella ne reprochait en rien à sa mère d'avoir fui le domaine à la première occasion. Elle regrettait de ne pas avoir tenté de se sauver elle-même. Lady Barstowe pensait elle aussi que Bella était une pécheresse sans remords ainsi qu'une menteuse et, en vérité, elle n'avait été très proche d'aucun de ses enfants.

Clatterford se tourna vers Augustus.

— Le testament contient un certain nombre de legs au bénéfice de fidèles domestiques et d'amis, ainsi qu'à une institution caritative de Tunbridge Wells qui vient en aide aux dames âgées. Le reste revient à son arrière-petite-fille, Isabella Clara Barstowe.

— Quoi ! s'exclamèrent en chœur Augustus et Lucinda, tandis que Bella restait bouche bée.

— Impossible ! s'écria Augustus. Je ne le permettrai pas !

— Cher monsieur, vous n'avez aucun pouvoir en la matière. Mlle Isabella est majeure.

L'anniversaire de Bella remontait à deux semaines mais, sans argent ni point de chute, elle ne s'était pas imaginé que sa majorité ferait la moindre différence.

Derrière l'attitude posée de M. Clatterford, Bella perçut une lueur amusée, voire espiègle. Il jubilait. Quant à Augustus, il semblait sur le point de s'étrangler. Elle s'efforça néanmoins de rester impassible. La liberté était pour elle une notion lointaine, et si cette affaire ne se concrétisait pas, les conséquences seraient terribles.

— Augustus ! lança Lucinda en se levant d'un bond, faisant tomber son ouvrage sur le tapis. Ce n'est pas possible ! Je ne le tolérerai pas. Cette... cette... catin n'aura pas une dot énorme, alors que je n'ai pas assez d'argent pour trouver un mari !

— Ta part suffirait à en trouver un si tu avais un physique et du tempérament, rétorqua son frère avant de se tourner vers le notaire : Je vais contester ce testament.

— Ce ne serait pas justifié, monsieur.

Contrairement à Augustus, Clatterford s'était levé par courtoisie envers Lucinda.

— De plus, lady Raddall m'a laissé des instructions précises que je me dois de mettre en œuvre en tant qu'exécuteur testamentaire. À moins que Mlle Isabella n'y voie un inconvénient, elle devra quitter Carscourt en ma compagnie d'ici une heure.

Un silence pesant s'installa, jusqu'à ce que Henry ouvre la porte pour servir le thé.

— Dehors ! ordonna Augustus.

Henry écarquilla les yeux, puis se retira sans demander son reste.

Ce court intermède avait permis à Bella de réfléchir, mais elle ne parvenait pas encore à assimiler la situation. En réalité, elle n'osait y croire.

Augustus s'approcha d'elle pour la dominer de sa hauteur.

— Si tu pars avec cet homme, tu ne remettras jamais les pieds ici.

Ce qui se voulait une menace eut l'effet inverse. Bella se leva d'un bond en se disant : *Si seulement c'était le cas !*

— Isabella, intervint Lucinda d'un ton acerbe, tu devrais avoir tiré un enseignement de ta première fugue avec un inconnu. Que sais-tu de ce... ce Clatterford ?

C'était un coup bas qui n'atteignit en rien la jeune femme. Son arrière-grand-mère avait maintes fois évoqué le notaire dans ses lettres, vantant ses mérites à la moindre occasion. Il gérait ses affaires d'une main de maître et elle avait toute confiance en lui. C'était, disait-elle, un homme charmant, plusieurs fois grand-père. Était-ce pour elle une façon de préparer Bella à ce moment, de façon détournée ?

Pourquoi ne lui avait-elle pas fait directement part de sa décision ?

Naturellement, lady Raddall ignorait quand elle rendrait l'âme. De plus, elle se disait peut-être que quelqu'un d'autre lisait ses lettres. Peut-être redoutait-elle qu'Augustus ne fasse capoter son projet.

L'esprit de Bella était toujours en alerte. Augustus menaçait de la chasser, de la renier. Si cet héritage ne se concrétisait pas, elle se retrouverait à la rue...

— Vous voyez, lança Augustus avec dédain, elle est mentalement perturbée. Je ne peux lui permettre de partir de chez moi.

Bella émergea soudain de sa torpeur.

— Il n'y a rien d'insensé à réfléchir, cher frère. Ma décision est prise : je pars. Je vais chercher les effets que je souhaite emporter.

Troublée, elle attrapa son ouvrage et se dirigea vers la porte, s'attendant presque à ce que son frère la retienne physiquement. Il parut sur le point d'agir car il tendit une main – une main déformée à la suite d'une agression, quelques années plus tôt, à Londres.

Elle trouva le courage de soutenir son regard, de le défier. Même si l'histoire se terminait mal pour elle, ce simple moment en valait la peine. Il s'empourpra, l'air furibond, sur le point d'exploser.

Bella le contourna et sortit, avant de refermer la porte derrière elle, tremblant de tout son corps. Elle entendit son frère et sa sœur réprimander le notaire. Leur rage était la preuve qu'elle n'avait pas rêvé. La grille de sa prison venait de s'ouvrir, et elle allait la franchir.

Elle longea le couloir en direction de sa chambre, mais se ravisa et courut vers la cuisine en empruntant l'escalier de service. En entrant, elle interrompit une conversation animée dont le sujet ne faisait aucun doute.

Tous les regards se posèrent sur elle, abasourdis et prudents à la fois. Sans doute les domestiques redoutaient-ils qu'elle ne leur demande quelque chose qui leur vaudrait ensuite des ennuis. Ils avaient toujours été gênés de constater qu'un membre de la famille vivait dans un grand dénuement, privé de presque tous les conforts. La plupart étaient déjà présents avant le scandale et la disgrâce de Bella, et ils ne s'habituaient pas à ce changement.

— Je pars, leur annonça-t-elle. Sur-le-champ. J'ai besoin de bagages, d'une petite malle peut-être. Naguère, j'en possédais une...

— J'espère que vous nous quittez pour une vie meilleure, mademoiselle Bella.

Face à la sympathie des domestiques, elle sentit les larmes lui monter aux yeux.

— Oh oui ! Je vais toucher un héritage...

Elle se rendit alors compte qu'elle n'avait aucune idée de la somme en question. Mais peu importait.

— Je dois partir tout de suite, ajouta-t-elle.

Les employés semblaient désemparés.

— Je sais où se trouve votre malle, mademoiselle, déclara Henry. Je vais la monter dans votre chambre.

La cameriste de Lucinda pinça les lèvres et ne lui proposa pas son aide. Ce fut Jane, l'autre femme de chambre, qui se porta volontaire.

— Je vous accompagne, mademoiselle.

Bella vida le contenu de son armoire et de sa commode. Sa modeste garde-robe ne tenait pas dans la petite malle et ne valait pas grand-chose, de toute façon. Malgré le travail accompli pour entretenir ces vêtements, elle espérait en acquérir bientôt de nouveaux.

Quelle somme allait-elle empocher ? Lady Raddall avait voulu qu'elle quitte Carscourt. Elle aurait donc de quoi survivre, sans doute. Lui resterait-il assez pour s'offrir de petits plaisirs ? Des dessous, des bas de soie, des rubans, des savonnettes parfumées...

Bella s'imagina courir les boutiques de mode pendant que Jane déposait ses jupons et deux de ses quatre robes raccommodées dans la malle.

Enfin, la jeune femme se munit des épais paquets de lettres de son arrière-grand-mère. Celle-ci avait pris l'habitude d'y joindre une lettre d'une certaine lady Fowler, qui affirmait vouloir réformer la société en dénonçant ses fautes.

Cette femme est folle, lui avait écrit lady Raddall. Que s'imagine-t-elle donc ? Quel bien pense-t-elle faire en diffusant les récits des méfaits qui sont commis dans le monde ? Cependant, ses lettres sont particulièrement amusantes, surtout pour celles d'entre nous qui n'ont pas l'occasion de se rendre en ville. Si les gredins d'aujourd'hui poursuivent l'œuvre de ceux de ma jeunesse, d'autres sont encore plus prometteurs. Le marquis d'Ashart est un homme délicieux. Il vient à Tunbridge Wells de temps à autre pour rendre visite à ses grands-tantes. Le comte de Huntersdown est une charmante fripouille. Les hommes de leur espèce constituent une raison de plus de lire ces lettres, ma chérie. Un jour, tu seras libérée de ta cage, mais le monde est cruel, et la méchanceté se présente souvent sous une apparence trompeuse. Je ne veux pas que tu tombes de nouveau dans ce piège.

En réalité, Bella ne s'était pas enfuie avec le séduisant Simon Naiscourt. Elle avait accepté un rendez-vous avec lui, ce qui avait provoqué sa chute.

Tout d'abord, les lettres de lady Fowler avaient choqué la jeune femme au lieu de l'amuser. Elle croyait connaître la vie et le monde – ce qui était insensé, à son âge. Quoi qu'il en soit, elle ignorait tout des péchés détaillés par lady Fowler et trouvait répréhensible qu'ils soient aussi répandus parmi les pairs du royaume. Il existait même des coupables au sein du clergé !

Cette dame s'insurgeait contre l'injustice de la loi qui accordait peu de droits aux femmes et les plaçait sous la domination des hommes. Bella partageait son opinion sur ce point. Peut-être pourrait-elle désormais effectuer un don au Fonds pour la réforme morale de la société de lady Fowler.

En guise d'hommage, elle embrassa le dernier paquet de lettres de lady Raddall et le plaça avec le reste de ses affaires.

— Voilà, conclut-elle en refermant la malle.

Consultant l'horloge, elle se rendit compte que plus d'une demi-heure s'était écoulée. Soudain, elle redouta que son frère et sa sœur n'aient réussi à convaincre M. Clatterford de ne pas l'emmener. Elle posa son chapeau sur sa tête et le fixa à l'aide d'une longue épingle, puis elle prit sa fine cape et ses gants reprisés pour se précipiter dans le petit salon.

Elle trouva le notaire seul, en train de boire une tasse de thé accompagnée de scones.

— Vous êtes prête ? lui demanda-t-il avec un large sourire. Parfait !

Il se leva et se tapota les lèvres avec sa serviette.

— Sir Augustus et votre sœur avaient à faire. Nous nous dispenserons de leurs adieux, n'est-ce pas ?

— Avec joie, répondit Bella. C'est donc vrai ?

— Vous parlez de votre héritage ? Absolument, ma chère.

— Combien ? s'enquit-elle, le cœur battant.

— Le règlement de la succession est encore en cours. Le total se situe aux alentours de quinze mille livres. Vos frère et sœur étaient tellement sidérés qu'ils ont dû se retirer pour digérer la nouvelle.

Bella eut envie de s'esclaffer. Mais elle n'osait montrer son enthousiasme tant qu'elle n'aurait pas quitté la maison, voire le domaine de Carscourt.

En entendant la porte s'ouvrir, la jeune femme fit volte-face, puis elle ferma un instant les yeux, soulagée.

— Voici Henry avec votre cape, monsieur. Partons !

Lorsqu'ils sortirent, Henry adressa un signe à Bella, qui lui sourit.

— Merci, murmura-t-elle. Si vous ou Jane subissez des représailles, écrivez à M. Clatterford à Tunbridge Wells. Nous vous aiderons.

Ils descendirent vivement les marches. Tandis que les domestiques chargeaient les bagages, la jeune femme monta dans la cabine.

Plus tendue que jamais, elle craignait toujours qu'Augustus ne l'empêche de partir. Pourquoi s'entêtait-il à la harceler, comme le faisait leur père ? Quant à Lucinda, elle ne s'en remettrait sans doute jamais.

Le notaire la rejoignit et s'installa en face d'elle, dans le sens inverse de la marche.

— Oh non, monsieur, dit la jeune femme en se levant pour lui offrir sa place. Permettez-moi...

— Parce que l'âge l'emporte sur la beauté ? Si vous n'y voyez pas d'inconvénient, je m'assiérai à côté de vous, mademoiselle Isabella. J'avoue que je préfère voyager dans le sens de la marche, mais il n'y a aucune raison pour que nous souffrions tous les deux.

La voiture s'ébranla.

Bella garda les yeux rivés sur la porte d'entrée. Heureusement, celle-ci demeura close, ce qui l'inquiéta presque, de façon irrationnelle. Elle aurait préféré voir Augustus brandir un poing rageur plutôt que de ne pas savoir ce qu'il mijotait.

Enfin, la porte disparut de son champ de vision, et elle regarda devant elle.

— Je ne sais comment vous remercier, monsieur.

Le vieil homme lui tapota gentiment la main.

— C'est inutile. Je regrette de ne pas être venu à temps pour votre anniversaire, comme le souhaitait votre arrière-grand-mère. Malheureusement, les fortes pluies ont rendu les routes impraticables. Il n'était pas raisonnable de voyager.

— C'est un long trajet, effectivement.

— Quand les routes sont sèches, il ne pose aucun problème. Hélas, le temps est capricieux. Je constate que Carscourt n'a pas jugé bon de nous fournir des briques chaudes. Nous y remédierons dans quelques kilomètres.

Bien qu'habituée au froid, Bella se réjouit à la perspective d'un peu de chaleur. Une cape en laine aurait été idéale, mais elle s'en offrirait bientôt une.

Elle aurait de belles toilettes, des souliers à la dernière mode, elle irait au bal, aurait des soupirants transis... Les quatre dernières années semblaient s'évaporer peu à peu dans son esprit.

Carscourt n'ayant pas de grille, l'entrée du domaine était marquée par deux piliers. Bella eut l'impression de sortir de prison, même si elle devait encore parcourir les terres des métayers d'Augustus.

Bientôt, ils remontèrent la rue principale du village de Cars Green. La veille encore, une telle sortie aurait eu le goût de la liberté. Hélas, Bella se sentait toujours prisonnière. Devoir retourner là-bas de force serait un crève-cœur. Elle se tourna vers le notaire. S'agissait-il de quelque plan machiavélique ?

Soudain, elle se figea de terreur en entendant un cri.

La voiture s'arrêta. Toute évasion était-elle impossible ?

4

Le valet ouvrit la portière.

— Il y a une dame qui souhaite vous parler, mademoiselle.

Le cœur battant, Bella se pencha au-dehors et s'efforça de se rappeler le nom de la robuste villageoise qui portait un fichu sur la tête, un paquet dans les bras.

— Je suis Mme Gussage, mademoiselle Bella, déclara-t-elle. Peg Oats, à l'époque. J'étais femme de ménage à l'école quand vous étiez petite. Ensuite, j'ai épousé Gussage, le second du garde champêtre.

Bella se souvenait d'elle mais n'en demeurait pas moins étonnée. Était-ce un cadeau qu'elle voulait lui remettre ?

— Bien sûr... Que puis-je faire pour vous, madame Gussage ?

Le visage de la femme se tordit en un rictus entre sourire et grimace, puis elle prit son courage à deux mains.

— Puis-je venir avec vous ? Il n'est pas convenable que vous partiez seule avec un homme. Pas après... Même si je n'ai jamais cru... Et moi, je n'ai plus personne depuis la mort de Bill. Je n'ai pas eu d'enfants car je me suis mariée trop tard. Je voudrais voir le monde.

Déconcertée, Bella chercha le regard du notaire.

— Si cette femme est convenable, c'est une excellente idée, déclara-t-il. Il vaut mieux ne pas donner du grain à moudre aux fâcheux avides de scandales.

Bella imaginait sans peine Augustus exploitant son départ pour lancer des accusations contre elle. Peg Oats était une femme bienveillante et enjouée, ainsi qu'une travailleuse fiable.

— Montez donc, madame Gussage. Nous nous occuperons de vos bagages plus tard. Merci à vous.

La villageoise se hissa sur le marchepied et s'écroula sur la banquette, face à eux.

— Mes bagages ! s'exclama-t-elle, le souffle court. Je porte la plupart de mes vêtements sur moi.

Le notaire ordonna au cocher de démarrer. La voiture s'ébranla et prit de la vitesse.

— Vous êtes sûre de vous, madame Gussage ? s'enquit Bella.

— Appelez-moi Peg, mademoiselle. Oui, je suis certaine de vouloir partir. Je ne suis pas une lady de la haute, moi, et je ne suis jamais allée à plus de dix kilomètres de Cars Green. Je peux me rendre utile en effectuant de menus travaux pour vous.

— Comment avez-vous su que je partais ?

— Tout le village en parle à l'heure qu'il est, mademoiselle. Babs, l'aide-cuisinière, est accourue pour tout nous raconter. Aussitôt, je me suis dit que ce n'était pas convenable que vous partiez avec un inconnu.

Elle se tourna vers le notaire, qui lui sourit.

— Absolument, madame. Vous êtes la bienvenue, mais nous nous rendons loin d'ici. Nous sommes à deux jours de voyage de Tunbridge Wells.

Peg parut impressionnée.

— Je suis sûre de moi, monsieur, assura-t-elle cependant. Je n'ai plus grand-chose à faire de mes journées. Et je ne plaisantais pas en affirmant avoir envie de voir le monde avant de mourir.

— Très bien. Si vous décidez de rentrer chez vous, Mlle Barstowe ou moi-même ferons en sorte que vous le puissiez. Pour l'heure, si vous devenez la dame de compagnie de Mlle Barstowe, nous devons évoquer vos gages et avantages.

Cette proposition laissa la villageoise sans voix, puis elle hocha la tête avec vigueur.

Bella se rendit compte qu'elle souriait sans retenue, ravie de la présence de Peg et d'être en mesure de rendre une personne heureuse grâce à une petite somme d'argent.

Elle n'avait guère d'expérience dans le domaine financier. À dix-sept ans, elle avait bénéficié d'un peu d'argent de poche, et les factures relatives à ses dépenses étaient adressées directement à son père. Depuis, elle n'avait plus un sou. En revanche, elle était certaine qu'on pouvait vivre confortablement des intérêts que rapportaient quinze mille livres.

Ils firent une halte dans une auberge pour se procurer des briques chaudes et changer d'attelage. Ils n'échangèrent que de rares paroles. Bella se posait de nombreuses questions, mais son éducation l'empêchait de parler d'argent en présence d'une domestique. Elle se contenta donc de savourer la sensation de s'éloigner de plus en plus de Carscourt.

Néanmoins, ses préoccupations au sujet de l'avenir revenaient la hanter.

Avait-elle envie de se rendre à Tunbridge Wells ?

Autrefois, elle aurait répondu par l'affirmative car son arrière-grand-mère y vivait. À présent, elle n'en était plus si certaine. Cette ville d'eau en vogue effrayait un peu la jeune femme. Bella Barstowe avait beau avoir quitté sa cellule, elle demeurait emprisonnée dans sa réputation. Et si les gens la rejetaient ?

Quand elle avait persisté dans son refus d'épouser sir Thoroughgood, son père avait levé le secret du scandale qui la frappait. Elle avait eu beau clamer son innocence, nul ne l'avait crue. Comment en vouloir à ces personnes ? Sa version des faits semblait invraisemblable.

Elle avait dû admettre qu'elle avait accepté un rendez-vous avec un homme, de passage au village, qu'elle n'avait rencontré qu'une fois. C'était stupide, mais elle n'avait que dix-sept ans à l'époque et se croyait en sécurité.

Elle ne s'était pas enfuie volontairement avec lui. Elle avait été emmenée de force à bord d'une voiture vers une taverne, où elle était restée enfermée pendant deux jours. Le dénommé Simon Naiscourt, sans doute un nom d'emprunt, et son complice plus âgé qui semblait être le chef lui avaient expliqué qu'elle faisait l'objet d'une demande de rançon. Ils avaient promis de ne pas lui faire de mal, en précisant que, si elle criait ou appelait à l'aide, elle serait ligotée et bâillonnée.

Malgré sa peur, elle avait été certaine que son père paierait la rançon et qu'elle serait libérée rapidement. Mais il serait furieux et la confinerait sans doute dans sa chambre pendant des semaines pour la punir. Il lui reprochait souvent son comportement frivole et irréfléchi. Dans cette chambre sordide, elle avait commencé à se dire qu'il avait raison.

Si personne n'avait cru à son histoire ensuite, c'était parce que son père n'avait reçu aucune demande de rançon. Simon Naiscourt lui avait écrit que Bella et lui étaient amoureux et filaient en Écosse pour se marier.

Elle n'avait jamais rien compris à cette histoire. Ses ravisseurs s'étaient montrés impatients, frustrés par l'absence de réponse.

Lassés d'attendre, ils l'avaient emmenée vers le sud, et elle s'était dit que son père voulait peut-être la punir en la laissant assumer les conséquences de sa folie. C'était difficile à croire, cependant. Son père était sévère, mais elle ne le croyait pas capable d'une telle cruauté. Il ne pouvait l'avoir abandonnée totalement. C'était inconcevable. Aussi avait-elle gardé l'espoir d'être secourue à tout moment.

Finalement, elle avait dû se sauver elle-même.

Avec l'aide du capitaine Rose.

Voilà une personne à laquelle elle ne s'était pas permis de penser depuis des années. Pour une raison ridicule, durant les premiers mois de son confinement, elle s'était imaginé qu'il viendrait la libérer. Quelle imbécile ! S'il était venu à Carscourt, il aurait exigé l'arrestation de la jeune femme pour vol de cheval.

Elle avait renoncé depuis longtemps à ses rêves stupides, et ce n'était pas le moment de s'y replonger. Elle avait besoin d'un logement, un point c'est tout. Il n'y aurait plus de réceptions ni de bals pour Bella Barstowe, jeune femme déchue.

Lorsqu'ils firent halte pour la nuit, Bella et Peg partagèrent une chambre. Cette dernière avait des étoiles dans les yeux.

— Seigneur ! C'est la première fois que je dors dans une auberge, mademoiselle Bella ! Quel beau lit ! Et il y en a un autre pour moi. Oh là là !

Bella avait partagé son lit avec sa camériste quand elle en avait une, mais elle se réjouit de la présence de ce second lit. Si elle était ravie d'avoir une dame de compagnie, elle n'était pas disposée à endurer une telle promiscuité avec Peg.

Elle demanda à souper dans la chambre, car elle n'avait pas envie de discuter tout de suite de son avenir avec le notaire. Tandis qu'elles dégustaient un potage, elle demanda à Peg :

— Avez-vous une idée de l'endroit où vous avez envie de vivre ?

— Moi ? Tout est nouveau à mes yeux. Cette soupe est délicieuse, très nourrissante.

Bella sourit. Avoir une dame de compagnie qui s'extasiait d'un rien était plutôt plaisant.

— M. Clatterford veut que je me rende à Tunbridge Wells, où vivait mon arrière-grand-mère. C'est aussi la ville où se trouve son étude de notaire. Je préférerais un endroit plus calme.

Peg beurra une tranche de pain.

— Pourquoi ça, mademoiselle ?

— Je ne me suis pas enfuie avec cet homme, Peg, mais personne ne m'a crue, ce qui n'a rien d'étonnant. Tout le monde pense que cette idiote de Bella Barstowe a fugué avec un séduisant gredin, et qu'elle a été répudiée après avoir perdu sa vertu. Pour couronner le tout, elle a refusé un mariage honorable.

— Sir Thoroughgood, marmonna Peg avec dégoût. Un *très mauvais* type[1], si vous voulez mon avis.

— J'en suis arrivée à la même conclusion. Hélas, aux yeux de la plupart des gens, n'importe quel mari est préférable au célibat pour une femme compromise. Face à mon refus catégorique, mon père a fait circuler cette histoire dans la région. Elle a pu se diffuser n'importe où.

— Cela remonte à quatre ans. Tout est oublié.

— Si seulement je parvenais à y croire...

Bella se rendit compte que sa soupe refroidissait et en prit une cuillerée.

— À Tunbridge Wells, personne n'aura oublié, à cause de mon lien avec lady Raddall. Peut-être en a-t-elle parlé à ses amies. Elle devait être outrée, or les gens ne retiendront que la honte qui s'est abattue sur moi.

— Vous devez avoir raison, admit Peg avec une moue. Et votre sœur aînée, celle qui est mariée ?

— Athéna ?

Bella ne réfléchit pas très longtemps.

Athéna vivait près de Maidstone. C'était chez elle que Bella s'était rendue en fuyant Douvres. Athéna accepterait peut-être de l'héberger par sens du devoir familial mais, pour son mari, Bella exerçait une influence néfaste sur leurs filles, qui étaient très jeunes. Et même si sa femme parvenait à le persuader

---

1. En anglais, *thoroughgood* signifie littéralement « très bon ». *(N.d.T.)*

d'accueillir sa sœur, celle-ci serait vue comme une fille perdue, censée faire preuve de gratitude jusqu'à la fin de ses jours.

Elle ne pouvait toutefois confier de telles considérations à une domestique.

— Non, cela ne marcherait pas, répondit-elle simplement.

Bella finit sa soupe en réfléchissant à une autre solution.

Au risque de sembler téméraire, elle voulait être indépendante. Après ces années de confinement, elle ne supportait plus la simple idée d'être enfermée. Une jeune femme de vingt et un ans avait-elle le droit d'être libre ?

Pourrait-elle sembler plus âgée, voire être une autre personne, vierge de tout scandale ?

— Je vais peut-être changer de nom, dit-elle en guettant la réaction de Peg. Et vivre dans un endroit paisible, loin des cercles mondains. Un village, peut-être, là où je serai enfin maîtresse de mon destin, à l'abri des regards curieux.

Peg pouffa.

— Si vous voulez fuir les curieux, ne vous installez pas dans un village ! Les commères adorent avoir une nouvelle arrivante à se mettre sous la dent. Elles auront tôt fait d'écrire à leurs amies un peu partout pour leur demander pourquoi une jolie jeune femme se cache en pleine campagne, quel que soit le nom que vous adopterez.

— Bien sûr. Vous avez raison... Mais que faire ?

— Optez pour la ville, mademoiselle. On passe plus inaperçu en ville.

Une idée germa soudain dans l'esprit de Bella.

— Pourquoi pas ? Londres. Personne ne me remarquerait là-bas.

— Londres ! Mazette ! Je donnerais tout pour aller à Londres. Je verrais peut-être le roi. Il paraît qu'il est charmant, avec ses adorables bambins.

Bella se mit à rire.

— Je n'envisage pas une vie mondaine.

— Dommage pour vous. Moi, ça ne me dérange pas. Où habiterions-nous ?

Bella n'en avait aucune idée. Et si elle aidait lady Fowler non seulement en effectuant un don, mais aussi en travaillant avec elle ? Elle savait que certaines femmes se rendaient utiles en rédigeant ses textes.

— Il y a une certaine lady Fowler..., dit-elle avec hésitation.

— Une lady ? Voilà qui me semble convenable, mademoiselle.

— Pas forcément. C'est une réformatrice sociale.

— C'est quoi, ça ?

— Elle veut régler certains problèmes de la société.

Peg se servit du thé et ajouta plusieurs morceaux de sucre dans sa tasse.

— Cela me paraît bien, mademoiselle. Un peu de thé ?

Bella accepta.

— Je crois que lady Fowler est assez mal considérée au sein de l'aristocratie. Elle écrit une lettre tous les deux mois et l'envoie à des lecteurs dans tout le pays. Elle y relate les méfaits dont se rendent coupables les membres de la noblesse et encourage ses correspondants à répandre ces nouvelles afin de provoquer des changements.

— Combien de lecteurs ? s'enquit Peg, les yeux écarquillés.

— Je ne sais pas au juste. Plus d'une centaine, je crois.

— Cela en fait, des pages à écrire ! Ce doit être quelqu'un, cette femme.

Bella réprima un rire.

— Elle n'écrit que l'original et emploie des copistes. Je pourrais en faire partie...

— Ah, fit Peg. Si c'est ce que vous voulez faire. Je ne vous servirai à rien dans ce domaine. Je sais juste un peu écrire.

— Je ne vous en demanderai pas tant, assura Bella. De plus, ce n'est pas sans danger. Si lady Fowler se contente d'écrire des lettres, leur contenu peut offusquer des personnages haut placés.

— Alors pourquoi vous impliquer là-dedans ?

— Parce que lady Fowler veut également des lois qui protègent les femmes contre la tyrannie masculine.

— Ah, je vois, mademoiselle...

Peg prit une autre tartine qu'elle agrémenta de fromage.

Sa dame de compagnie allait s'arrondir davantage, mais l'enthousiasme de la villageoise faisait plaisir à voir. Pour sa part, Bella réfléchissait aux complications provoquées par la présence de Peg.

Certaines assistantes de lady Fowler vivaient sous son toit. Et si Bella voulait s'installer chez cette dame ? Elle ne pourrait y emmener une domestique. Par ailleurs, les résidentes étaient les plus nécessiteuses, laissées sans un sou par un père ou un mari. Elle ne pouvait accaparer leur place.

Elle n'aurait qu'à trouver un logement à proximité, dont Peg serait la gouvernante. La tâche était ambitieuse, mais ce projet la rassurait un peu. Elle en parla à Peg, qui fit preuve de bon sens.

— Si vous pouvez avoir votre propre maison, pourquoi vous soucier de cette lady Fowler ?

— Je veux soutenir son action.

Peg haussa les épaules.

C'était une bonne question. En réalité, Bella redoutait de se retrouver dans le monde sans la moindre connaissance, la moindre interaction. Autrefois, elle fréquentait la moitié du comté et était connue de tous. Elle avait des amies – quoique superficielles, car aucune n'était venue la soutenir dans l'adversité.

— Si c'est ce que vous voulez, mademoiselle Bella... Néanmoins, ce n'est pas ce qu'il faut à une jolie jeune femme. Vous devriez danser, flirter, préparer votre mariage. C'était vilain de vous enfuir avec un homme, mais...

— Je n'ai rien fait de tel !

Bella aurait dû se douter que les villageois avaient avalé cette fable.

— Peg... J'ai été enlevée alors que je me promenais dans le parc.

Sans grand espoir, elle lui raconta l'histoire. Pourquoi Peg la croirait-elle ? Comme toujours, elle omit toute mention du capitaine Rose. La présence de ce gentleman mystérieux n'aurait fait qu'intensifier les soupçons.

Quand elle eut terminé, Peg réagit.

— Eh bien, c'est une sombre affaire, mademoiselle Bella. Mais c'est du passé. Il faut oublier ça.

— Si seulement j'y parvenais ! Quoi qu'il en soit, vous comprenez que je ne retrouverai pas ma place au sein de la bonne société. Je vais donc consacrer mon temps et une partie de mon argent à de nobles activités. Si vous refusez d'être mêlée à mes actions, je veillerai à ce que vous puissiez rentrer chez vous.

— Je ne vais pas renoncer si vite à cette aventure, assura la villageoise. Et j'ai l'impression que vous allez avoir besoin de quelqu'un qui s'occupe de vous.

Bella prit la main calleuse de Peg dans la sienne.

— Merci. Vous n'imaginez pas combien c'est important pour moi.

— Bien sûr que si, mademoiselle Bella. Il ne fait pas bon être seul en ce bas monde. Surtout quand on est une femme. J'y trouve aussi mon compte, vous savez. Nous allons donc vivre à Londres ? Où ça ?

Peg semblait penser que Bella savait ce qu'elle faisait, or la jeune femme n'avait jamais pris la moindre décision importante, à part le choix de la couleur d'une robe. Elle était persuadée que son arrière-grand-mère avait voulu lui offrir une certaine indépendance ; elle se devait donc de saisir l'occasion qui se présentait à elle. Sinon, elle ne retrouverait pas lady Raddall au paradis, le jour venu.

Elle s'efforça d'afficher une assurance qu'elle n'éprouvait pas.

— Je louerai un appartement à Soho, le quartier où vit lady Fowler. Vous voudrez bien vous occuper de tout pendant que je l'assisterai dans ses œuvres ?

— Avec plaisir, mademoiselle.

Les gages d'une gouvernante ou d'une cuisinière dépassaient sans doute ceux d'une femme de chambre, mais Bella ignorait quel montant serait approprié, surtout dans la capitale. Comment parviendraient-elles à gérer les dépenses domestiques telles que l'alimentation, le bois, le charbon ?

En réalité, elle n'avait aucune expérience dans ce domaine.

Elle avait résolument besoin d'aide. Dès le lendemain, elle en parlerait au notaire.

Elle se coucha dans l'espoir de profiter d'une nuit réparatrice. Malheureusement, le matelas était inconfortable. Au terme d'une telle journée, les pensées se bousculaient dans sa tête. Elle revit le moment où elle avait appris la bonne nouvelle, mais se mit aussitôt à ressasser ses craintes et ses doutes.

Londres ! Elle s'y était déjà rendue pour des réceptions mondaines, des spectacles, toujours accompagnée. Cela remontait au règne du précédent roi. Elle se rappela aussi comment le glas annonçant la mort du roi leur avait permis de s'échapper de la taverne du Rat Noir...

Elle chassa vite ce souvenir.

Augustus était tellement collet monté qu'il lui avait fait la leçon, à la fois avant et après le scandale. Son frère était encore un sujet qu'elle devait exclure de ses pensées. Hélas, elle redoutait ses représailles éventuelles. Pouvait-il la faire passer pour folle et l'enfermer jusqu'à la fin de ses jours ? Clatterford avait beau affirmer que non, elle n'était pas tranquille. Raison de plus pour changer d'identité et modifier son apparence.

Devenir une nouvelle femme, vierge de tout scandale et n'ayant rien à redouter de sa famille.

Quel nom choisir ? Harriet, Sophronia, Jane, Margaret... Trop différents. Elle préférait des sonorités proches de son véritable prénom. Arabella était trop ressemblant, Clarabella trop frivole...

Bell... Bell... Bellona ! La déesse romaine de la Guerre.

Ce nom lui plaisait.

Son nouveau nom de famille devait être tout aussi martial.

Bellona Sword ? Non.

Bellona Cannon ? Non plus.

Bellona Gunn...

Bellona Flint...

Voilà. *Flint*, le « silex » dur et acéré, un élément essentiel des armes létales.

Dès le lendemain, elle se renseignerait auprès de M. Clatterford sur les formalités à remplir pour devenir Bellona Flint, et sur les autres moyens de se protéger.

Les projets de la jeune femme déplurent fortement au notaire, qui tenta de la persuader qu'elle serait totalement en sécurité à Tunbridge Wells et acceptée au sein de la bonne société. Bella exprima ses doutes, ce qui parut l'accabler.

— Vous êtes si jeune, ma chère ! Je ne peux fermer les yeux sur vos velléités d'indépendance.

Bella se rebellait de nouveau contre l'autorité masculine.

— Il me semble, maître, que vous n'avez pas plus de pouvoir sur mes décisions que n'en a mon frère.

— Oh non, bien sûr...

Sur l'insistance de Clatterford, ils prenaient leur petit déjeuner ensemble tandis que Peg mangeait seule.

— Londres, tout de même ! enchaîna-t-il, l'appétit coupé. Je ne serai pas présent pour vous conseiller.

— Je le regrette, mais vous me trouverez certainement un autre notaire de confiance.

— Il n'en reste pas moins que vous êtes bien jeune pour vivre seule. Vous venez d'avoir vingt et un ans.

Bella n'avait aucune envie de lui parler de lady Fowler, car il émettrait des objections.

— Je serai avec Peg, et je connais un peu la capitale. J'ai l'intention de mener une vie paisible en affirmant être plus âgée que je ne le suis en réalité. Si je m'habille et me comporte avec discrétion, je n'attirerai pas l'attention. J'ai aussi l'intention de m'enlaidir. J'ai déjà joué le rôle d'une sorcière dans un spectacle. Je suis capable de rendre mon teint blafard et d'arborer une verrue sur le menton.

Le notaire sourit à peine. Mais il eut beau se lamenter, Bella ne céda pas.

— Je constate que vous êtes déterminée, conclut-il. Je ne peux nier que votre histoire est connue dans le cercle d'amis de lady Raddall. Vous imaginez bien qu'elle en a parlé autour d'elle, car votre situation la contrariait énormément. La vieille dame avait raison : vous êtes aussi entêtée qu'elle.

— C'est ce qu'elle vous a dit ? demanda Bella, étonnée. La dernière fois que je l'ai vue, j'avais atteint le summum de la frivolité.

— Grâce à votre correspondance, c'est comme si vous vous étiez vues, ma chère.

Toujours contrarié, il mordit dans une tranche de pain grillé avant de poser sur la jeune femme un regard grave.

— Puisque vous êtes résolue à accomplir votre projet, je me dois de vous mettre en garde contre les hommes.

Face à l'expression perplexe de la jeune femme, il crut bon d'ajouter :

— Certains hommes, parfois séduisants, chercheront à vous épouser pour votre argent.

Bella émit un rire amer.

— Je vous assure, monsieur, que j'ai appris à me méfier de ces charmantes crapules.

— Vous ne saurez peut-être pas reconnaître une crapule.

— Je redoublerai de prudence, c'est promis. Êtes-vous en train de me dire que je ne pourrai jamais me marier ?

Bella était surprise d'éprouver encore un soupçon de romantisme au plus profond d'elle-même.

— Non ! Je vous recommande simplement de vous méfier. N'épousez pas le premier venu, surtout sans contrat de mariage. L'amour est souvent un piège pour une jeune lady, et certains gentlemen perdent parfois la tête. Un escroc habile pourrait affirmer qu'un contrat de mariage signifie que vous ne l'aimez pas et exiger une cérémonie rapide, voire un mariage à la sauvette. Prenez garde à vous, jeune fille ! dit-il en pointant sa fourchette dans la direction de Bella. C'est le signe qu'il s'agit d'un homme à fuir, de même qu'une tentative de séduction susceptible de vous piéger à cause de ses conséquences naturelles.

Bella rougit en comprenant qu'il parlait d'une éventuelle grossesse.

— J'en suis consciente et je vous remercie, dit-elle. Je suivrai vos conseils, même si je suis décidée à mener une vie tranquille en ville. Accepteriez-vous de me conduire à Londres et de m'y installer en toute sécurité ?

Le notaire soupira.

— Vous ressemblez tant à lady Raddall… Très bien, mademoiselle Flint, j'accepte – mais à contrecœur.

5

Rothgar Abbey, août 1764

— Comme nos amis nous font souffrir ! déclara le duc d'Ithorne.

En cette fin de soirée, il se trouvait en compagnie de son cousin Robin, comte de Huntersdown, et de son ami Christian, lord Grandiston.

— Je vous propose un cadre idyllique, dit Robin en désignant sa chambre, un cognac de qualité et la meilleure des compagnies !

Il leva son verre.

— La tanière du Sombre Marquis, répondit Thorn.

— Rothgar ne t'a pas encore empoisonné. Ton hostilité doit pourtant le tenter, parfois.

— Je suis sûr que ce démon connaît des poisons à action lente.

Robin posa sur lui un regard de mise en garde qui incita Thorn à lever une main en signe d'apaisement. En cette veille du mariage de son cousin Robin avec la femme qu'il aimait, la rancœur n'avait pas sa place. Thorn aurait préféré qu'il ne s'agisse pas de la fille du Sombre Marquis, mais puisque Robin ne voyait aucun inconvénient à ce que Petra soit une catholique italienne et une fille illégitime, la réticence de son cousin ne risquait pas de le faire changer d'avis.

Robin était la preuve lamentable que l'amour rendait fou.

— J'interdis toute conversation politique, déclara le blond Christian, alangui telle une panthère élégante et racée.

Il était aussi fluet que Robin quand il s'était engagé dans l'armée à l'âge de seize ans. À ce jour, Thorn s'étonnait encore de ce physique. Lors de son retour, cinq ans plus tard, Thorn avait reçu un choc : Christian s'était étoffé et endurci, désormais habitué à commander et à tuer.

Si Robin et Thorn étaient cousins et se connaissaient depuis leur plus jeune âge, Christian et Thorn étaient inséparables depuis l'enfance.

Thorn avait toujours vécu en orphelin. Fils unique né après le décès de son père, il avait vu sa mère épouser un Français deux ans plus tard et s'installer dans son pays. Conformément au testament de son père, sa mère n'avait pas le droit de lui faire quitter l'Angleterre, de sorte qu'elle avait confié son éducation à des précepteurs et des tuteurs.

Quand il avait eu dix ans, ses parents avaient décidé qu'il lui fallait un compagnon issu de son milieu. Christian avait été choisi. Thorn s'était d'abord méfié de cet envahisseur enjoué et dynamique qui se moquait comme d'une guigne des études. Déjà très jeune, Christian était sans rival pour toutes les activités physiques, notamment les bêtises.

Thorn avait vite franchi les limites imposées par ses tuteurs. Ses sorties à cheval étaient passées de la simple promenade à des compétitions téméraires. Christian l'entraînait dans des jeux inventifs qui le faisaient grimper aux arbres, franchir des rivières sur des ponts de fortune, sans parler du tir à l'arc et à l'arbalète. Son goût pour le combat était manifeste.

Si Christian n'aimait pas particulièrement naviguer, son envie de jouer les pirates sur le lac d'Ithorne avait mené à l'achat du premier petit bateau de Thorn, avant le *Black Swan* et ce qui avait suivi. Quand Robin les rejoignait lors d'une de ses fréquentes visites, le trio enchaînait les frasques.

Plus tard, Christian avait été pris d'un désir irrépressible de s'engager dans l'armée pour combattre les ennemis des Britanniques. Si Robin avait protesté avec ferveur, Thorn en avait surtout été blessé. Il n'avait pas cherché à entraver ce projet, mais il aurait réagi autrement s'il avait su que la guerre emmènerait Christian au Canada et qu'ils ne seraient réunis que deux fois en dix ans. Bientôt, Thorn avait été contraint de se consacrer à ses devoirs de duc.

— Tu es d'humeur morose, commenta Robin.

— Il est empêtré dans ses responsabilités, renchérit Christian.

— Croyez-le ou non, mes responsabilités sont plutôt gratifiantes et ont tout autant de sens que n'importe quelle bataille.

Il s'était exprimé d'un ton un peu trop vif.

— Alors pourquoi le *Black Swan* ? s'enquit Christian.

— Thorn est simplement un original, dit Robin en remplissant les verres, s'efforçant de détendre l'atmosphère. Comme le cygne noir[1].

— Un cygne noir est plus qu'original, objecta Thorn. C'est une chose aussi rare qu'un duc qui se fait passer pour quelqu'un d'autre. Vous ai-je raconté ce jour où j'ai sauvé une demoiselle en détresse qui m'a ensuite volé mon cheval ?

Il savait que non, mais l'anecdote qu'il rapporta lui permit d'échapper à une conversation délicate.

Ses camarades s'esclaffèrent.

— Tu l'as échappé belle, commenta Christian. Souviens-toi de ce qui est arrivé à Robin quand il a cédé à ses tendances chevaleresques.

1. En anglais, *black swan* signifie « cygne noir ». *(N.d.T.)*

— Rien que du bonheur, assura Robin avec un sourire béat d'homme amoureux.

— À part ces mille guinées versées au fonds de lady Fowler, lui rappela Thorn.

— Ne m'en parle pas, maugréa Robin.

— Une pénalité à verser si l'un de nous se marie.

Robin les observa tour à tour.

— Ne peut-on pas oublier cette clause ?

— Mon cher Huntersdown, dit Thorn, étonné, tu ne peux suggérer une chose aussi peu honorable. J'ai mon exemplaire sur moi.

Il sortit un papier de sa poche.

— Démon !

Thorn déplia soigneusement le document qu'ils avaient signé quatre ans plus tôt, lors d'un des rares séjours de Christian en Angleterre. Ils avaient célébré leurs retrouvailles à bord du *Black Swan*. Cette résolution était paraphée par le capitaine Rose, le lieutenant Sparrow et Pagan le Pirate – respectivement Thorn, Robin et Christian.

Ils s'étaient créé ces personnages durant leur jeunesse au bord du lac, mais ne s'en étaient pas servi quand ils avaient pris la mer. Ils avaient embarqué sur un bateau de pêche à deux mâts dont le capitaine était un vieux loup de mer du nom de Harry Jenkins. Enthousiaste, Thorn avait acheté un bateau rapide afin d'apprendre l'art et la manière de barrer. Il l'avait baptisé le *Black Swan*.

Il avait navigué à la fois pour son agrément et pour le commerce. Hélas, il n'avait guère le temps de s'adonner à la navigation et se lamentait de savoir son navire si souvent à quai. Sa rencontre avec Caleb, son sosie et un marin chevronné, avait été décisive. Christian avait connu Caleb en travaillant sur un navire dans un port du Massachusetts, en Amérique, et il avait été frappé par sa ressemblance avec Thorn.

Il avait vite découvert que Caleb Rose et sa mère étaient arrivés dans le Nouveau Monde quand celui-ci n'était encore qu'un enfant, et qu'ils étaient originaires du Kent, en Angleterre. Connaissant la réputation de coureur du défunt duc d'Ithorne, et le nom de Rose ayant été utilisé par Thorn, Christian avait écrit à son ami pour lui faire part de cette affaire.

Ce dernier était au courant. Il s'agissait de Mary Fukes et de son fils, de Stowting. Le père de Thorn leur avait d'abord versé une rente modeste mais, quand le fils s'était révélé le sosie du jeune duc, ses tuteurs avaient menacé de leur couper les vivres si Mary n'emmenait pas Caleb en Amérique.

Dans un souci de justice, Thorn avait envoyé une lettre par l'intermédiaire de Christian pour annoncer à Caleb qu'il était libre de rentrer chez lui sans perdre sa rente. Il l'avait même augmentée. C'était en rencontrant Caleb que l'idée d'une identité partagée lui était venue.

En dépit de leur différence de statut social et d'instruction, ils se comprenaient à demi-mot, et Caleb était manifestement intelligent et ambitieux. Il ne lui avait guère fallu de temps pour assimiler les connaissances nécessaires pour piloter le *Black Swan*. Il avait aussi appris à modifier ses manières et son accent.

Pendant presque un an, le duc d'Ithorne et le capitaine Rose avaient navigué côte à côte, montrant qu'ils étaient deux personnes différentes, puis ils avaient commencé les substitutions. Ils se retrouvaient à l'auberge Black Swan, à Stowting, et, au bout d'un moment, repartaient tous les deux, chacun ayant pris la place de l'autre. Caleb, qui ne cherchait en rien à se faire passer pour le duc, s'éloignait simplement de la côte.

Pour les gens du coin, le duc d'Ithorne avait généreusement cédé le commandement du *Black Swan* à son demi-frère illégitime, Caleb Rose.

Si Thorn savait que Caleb se livrait de temps à autre à la contrebande, comme pratiquement tous les bateaux longeant le littoral du Kent, il ne s'était pas impliqué dans ces trafics jusqu'à la guerre.

Thorn avait alors saisi cette occasion pour se lancer dans l'aventure. Ses traversées nocturnes de la Manche étaient censées lui permettre de se livrer à la contrebande. En réalité, il transportait des espions et des messages pour le compte du gouvernement. Dès qu'il en avait été informé, Christian avait tenu à en être, même s'il se remettait d'une blessure, et Robin s'était joint à eux.

C'était le bon temps.

Une activité périlleuse mais chargée de souvenirs inoubliables. Le danger mettait un peu de sel dans leur vie.

Un soir, dans la torpeur créée par un excellent cognac, Thorn s'était plaint des pressions qu'il subissait car un duc se devait d'être marié. Dans un élan de compassion, Robin avait eu l'idée d'un serment qu'ils prêteraient de ne pas se marier avant l'âge de trente ans, sous peine de devoir s'acquitter d'une pénalité très sévère.

Dans leur ivresse, il leur avait fallu une heure ou deux pour trouver le pire des châtiments à leurs yeux : verser de l'argent à une cause qu'ils détestaient.

S'éclaircissant la voix, Thorn se mit à lire :

— « À la date du 3 janvier de l'an de grâce 1760. Résolution : les jeunes gens ne devraient pas se marier. En conséquence de quoi, nous autres fidèles partisans du célibat décrétons qu'une pénalité devra être payée par celui d'entre nous qui succombera à cet état impie, à dater de ce jour et jusqu'à l'âge de trente ans. La pénalité pour tout contrevenant s'élèvera à mille guinées, à porter au crédit du Fonds pour la réforme morale de la société de lady Fowler. »

Robin fit une grimace.

— Je ne peux pas ! Cette femme est folle ! Elle est à deux doigts de vouloir interdire l'alcool, la danse, les cartes… Et elle a mis le grappin sur Petra. Le fait que Rothgar ait engendré une fille alors qu'il n'avait que seize ans est un scandale mineur mais, à en croire cette Fowler, il a commis un crime ! Et il fait preuve de cruauté envers sa femme.

— Quoi ?

— Rothgar m'a montré le dernier texte de Fowler. Selon elle, il a forcé sa femme à accepter ce scandale sous son toit. Comme si Diana s'en souciait !

— Rothgar est abonné à la lettre de Fowler ? demanda Thorn, étonné.

— Bien sûr. Du moins, quelqu'un l'est pour lui. Il sait tout, c'est l'un de ses talents.

Thorn regretta de ne pas en avoir fait autant.

— Si cette femme s'en prend à l'épouse et à la fille du Sombre Marquis, ses jours sont comptés. Et j'applaudirai des deux mains.

— J'aimerais la provoquer en duel. Dommage qu'elle soit une femme... et une vieille femme, de surcroît.

— Elle n'a qu'une quarantaine d'années, je crois, souligna Christian.

— Mais elle est malade, répliqua Robin. Il paraît que son mari lui a transmis la vérole. Il y a de quoi rendre amère n'importe quelle femme.

— Tu es trop sentimental, fit Thorn en secouant la tête.

— Pas assez pour accepter de lui verser mille guinées, toutefois ! D'autant qu'elle se lance dans la politique. Songez à ce qu'elle pourrait faire avec cet argent. Chers amis, ne pourrais-je pas faire un don à une autre œuvre ? Un orphelinat, par exemple. Un asile pour nécessiteux ? N'importe quoi !

— Cette femme est dangereuse, admit Christian. Ses lettres n'étaient à l'origine qu'une source d'amusement. Hélas, comme l'a précisé Robin, elle prêche maintenant l'action violente. Il y a de quoi s'inquiéter.

— Ah...

Le major Grandiston faisait partie des Horse Guards qui escortaient le roi et s'occupaient généralement des questions liées à sa sécurité.

Thorn fit dévier la conversation.

— Que pense le roi des bals masqués ? Je l'ai entendu les dénoncer, mais il s'est rendu à celui de Rothgar, l'an dernier.

— Où il a failli être assassiné, lui rappela Robin.

— Ce fut un moment embarrassant pour les personnes impliquées, marmonna Christian.

— Pas pour Rothgar, qui a eu l'occasion de s'interposer noblement entre l'assassin et le roi.

— Si tu suggères que c'était une mise en scène, tu te trompes, dit Robin. L'assassin est mort.

— Une mort par-ci, par-là, ce n'est pas grand-chose.

Robin leva les yeux au ciel et se servit un cognac.

— Je m'intéresse à ces questions, expliqua Thorn à Christian. Cette année, je serai l'hôte de la soirée antique et j'aimerais que le roi soit présent.

Christian leva aussitôt une main.

— Je ne suis pas doué pour les machinations subtiles de la Cour. Je suggère simplement qu'il soit accompagné de gardes en costume.

— Ce ne sera pas difficile. Par tradition, les hommes se déguisent en fonction de leur statut : les parlementaires avec des toges de sénateurs romains, et les militaires en armure plus ou moins antique.

— Les armes sont véritables ? demanda Christian.

— Non. Cependant, si certains sont de service...

— Cela suffira.

— Je doute qu'il vienne, reprit Robin. Ces fêtes sont notoires mais, à ma connaissance, il ne les apprécie pas. Naturellement, l'ancien roi les adorait.

— Ma soirée sera convenable même pour les sensibilités les plus délicates, annonça Thorn.

Les deux autres le dévisagèrent.

— Je voulais simplement dire qu'aucun costume ne révélera certaines parties du corps et que ce ne sera en rien une orgie, expliqua Thorn avec un sourire.

Ses amis firent grise mine.

— Vous redoutez un ennui mortel ? reprit Thorn. Il y aura quelques nouveautés. Des acteurs de théâtre qui joueront des invités d'un genre plus... libéré.

— Très ingénieux, admit Robin. Que seraient les fêtes si les invités blasés n'avaient personne avec qui flirter, voire davantage ? Tes acteurs feront diversion. Dommage que je ne sois pas là pour assister au spectacle.

— Je serai présent, intervint Christian. Même si le roi ne vient pas, je ne raterais ce spectacle pour rien au monde.

— Pourquoi seras-tu absent ? demanda Thorn à Robin.

— Petra est enceinte. Nous allons éviter les mondanités pendant quelque temps.

D'après ce qu'il savait de la prochaine comtesse de Huntersdown, Thorn s'étonna de cette décision, mais il ne fit aucun commentaire.

— Pourquoi organiser une fête si sage ? le questionna Christian. Cela ne te ressemble pas.

— Je suis peut-être en train de changer.

Thorn n'avait pas envie que Christian et Robin se mêlent de son projet. Il agita le document qu'il tenait encore à la main.

— Et lady Fowler ? J'admets que c'est regrettable, mais un serment est un serment, surtout quand il s'agit pour nous de payer non seulement la folie d'un mariage, mais aussi la folie d'avoir pris une telle résolution au départ.

Robin s'empara de la feuille de papier et relut le texte.

— Il n'est pas question ici du moyen de paiement.

— En effet. Qu'as-tu en tête ?

— L'anonymat. Verser de l'argent à cette femme est une chose, mais je ne veux pas qu'elle sache d'où il vient. Elle s'en vanterait. Sans doute y verrait-elle une preuve que ses accusations sont fondées.

— Cela ne m'étonnerait pas d'elle. Très bien, je m'en occupe. Beaucoup d'avocats et de banquiers gèrent mes affaires. Lady Fowler ne connaîtra pas l'origine de ces fonds.

— Merci mille fois, cher cousin ! dit Robin en buvant une grande rasade d'alcool. D'ailleurs, ce sera pour toi une répétition, pour le moment où tu succomberas à ton tour.

Christian se mit à rire, puis Thorn déclara :

— Tu as peut-être raison.

— Quoi ? s'écria Christian. Thorn, verser mille guinées dans les caisses du fonds de lady Fowler !

— Tu es amoureux ? demanda Robin avec l'enthousiasme du fiancé éperdu de bonheur.

— Non. Je t'ai observé dernièrement, et c'est un état d'idiotie que je tiens à éviter comme la peste. Mais je dois réfléchir à un mariage. Il y a un mois, un incident s'est déroulé à bord du *Swan*, lors d'une tempête. Un coup de malchance, mais j'aurais pu y rester. Or je suis le dernier de ma lignée. Je dois m'assagir.

— Mais c'est ton seul plaisir dans la vie, protesta Christian.

— Non. Même si piloter le *Black Swan* est un aspect important de ma vie. Pour l'heure, j'ai décidé d'y renoncer. Si j'avais un ou, mieux encore, deux fils, je serais de nouveau libre.

— Tu te rends compte du temps que cela prendra ? fit Christian.

— Je crois être plutôt doué en calcul.

— Au moins trois ans loin du *Black Swan* ? Tu n'y arriveras pas.

— Je suis capable de tout si je suis déterminé.

— Tu dois te marier, intervint Robin. Et ce n'est pas l'amoureux idiot qui parle. Tu as besoin d'une famille, et le seul moyen d'en obtenir une est de la fonder toi-même. Cela bouleversera ta vie bien rangée au-delà de ce que tu imagines.

— Ma vie bien rangée me convient parfaitement, rétorqua Thorn en s'efforçant de contenir son irritation. Et je ne serai bouleversé que si je tombe amoureux. J'ai seulement l'intention de conclure un mariage de raison, avec une femme susceptible de supporter le rôle de duchesse.

— Tu parles sérieusement ? s'enquit Christian.

— Je n'ai pas le tempérament d'un homme passionné.

— Bien sûr que si. Je t'ai vu à bord du *Swan*.

— Un navire n'est pas une femme.

— Mais tu as le feu en toi. Un jour, tu t'enflammeras !

— Et toi, alors ? rétorqua Thorn.

— Moi, je suis libre de me consumer sans contrainte. J'ai tant de frères que je n'ai aucune responsabilité familiale.

Robin leva son verre.

— À celui d'entre nous qui est libre !

Ils burent à la liberté, puis vint le moment de conclure cette réunion. Thorn saisit la carafe avant que Robin puisse remplir une nouvelle fois leurs verres.

— Il faut que tu gardes tes esprits pour demain.

— Aujourd'hui, corrigea Christian en se levant. Il est 1 heure passée. Va te coucher, Robin. Sinon, tu risques de décevoir la mariée.

— Cela ne s'est encore jamais produit, assura Robin avec un sourire béat.

Christian et Thorn se retirèrent. Dans le couloir, Christian déclara :

— Il est heureux.

— En effet.

Christian suivit Thorn dans sa chambre. Aussitôt, le valet de ce dernier s'éclipsa.

— Pourquoi cette hostilité envers lord Rothgar ? demanda Christian.

Thorn réfléchit à sa réponse.

— Il a trop de pouvoir et trop d'influence sur le roi. Et j'ai l'avantage d'être d'un rang supérieur au sien.

— Tu serais plus en sécurité à la barre du *Black Swan* en pleine tempête.

— Sors d'ici, grommela Thorn.

Christian s'exécuta, cédant sa place au valet, qui aida Thorn à se dévêtir.

— Vous croyez que je joue avec le feu, Joseph ?

De dix ans son aîné, le valet était un homme discret qui servait Thorn depuis ses quatorze ans, âge auquel avaient commencé ses obligations à la Cour et ses activités mondaines. Les deux hommes n'avaient pas de secrets l'un pour l'autre. Ou très peu.

— Vous êtes plutôt agité ces derniers temps, milord. Depuis que vous avez décidé de ne plus prendre la mer.

— Je suis au courant des troubles qui secouent la Cour depuis plus longtemps que cela, répliqua Thorn en enfilant son peignoir. Devrais-je me marier ?

— Seulement quand vous le souhaiterez, milord.

— Et si je ne le souhaitais jamais ?

— La terre ne s'arrêtera pas de tourner si le titre d'Ithorne disparaît, milord.

— Sacrilège ! Je veux qu'il se perpétue.

Oui, il voulait fonder une famille. Il avait même songé à s'intéresser de plus près à l'une des sœurs de Christian, car il appréciait beaucoup cette famille. Hélas, c'était impossible. Tout le monde devrait se marier par amour, et non pour des raisons pratiques.

— J'ai besoin d'une épouse qui gère mes maisons et reçoive mes invités, déclara Thorn. Quelqu'un à qui offrir les bijoux de la famille. Quelqu'un qui me donnera des enfants en bonne santé qui prolongeront la lignée.

Des enfants à qui il apprendrait à naviguer sur le lac, avec qui il jouerait aux pirates et à Robin des Bois...

— Tout vient à temps à qui sait attendre, milord. Vous trouverez la femme idéale.

— Je l'espère, fit Thorn en étouffant un bâillement. Épouser la première venue pourrait se révéler l'enfer sur terre.

6

Ithorne House, Londres, septembre 1764

— C'est ici, madame.

La domestique, un peu anxieuse, indiqua une porte au bout du couloir de service dont les murs étaient blanchis à la chaux.

— Il mène à certaines chambres à coucher, madame, mais elles ne sont pas prêtes à recevoir des invités. Si vous tournez à droite, vous trouverez rapidement ce que vous cherchez.

À plus de trente ans, elle se tordait nerveusement les doigts telle une enfant impressionnée.

— Si vous vous faites prendre, vous ne direz pas que c'est moi qui vous ai fait entrer, n'est-ce pas ? J'ai beau aider lady Fowler au mieux, j'ai besoin de travailler. C'est plutôt une bonne maison, vous savez. En général, le duc s'amuse ailleurs.

Bella posa une main sur le bras de la domestique.

— Je ne dirai rien, promis. Reprenez votre travail, à présent, et oubliez-moi. Je vous remercie beaucoup.

La servante esquissa une révérence et fila sans demander son reste. Bella observa la porte avec une certaine appréhension. Elle venait de s'introduire dans la résidence d'un duc, rien que ça ! Quelle était la peine encourue ? Pire encore, elle était sur le point de s'imposer dans une soirée réunissant de hauts personnages du royaume.

Elle frémit.

Lady Fowler avait reçu une lettre de la domestique, en plein désarroi, expliquant que le duc organisait une soirée antique appelée les festivités olympiennes, un bal masqué annuel à la réputation sulfureuse, réservé à l'élite londonienne. Elle redoutait que le personnel ne soit contraint d'adopter des tenues indécentes. Que faire, dans ce cas ?

Lady Fowler y avait vu l'occasion rêvée de traquer les plus vils secrets de ceux qui dirigeaient le pays et édictaient ses lois. La domestique ferait entrer une complice de lady Fowler, mais laquelle ? Son choix s'était porté sur Bella – ou plutôt Bellona Flint.

Bella avait atteint son objectif initial. Elle avait endossé le personnage de Bellona Flint, une femme ordinaire et austère, aux sourcils broussailleux et avec une verrue sur le nez. Elle avait loué une petite maison proche de chez lady Fowler et passait ses journées chez cette dernière à copier sa lettre ou à se rendre utile autrement. Au bout de cinq mois, hélas, elle était plutôt désabusée par la lady et sa clique, ainsi que par son travail.

L'infortunée lady Fowler avait attrapé une maladie transmise par son mari. Sa santé déclinait au point de la contraindre à rester alitée et le mal commençait à affecter son cerveau. Sa lettre n'était plus qu'un ramassis de scandales qui confinait au délire. De nombreuses membres de l'équipe étaient désemparées et trop craintives pour protester. Bella n'était pas timide mais elle ne savait que faire. Elle songeait à se retirer.

Face à cette porte qui s'ouvrirait sur le danger, elle regrettait de ne pas être partie plus tôt. Si seulement elle avait trouvé un moyen d'échapper aux manigances des sœurs Drummond !

Ces nouvelles venues étaient de drôles d'oiseaux. Helena et Olivia Drummond étaient irlandaises, et pleines de projets très ambitieux d'actions spectaculaires. Elles avaient déjà organisé une manifestation bruyante lors d'un des célèbres bals vénitiens de Mme Cornelys, et jeté de l'encre sur les jambes d'une actrice en culotte d'homme. En lisant la lettre de la domestique, elles avaient aussitôt songé à envoyer une espionne, pensant qu'Olivia jouerait ce rôle.

Bella s'était tellement inquiétée de ce que celle-ci était capable de faire qu'elle avait proposé de s'en charger elle-même. Hélas, elle avait oublié sa couverture sous l'apparence ingrate de Bellona Flint. Olivia et Helena, toutes deux ravissantes, avaient douté de sa capacité à être crédible, ce qui avait donné lieu à un débat enflammé. Bella avait dû dégainer un atout de choix : son expérience des bals masqués de la bonne société.

En arrivant chez lady Fowler, elle avait raconté une histoire aussi proche que possible de la sienne, n'omettant que son enlèvement et se vieillissant de quelques années. Bellona Flint était issue d'une famille noble mais avait été rejetée pour avoir refusé d'épouser un homme odieux choisi par son père. Seul l'héritage modeste d'une parente l'avait sauvée d'un triste sort.

Puisqu'elle avait déjà assisté à deux bals masqués dans le grand monde, une fois dans le costume d'une fille de ferme, une fois dans celui de la reine Éléonore de Castille, elle savait incarner un personnage et jouer le jeu avec les autres invités. Lady Fowler l'avait donc finalement désignée pour cette mission.

Ce qu'elle ignorait, c'était que, aux festivités olympiennes, il fallait porter un costume évoquant l'Antiquité. Les politiciens portaient une toge, et les militaires une armure grecque ou romaine. Les femmes incarnaient des déesses ou des nymphes.

Si elle avait su cela, elle ne se serait pas battue pour décrocher cette mission, mais elle n'avait pas eu le courage de reculer. Pour se rassurer, elle effleura sa perruque noire et son masque. Nul ne pourrait deviner qu'elle se cachait sous ce déguisement un peu sulfureux.

Un costume de nymphe ne pouvait qu'être léger et sans manches. Si elle avait conservé une fine camisole, dont il avait fallu découper les manches, elle exposait pour la première fois ses bras aux regards.

Ainsi que ses orteils. Les bas étaient exclus sous les délicates spartiates. Pire encore, les étoiles scintillantes qui ornaient les lanières de ses sandales attireraient l'attention sur ses pieds nus.

Lady Fowler – à moins qu'il ne s'agisse des sœurs Drummond – avait décrété qu'elle serait Céléno, l'une des sept Pléiades, nymphes pourchassées par Orion et transformées en colombes, puis en étoiles.

— Un symbole de la cruauté des hommes ! avait déclaré lady Fowler avec emphase.

D'où la présence d'étoiles sur les sandales de Bella, sur sa ceinture bleu foncé et même sur sa perruque.

Priant pour qu'il y ait des femmes en tenue plus légère que la sienne, elle entrouvrit la porte. Elle n'était pas anxieuse uniquement à cause de son costume. Elle était entrée sans autorisation dans la maison d'un membre de la noblesse que des lois draconiennes protégeaient, de sorte qu'elle risquait sans doute la pendaison.

Elle se redressa fièrement. Tel était donc l'univers d'un duc. Le parquet étincelant du couloir était en partie couvert d'un long tapis. Sur les murs vert pâle étaient exposées des aquarelles représentant des paysages.

L'espace d'un instant, elle crut s'être trompée d'hôtel particulier. Le duc d'Ithorne était un débauché, or elle ne décelait aucune faute de goût, rien d'obscène. Des sons étouffés lui parvenaient. Une musique enjouée, et non des cris et des exclamations. Elle se surprit à esquisser quelques pas de danse. Cela faisait si longtemps qu'elle n'avait pas dansé ! Elle aimait beaucoup cela.

Soudain, elle s'arrêta.

Ça suffit, Bella. Tu es en mission.

Elle longea le couloir et, bientôt, entendit des voix et des rires, sans la moindre connotation lubrique. Il ne s'agissait manifestement pas d'une orgie, mais d'une réception élégante. Au détour du couloir, elle aperçut enfin des invités. Son cœur s'emballa. Elle se força à s'approcher de deux petits groupes, rassurée de constater que d'autres nymphes en tenue scandaleusement légère étaient présentes.

Ces personnes bavardaient tranquillement. Trois hommes en armure antique s'entretenaient avec une femme et une nymphe timide, sans doute une mère et sa fille. Le second groupe était constitué de deux hommes en toge qui flirtaient avec deux nymphes plus téméraires, mais leur comportement demeurait respectable.

En voyant les invitées, Bella redouta même de se faire remarquer en étant trop couverte. Une jeune lady avait les épaules nues, et les genoux à peine couverts ! Une autre semblait avoir des diamants autour d'une cheville, ce qui était bien plus audacieux que ses propres sandales parsemées d'étoiles.

En s'approchant du premier groupe, Bella remonta discrètement sa robe en glissant un peu de tissu dans sa ceinture pour exposer quelques centimètres de peau, en dépit de sa réticence.

Les soldats et les deux femmes semblaient discuter de choses et d'autres – l'état des rues, le temps qu'il faisait. Puis un homme cita le député et journaliste John Wilkes.

Bella n'avait aucune envie d'entendre parler de Wilkes. L'année précédente, il avait été incarcéré pour avoir publié dans l'hebdomadaire *The North*

Briton des articles très critiques envers le roi et le gouvernement. Il avait dû fuir le pays. À présent, sous l'influence des sœurs Drummond, lady Fowler avait consacré une partie d'un don étonnant de mille guinées pour acheter une presse d'imprimerie. Elle voulait imprimer les pamphlets de Wilkes, qui pourraient ainsi être distribués librement dans la capitale.

C'était inquiétant, au vu de leur contenu incendiaire. Et Bella craignait que les sœurs Drummond n'aient des projets encore plus dangereux. Elles décrivaient la domination anglaise sur l'Irlande dans des tribunes politiques sur l'oppression des femmes, ce qui confinait à la haute trahison. Si elles utilisaient la presse pour imprimer des textes sur l'Irlande, l'équipe de lady Fowler finirait tel un troupeau conduit à l'abattoir.

— Vous êtes seule, jolie nymphe ? Joignez-vous à nous.

Le cœur battant, Bella se tourna vers l'un des deux hommes en toge.

— Hélas, monsieur, on m'attend ailleurs.

— Qu'est-ce qui pourrait bien accaparer une nymphe lors d'une telle soirée ? Accordez-nous le plaisir de votre compagnie...

L'autre homme semblait de son avis, contrairement aux deux femmes, qui n'avaient guère envie d'avoir une rivale.

— Peut-être ai-je envie d'être accaparée ailleurs, répondit Bella d'un ton enjoué. Veuillez m'excuser, messieurs.

Elle passa son chemin, s'attendant presque à ce qu'ils la retiennent et l'accusent d'imposture. Rien. Nul ne semblait la soupçonner. Son comportement devait être crédible.

Elle s'approcha prudemment d'un autre groupe d'invités, mais ne suscita que quelques regards indifférents. Ils étaient plongés dans une conversation des plus sérieuses. Elle capta quelques noms, des allusions à Greville, Newcastle et l'ambassadeur de France.

Cette soirée était visiblement l'occasion pour les personnages en vue de se rencontrer et de négocier sans les contraintes des vieilles inimitiés. Mais un tel sérieux ne servait pas les intérêts de la jeune femme.

Toutefois, il était encore tôt. Les invités avaient le temps de s'encanailler.

Bella s'éloigna et fut soulagée de se mêler enfin à des personnes plus enjouées et légères. Elle évolua au sein de cette assemblée en échangeant quelques mots de temps à autre. Il était manifeste que de nombreux invités se connaissaient. D'autres jouaient le jeu du bal masqué et tentaient de deviner quel personnage incarnait leur interlocuteur.

Plusieurs gentlemen essayèrent de trouver qui elle était en l'invitant à s'arrêter près d'eux pour flirter, dans une atmosphère bon enfant. Elle leur répondit par quelque boutade sur leur toge ou leur armure, avant de s'éloigner. Elle allait parvenir à ses fins, et elle venait de se rappeler comment.

L'humeur ambiante finit par la gagner. Elle sourit plus facilement et chantonna dans sa tête... Soudain, elle se rendit compte qu'elle appréciait l'admiration des hommes, qui la trouvaient ravissante et s'extasiaient devant ses étoiles...

Ils ne t'apprécient pas, se dit-elle. *Ils reluquent tes lèvres rouges, ta perruque et ta tenue légère.* Elle repensa à sa jeunesse perdue, à cette insouciance qu'elle chérissait tant. Il serait difficile de retrouver ensuite son existence terne, mais aurait-elle le choix ?

Elle atteignit le cœur de la maison, un vaste palier surplombant un escalier somptueux en bois poli et en métal doré. Le plafond était orné d'une fresque mal éclairée.

En revanche, le hall d'entrée attirait les regards telle une scène sur laquelle se présentaient les invités. Bella gagna l'avant de la foule pour mieux voir. Elle fut aussitôt assaillie par le brouhaha, les parfums, les odeurs de transpiration.

Le duc se trouvait-il encore dans l'entrée pour accueillir ses invités de marque ? Quel serait son costume ? Une toge de sénateur, peut-être, avec une couronne de laurier ? Elle avait croisé plusieurs personnes vêtues de la sorte, ainsi que certaines portant une couronne dorée.

Oui, l'arrogant duc arborerait sans doute un tel costume.

Pourvu qu'elle puisse glaner des informations sur le duc d'Ithorne. Troublée par ce don extraordinaire de mille guinées à lady Fowler, elle avait demandé à M. Brownley, le notaire londonien engagé pour elle par M. Clatterford, qu'il en identifie la source. Il avait eu beaucoup de mal, car le donateur souhaitait rester anonyme. Heureusement, une connaissance travaillant dans un cabinet juridique qui gérait un certain nombre d'affaires pour le duc d'Ithorne avait admis être au courant de la transaction. Mais pourquoi un jeune duc débauché verserait-il une telle somme au fonds de lady Fowler ? Cela cachait quelque chose, c'était certain.

Espérait-il pousser lady Fowler à se conduire de façon insensée ? Cela semblait extrêmement sournois, mais celle-ci était désormais persuadée d'avoir des soutiens puissants et secrets et, sous l'influence des sœurs Drummond, elle échafaudait des projets de plus en plus dangereux.

Pire encore, elle s'en prenait depuis des mois au marquis de Rothgar dans ses lettres – ce qui n'était que pure folie, même si le marquis avait imposé une fille illégitime parmi la société.

Celui qu'on appelait le Sombre Marquis serait-il présent ce soir ? Tout de noir vêtu, peut-être... On disait aussi de lui qu'il était l'éminence noire qui murmurait à l'oreille du roi – un sobriquet inspiré de l'éminence rouge qu'était le cardinal de Richelieu.

Lord Rothgar effrayait Bella plus que le roi lui-même, car il était sans foi ni loi. D'après ce qu'elle savait de lui, il faisait ce que bon lui semblait et sa vengeance était terrible contre ceux qui osaient le défier.

Bella devait quitter lady Fowler et changer de vie sans attendre.

Aucun des hommes qui se trouvaient dans le hall d'entrée ne semblait correspondre au Sombre Marquis ou au duc d'Ithorne. Cependant, ils seraient difficiles à repérer. Elle ne les avait vus que rarement, et de loin. Ils étaient tous deux grands et bruns, quand ils n'étaient pas poudrés. Toutefois, le marquis avait dix ans de plus que le duc.

En remarquant que les nouveaux arrivants levaient les yeux et s'extasiaient, Bella décida de descendre pour observer la scène du même point de vue.

Il n'était pas facile d'avancer à contre-courant de la foule. Parfois, elle frôlait certains corps d'un peu trop près, y compris des hommes, qui souriaient et plaisantaient. L'un d'eux tenta de l'entraîner, mais il la relâcha dès qu'elle refusa.

Elle en fut troublée, embarrassée. Si seulement ces maudits costumes n'exposaient pas tous ces bras musclés qui effleuraient les siens ! Si seulement la foule ne la poussait pas contre ces corps fermes ! Elle avait oublié ce qu'on ressentait à proximité d'un homme. Peut-être n'avait-elle jamais connu de tels contacts.

Sauf une fois.

Quatre ans plus tôt, à Douvres, parmi la foule, un homme l'avait prise dans ses bras. Il l'avait embrassée au milieu de cette assemblée d'ivrognes. Et dans cette écurie, alors qu'elle était terrifiée à l'idée d'être capturée. Elle redoutait le sort qui la menaçait, et sentait sa présence avec une intensité qu'elle n'avait pas oubliée.

Et ils étaient tous les deux habillés.

Elle s'écarta de l'escalier et respira profondément comme si elle avait failli se noyer, engloutie par ces odeurs masculines, puissantes.

Si Bella était toujours très entourée, nul ne la touchait jamais. Aucun homme n'avait de prétexte pour se plaquer contre elle.

Elle se dirigea vers la porte d'entrée, puis fit volte-face pour découvrir ce que voyaient les invités en arrivant.

Ah...

Elle n'était jamais allée en Italie. Cela devait y ressembler... Des murs en trompe-l'œil, avec des fenêtres et des balcons peints avec tant d'habileté qu'ils semblaient vrais. La toile sombre qui masquait la vue du palier figurait un ciel étoilé. Un parfum d'herbes et d'autres arômes lui parvinrent, suggérant quelque contrée exotique.

— C'est absurde, non ?

Bella se tourna vers un jeune homme en costume de paysan, avec une tunique en toile brute lui arrivant aux genoux et un pantalon fauve. Ses cheveux grisonnants étaient en désordre, et il arborait une barbe de quelques jours. En guise de masque, il portait un chiffon noué qui laissait entrevoir ses yeux.

Pendant une fraction de seconde, elle crut avoir affaire à un domestique impudent, mais il s'exprimait comme un gentleman et prenait des libertés avec le code vestimentaire de la soirée en se présentant ainsi.

Il guettait sa réaction, s'étonnant peut-être de son silence. Bella hésita un instant entre un air blasé ou admiratif, puis elle opta pour la franchise.

— Je trouve ça exquis. Je me demande si l'Italie ressemble vraiment à cela.

— Comme un décor de théâtre peut être fidèle à la réalité. Vous trouvez qu'Ithorne a fait du bon travail ?

— Je doute que le duc ait fait quoi que ce soit.

— Comme vous avez raison ! dit-il en s'esclaffant. Il a donné des ordres à ses laquais.

À son ton, elle devina qu'il partageait son aversion pour les oisifs fortunés.

Il parut penser la même chose d'elle.

— Nous sommes manifestement âmes sœurs, dit-il. Venez danser avec moi.

Il avait formulé une requête mais, au lieu de lui offrir son bras, il la prit par la main et l'entraîna vers l'escalier.

D'instinct, elle résista, avant finalement de le suivre. Elle devait passer inaperçue en attendant la suite. Quand les activités licencieuses commenceraient, une lady accompagnée d'un partenaire se ferait moins remarquer qu'une femme seule. De plus, elle ne pouvait nier qu'elle avait envie de danser, rien qu'une fois. Cela faisait si longtemps !

Comme elle s'en doutait, aucun homme ne l'aborda puisqu'elle avait un partenaire. Une femme devrait pourtant pouvoir déambuler à sa guise sans être escortée. Cependant, elle n'était pas d'humeur à s'insurger. En vérité, son cœur était troublé.

Non, pas troublé. Elle vacillait parce qu'une main puissante et virile avait pris la sienne. Depuis combien de temps n'avait-elle pas tenu la main d'un homme ? Sa peau contre la sienne, sans gants...

Quatre ans, sans doute, lors d'un bal à la campagne. Ou bien quand Coxy et Naiscourt l'avaient fait monter de force dans cette voiture.

— Pourquoi êtes-vous fâchée, jolie nymphe ? s'enquit son compagnon.

Bella se rendit compte qu'ils avaient atteint le sommet des marches et qu'elle avait les sourcils froncés.

— La foule, monsieur. Et le temps qu'il faut pour gagner la salle de bal. J'aime beaucoup danser, s'empressa-t-elle de préciser avec un sourire.

Il observa l'assemblée qui leur barrait le passage.

— Dois-je ordonner à ces gens de s'écarter ?

— Seriez-vous Moïse devant la mer Rouge ? Vous portez un costume de paysan.

— Un modeste berger, ou un chevrier, autorisé à quitter sa montagne pour s'amuser un peu. Si ces importuns étaient des chèvres, je saurais sans doute les diriger dans le bon sens.

— Des chèvres ? Dans une soirée antique ?

— Une chèvre aristocrate demeure une chèvre. Écoutez-les chevroter.

Bella ne put s'empêcher de rire.

— Tiens donc ! Vous allez mal finir, monsieur !

— Serai-je renvoyé dans ma montagne ? Contraint de fuir le pays, comme ce pauvre vieux Wilkes ? N'ayez crainte. Je ne suis pas assez fou pour imprimer mes pensées irrespectueuses. L'êtes-vous ?

Bella retint son souffle. Se serait-elle trahie ?

— Quelles pensées irrespectueuses aurais-je, selon vous ? énonça-t-elle.

— À propos de cet oisif d'Ithorne, pour commencer. Il a probablement un cachot au sous-sol pour châtier une telle insolence.

— C'est plus que probable. Il paraît que c'est le pire débauché qu'on puisse rencontrer en ce bas monde.

— Un duc n'est pas dans le bas monde, douce nymphe, dit-il en souriant.

— Dans cette vie, peut-être.

— Ah, vous anticipez le fait que nous serons tous répartis entre moutons et chèvres devant l'entrée du paradis. C'est injuste envers les chèvres d'en faire des créatures du diable.

— Très injuste, admit Bella.

Elle appréciait plus que de raison ce badinage extravagant. La maison de lady Fowler manquait résolument d'un tel esprit léger.

— Vous m'avez promis une danse, monsieur. N'êtes-vous pas homme de parole ?

L'ancienne Bella Barstowe était de retour, impatiente et exigeante.

— Venez, laissez-moi vous mener, dit-il en la prenant par la taille pour l'inciter à avancer.

Malgré elle, Bella se laissa faire.

Elle était prête à le suivre n'importe où, telle une chèvre stupide.

C'était la première fois qu'un homme l'enlaçait avec une telle autorité. Plus que jamais, elle ressentait l'absence de plusieurs couches de vêtements pour la protéger. Comme par magie, les invités s'écartèrent pour les laisser passer, et Bella eut soudain l'impression que son bras musclé était en contact direct avec sa peau nue.

Qu'il soit bien né ou non, elle avait succombé au charme d'un fripon dénué du sens de la mesure. Une femme sensée l'aurait éconduit, mais elle avait trop envie de danser...

Enfin, ils pénétrèrent dans la salle de bal en fendant la foule.

Là encore, le décor évoquait l'Antiquité, avec du marbre et des colonnes, sans masquer le plafond peint et les dorures qui scintillaient à la lueur de centaines de chandelles. Des invités costumés se livraient à une danse en ligne sur l'air de « The Lady of May ».

Son compagnon l'entraîna sur le côté pour permettre à d'autres d'entrer. Enfin, Bella trouva la force de se libérer de son emprise.

Il ne s'en offusqua pas et esquissa même un sourire.

— Quelle nymphe incarnez-vous, jeune beauté ? Vos étoiles me portent à croire que vous êtes une Pléiade. Vous en avez également sur les orteils...

Cette réflexion troubla la jeune femme.

— Céléno, répondit-elle vivement. Avez-vous un nom, monsieur le chevrier ?

— Je suis de trop basse extraction pour avoir un nom. Ces cheveux d'ébène...

Il s'enhardit à effleurer une mèche sur l'épaule de Bella.

— Vous êtes bien Céléno, la sombre harpie griffue.

Comment pouvait-elle frémir de la sorte alors qu'il n'avait touché que sa perruque ?

— Ou bien Céléno l'Amazone, répliqua-t-elle en repoussant sa main. Méfiez-vous, monsieur. Je pourrais dissimuler un arc et une flèche.

Elle s'était renseignée sur son personnage.

— Et si je vous fouillais ? Au cas où mes chèvres seraient en danger.

— Je ne le crois pas !

Il tendit la main vers le tissu couvrant son épaule droite et, l'espace d'un instant, elle crut qu'il allait mettre sa menace à exécution. Mais il se contenta d'un soupir.

— Moi non plus. Toutefois, vous constituez une énigme au sein d'une devinette, Céléno. Vous êtes dissimulée sous plusieurs couches de déguisements. J'ai besoin d'en savoir plus. La soirée ne fait que commencer... Nous avons le temps.

— Le temps ? répéta-t-elle, le souffle court.

Si elle avait croisé bien des audacieux au cours de sa prime jeunesse, aucun ne rivalisait avec celui-ci. La jeune femme s'en trouva presque émoustillée. Il flirtait de la plus délicieuse des façons, et elle prenait plaisir à badiner à son tour.

Depuis combien de temps cela ne lui était-il pas arrivé ?

Quatre ans.

Une éternité.

— Le temps d'effeuiller chacune de ces couches jusqu'à découvrir la vérité, répondit-il.

— D'abord la vôtre, rétorqua-t-elle d'instinct pour le repousser.

Face au sourire du berger, elle comprit que cette provocation était une erreur.

— Naturellement. Et si nous commencions ?

Une fois encore, il la toucha, effleurant son flanc.

— Non, dit-elle avec un mouvement de recul.

Elle se retrouva dos au mur.

— Si nous trouvions un coin plus tranquille…

Bella écarquilla les yeux. Il venait de lui proposer le genre d'activité scandaleuse qu'elle voulait dénoncer. Et elle était tentée !

— Dansons d'abord, répondit-elle.

Elle avait l'intention de lui échapper discrètement un peu plus tard.

— Sage Céléno ! commenta-t-il avec un sourire. En procédant lentement, le plaisir n'en est que plus grand, n'est-ce pas ? Venez…

Cette fois, il lui tendit la main au lieu de l'entraîner. La sage Céléno aurait dû trouver un prétexte pour s'enfuir, elle le savait, mais Bella accepta sa main.

— Vous aimez vraiment la danse, dites-moi.

Bella, qui piaffait d'impatience, ne tenta pas de nier. Elle le suivit vers l'extrémité de la file et s'adapta vite au rythme de la danse en ligne.

Lorsqu'ils se retrouvèrent au milieu avant d'opérer un demi-tour, il lança :

— Je crois que je vous connais.

Au bord de la panique, Bella parvint toutefois à sourire. Elle tournoya pour passer au gentleman suivant, l'esprit en émoi. Ce chevrier pouvait-il être un homme qu'elle avait rencontré autrefois ? Elle était certaine qu'il n'était pas son voisin à la campagne. Et quel séducteur londonien aurait-elle pu croiser ? Pourtant… elle lui trouvait effectivement quelque chose de familier.

Où l'avait-elle rencontré ? Et quand ?

Sa barbe naissante était un détail peu courant parmi les gentlemen…

Elle ne parvenait pas à mettre le doigt dessus tandis qu'elle souriait et flirtait avec d'autres messieurs. Si elle était reconnue, ce serait un désastre.

Mais le chevrier avait-il reconnu Bella Barstowe ou Bellona Flint ? Il était peu probable que quelqu'un identifie Bellona dans ce costume, d'autant que celle-ci ne fréquentait pas la bonne société.

— Qui êtes-vous donc, jolie demoiselle ?

Bella sursauta et dévisagea son partenaire du moment. Elle se ressaisit pour lui fournir la réponse appropriée :

— À vous de le deviner, monsieur.

— Mélia, suggéra-t-il.

Qui diable était cette Mélia ? Elle n'en avait aucune idée, mais elle secoua négativement la tête et poursuivit sa danse. Pourquoi n'avait-elle pas répondu de même au mystérieux chevrier ? Elle lui avait indiqué le nom de son personnage et l'avait suivi sans rechigner. C'était un homme très dangereux, sans compter qu'il croyait l'avoir reconnue. Mieux valait qu'elle file dès la fin de cette danse.

En attendant, elle le surveilla du coin de l'œil. Leurs regards se croisèrent à maintes reprises.

S'interrogeait-il également sur cette impression de familiarité ?

Et s'il faisait partie du cercle de lady Fowler ? Non. Les rares hommes soutenant son action étaient des ecclésiastiques et des universitaires. Ce chevrier était bien trop coquin. Il suffisait de le voir flirter avec toutes les femmes qu'il croisait lors de cette danse. Naturellement, elle en faisait autant, mais c'était pour la bonne cause.

À regret, elle s'aperçut que tous ceux avec qui elle badinait lui paraissaient soudain stupides, quel que soit leur âge. Elle avait entendu dire que certains hommes faisaient tourner la tête des femmes, et elle en avait rencontré un spécimen.

Elle-même était devenue stupide, l'espace d'un instant.

Il fallait qu'elle se ressaisisse. Elle se mit en quête de détails scandaleux à rapporter à lady Fowler. Elle croisa des partenaires qu'elle eut envie de clouer au pilori, tels ce sénateur replet un peu trop entreprenant ou ce gringalet qui avait trouvé le moyen de toucher son sein. Ou encore ce danseur velu qui transpirait si abondamment que sa toge était trempée.

Ce n'était pas très charitable, car il faisait une chaleur étouffante dans la salle de bal. Les hautes fenêtres étaient ouvertes, mais l'air était lourd pour un mois de septembre. Retrouvant le chevrier, elle déclara :

— Il fait si chaud...

Elle décela une lueur lubrique dans son regard et s'empressa d'ajouter :

— Heureusement, nous sommes en tenue légère. Ces costumes devraient être de mise pour toutes les danses. Imaginez les couches de jupons et de soie d'une toilette traditionnelle !

— Ou d'un costume en velours brodé, renchérit-il.

— Pour un chevrier ? lança-t-elle d'un ton railleur.

— Une déesse transpire-t-elle ? répliqua-t-il.

— Je suis une nymphe...

— Les nymphes sont coquines, c'est notoire.

— Et les chevriers sont...

Elle ne trouva aucun adjectif.

— Les chevriers sont lubriques. Et c'est peut-être contagieux. Seigneur ! souffla-t-il en serrant sa main dans la sienne. Je suis en train de vous contaminer.

— Dans ce cas, votre lubricité a dû se propager dans le groupe de danseurs, monsieur. À la réflexion, c'est un peu comme transmettre une rougeur à toute une léproserie.

— Céléno ! Je suis choqué. Mais si vous avez chaud...

Il lui fit quitter subtilement la danse pour gagner la terrasse où la fraîcheur caressa la peau moite de la jeune femme, qui fut vite submergée par une onde d'inquiétude.

— Auriez-vous froid, maintenant ? s'enquit son compagnon en la voyant jeter un coup d'œil en direction de la salle de bal.

Il attrapa un châle posé sur un banc et le plaça sur les épaules de Bella, avant d'attirer la jeune femme vers lui.

Elle voulut plaquer les mains sur son torse pour le repousser, mais il était trop tard. Quelques instants plus tôt, elle dansait avec lui, et voilà qu'elle était blottie contre son corps, légèrement vêtu.

— Vous soufflez le chaud et le froid, n'est-ce pas ?

— Et vous, vous me prenez pour une chèvre ? Lâchez-moi !

Il rit, puis il l'embrassa. D'abord doucement, avant de l'enlacer plus fort et de poser une main derrière sa tête pour approfondir le baiser. Avec adresse, il insinua sa langue dans sa bouche.

Elle aurait voulu résister. Hélas, une partie d'elle-même n'en avait aucune envie. La Bella qui avait dansé, flirté et embrassé une fois ou deux dans son existence s'éveilla d'un long sommeil pour apprécier ce moment. Il était le premier homme à l'embrasser ainsi, et elle n'avait jamais rien ressenti de tel.

Jamais elle ne s'était sentie à ce point en danger.

Et brûlante.

Non !

Elle détourna la tête et le repoussa brutalement.

Il ne résista pas, un sourire aux lèvres. Les yeux pétillants, il saisit les extrémités du châle pour l'attirer de nouveau vers lui.

— Lâchez-moi...

Elle avait le souffle si court que cet ordre ne fut à peine plus qu'un soupir. Pire encore, elle guettait fébrilement sa réaction.

Il lâcha le châle.

Masquant sa déception, Bella en profita pour en draper ses épaules et ses bras.

— Vous n'auriez pas dû faire ça.

— Dans ce cas, il ne fallait pas venir à cette fête.

— Est-ce donc le genre de soirée où une jeune dame se fait agresser parce qu'elle joue un rôle ?

— Il en est toujours ainsi lors d'un bal masqué, si ladite dame a envie de jouer.

— Je n'ai pas...

— Si mon baiser vous a offensée, je vous demande pardon. Mais vous ne sembliez pas scandalisée, ma douce nymphe si délicieuse...

Bella déglutit nerveusement. En toute sincérité, elle devait admettre qu'il disait vrai et que la partie délurée d'elle-même brûlait de retrouver ses bras.

Elle puisa en elle le courage de reposer le châle sur le banc d'un air qui se voulait désinvolte.

— Après cette brève diversion, paysan, je dois rejoindre des cercles plus élevés.

— Méfiez-vous des sénateurs et des dieux. En dépit de leur auguste façade, ce ne sont que des hommes. Si vous êtes aussi innocente que vous le suggérez, vous souhaiterez sans doute que je vous confie au groupe qui vous a accompagnée ce soir.

Cette provocation était aussi habile qu'un coup de poignard entre les côtes. Que soupçonnait-il ? Elle s'efforça de déchiffrer son expression, mais l'éclairage était faible sur cette terrasse.

— Si je vous le permettais, vous sauriez qui je suis.

— Vous me croyez capable de reconnaître une personne d'après son entourage ? Voilà qui est surprenant. Et vous souhaitez rester anonyme éternellement ?

— Je peux essayer.

Sa bouche sensuelle lui offrit un large sourire, faisant apparaître des fossettes sur ses joues.

— Je découvrirai votre identité un jour, vous savez, assura-t-il.

Bella eut envie de lui rendre ce sourire.

— J'en doute, répliqua-t-elle en se redressant fièrement.

— Ce n'est qu'une question de temps. J'ai déjà l'impression de vous connaître.

— J'en doute fort.

— Seriez-vous une provinciale fraîchement arrivée en ville ?

— Vous ne me tirerez pas les vers du nez, paysan.

Néanmoins, elle se trouvait en danger et ne pouvait s'attarder davantage.

— Je vous dis adieu, conclut-elle avant de regagner la salle de bal.

Elle hâta le pas en espérant qu'il ne la suivrait pas, et traversa même la rangée de danseurs malgré leurs protestations. Quand elle atteignit la porte du fond, elle regarda en arrière, souhaitant presque voir le chevrier sur ses talons, prêt à la reprendre dans ses bras pour un nouveau moment de folie.

Non sans déception, elle constata qu'il se tenait toujours sur le seuil de la terrasse. Visiblement, elle ne l'intéressait plus, car il était en grande conversation avec un homme aux cheveux grisonnants, vêtu d'une toge très simple.

Tu vois, pauvre idiote ! Cette rencontre, ce baiser ne signifiaient rien pour lui. Naturellement, elle n'avait jamais réellement cru le contraire. Intriguée par le sérieux et la concentration du chevrier, elle s'attarda un instant.

Elle s'était demandé si lui aussi ne s'était pas introduit ici sans y être invité, auquel cas il devait s'entretenir avec un complice. Peut-être complotaient-ils contre quelqu'un. Les deux hommes prévoyaient-ils d'assassiner le duc ou d'incendier la maison ?

Soudain, il regarda dans sa direction. Ses yeux se posèrent sur elle. Elle aurait juré qu'il avait deviné ses pensées. Effrayée, elle tourna les talons, mais un groupe d'invités l'obligea à bifurquer.

Elle en profita pour lancer une œillade en direction du chevrier.

Il n'avait pas bougé et la dévisageait toujours.

Au moment de s'enfuir, Bella remarqua que plusieurs personnes l'observaient avec une étrange intensité.

Avaient-elles reconnu en elle une intruse ? Étaient-elles sur le point de la dénoncer ?

Une femme la toisa avec un rictus de dégoût. Ce maudit chevrier avait-il mis sa robe en désordre ? Était-elle indécente ? Elle baissa les yeux sur sa tenue, qui ne semblait pas avoir été dérangée. Cependant, quelque chose n'allait pas. Ivre de panique, elle se faufila parmi la foule, s'efforçant de ne pas avoir l'air d'une criminelle en fuite, sans savoir où elle allait. Pourvu qu'elle trouve un coin tranquille qui lui permettrait de reprendre ses esprits.

— C'est un scandale ! entendit-elle.

Elle tressaillit mais, quand elle jeta un coup d'œil autour d'elle, personne ne la regardait. Trois déesses grecques échangeaient des messes basses avec des sourires espiègles. Sans doute se réjouissaient-elles d'anéantir quelque réputation.

Bella scruta de nouveau les alentours. Les battements de son cœur commençaient à se calmer. Il n'y avait peut-être pas de danger imminent. De plus, elle était venue en quête de scandales...

Elle fit mine d'ajuster une lanière de sa sandale pour tenter d'en savoir plus.

— En flagrant délit, ma chère ! Absolument !

— Qui ?

— Grandiston, paraît-il.

— Pas étonnant ! Il est tellement viril dans cette armure antique...

Grandiston ? Ce nom lui était vaguement familier, même si Bella ne parvenait pas à se rappeler pourquoi. Était-il assez important pour figurer dans la lettre de lady Fowler ? Et qui était sa conquête du soir ?

L'une des commères se posait manifestement la même question, car elle demanda :

— Psyché Jessingham ?

Bella était informée de la liaison adultère de celle-ci avec Ithorne, évoquée par lady Fowler, qui n'en avait toutefois pas parlé dans sa lettre. Très jeune, lady Fowler avait été mariée de force à un vieillard répugnant, de sorte qu'elle était solidaire des nombreuses femmes qui subissaient le même sort, même quand elles fautaient.

Bien que lady Jessingham soit désormais veuve, lady Fowler s'en tenait à ce principe, même si elle aurait volontiers dénoncé Ithorne pour ne pas avoir épousé la femme dont il avait ruiné la réputation.

— Psyché et Grandiston ?

Les commères baissèrent d'un ton, obligeant Bella à dresser l'oreille. Lady Fowler refuserait-elle toujours d'exploiter un scandale impliquant cette femme ?

— Elle n'a jamais été discrète, déclara l'une des femmes. Qu'a-t-on vu, au juste ?

Elles échangèrent quelques murmures dont Bella ne capta que des bribes :

— ... très échevelée... la robe déchirée...

Soudain, Bella se rendit compte que les trois matrones l'observaient froidement.

Elle esquissa un sourire et fila.

— Rothgar..., perçut-elle en s'éloignant.

Seigneur ! Le Sombre Marquis était-il également impliqué ? Son travail auprès de lady Fowler avait permis à Bella d'avoir connaissance de certains scandales. Elle savait que les hommes partageaient parfois la même femme. Ce serait un sujet intéressant pour la lettre. Cependant, elle plaignait la malheureuse épouse de lord Rothgar, qui était enceinte et qui devait déjà accepter la fille illégitime de son mari sous son toit.

Il fallait qu'elle en sache davantage. Où se trouvait donc Grandiston ?

7

Thorn fendit la foule aussi vite que possible, car la plupart des invités l'avaient reconnu et il ne voulait pas attirer l'attention. Il dissimulait également sa colère contre lui-même. Il allait arriver trop tard pour éviter la catastrophe, et ce uniquement parce qu'il avait négligé son devoir. Au lieu de surveiller la foule, il s'était éclipsé sur la terrasse en compagnie d'une nymphe enchanteresse.

Il avait dû laisser Céléno partir sans l'avoir démasquée. Hélas, il ne pouvait ignorer le guêpier dans lequel s'était fourré Christian, qui avait été surpris dans un salon privé avec une femme. Pire encore, c'était Psyché Jessingham qui les avait découverts. Celle-ci avait des vues sur Christian, qui ne souhaitait pas l'épouser, et elle ne se gênerait pas pour crier la nouvelle sur les toits afin de se venger.

Au moins, Christian avait choisi une pièce isolée pour sa partie de jambes en l'air, ce qui n'empêcherait pas Thorn de le tancer vertement. Quelle mouche l'avait piqué ? Il était déjà empêtré dans les ennuis avec trois femmes différentes. Outre l'avide Psyché, Christian avait conclu un mariage insensé à l'âge de seize ans avec une jeune fille originaire du Yorkshire, Dorcas Froggatt, qu'il avait crue morte mais qui était en réalité vivante. En la recherchant dans l'espoir d'obtenir l'annulation de leur union, il était tombé amoureux d'une certaine Mme Hunter, qui l'avait abandonné en découvrant qu'il était marié.

Pour couronner le tout, le message d'alerte que Thorn avait reçu en quittant la terrasse provenait de Rothgar. Furibond, Thorn avait envie de saisir le premier vase venu afin de le jeter contre un mur.

— Monsieur.

Thorn fit volte-face et se trouva nez à nez avec un soldat romain.

— Le roi vous demande, annonça-t-il d'un air grave.

Thorn marmonna un juron. Nul ne refusait une convocation du roi. Il se tourna vers les invités.

Afin de paraître proche de son peuple, George avait choisi d'arborer une toge ordinaire. Naturellement, personne n'était dupe. Pourtant, les aristocrates se gardaient d'esquisser une révérence ou de s'incliner avec déférence, une retenue qui n'était pas naturelle pour des personnes rompues à ces gestes depuis leur plus jeune âge.

— Je crains qu'il n'y ait eu un contretemps, monsieur, déclara Thorn en réprimant le réflexe de s'incliner. J'en suis désolé.

— C'est très coquin, répondit le souverain, qui semblait de bonne humeur. Mais un couple marié, n'est-ce pas...

Marié ? Thorn masqua sa surprise et inclina la tête en signe d'approbation.

— Le pouvoir de l'affection conjugale, monsieur.

— Ce que je comprends mieux que quiconque, car je connais aussi ce bonheur, n'est-ce pas ? Puis-je vous souhaiter le même bonheur pour bientôt, Ithorne ? Une si noble lignée dont vous êtes le dernier représentant, n'est-ce pas...

Thorn maîtrisa son irritation, car le roi avait tendance à ponctuer ses phrases d'un « n'est-ce pas » exaspérant. Pour l'heure, toutefois, il était impatient d'abréger cet entretien pour déterminer l'ampleur du problème.

— Je désire être heureux autant que vous, monsieur, déclara-t-il. C'est pourquoi je me montre prudent dans mon choix.

— Laissez vos amis choisir pour vous. C'est ce que j'ai fait.

Il s'était plaint de l'apparence et des manières de Charlotte de Mecklembourg-Strelitz, d'après les souvenirs de Thorn. George était actuellement très épris de la jolie Sarah Lennox. Cependant, le roi et la reine semblaient désormais liés par une tendresse réciproque, ce qui ne faisait que conforter Thorn dans sa décision de faire un mariage de raison.

— Je vais suivre votre conseil, monsieur. En attendant, si vous voulez bien m'excuser...

Congédié d'un geste, Thorn s'éloigna en réfléchissant au message de Rothgar. Avait-il organisé ce scandale afin de s'assurer que le roi en serait informé, dans l'espoir que le souverain blâmerait l'hôte de la soirée ?

Thorn considérait sa rivalité avec Rothgar comme purement politique. Le Sombre Marquis serait-il prêt à user de tous les moyens pour saper quiconque défierait son pouvoir ?

En voyant Overstone, son austère secrétaire, venir à sa rencontre, mal à l'aise dans sa toge, il s'arrêta pour prendre des nouvelles.

— D'après ce qu'on raconte, monsieur, lord Rothgar a atténué le scandale en affirmant qu'il s'agit d'un couple marié. Si certains le croient, lady Jessingham a protesté avec ferveur. Elle semble avoir une opinion très négative de cette dame. Dois-je appuyer la version du couple marié, monsieur ?

— Pas encore, mais ne démentez pas non plus. Jouez l'apaisement.

Thorn longea vivement un couloir silencieux, s'attendant au pire.

Ce qu'il découvrit dans les minutes qui suivirent le laissa sans voix. Christian avait effectivement été surpris en plein batifolage, mais la femme en question n'était autre que son épouse, cette Dorcas Froggatt dont il cherchait à se défaire en annulant leur mariage. Encore plus étrange, elle était aussi la Mme Kat Hunter dont Christian était tombé amoureux.

Ah, l'amour ! Il n'y avait rien de pire pour gâcher la vie d'un homme, songea Thorn. Cette femme accusait maintenant Christian de l'avoir compromise pour la contraindre à rester mariée.

Quelle que soit la vérité, Thorn devrait se rendre à Malloren House dès le lendemain pour s'entretenir avec Rothgar et plaider la cause de son frère de cœur.

Rothgar, maudit soit-il, se trouvait en effet au cœur de cette histoire. La femme de Christian était une amie de la marquise, et elle était invitée à Malloren House. Rothgar l'avait conviée à ce bal en toute connaissance de cause. Il prétendait avoir eu les meilleures intentions du monde, ce dont Thorn doutait fortement. Cet incident aurait pu placer Thorn au cœur d'un scandale retentissant et contrarier le roi.

Si Rothgar avait délibérément utilisé Christian comme une arme, la rivalité politique pourrait se transformer en guerre personnelle.

Ce ne fut qu'en se couchant enfin dans son lit, aux premières lueurs de l'aube, que Thorn repensa à Céléno. Elle était peut-être une harpie, finalement, qui lui avait jeté un mauvais sort.

Sur les coups de 3 heures du matin, Bella regagna sa petite maison dans une chaise à porteurs. Ses deux jeunes domestiques l'accueillirent comme si elle venait de s'échapper d'un nid de vipères. Ce en quoi elles n'avaient peut-être pas tort.

— Mademoiselle ! s'exclama Annie Yelland, toujours fluette malgré des mois d'une alimentation copieuse. Nous avons eu tellement peur pour vous !

— Tous ces fêtards lubriques..., renchérit sa sœur Kitty qui, elle, s'était arrondie.

Quand Bella les avait rencontrées, elles se ressemblaient davantage : émaciées, pâles, apeurées... Kitty, l'aînée, était aussi la plus grande et avait les cheveux roux, contrairement à Annie qui était châtain, avec de grands yeux bruns et un teint de pêche.

— Était-ce terriblement choquant ? s'enquit Kitty.

— D'une manière générale, non, répondit Bella en atténuant un peu la réalité, car elle ne voulait pas encourager le goût de sa domestique pour les commérages.

Elle aurait préféré tenir les deux sœurs à l'écart de cette histoire, mais elle n'avait pu leur cacher son déguisement. Kitty apprenait le métier de femme de chambre, et Annie découvrait celui de cuisinière. Elles étaient inséparables et n'avaient pas de secrets l'une pour l'autre. Quand Kitty avait un vêtement à raccommoder pour Bella, elle emportait sa boîte à ouvrage à la cuisine, au lieu de rester dans la chambre de sa maîtresse.

Elles étaient de nouveau ensemble alors que seule Kitty était censée attendre le retour de Bella pour l'aider à se déshabiller. La jeune femme aurait volontiers accordé aux deux sœurs le droit de se lever tard, comme elle le ferait elle-même. Hélas, Peg Gussage avait besoin d'Annie à la cuisine dès l'aube.

Bella monta dans sa chambre avec Kitty pendant qu'Annie allait faire chauffer de l'eau. Kitty insista pour assister sa maîtresse, alors qu'enlever un jupon et une robe légère ne présentait aucune difficulté. Annie réapparut avec un broc et remplit une cuvette en porcelaine derrière le paravent. La température de l'eau était idéale. Bella finit par envoyer les sœurs se coucher.

Elle avait de la chance d'avoir engagé ces deux perles.

En arrivant à Londres, elle n'était accompagnée que de Peg et avait loué cette maison. Peg serait cuisinière et gouvernante, mais il fallait une aide en cuisine et une femme de chambre, sans oublier un homme à tout faire pour effectuer les menus travaux. Peg et Bella préféraient engager un garçon robuste plutôt qu'un homme adulte, car il vivrait sous leur toit. Bella avait décidé de s'adresser à des institutions charitables.

Sa visite à l'asile pour nécessiteux avait été poignante, car la plupart des pensionnaires étaient des vieillards ou des enfants. Ces derniers étaient mis au travail dès l'âge de six ans.

Elle avait repéré un garçon d'une dizaine d'années allongé sur son matelas.

— Ne l'engagez pas, madame, avait dit la responsable en ôtant vivement sa couverture crasseuse. On lui a trouvé du travail aux écuries, mais il s'est blessé et ne guérit pas. Tôt ou tard, l'infection risque de le tuer.

Bella craignait qu'elle ne dise vrai. Mais le regard triste de l'enfant l'avait touchée. Malgré sa jambe écorchée et enflée, il semblait robuste. Redoutant de commettre une erreur à cause de sa trop grande sensibilité, elle lui avait demandé son nom – Ed Grange – avant de le faire conduire chez elle en charrette. Avec sa jambe blessée, il n'aurait pu monter dans une voiture, d'autant qu'il était sale et probablement infesté de poux.

Peg Gussage en avait été affligée. Elle avait reproché à Bella d'être trop sentimentale, tout en s'affairant à baigner et nourrir le malheureux, sans oublier de lui administrer des remèdes de sa connaissance.

La présence du blessé avait rendu l'embauche d'autres domestiques plus pressante. Bella avait diffusé la nouvelle parmi les partisanes de lady Fowler. Elle s'était entretenue avec le pasteur de l'église

St Anne, qui lui avait parlé du triste sort des sœurs Yelland.

— Elles vivaient avec leur père, un veuf, mademoiselle Flint. Il était charbonnier, un homme bien. Sans doute avait-il trop protégé ses filles. Si elles avaient appris un métier ou s'étaient engagées en tant que domestiques, elles ne seraient pas dans cette situation dramatique. L'hiver dernier, le pauvre homme a fait une chute et s'est brisé le dos. Les filles se sont occupées de lui, mais il est mort il y a six semaines et son enterrement leur a coûté leurs derniers sous. Annie et Kitty n'ont rien dit à personne, pas même à moi, car elles redoutaient de se retrouver à l'asile pour nécessiteux. On les comprend...

— En effet. Quel âge ont-elles ?

— Kitty aurait seize ans, et Annie, quinze, mais chez ces gens-là on n'a aucune certitude. Elles sont trop âgées pour la plupart des œuvres caritatives, et elles n'ont pas de métier. En revanche, elles tenaient la maison de leur père et je ne leur connais aucune maladie ou invalidité. Avec un peu de bienveillance et une nourriture saine, elles se montreront travailleuses. Et ce sont de gentilles filles.

Une femme plus raisonnable que Bella aurait ignoré l'histoire de ces sœurs, pourtant elle leur avait rendu visite. Leur modeste demeure était propre et rangée. Hélas, elles vivaient dans la misère. Les filles étaient maigres et pâles. En les accueillant chez elle, elle donnerait plus de travail à Peg au lieu de l'aider. Mais elle ne pouvait pas plus abandonner les sœurs Yelland qu'elle n'avait pu laisser Ed Grange mourir à l'asile.

Endosser l'identité de Bellona Flint n'avait pas fait d'elle une femme plus dure, et son confinement à Carscourt semblait avoir fait naître chez elle de l'empathie envers les infortunés.

En dépit de leur fragilité, les sœurs Yelland s'étaient mises au travail avec enthousiasme, redoutant sans doute d'être congédiées. Au bout de quelques jours, Ed faisait lui aussi de son mieux, de son matelas installé dans la cuisine. Une semaine plus tard, il se déplaçait à l'aide d'une béquille. À présent, ils étaient tous les trois de robustes travailleurs, pour le plus grand plaisir de Bella, qui remerciait le ciel.

Elle envisageait déjà davantage pour eux.

Annie ferait une excellente cuisinière, et Kitty, une femme de chambre consciencieuse, mais Bella visait plus haut car elles étaient intelligentes. Elle leur avait déjà enseigné, ainsi qu'à Ed, la lecture, l'écriture et l'arithmétique. Si Kitty et Annie disposaient de leur propre boutique, elles deviendraient des femmes indépendantes.

Une pâtisserie, peut-être, un salon de thé, une mercerie... tout ce qui les libérerait de l'obligation de se marier. Le temps que Bella avait passé avec lady Fowler l'avait convaincue que, dans bien des cas, les dangers du mariage l'emportaient largement sur ses avantages, mais aussi qu'être célibataire sans famille ni revenus était un destin sordide.

L'avenir d'Ed était plus facile à organiser. Il ne lui manquait qu'un apprentissage.

En chemise de nuit, Bella considéra son lit avec envie, puis elle s'installa à son bureau pour consigner les événements de la soirée. Hélas, la perspective de découvrir des scandales s'était révélée décevante. Elle n'avait déterré aucun secret honteux. Ce bal masqué n'avait été que commérages sur lord Grandiston et sa femme, dont le mariage lui-même semblait être un secret.

Elle n'avait rien observé de plus, à part des comportements un peu excessifs.

Si elle n'avait appris la présence du roi qu'après le départ de celui-ci, elle n'en dirait rien, car lady Fowler voyait en lui un parangon de vertu, son espoir de réforme pour le pays. L'esprit de la malheureuse commençait à donner des signes de confusion. Si elle découvrait qu'elle se trompait sur ce point, son état risquait d'empirer.

Les sourcils froncés, Bella caressa distraitement sa plume. Lady Fowler la laissait perplexe. Il était temps pour elle de quitter le cercle de cette femme, mais pour aller où ? La perspective de se retrouver seule au monde la terrifiait. Elle hésitait également à laisser les membres de l'équipe en proie aux sautes d'humeur de lady Fowler et aux idées extrémistes des sœurs Drummond.

Bella s'efforça de rester concentrée sur sa page, en vain. Son esprit ne cessait de vagabonder vers un certain chevrier, sur une terrasse plongée dans la pénombre, qui lui donnait un baiser stupéfiant...

Elle se leva, un peu tremblante. Plus que toute autre, elle aurait dû être hermétique aux charmes d'un débauché.

Elle réchauffa son lit à l'aide d'une bassinoire, puis se glissa sous les draps avec délices. Ses pensées dérivèrent vers des souvenirs lointains que cette soirée avait fait ressurgir.

Son dernier bal masqué. Un événement bien plus modeste, à Vextable Manor, non loin de Carscourt. Si tout le monde se connaissait, les invités avaient joué le jeu. Elle s'était éclipsée en compagnie de...

Qui était-ce, déjà ? Tom Fitzmanners ou Clifford Speke ? Tom, sans doute, car il n'avait que quelques années de plus qu'elle et semblait anxieux à l'idée de se retrouver seul avec une jeune lady qu'il était invité à embrasser. Il avait été très maladroit.

Elle rit. Quelle petite sorcière elle avait été ! À l'époque, elle aimait surtout danser.

Ils dansaient souvent lors des réceptions ou des fêtes, parfois lors de soirées improvisées chez les uns ou les autres, en poussant les meubles et en roulant les tapis. Quelqu'un se mettait au clavecin...

Quatre longues années sans danser, sans flirter, sans l'esquisse d'un baiser... et elle venait seulement de se rendre compte à quel point cela lui avait manqué.

Avait-elle cédé à la panique parce que le chevrier était coquin, ou était-ce à cause de sa propre réaction à son contact ? Une réaction née d'un manque abyssal.

Si elle refusait de se marier, et ainsi de renoncer à sa liberté, elle ne pouvait nier le désir qu'elle avait d'être dans les bras d'un homme. Un homme jeune, séduisant, délicieusement sensuel…

Elle se retourna et enfouit son visage dans l'oreiller, comme si elle pouvait chasser ces sottises de son esprit. Hélas, les images revenaient sans cesse. Ce regard qui avait croisé le sien lorsqu'il l'avait attirée vers lui à l'aide de ce châle, son corps ferme et brûlant, les fins vêtements qui les séparaient…

Il avait la bouche chaude et impérieuse. Rien à voir avec la mollesse de Tom Fitzmanners…

En revanche, ce baiser lui rappelait le capitaine Rose.

Allongée sur le dos, elle regarda fixement le plafond. Elle avait oublié ce baiser… Un baiser volé, également, mais c'était leur seul point commun. Dans ce cas, pourquoi avait-elle l'impression que ces baisers avaient un lien ?

À cause de cette barbe naissante, peut-être ? Le chevrier était mal rasé parce qu'il incarnait un paysan, et le capitaine Rose, parce que c'était un aventurier.

Il existait un autre point commun : si elle avait été assez stupide pour céder à l'un de ces deux hommes, elle aurait été compromise définitivement.

Cela ne risquait pas de se produire. Elle donna un coup de poing rageur à son oreiller. Dans la vie de Bellona Flint, il n'y avait pas de place pour le libertinage, et c'était très bien ainsi.

8

Après cette courte nuit, Bella se leva plus tard que de coutume. En prenant son petit déjeuner, elle repensa au bal masqué, cherchant désespérément des informations croustillantes à livrer à lady Fowler. Les sœurs Drummond allaient se gausser de son échec.

Hélas, elle avait échoué. Autant en finir au plus vite avec cette fâcheuse histoire. Elle enfila une tenue digne de l'austère Bellona Flint, ravalant ses regrets de ne pouvoir se montrer plus frivole et susciter l'intérêt des hommes.

Elle n'avait pas besoin d'aide pour s'habiller car elle se dispensait de corset. Cependant, elle laissait Kitty apprendre son métier. Naturellement, la jeune fille réprouva l'absence de baleines, et Bella dut de nouveau lui vanter les avantages d'une tenue dénuée de contraintes.

— Tu vois, je suis prête en quelques minutes. Les dames perdent un temps fou à s'habiller et à se coiffer.

— Oui, mademoiselle, répondit Kitty, peu convaincue.

Les sœurs Yelland considéraient que la présence d'un corset garantissait une toilette décente. Kitty n'appréciait pas non plus de voir sa maîtresse se vieillir et s'enlaidir. Elle se détournait même en voyant Bella appliquer un maquillage qui marquait ses traits et cernait ses yeux.

Bella n'oublia pas de coller une verrue sur son nez, avant de relever ses cheveux et de les cacher sous une charlotte des plus ordinaires.

Cela faisait des mois qu'elle se grimait ainsi sans que cela lui pose le moindre problème, or ce jour-là, en se regardant dans la glace, elle adressa une moue à Bellona Flint. La veille, elle avait été elle-même. Elle était jolie. Elle l'avait vu dans le regard des hommes...

Et cela avait failli la mener à sa perte.

— Voilà, conclut-elle en posant un chapeau plat sur sa tête. Je n'ai plus à me soucier de mes cheveux pour le reste de la journée, ce qui me laissera du temps pour des questions plus importantes. J'espère que tu poursuis tes lectures, Kitty ?

— Oh oui, mademoiselle, répondit la jeune fille, qui remontait les couvertures du lit. J'en suis à la moitié du *Voyage du pèlerin* de John Bunyan. Il n'y a que peu de mots dont j'ignore le sens. Je les ai notés.

Elle sortit un bout de papier de sa poche.

— Excellent, fit Bella. Je regarderai cela en rentrant. Je dois me rendre chez lady Fowler sans tarder.

— Quelle cape, mademoiselle ?

Bella jeta un coup d'œil au ciel gris, reflet de son humeur.

— La cape en laine marron.

Elle enfila ses souliers et se dirigea vers la porte.

— Excusez-moi, mademoiselle...

— Oui, Kitty ?

— Que dois-je faire du déguisement ?

Bella faillit lui répondre de le brûler, mais elle rejeta cette idée bien trop radicale.

— Tu n'as qu'à le ranger dans une boîte. On ne sait jamais...

Elle prit congé en essayant de s'expliquer sa réaction. Pour elle, ce costume était synonyme de tentation, et même bien plus.

Elle aurait préféré éviter Peg ce jour-là, mais elle sortait toujours par la cuisine. Naturellement, la gouvernante se renfrogna face à l'apparence de la jeune femme.

— Alors ? Comment est la demeure du duc ? Somptueuse, je parie !

Elle était en train de battre des œufs dans un saladier.

— Évidemment.

Peg s'intéressait à la bonne société et à ses membres les plus en vue. Elle se rendait régulièrement aux abords de la Maison de la Reine, à Greenwich, dans l'espoir d'apercevoir Leurs Majestés en promenade. Elle avait souvent de la chance. Bella ne se sentit pas le courage de la priver de détails.

— Le cadre était très spectaculaire, avec des colonnes, des ruines antiques, une fausse place surplombée de balcons. N'ayant jamais mis les pieds en Italie ou en Grèce, je ne saurais vous dire si ce décor était fidèle à la réalité antique. En tout cas, les invités semblaient impressionnés par ce faste.

— J'aurais tellement voulu voir ça !

— C'était une soirée réservée aux riches. Dans un monde plus juste, elle aurait été ouverte aux personnes plus modestes, au moins avant ou après.

Elle s'attendait à ce que Peg approuve ce point de vue, or elle n'en fit rien.

— Je ne sais pas, ma chère. Des bottes crottées sur les parquets cirés et les tapis, des mains sales sur les rideaux…

— Du travail supplémentaire pour les domestiques, vous voulez dire ? répliqua Bella, qui ne s'avoua pas vaincue. Ils pourraient installer des protections et empêcher les gens de toucher les rideaux.

— Ce ne serait pas pareil, alors.

— Dans ce cas, la prochaine fois que j'irai dans une soirée sans y être invitée, je vous emmènerai.

— Mais non ! s'exclama Peg. Jamais je ne sortirais dans la tenue que vous portiez hier. J'espère que vous n'avez pas eu d'ennuis.

Bella prit un grain de raisin dans la corbeille de fruits et entreprit d'en ôter les pépins.

— Pas le moins du monde, assura-t-elle, même si un certain nombre d'hommes m'ont fait des propositions.

— Pas étonnant ! Jolie comme vous êtes. Il y en avait de convenables ?

— Peg ! Je me trouvais là-bas clandestinement. De toute façon, je ne m'intéresse pas aux hommes, et vous le savez très bien. Et encore moins au mariage.

— Je le sais, et c'est bien dommage, si vous voulez mon avis.

— Ce n'est pas parce que vous avez eu un bon mari que les hommes sont tous merveilleux.

— Assez bavardé ! Filez retrouver vos commères.

— Arrêtez avec vos éternelles critiques, grommela Bella avant de sortir.

Chez lady Fowler, tout se déroula comme elle l'avait prévu. Le comportement du couple Grandiston, qui avait été pris sur le fait, fut jugé scandaleux. Lady Grandiston était échevelée, la tenue en désordre. Toutefois, comme ils étaient mariés, l'information ne pouvait être exploitée.

— Je me suis interrogée sur lady Jessingham, déclara Bella. Il semble qu'elle ait eu des vues sur Grandiston, sans savoir qu'il était déjà marié. Il est de plus le frère de cœur du duc d'Ithorne, l'ancien amant de lady Jessingham. Eh bien...

— Eh bien quoi ? fit lady Fowler.

Elle était allongée sur une méridienne au coin du feu, dans sa chambre qu'elle ne quittait presque plus. La chaleur était déplaisante, de même que l'odeur qui flottait dans l'air. Helena, l'aînée des sœurs Drummond, était assise sur un tabouret. Les flammes projetaient des reflets dans ses cheveux roux.

— Eh bien, peut-être qu'ils se la sont partagée, suggéra Bella en rougissant d'évoquer un tel sujet.

Deux autres dames présentes en demeurèrent bouche bée.

Mary Evesham était en train de lire à haute voix à l'arrivée de Bella. Quelques lettres provenant sans doute de partisanes de lady Fowler étaient posées sur ses genoux. Mary était une nouvelle venue, une femme entre deux âges, sœur d'un défunt pasteur qui l'avait laissée sans un sou. Bella appréciait cette personne discrète, qu'elle trouvait très compréhensive et dont le regard pétillait souvent d'humour.

L'autre dame était Celia Pottersby, une veuve maigre et amère qui n'évoquait jamais l'origine de cette amertume.

Dans un coin, la robuste Agnès Hoover cousait. Elle était la femme de chambre de lady Fowler depuis trente ans et ne parlait à personne. En revanche, elle écoutait et observait. Souvent, elle affichait un air réprobateur. Dévouée à sa maîtresse, elle avait tendance à la materner.

— Je pense qu'ils se la partageaient, déclara Helena Drummond avec dédain. Et dans le même lit, en plus ! Hélas, vous n'avez aucune preuve, Bellona. Cette chasse aux informations n'a rien donné d'utile à notre cause.

— Dans ce cas, pourquoi avez-vous suggéré que je me rende à cette fête ? rétorqua Bella.

— Je voulais que vous entriez dans la maison d'un duc, répondit Helena avec un sourire étrange. Un lieu qui doit regorger de possibilités...

Que recherchaient donc les Drummond ?

— Avez-vous passé un moment agréable, Bellona ?

Face au regard malveillant d'Helena, Bella comprit que les deux sœurs s'attendaient à ce qu'elle soit horrifiée d'avoir dû jouer un tel rôle. Une réaction normale de la part de Bellona, en effet.

— C'était épouvantable, raconta-t-elle avec un frisson d'effroi. Mais je suis toujours prête à me sacrifier pour la cause.

— Chère Bellona ! lança lady Fowler en lui tendant une main noueuse.

Bella la prit doucement et sentit la finesse de sa peau.

— Je suis désolée d'avoir échoué, madame.

— On ne peut remporter toutes les batailles. Venez vous asseoir près de moi et écoutons Mary, dont la voix est si apaisante.

La chaise était trop proche de la cheminée. Bella était déjà en nage, et la malheureuse lady Fowler empestait.

— Hélas, je suis attendue chez moi. Un problème urgent à régler avec une domestique... J'essaierai de revenir plus tard.

Elle s'éclipsa, se sentant un peu coupable. Elle avait de la peine pour celles qui étaient coincées dans la maison de lady Fowler par manque de moyens. Une fois dehors, elle respira l'air frais à pleins poumons.

D'humeur morose, Thorn salua son valet. Au diable ces fêtes antiques et tous ceux qui y participaient, y compris lui-même ! Joseph s'affairait dans la pièce, toujours sensible aux humeurs de son maître. À cet instant, Thorn le trouvait agaçant, lui aussi.

— Mon petit déjeuner, ordonna-t-il en quittant l'immense lit ducal.

C'était le lit de son père. Pourquoi avait-il souhaité ces sculptures clinquantes ? Il n'en avait aucune idée. Au moins, les ornements n'avaient rien d'obscène. Le contraire ne l'aurait nullement étonné.

Le deuxième duc d'Ithorne buvait, jouait et se livrait à la débauche. Thorn ne regrettait guère de ne pas avoir connu son père. Si seulement sa réputation n'avait pas déteint sur lui ! Il n'était pas un saint, mais son comportement n'était pas aussi scandaleux que l'affirmaient certains.

Il se rendit dans son cabinet de toilette, où il avait fait installer une douche inspirée de l'équipement sanitaire d'une cabine de navire. S'il aimait prendre un bain – surtout en galante compagnie –, la douche se révélait toujours bienfaisante.

Debout dans le baquet, il tira la chaîne pour libérer un jet d'eau à température idéale, à peine tiède. Il se frictionna la tête pour chasser de ses cheveux la poudre grise que Joseph lui avait appliquée pour le grimer en chevrier.

Il s'était bien amusé pendant un moment, puis la situation avait viré au chaos.

Maudit Christian, avec sa femme qui venait de réapparaître comme par enchantement ! Cependant, c'était Psyché Jessingham qu'il avait envie de voir brûler en enfer. Elle avait traqué Christian dans l'espoir de le prendre en faute et elle avait réussi, même si elle n'avait pas obtenu gain de cause. S'attendait-elle vraiment à l'obliger à l'épouser ?

Thorn se drapa dans la serviette chaude que lui tendait son valet. Puis il s'assit pour que Joseph le rase. Une barbe de trois jours était un attribut utile, surtout quand elle était aussi brune que la sienne et plutôt fournie. Le duc d'Ithorne était très soigné et se rasait deux fois par jour. En tant que capitaine Rose, il se laissait parfois pousser la barbe, ce qui modifiait sensiblement son apparence. Néanmoins, la plupart des invités l'avaient reconnu la veille.

De façon un peu espiègle, il avait été tenté d'inviter son demi-frère Caleb. Ils auraient pu se livrer à un petit jeu de mystification très amusant. Hélas, Thorn n'avait plus du tout envie de s'amuser aujourd'hui.

Après le petit déjeuner, il choisit sa tenue avec soin pour une visite à Malloren House. Il ne devait sembler en rien inférieur face à Rothgar.

Enfer et damnation !

— Que dois-je faire de ceci, milord ?

Joseph tenait une poignée d'étoiles argentées.

— D'où viennent-elles ?

— Elles étaient collées au tissu de votre costume, milord.

Céléno...

Il aurait dû ordonner à son valet de les jeter au feu.

— Posez-les sur la commode. Je pourrai peut-être les rendre à leur propriétaire.

Joseph obéit avec une impassibilité affectée.

Il n'était pas raisonnable de conserver ces babioles qui risquaient de le mener vers Céléno, qui qu'elle soit en réalité. Elle représentait une tentation qu'il valait mieux oublier.

Le lendemain, Bella n'avait guère envie de se rendre chez lady Fowler. Elle s'attarda au petit déjeuner, lisant le journal, comme si elle cherchait quelque scandale à se mettre sous la dent.

Sur la page des petites annonces, un nom capta son regard.

Céléno,

Je détiens vos étoiles. Faites-moi savoir quand je pourrai vous les rendre à l'auberge de la Chèvre, sur Pall Mall.

Orion le chasseur

Il ne pouvait s'agir d'une coïncidence. Elle avait perdu certaines de ses étoiles lors du bal masqué, sans doute en embrassant le chevrier. Il devait avoir une idée derrière la tête. Orion n'était autre que le personnage mythologique qui avait pourchassé les Pléiades.

Elle relut le message.

Elle était tentée, non seulement à cause de ses souvenirs du bal, mais aussi parce que cela lui permettrait d'oublier son existence désespérément terne, d'échapper à Bellona Flint, de retrouver un conte de fées si différent de l'univers de lady Fowler.

Mais si elle voulait le revoir, comment ne pas se mettre en danger ?

— Oh ! Je croyais que vous aviez terminé votre petit déjeuner, mademoiselle, dit Kitty en entrant.

Bella se rendit compte qu'elle avait à peine mangé.

— J'ai fini, répondit-elle en se levant.

Kitty débarrassa son assiette, visiblement perplexe. Puis elle lui tendit son châle.

— Mademoiselle... j'ai quelque chose à vous dire..., bredouilla-t-elle.

Alertée par son hésitation, Bella se tourna vers elle. *Oh non.* Elle ne put s'empêcher de jeter un coup d'œil à son ventre.

— Mademoiselle ! s'exclama Kitty. Je ne ferais rien de tel. Et Annie non plus.

— Non, bien sûr. Excuse-moi. Tu avais l'air si... Peu importe. Qu'as-tu à me dire ?

La jeune fille se mordit la lèvre.

— Annie et moi, on veut se marier, mademoiselle.

Surprise, Bella la dévisagea.

— Avec qui ? s'enquit-elle.

— Alfred Hotchkins et Zebediah Rolls, mademoiselle.

De A à Z, songea Bella.

— Mais... Annie et toi êtes encore très jeunes.

— Dix-sept et dix-neuf ans, mademoiselle. Fred et Zeb sont un peu plus âgés. Ils sont cousins, voyez-vous.

Bella ne voyait rien du tout.

— Où les avez-vous rencontrés ?

— À l'église, mademoiselle. Il y a plusieurs années. Ce sont de bons garçons, honnêtes et travailleurs.

Kitty se tordait nerveusement les doigts.

— Vous n'avez pas besoin, ni l'une ni l'autre, de mon autorisation, Kitty.

— Ah non ? Qui doit nous donner son consentement, alors ?

Bella n'en avait aucune idée. À mesure qu'elle assimilait la nouvelle, les idées se bousculaient dans sa tête.

— Kitty ! As-tu bien réfléchi ? Tu veux sérieusement te marier ? Je peux t'aider à ouvrir une boutique, avec ta sœur. Rien ne vous oblige à...

La domestique écarquilla les yeux.

— Oh, mais j'ai vraiment envie de me marier, mademoiselle ! Et Annie tout autant.

— Pourquoi donc ? Réfléchis, Kitty. La loi nous place sous la domination d'un époux. L'argent que tu gagneras lui appartiendra. Il décidera de ton lieu de résidence, te dictera ta conduite. S'il te bat, la loi ne te défendra pas.

Bella préféra éviter d'aborder le sujet des droits conjugaux et le risque de maladies vénériennes.

Kitty avait les sourcils froncés, comme si Bella s'exprimait dans une langue étrangère.

— Je ne travaillerai pas, mademoiselle. En tout cas, pas pour de l'argent. Et où voulez-vous que je vive à part avec lui ?

— Tu voudras peut-être partir, s'il te frappe.

— J'en doute, mademoiselle. Si Fred me battait, les femmes de la paroisse s'en rendraient compte, à commencer par sa grand-mère. Granny Rolls a un sacré caractère. Il se cacherait derrière moi pour que je le protège, assura-t-elle avec un sourire malicieux.

Bella se figea. Des femmes solidaires pour s'opposer à la brutalité des hommes... Était-ce possible ?

— De toute façon, mademoiselle, j'aime Fred et Annie aime Zeb. L'amour, ça ne s'explique pas, n'est-ce pas ? Ça vous tombe dessus.

Bella retint une exclamation. C'était de la folie.

— Il faut que je rencontre ces deux jeunes gens, dit-elle, consciente de l'absurdité de cette requête.

Elle n'avait que quelques années de plus que Kitty et n'était en rien sa tutrice. Toutefois, elle devait protéger les sœurs.

Peut-être les deux couples accepteraient-ils d'attendre d'avoir les moyens de se marier.

— Fred et Zeb ont-ils un métier ?

— Oh oui, mademoiselle ! Ils sont cousins, comme je vous le disais, et leurs pères ont une fabrique de voitures. Un jour, les garçons hériteront de l'entreprise. Ils sont donc établis. Comme la mère de Zeb est morte et que celle de Fred est invalide à cause d'une maladie qui s'est déclarée il y a un an, ils ont besoin d'aide dans la maison.

— En d'autres termes, tous ces hommes veulent des domestiques ! Tu ne le comprends donc pas ?

Kitty gloussa, puis porta une main à sa bouche, les yeux rieurs. Bella rougit. La jeune fille se moquait d'elle !

— Je suis désolée, mademoiselle, mais...

Ses lèvres se remirent à trembler.

— Il serait bien plus simple d'engager une gouvernante, non ? Mais c'est nous qu'ils veulent. C'est pourquoi les garçons ont de nouveau abordé le sujet.

— De nouveau ?

— Fred m'a demandé ma main il y a plus d'un an, mademoiselle, mais vu l'état de santé de papa je n'ai pas pu accepter et je ne savais pas si je pourrais l'épouser un jour, alors je l'ai repoussé comme si je ne voulais pas de lui. Puis, quand les temps sont devenus difficiles, je ne pouvais pas l'appeler au secours, vous comprenez ? Il est furieux que je n'aie pas fait appel à lui. On s'est expliqués.

Bella soupira.

— Je désapprouve ces mariages, Kitty, car j'ai vu de trop nombreux exemples d'épouses maltraitées. Hélas, je ne peux vous empêcher de vous marier si vous en avez décidé ainsi. Mais ne vous précipitez pas, surtout.

— Nous ne vous abandonnerions pas comme ça, mademoiselle ! Ne vous inquiétez pas.

Bella songea que la maison de lady Fowler était peut-être un refuge, après tout, et elle s'y précipita. Ce ne fut pas le cas, et elle trouva un prétexte pour partir à 14 heures. En rentrant chez elle, deux rues plus loin, elle admit que son envie de revoir le chevrier du bal avait été renforcée en entendant les paroles de Kitty.

Si ses domestiques pouvaient fréquenter des jeunes gens, elle le pouvait aussi !

Dès son retour chez elle, elle interrogea Kitty :

— Sais-tu où je peux trouver rapidement une nouvelle robe ?

— Rapidement, mademoiselle ? Vous allez devoir vous rendre dans une friperie – enfin, une boutique de vêtements d'occasion.

— Et d'où viennent ces vêtements ?

— De domestiques, en général, mademoiselle. Les ladies leur donnent leurs vieilles toilettes et les femmes de chambre ne peuvent pas toujours les porter, alors elles les vendent à des friperies.

— Suis-je méchante avec toi car je n'ai aucune toilette à céder ?

Kitty sourit.

— Jamais vous ne pourriez être méchante, mademoiselle, après ce que vous avez fait pour Annie et moi.

Bella lui rendit son sourire.

— J'ai vraiment trouvé deux perles. Connais-tu une friperie de qualité ?

— De qualité ? Quel genre de robe cherchez-vous ?

— Une tenue qui convienne à Céléno, mais en plein jour, répondit-elle après un instant de réflexion. Je remettrai aussi cette perruque. Peux-tu la coiffer afin que je puisse porter un chapeau ?

— Oui, je crois, mademoiselle...

Kitty semblait inquiète.

— Dites-moi... qu'est-ce que vous mijotez encore ?

Bella lui adressa un clin d'œil.

— Oh, une petite aventure de plus...

Elle s'éloigna avant que Kitty puisse lui poser d'autres questions.

— Je ne pourrai pas porter de masque et je ne veux pas être reconnue, ni en tant que Bellona Flint, ni en tant que Bella Barstowe.

Elle observa son reflet dans le miroir.

— Je vais me foncer les sourcils pour les assortir à la perruque. Et je rougirai mes lèvres et mes joues. Cela devrait suffire. Mes traits n'ont rien de remarquable. Trouve-moi une friperie convenable, et sans le dire à Mme Gussage ! Elle se ferait du mauvais sang.

— Elle vous dirait vos quatre vérités, oui ! À juste titre. J'espère que vous n'allez rien faire de dangereux...

— Non, pas du tout. Il se trouve que j'ai oublié quelque chose à la soirée antique, et je voudrais le récupérer.

— Est-ce bien raisonnable ? Et si quelqu'un vous reconnaissait ?

— D'où la perruque et le maquillage. Dépêche-toi de me trouver une friperie où je pourrai acquérir la robe adéquate.

Kitty fila, ce qui laissa à Bella le temps de réfléchir, mais elle était décidée. Depuis des mois, elle se contentait de rester cachée, bien à l'abri. Le bal masqué avait déclenché quelque chose en elle. Il avait ouvert une porte, et elle ne pouvait résister à la tentation de la franchir.

La femme de chambre ne tarda pas à lui fournir le nom d'une boutique, conseillée par une domestique du quartier. Elles partirent en quête d'une robe.

Dans Lowell Lane, une ruelle étroite, elles marchèrent côte à côte en quête de la boutique de Mme Moray, couturière – une enseigne plus prestigieuse que le terme « friperie ». Apparemment, cette dame payait le prix fort pour les vêtements de qualité, et elle était très douée pour transformer les modèles. Bella et Kitty découvrirent une porte peinte en vert et une vitrine derrière laquelle une femme coiffée d'une charlotte cousait malgré le manque de lumière.

Bella fit tinter le carillon en entrant. La femme se leva et posa son ouvrage. Entre deux âges, elle était corpulente et avait des yeux perçants, qui détaillèrent aussitôt la tenue de Bella. Elle esquissa alors une révérence et lui demanda en quoi elle pouvait l'aider.

La boutique était bordée d'étagères et de portants. Il y flottait une odeur de parfum et de transpiration. Bella ressentit presque la présence fantomatique des anciennes propriétaires de ces tenues.

Cela expliquait peut-être son malaise. Elle n'avait acheté aucun vêtement à la mode depuis cinq ans. Auparavant, elle se serait rendue chez une créatrice, aurait choisi un modèle, un tissu, puis elle aurait effectué plusieurs essayages. Elle ignorait tout de l'achat de robes de seconde main.

— Je recherche une robe de jour à la mode, madame. Qu'auriez-vous à ma taille ?

La commerçante la contempla plus longuement, avant de répondre :

— Par ici, je vous prie.

Elle l'entraîna vers un portant situé à sa droite.

— J'ai un modèle qui devrait vous aller.

Elle étala une robe marron sur la grande table qui trônait au centre de la boutique. Le modèle était similaire à la tenue de Bella, avec un décolleté plus plongeant. Par ailleurs, l'étoffe était plus fine.

— Je regrette, madame Moray. Je me suis peut-être mal exprimée. Je souhaite une belle robe à la mode.

La couturière parut surprise, puis son regard se mit à pétiller.

— C'est naturel, madame. Vous êtes si jeune.

Elles parcoururent les portants et sélectionnèrent une robe crème, parsemée de petites fleurs roses.

— Certes, le coloris est un peu pâle pour les salons londoniens, mais c'est un coton d'excellente qualité qu'on peut laver à grande eau. Elle m'est arrivée dans un triste état et je l'ai fait nettoyer.

Bella plaça la robe contre elle pour en vérifier la longueur, et pour en humer le parfum. Dieu merci, il était très plaisant. Elle fit mine de palper l'épaisseur du tissu alors qu'elle était séduite.

L'attrait de cette robe était tout de même dangereux. Que lui arriverait-il si elle s'habillait de la sorte ?

— Elle vous irait à merveille, mademoiselle, déclara Kitty.

La couturière était allée chercher une cape d'un rose intense.

— Vous pourriez la porter avec ce modèle à capuchon. L'effet serait ravissant.

— Cette couleur vous va au teint, mademoiselle ! renchérit Kitty. Ma maîtresse peut-elle essayer la robe ?

Bella dissimula son amusement face aux grands airs de la jeune fille.

— Bien sûr. Suivez-moi, madame.

Le salon d'essayage se trouvait au fond de la boutique et n'était éclairé que par une haute lucarne. La robe crème était un peu trop grande à la taille et serrée au niveau de la poitrine, mais elle conviendrait – à un détail près : le décolleté en V qui exposait son corsage et sa chemise.

Kitty s'empressa d'aller demander à la couturière un corps de jupe et un busc.

Des dessous de seconde main ?

À une époque, elle possédait plusieurs exemplaires de dessous façonnés sur mesure et d'excellente facture. Certains étaient en lin brodé, voire couverts de soie.

Au cours de ses quatre années de confinement, ses vêtements s'étaient usés, et elle avait dû les raccommoder, empêcher les baleines de s'échapper et remplacer les ourlets élimés. Tout cela pour survivre alors que son père s'efforçait de la briser moralement. Son refus de masquer sa honte derrière un mariage forcé n'avait fait que le rendre plus furieux encore.

Kitty réapparut, triomphante.

— Et voilà, mademoiselle ! Vous aurez une tenue décente.

— Inconfortable, tu veux dire, grommela Bella en enfilant péniblement le corset, qui la contraignait à se tenir bien droite.

Kitty replaça le busc sur le devant, puis Bella enfila la robe.

Bella Barstowe ! songea-t-elle en se regardant dans la glace. *Cela faisait longtemps que nous ne nous étions pas vues...*

Kitty posa l'élégante cape sur ses épaules et un chapeau de paille orné de fleurs roses sur sa tête. L'ensemble était tellement harmonieux que Bella se demandait si Mme Moray n'avait pas ajouté ce dernier détail pendant qu'elle bataillait avec son corset.

— Oui, déclara la jeune femme. Cela conviendra très bien.

Elle se changea et alla régler ses achats – un prix si modeste qu'elle faillit le contester, mais elle ne voulait pas attirer l'attention. Elle acheta également la robe marron ainsi qu'une autre, à rayures bleues et blanches, sans même les essayer, ainsi que deux buscs, un autre chapeau, un manchon en fourrure et une paire de souliers en soie. Même si, quoi que lui réserve l'avenir, elle doutait de pouvoir danser dans des salons huppés.

Mme Moray semblait ravie de tous ces achats, et Bella se fit la réflexion qu'elle n'avait pas utilisé son argent pour des œuvres caritatives. Le fonds de lady Fowler aurait pu convenir, mais Bella avait des doutes sur cette femme et sur sa mission.

— Kitty, je veux qu'Annie et toi alliez chez Mme Moray pour choisir une toilette chacune, déclara-t-elle sur le chemin du retour.

— Oh, merci, mademoiselle ! Il y avait tant de jolies choses.

— Considérez cela comme une gratification, pour remplacer les anciennes robes que je ne peux vous céder.

— C'est quoi, une gratification ?

— C'est une sorte de prime.

— Ah...

La jeune fille ne tarderait sans doute pas à répéter ce nouveau mot. Bella sentit son cœur se serrer en pensant à la futilité des ambitions qu'elle avait nourries pour Kitty, qui avait l'esprit très vif. Mais à quoi bon être une femme intelligente en ce bas monde ? Elle serait une épouse et une mère intelligente, ce qui était déjà une bonne chose. En revanche, un riche vocabulaire ne lui servirait guère.

Quiconque avait connu Bella Barstowe cinq ans plus tôt ne la reconnaîtrait pas, mais...

— Quelqu'un pourrait-il voir en moi Bellona Flint dans cette robe ? s'enquit-elle, de retour à la maison.

— Je ne vois pas comment, mademoiselle, avec la perruque et le maquillage. Je crois franchement que vous pourriez croiser n'importe quelle partisane de lady Fowler sans qu'elle vous identifie.

— Parfait, déclara Bella en s'approchant de son secrétaire pour rédiger un message à l'intention du chevrier.

Elle devait se montrer prudente, surtout avec un homme qui se faisait appeler Orion le chasseur.

Elle écrivit : *Céléno rencontrera Orion afin de récupérer ses étoiles demain à midi.*

S'il espérait un rendez-vous nocturne, il serait déçu. Mais Bella n'avait aucune intention de se jeter dans la gueule du loup, même si elle ne résistait pas à la tentation de s'approcher du danger. Elle en avait plus qu'assez d'être sérieuse et sobre. Elle avait envie de revoir cet homme, de badiner avec lui, de flirter et, peut-être, de l'embrasser encore.

De redevenir une jolie jeune femme.

D'être Bella, tout simplement.

9

Le lendemain, Bella se dirigea vers l'auberge de la Chèvre avec des papillons dans le ventre, à la fois impatiente et pleine d'appréhension. Si Peg avait deviné la véritable nature de ce rendez-vous, elle s'était gardée de tout commentaire. Peg approuvait ce qui éloignait sa maîtresse de lady Fowler. Elle soutenait également les projets de mariage de Kitty et Annie, et réfléchissait déjà au menu des noces.

Bella s'arrêta devant l'auberge installée sur trois niveaux. Soudain, elle hésita. Elle commençait à perdre le contrôle de son existence, et ce rendez-vous n'allait sans doute rien arranger. Le chevrier ne manquerait pas de voir dans sa venue un encouragement, peut-être même un consentement à débuter une liaison.

Non seulement il était trop tard pour reculer, mais la curiosité prit le dessus sur la prudence. Elle se ressaisit et mit le cap sur la porte d'entrée. L'établissement était moins vaste et moins fréquenté que la taverne voisine, mais il ne semblait en rien être un lieu de perdition. Les clients étaient apparemment respectables. Avant de franchir le seuil, Bella porta une main à son visage pour s'assurer que ses sourcils bruns, ses lèvres et ses joues maquillées la protégeaient.

— J'ai rendez-vous avec un gentleman chasseur, annonça-t-elle à un serveur avec une assurance qu'elle espérait crédible.

En croisant son regard, elle se dit qu'il la prenait sans doute pour une prostituée. Mais que faire pour le détromper ? Elle le suivit dans un long couloir.

— Entrez ! lança une voix lorsque l'employé frappa à l'une des portes.

Le cœur battant, la jeune femme s'avança dans la chambre. L'employé referma la porte derrière elle, mais elle n'avait d'yeux que pour l'homme qui l'attendait.

Un valet en livrée et poudré, qui arborait un masque vénitien figurant la tête d'une chèvre. Le masque ne couvrait que la moitié de son visage, y compris son nez.

Un valet, vraiment ?

Elle avait apprécié l'idée que le chevrier était peut-être un intrus dans cette soirée, mais elle n'avait pas douté que c'était un gentleman. Un rendez-vous avec un tel personnage aurait été une véritable aventure. Un rendez-vous avec un valet était indigne.

— Mes étoiles ? demanda-t-elle de but en blanc, d'un ton froid.

Sans un mot, il désigna une boîte en carton sur la table près de lui.

— Une chèvre muette, reprit-elle en s'avançant avec prudence.

— Laconique, je dirais.

La voix de l'homme était un peu étouffée, mais sa façon de parler n'était pas celle d'un valet.

— Pourquoi ce déguisement ? s'enquit-elle.

— Je pourrais vous retourner la question.

— Je ne suis pas déguisée, mentit-elle, satisfaite d'avoir marqué un point, car il n'avait pas nié.

— Vous avez coutume de vous peindre le visage avec excès ?

— C'est la mode.

— Surtout pour celles qui cherchent à masquer les outrages du temps. Êtes-vous donc si vieille, Céléno ?

Face à son silence, il haussa les épaules et reprit :

— Je vous concède que la Cour a ses exigences, et que les hommes et les femmes y portent un masque.

Il fréquente donc la Cour, songea la jeune femme. C'était flagrant, en entendant sa façon d'en parler. À la réflexion, cela se voyait aussi à sa posture. Cet homme avait une élégance naturelle qui trahissait de nobles origines. Dès ses premiers pas, on lui avait appris à garder la tête haute.

Il était d'autant plus dangereux qu'il s'était déguisé dans le but de posséder une jeune écervelée.

— Je vous prie de vous éloigner de cette table, monsieur.

— Pourquoi diable ?

— Il ne serait pas raisonnable que je m'approche de vous.

— Alors pourquoi êtes-vous venue ? demanda-t-il, amusé.

— Pour récupérer mes étoiles.

— Ces ornements clinquants ne valent pas un shilling.

— Peut-être y suis-je attachée.

— Trouvez une autre excuse.

— Je n'ai pas à trouver quoi que ce soit, rétorqua-t-elle d'un ton acerbe.

Elle tourna les talons pour s'éloigner vers la porte.

— Céléno !

Bella s'arrêta et fit volte-face.

— J'espérais que vous étiez venue pour me revoir.

Elle réfléchit un instant. Ce n'était pas faux. De plus, quelque chose flottait dans l'air entre eux.

— Peut-être, concéda-t-elle, mais je me rends compte que ce n'est pas un chevrier que j'ai rencontré. C'est une chèvre.

— Et moi, ce n'est pas une nymphe, mais une harpie. Pourquoi ce maquillage outrancier ?

— Je ne pouvais venir sans me grimer, au risque d'être reconnue.

— Ah… Ainsi, vous pourriez être reconnue ?

— Tout le monde est susceptible d'être reconnu, ne serait-ce que par son cordonnier.

— Je pense que les cordonniers reconnaissent surtout les pieds. Vous ne voulez pas me faire confiance en m'indiquant votre nom ?

— Pas plus que vous n'êtes disposé à m'apprendre le vôtre.

Bella peinait à réprimer un sourire. Cela faisait longtemps qu'elle ne s'était pas livrée à une telle joute verbale avec un homme.

— Vous êtes venue voir Orion le chasseur.

— Un personnage aussi irréel que Céléno. Pourquoi avoir sollicité cette rencontre ?

— J'avais envie de revoir ma Pléiade, mais ce n'est pas vous.

— Céléno n'était pas moi non plus.

— Elle était plus proche de vous, je crois.

— Et vous ? répliqua-t-elle. Lequel est le plus proche de la vérité ? Le chevrier ou le valet à tête de chèvre ?

Sous le masque, elle le vit sourire.

— Le chevrier, je vous l'assure. Mais je ne pourrais déambuler dans les rues de Londres dans cette tenue.

L'image fit naître un sourire sur les lèvres de Bella.

— Quel besoin aviez-vous de vous déguiser en valet ?

— Et vous ?

— Vous le savez bien : une femme seule qui rencontre un gentleman… Si la nouvelle se répandait, ma réputation serait ruinée. Serait-ce le cas pour vous si vous étiez surpris ici avec moi ?

Il prit la boîte en carton.

— Un tel scandale briserait ma vie.

— Comment cela ?

— Si vous êtes issue d'une famille respectable, je pourrais être contraint de vous épouser.

Cette déclaration déclencha en Bella une kyrielle de sensations qu'elle n'eut pas le temps d'analyser, car il fit quelques pas vers elle pour lui remettre la boîte.

Elle s'en saisit vivement, tel un oiseau affolé s'emparant d'une graine.

Sa méfiance était justifiée, car il lui saisit le poignet. De nouvelles sensations remontèrent le long de son bras, au point qu'elle recula.

— Lâchez-moi !

— Dans un instant.

Son ton la fit frémir de la tête aux pieds.

— Non, je vous en prie...

— Je ne vous ferai aucun mal. Je demande simplement une récompense. Un baiser serait le juste prix pour la restitution de vos étoiles. Hélas, mon masque me contraint à ne vous embrasser que sur la main.

Sa voix était si grave, soudain, qu'elle en eut le souffle coupé.

— Me le permettrez-vous ? poursuivit-il dans un murmure.

Sans attendre sa réponse – ce qui semblait être une habitude, chez lui –, il leva les doigts gantés de la jeune femme avec une élégance digne de la Cour. Le chevrier n'était pas un valet, et il ne s'était assurément pas introduit au bal masqué sans y être invité. Il faisait partie des puissants. Si elle s'enfuyait de cette pièce, les vêtements en lambeaux, en hurlant, l'affaire serait vite étouffée.

Elle n'avait pas de famille susceptible de la protéger ou de protester. Bella était seule au monde et, pour la première fois véritablement, pleinement consciente du danger. Quelle imbécile ! Elle n'avait pas dû venir.

Elle tenta de dégager sa main, mais il la maintenait prisonnière. Il attira ses doigts vers son masque, vers la tête de chèvre.

Il l'observait de ses yeux pétillants.

Aimait-il la voir apeurée ?

Bella essaya de se détendre et parvint à esquisser un sourire.

— Je crois que les chèvres ne mangent pas de viande.

Le sourire qu'elle lut dans ses yeux était-il sincère ? Soudain, elle sentit ses dents sur le bout de ses doigts et fut prise d'un trouble viscéral.

Il sourit de plus belle en gardant ses doigts entre ses lèvres, puis il relâcha son emprise et elle sentit la pression de ses lèvres sur le dessus de ses phalanges, à peine perceptible à travers le cuir de son gant. Plus troublée que jamais, elle frémit de tout son corps.

Et pas de peur.

— Je voudrais...

Ces mots lui avaient échappé.

— Que voulez-vous, étoile brillante ?

— Je voudrais savoir qui vous êtes.

Il baissa la main de la jeune femme sans toutefois la lâcher.

— Si vous me dites qui vous êtes, je ferai de même.

— Pourquoi serait-ce difficile pour vous ?

— Pourquoi serait-ce difficile pour vous ? répliqua-t-il.

— Tout est plus difficile pour une femme ! s'exclama Bella en dégageant sa main.

Ce contact n'était pas si agréable, finalement.

Elle fit un pas en arrière.

— Peut-être pas tout, objecta-t-il. Une femme n'a pas à se battre, par exemple.

— Elles souffrent autant des horreurs de la guerre.

Il inclina la tête.

— Une épouse n'est pas personnellement responsable de ses dettes. Êtes-vous mariée ?

La question était amenée si subtilement qu'elle faillit répondre.

— Quelle importance ? répliqua-t-elle.

— Un mari furieux risquerait de me provoquer un duel. Un danger de plus.

— Un mari furieux fouetterait un valet. Il pourrait même le tuer avec la bénédiction de la bonne société.

— Ce monde est-il donc si sauvage ?

— Oui.

— Vous avez peut-être raison, mais un époux habile patienterait un peu et éliminerait secrètement l'amant. Il battrait sans doute sa femme infidèle. Êtes-vous une épouse volage, Céléno ?

Bella chercha désespérément une réponse. Si elle prétendait être mariée, serait-elle protégée ? Ou bien valait-il mieux s'affirmer célibataire ? Dans ce cas, il pourrait être contraint de l'épouser.

Pourquoi l'idée d'un mariage forcé avec cet homme était-elle attrayante et choquante à la fois ?

— Et vous ? rétorqua-t-elle vivement en reculant vers la porte. Êtes-vous marié ?

— Non, mais ne me croyez surtout pas inexpérimenté dans ce domaine.

— Pas un seul instant, monsieur !

Elle avait si chaud que son maquillage risquait de couler.

— Merci, dit-il avec un sourire. Je dépose mon expérience à vos pieds, mon étoile. Si ce n'est aujourd'hui, accepteriez-vous de me revoir ?

— Non ! Et je ne vous verrais certainement pas le soir.

— Sachez, douce nymphe, que la nuit n'est pas une condition nécessaire à la luxure.

Bella écarquilla les yeux. Il fallait qu'elle parte, tout de suite. Et pourtant, elle était clouée sur place, incapable de faire un pas.

— Vous apprécieriez mes talents, Céléno, je vous le garantis.

Reculant d'un pas de plus, Bella buta contre un obstacle. Sans doute la porte...

— Je ne commettrais jamais une telle folie, répondit-elle en cherchant la poignée à tâtons derrière elle.

— Et pourtant, vous êtes là. Êtes-vous vraiment venue récupérer ces babioles ?

En l'absence de réponse, l'homme sourit.

— Revenez demain à midi, je vous attendrai. Ainsi que le lit.

D'une main extraordinairement belle et gracieuse en dépit de sa puissance, il désigna celui-ci. Avec des mains aussi soignées, il ne pouvait être qu'un aristocrate...

Le danger fit monter en Bella une panique irrépressible. Les yeux rivés sur le chevrier, elle trouva la poignée de la porte et parvint à s'enfuir.

Elle longea le couloir en courant, et s'arrêta juste avant d'arriver dans l'entrée pour ne pas avoir l'air d'une voleuse qui fuit après avoir commis son forfait. Son cœur battait à tout rompre. Elle se retourna pour voir s'il la suivait. Heureusement, le couloir était désert.

Bella avança d'un bon pas et émergea dans Pall Mall, en alerte. Peut-être avait-il posté des gardes... Elle scruta les alentours, mais nul ne l'aborda ni ne lui barra la route. Dans une ruelle, elle prit le temps de se ressaisir.

Elle s'était échappée ! Elle ne reviendrait pas le lendemain, c'était certain. Elle pensait avoir rencontré dans sa vie des hommes séduisants, voire attirants et sensuels, mais pas à ce point... Il semblait capable de venir à bout de ses résolutions et de l'ensorceler.

Elle se remit en route, pressée de rentrer chez elle, en sécurité dans son personnage de Bellona Flint, qu'aucun homme ne chercherait à attirer dans un lit en pleine journée. Elle jeta sa boîte d'étoiles dans le ruisseau. Aussitôt, un gamin des rues s'en empara avant de disparaître aussi vite qu'il était venu.

Bella eut de la peine pour cet enfant, mais ils étaient si nombreux à errer sur les trottoirs. Elle détestait cette ville, cette crasse, cette foule souvent nécessiteuse.

Un homme lui lança une obscénité. Elle se trouvait à proximité de St James's Street, où il y avait de nombreux clubs pour gentlemen. Elle tenta de se repérer dans le quartier et chercha des yeux un fiacre ou une chaise à porteurs. En se retournant, elle fut bousculée par un homme et eut un mouvement de recul, mais il s'écarta en s'excusant d'un signe de tête.

Bella hocha la tête à son tour face à l'élégant gentleman. Mais, soudain, elle se figea. Elle connaissait ce visage grêlé.

— Vous ! s'exclama-t-elle.

— Madame ? fit-il en reculant encore.

Bella ouvrit la bouche puis se ravisa, cherchant ses mots. C'était le bouquet !

— Vous ! répéta-t-elle à voix basse d'un ton féroce. C'est vous qui m'avez enlevée à Carscourt pour m'emmener à Douvres. Pourquoi ?

C'était la question qui la taraudait depuis toutes ces années.

— Pas si fort, nom de Dieu, cracha-t-il en reculant à mesure qu'elle avançait vers lui.

Bella s'arrêta, car les passants commençaient à les observer. Ni l'un ni l'autre ne souhaitaient attirer l'attention. En revanche, elle voulait des réponses. Elle voulait savoir pourquoi son existence était devenue un tel désastre, or l'explication se trouvait à portée de main. Elle aurait peut-être dû craindre Coxy, mais elle se sentait tel un loup ayant repéré une proie. Quoi qu'il en soit, elle s'efforça d'avoir l'air de bavarder tranquillement avec lui.

— Quelle surprise de vous croiser ici, monsieur !

Il se détendit mais toisa la jeune femme sans masquer son dédain.

— J'ai entendu dire que vous aviez fui votre famille, mademoiselle Barstowe. J'avoue être satisfait de vous voir tomber si bas.

Lui aussi la prenait pour une prostituée, mais elle ne s'en offusqua même pas.

— Si c'est le cas, vous en êtes responsable, espèce de rat ! Dites-moi pourquoi vous m'avez enlevée.

— Pourquoi devrais-je vous le dire ?

— Parce que sinon, je déclenche une scène ici même. Je ruinerai votre vie comme vous avez ruiné la mienne.

— Vous ne feriez pas...

L'homme scruta les alentours pour vérifier si quelqu'un parmi les passants le connaissait.

— Je n'ai rien à perdre, ajouta Bella.

— Vous voulez le savoir, n'est-ce pas ? grogna-t-il avec mépris. Eh bien, je vais vous le dire, et avec plaisir, mais pas ici.

— Si vous croyez que je vais vous suivre où que ce soit...

— Pas en privé, marmonna-t-il en regardant autour de lui. Marchons un peu, et cessez d'afficher cet air de harpie.

Bella eut un rire de dédain, puis elle se mit en marche en s'efforçant de paraître détachée. Son cœur battait si fort qu'elle en avait presque le tournis. Une idée l'obsédait : dans un instant, elle allait savoir. La vérité ne réparerait pas le mal qu'elle avait subi, mais au moins elle la connaîtrait.

— Tout est l'œuvre de votre frère, mademoiselle Barstowe.

Bella s'arrêta net et le dévisagea.

— Ne me mentez pas.

— Vous avez ma parole. Sir Augustus Barstowe est bien à l'origine de votre déchéance.

La jeune femme se remit en marche. Mille questions se bousculaient dans sa tête.

— Qu'avait-il à voir avec vous ?

— Je lui ai fait perdre beaucoup d'argent aux cartes, et il refusait de verser la somme qu'il me devait.

Bella pouffa.

— Augustus ? Ce parangon de vertu ? Criblé de dettes de jeu ? Vous me prenez pour une idiote.

— Il vous a embobinée, vous aussi, n'est-ce pas ? Croyez-le ou non, je m'en moque.

Sans trop savoir pourquoi, elle croyait cet homme qu'elle détestait. Elle porta le regard droit devant elle.

— Racontez-moi tout, exigea-t-elle.

10

— Votre frère a perdu de l'argent à la table de jeu et refusait de payer ce qu'il me devait. Saviez-vous que les dettes de jeu ne peuvent être réclamées légalement ?

— Je l'ignorais.

— Vous comprenez donc que j'ai dû prendre des mesures. J'ai menacé d'en parler à votre père - une méthode qui marche généralement avec les jeunes gens. Il a prétendu que même si votre père l'apprenait, il ne rembourserait jamais cette dette, et qu'il n'en avait d'ailleurs pas les moyens. Une vraie petite fouine, votre frère. Il m'a dit que si je lui parlais de son démon du jeu, sir Edwin lui couperait les vivres, ce qui l'empêcherait de me payer. De plus, son père étant un magistrat réputé pour sa sévérité, il risquerait de porter plainte contre moi. En gros, il a prétendu qu'il n'y avait rien que je puisse faire, tout en affichant un air satisfait.

— Je veux bien vous croire sur ce point, admit Bella. En revanche, j'ignorais totalement qu'il jouait. Personne ne le sait. Est-ce encore le cas ?

— Il a le démon du jeu, mademoiselle Barstowe. Il joue encore et m'évite comme la peste. Je fais de même, d'ailleurs.

Bella s'efforça d'assimiler cette information. Augustus avait toujours été le plus vertueux et se lamentait des moindres écarts de conduite de ses sœurs – surtout Bella.

Manifestement, elle aurait dû se méfier.

Elle avait du mal à l'imaginer s'adonnant au jeu, et pourtant cette vie secrète correspondait à la face sombre de sa personnalité.

— Pourquoi m'avez-vous punie, moi ? demanda Bella.

— Ce n'était pas une punition, mademoiselle Barstowe, mais une façon de récupérer mon argent. Mes recherches ont révélé que votre frère avait dit la vérité sur votre père. Sir Edwin était tellement opposé au jeu qu'il aurait préféré voir son fils accusé de ne pas régler ses dettes plutôt que de me verser un sou.

— Mais pourquoi n'avez-vous pas anéanti Augustus au lieu de vous en prendre à moi ?

— Parce que cela ne m'aurait pas remboursé. Je pensais y arriver en vous enlevant.

— Vous devez être fou…

— Je suis mauvais, pas fou, mademoiselle Barstowe. Sauf quand j'ai cru qu'un parent paierait la somme de six cents guinées pour récupérer son enfant saine et sauve.

— Comment Augustus a-t-il réussi à perdre autant d'argent au jeu ?

— Très facilement. Ce n'est qu'une dette modeste.

Bella savait que les dettes de jeu étaient souvent à l'origine de tragédies, comme en témoignaient certaines protégées de lady Fowler. Un homme pouvait perdre la totalité de sa fortune en l'espace d'une soirée.

— Donc, vous m'avez enlevée pour obtenir une rançon. Pourquoi ma famille n'a-t-elle pas reçu de demande ? Ils étaient persuadés que je m'étais enfuie avec un homme, avant d'être abandonnée.

— C'est là que j'ai fait le mauvais calcul, admit Coxy. J'ai fait confiance à votre frère.

— Augustus était donc informé de votre plan ?

— Mademoiselle Barstowe, c'est lui qui l'a conçu. Il nous a indiqué à quel endroit agir, et devait trouver le message sur place pour le remettre à votre père. J'ai cru que votre frère comprendrait que ce plan servirait ses intérêts. Mais il a détruit le message et gardé le silence.

Bella s'arrêta de nouveau, abasourdie.

— Il a fait *quoi* ?

Coxy croisa son regard et, bien qu'elle ait affaire à un sinistre individu, elle vit qu'il était sincère. Elle comprit aussi pourquoi il lui racontait cela. Après toutes ces années, il était toujours furieux d'avoir été manipulé par Augustus.

Elle-même fulminait, en proie à une telle révulsion qu'elle porta une main à sa bouche de peur de céder à une nausée. S'ils se trouvaient désormais dans une rue quasi déserte, elle n'était en rien inquiète, tant l'effroi et la rage la consumaient.

— Dieu du ciel, pourquoi ? Je n'ai jamais apprécié Augustus, et c'est réciproque, mais... comment a-t-il pu m'abandonner à ce triste sort ?

— Il ne me l'a pas expliqué, mademoiselle. À l'époque, il m'a convaincu qu'il avait remis la demande de rançon à votre père, qui l'avait déchirée. D'où mon changement de programme. J'ai décidé de vous emmener dans le Sud, dans l'espoir de vous vendre.

Bella lui tourna le dos pour scruter la grille en fer forgé d'une maison en brique.

— Je n'arrive pas à le croire. Une telle bassesse est inimaginable. À mon avis, il a bien remis le message à notre père, qui a refusé de payer.

— Votre père était-il donc si dur ? Et même si c'était le cas, pourquoi vous a-t-il traitée de la sorte après votre retour ?

— Pour ne pas affronter sa culpabilité ? lança la jeune femme, qui avait un goût amer dans la bouche.

Elle n'y croyait guère. On pouvait reprocher à son père sa rigidité et son caractère implacable, mais jamais il n'aurait fait une chose aussi odieuse. Il l'aurait punie d'avoir accepté un rendez-vous clandestin, et aurait fait de son mieux pour que les ravisseurs soient ensuite pendus, mais il aurait payé la rançon.

Augustus.

Son frère l'avait trahie. Elle se rappela sa façon de la traiter durant ces années de confinement. À l'entendre, il était un saint et elle une pécheresse invétérée. Il avait raconté les pires mensonges pour expliquer son départ de Carscourt, prétendant que sa sœur avait fui en compagnie d'un homme. Elle mourait d'envie d'arracher un barreau de la grille pour l'enfoncer dans le cœur de cet odieux personnage.

— Dois-je comprendre que vous l'avez laissé s'en tirer à bon compte ? demanda-t-elle à Coxy. Que vous n'avez pas touché le moindre argent ? Cela m'étonnerait.

Il sourit, exposant une dent cassée.

— Je constate que vous me comprenez, mademoiselle Barstowe. Votre frère m'a payé après la mort de votre père.

— Vous avez patienté trois ans après mon évasion ? Vous auriez pu aller voir mon père pour lui raconter toute l'histoire, ce qui m'aurait innocentée !

— Je n'avais pas à me soucier de vous, et sir Edwin n'était pas un homme à qui je voulais me frotter. De plus, j'avais été mis en garde.

— Par Augustus ?

Il esquissa un sourire de dédain.

— Par votre sauveteur, le capitaine Rose. Il m'a laissé un message pour m'ordonner de vous laisser tranquille. J'ai découvert qu'il valait mieux ne pas se frotter à lui non plus.

Le capitaine Rose. L'image floue qui hantait ses rêves. Un homme grand et ténébreux, vêtu d'une redingote et d'un foulard rouge, avec une boucle d'oreille figurant une tête de mort. Un homme qui avait dégainé un couteau et un pistolet comme par magie pour affronter cinq scélérats, sans parler de Coxy et son complice.

Elle avait refoulé cet épisode de sa vie. Il était incroyable qu'il ait voulu la protéger, alors qu'elle lui avait volé son cheval.

— Avez-vous quelque chose à voir avec la main brisée de mon frère ?

Coxy esquissa un rictus de mépris.

— Je jouis d'une réputation à sauvegarder. Il a fait une mauvaise rencontre, un soir. Avec quelques brutes.

Bella se rappela l'agression dont Augustus avait été victime. On lui avait volé son portefeuille. Il était rentré d'un séjour à Londres avec le visage tuméfié et la main gauche brisée. Les os ne s'étaient pas redressés et il en avait gardé des doigts un peu crochus. Dès lors, sa méchanceté envers Bella s'était intensifiée, même s'il la dissimulait sous un vernis de droiture.

— Ensuite, poursuivit Coxy, il s'est fait un devoir de me rembourser chaque mois. Quand il a hérité, il m'a rendu la totalité de la somme, avec les intérêts. J'étais agréablement surpris de n'avoir patienté que trois ans pour solder cette dette. Votre père a-t-il vraiment succombé à une attaque ?

— Vous croyez que… ? murmura Bella.

— Je m'interroge. Quand un décès survient à point nommé…

Elle porta une main à sa bouche, assimilant l'horreur de la situation.

Augustus était un joueur invétéré.

Il avait toujours su qu'elle était innocente.

Il avait été à l'origine de son enlèvement, et cela ne l'avait pas empêché de lui mener ensuite la vie dure.

Et il avait peut-être tué leur père. C'était une hypothèse plausible, à la lumière de ce qu'elle venait d'apprendre.

Augustus aurait pu la libérer, après avoir hérité. Au contraire, il avait renforcé ses restrictions et elle comprenait à présent pourquoi. Par amertume, parce qu'il lui reprochait d'être à l'origine de son infirmité et de ses douleurs.

Lorsqu'elle se tourna pour poser une autre question à Coxy, il avait disparu. Elle le vit, au loin, s'arrêter pour s'entretenir avec un gentleman. Elle aurait pu déclencher la scène dont elle l'avait menacé, mais il n'était plus son pire ennemi à présent.

Son pire ennemi, l'origine de tous ses malheurs, était son frère, Augustus.

Elle se remit en marche, l'esprit en émoi. Soudain, elle se figea en pensant à une nouvelle catastrophe probable. Augustus avait prévu de se marier avec une jeune fille douce et innocente.

Peg avait appris la nouvelle grâce à une amie de Cars Green. Dans sa dernière lettre, elle décrivait par le menu la cour que faisait Augustus à Mlle Langham, de Hobden Hall. Aux yeux du monde, cette jeune fille contracterait un beau mariage, car son père, qui s'était enrichi grâce au commerce du cuir, était un nouveau venu dans les cercles huppés.

Quand Bella avait dix-sept ans, Charlotte était encore écolière, mais elle accompagnait parfois ses parents lors de leurs sorties. Elle semblait timide, discrète, désireuse de faire plaisir. Elle ne pouvait avoir plus de dix-huit ans aujourd'hui.

Bella héla une chaise à porteurs, qui la ramena dans sa maison de Soho. Elle aurait voulu croire que Coxy avait menti, mais sa version de l'histoire était cohérente. En dépit de sa dureté, son père n'aurait pas abandonné sa fille entre les griffes de malfrats pour économiser six cents guinées.

Augustus, quant à lui, était capable du pire. Si leur père avait su la vérité, il se serait retrouvé confiné à Carscourt sans un sou à la place de Bella. Leur père n'en aurait pas révélé la raison à leurs voisins, comme il l'avait fait pour sa fille. Toutefois, les gens auraient compris que c'était grave. Augustus n'aurait ensuite plus pu se targuer de la moindre supériorité morale.

Pourquoi attachait-il une telle importance à son image vertueuse ? Elle n'en avait aucune idée. Certains hommes vivaient très bien avec une réputation sulfureuse. Le duc d'Ithorne, par exemple, ou son cousin le comte de Huntersdown. Le marquis de Rothgar et sa famille n'avaient que faire non plus de ce qu'on pensait d'eux.

Augustus était différent. Sans ce vernis de respectabilité, il se sentait nu. Pour la première fois de sa vie, Bella appréciait l'absence d'hypocrisie des débauchés. Son triste sire de frère, ce personnage vil et sournois, était mille fois pire.

Elle devrait faire quelque chose pour l'empêcher de sévir, éviter ce mariage. Mais cela ne suffirait pas. Il ne fallait pas qu'il puisse ruiner la vie d'une autre jeune femme.

Comment procéder ?

Arrivée chez elle, elle régla la course aux porteurs et fut accueillie par le feu des questions de Kitty, qu'elle tenta d'éviter. Hélas, la jeune fille ne voulut rien entendre.

— Où sont vos étoiles, mademoiselle ?

Bella revint enfin au moment présent. Les étoiles ?

— Ah oui ! Je les ai jetées. Elles étaient abîmées.

Elle les avait jetées parce qu'elle était totalement perturbée par Orion.

Orion le chasseur.

— Voulez-vous que j'aille les récupérer, mademoiselle ?

— Ces babioles ? Cesse donc de babiller, Kitty. J'ai besoin de réfléchir. Monte-moi du thé dans ma chambre, s'il te plaît.

Bella gravit les marches en ôtant son chapeau et sa perruque. Apercevant son reflet dans le miroir, elle se rendit compte que Coxy ne l'aurait pas reconnue si elle ne l'avait pas bousculé. Elle ne regrettait rien. Au moins, elle avait découvert la vérité.

Elle comprenait son sourire moqueur face à son visage maquillé à outrance et cette perruque improbable. Elle entreprit de se démaquiller, l'esprit tourmenté par Augustus et la nécessité d'agir pour l'empêcher de nuire.

Si seulement elle avait le courage de le tuer, tout simplement ! Elle possédait un pistolet et savait s'en servir. Il avait constitué son premier achat dès qu'elle avait retrouvé la liberté. Elle avait en mémoire la sensation de brandir une arme, au Rat Noir, alors qu'elle ne savait pas la manier. Le pistolet était lourd et elle avait senti son pouvoir. Elle avait vu les brutes épaisses reculer.

Elle avait pris son courage à deux mains pour se rendre chez un armurier – un univers des plus masculins. Bella Barstowe n'y serait sans doute pas parvenue, contrairement à Bellona Flint. Discrètement, elle avait pris des cours particuliers dans un club de tir réservé aux messieurs. Chaque semaine, elle allait s'exercer et entretenait son arme avec soin. Plus jamais elle ne serait vulnérable.

Cependant, elle doutait d'être capable de tuer quelqu'un, même son frère – surtout de sang-froid.

Poursuivant son démaquillage, elle repensa aux propos de Coxy sur le capitaine Rose. Il était étonnant qu'il ait déployé autant d'efforts pour la protéger.

Cet homme avait joué un grand rôle dans la vie de la jeune femme. D'abord, il l'avait sauvée alors qu'elle était pour lui une parfaite inconnue, puis il lui avait confié son arme à feu. Il lui avait fait confiance.

Sans ces moments partagés, elle n'aurait peut-être pas trouvé la volonté de refuser un mariage inacceptable. Sans les idées qu'il avait semées dans son esprit, elle n'aurait pas eu la force de se construire une nouvelle vie.

Si seulement il était là à cet instant pour la soutenir une fois de plus...

Elle rit de l'absurdité de cette idée. Autant rêver d'Obéron, le roi des fées.

Kitty apparut avec un plateau de thé.

— Seigneur, qu'est-ce qui vous arrive, mademoiselle ?

— Rien, assura Bella en se ressaisissant. J'essaie de me débarrasser de ce rouge.

— Je vais vous chercher de l'eau chaude et du savon.

En attendant, Bella observa son reflet dans le miroir sans le voir.

Clatterford pourrait-il l'aider ? Elle savait qu'il serait choqué par son histoire, mais la justice pouvait-elle intervenir dans ce cas ? Même s'ils parvenaient à retrouver Coxy, celui-ci n'accepterait pas de témoigner lors d'un procès. Non, mieux valait ne rien dire, car elle craignait de devoir violer la loi pour accomplir sa mission.

Elle voulait ruiner la réputation d'Augustus comme il avait ruiné la sienne. Elle se redressa fièrement. Simplement révéler à tous qu'il avait le démon du jeu serait déjà un coup pour ce parangon de vertu. La rage qui consumait la jeune femme ne serait pas apaisée pour autant, mais la réputation ternie d'Augustus épargnerait un triste sort à Charlotte Langham.

Comment y parvenir ?

Lady Fowler pourrait évoquer le fait dans sa lettre, s'il en existait une preuve. Ou bien Bella pourrait rédiger elle-même un récit des exploits de son frère.

Pourquoi les hommes jouaient-ils aux dés et aux cartes loin du regard de leurs proches ? Si seulement elle avait soutiré des précisions à Coxy ! Comment une jeune femme sans expérience dans ce domaine pouvait-elle s'introduire dans un cercle de jeu, avant d'exposer au public ce qui se déroulait dans ces lieux de perdition ?

Elle pensa soudain au capitaine Rose. Voilà un homme qui devait connaître ce milieu ! Sans doute était-il un joueur invétéré lui-même. Il devait fréquenter les pires tripots. Non, elle ne pouvait se rendre à Douvres, en quête d'un homme rencontré brièvement quatre ans plus tôt.

Elle ne voyait pourtant pas d'autre solution. De plus, si elle restait là à ne rien faire, elle risquait de perdre la raison.

Sa décision étant prise, elle se sentit enveloppée d'un grand calme, d'une assurance qu'elle n'avait connue qu'une seule fois : le jour où elle avait décidé de s'évader de cette chambre sordide à Douvres. Elle avait dû prendre son courage à deux mains, mais elle avait réussi.

Grâce au capitaine Rose.

Elle se servit du thé et en but une gorgée, tout en échafaudant un plan.

Elle devait agir dans les plus brefs délais. Il lui faudrait une douzaine d'heures pour gagner Douvres. Heureusement, les diligences étaient fréquentes et roulaient parfois de nuit. Elle pouvait arriver à destination dès le lendemain.

Soudain, elle se rappela que le chevrier risquait de se présenter à l'auberge de la Chèvre le lendemain, plein d'espoir. Raison de plus pour quitter la ville. La tentation n'était plus qu'un détail insignifiant vis-à-vis de sa soif de vengeance contre son frère.

Augustus était-il aussi un séducteur de jeunes filles innocentes ? Un ivrogne ? Le jeu n'était sans doute pas son unique vice.

Kitty lui apporta de l'eau chaude.

— Prépare mes bagages, Kitty. Je pars pour Douvres.

— Douvres, mademoiselle ? répéta-t-elle en lâchant presque son broc.

— Oui, dès que possible. Qu'Annie m'achète une place dans la première diligence.

— Pour vous toute seule ?

Bella fut prise de court. Une lady emmènerait sa femme de chambre, mais elle ne voulait pas que Kitty l'accompagne. Elle se ferait du souci. Sans parler des dangers d'une telle entreprise.

— Oui. Je ne risquerai rien à bord d'une diligence. De nombreuses femmes se déplacent seules.

— Pas les ladies de votre rang, mademoiselle.

— Mon rang est plutôt modeste.

Comme elle l'espérait, Kitty n'osa pas discuter davantage.

— Je vais me débarbouiller pendant que tu prépareras ma malle. Je voyagerai en tant que Bella, pas en tant que Bellona. En revanche, je porterai une tenue de Bellona pour le trajet, dans un souci de confort. J'emporterai les toilettes de Mme Moray.

— Et le corset ? s'enquit Kitty avec espoir.

— D'accord, concéda la jeune femme avec un soupir.

Elle se devait de porter un corset et des robes en vogue, car le capitaine Rose s'attendrait à voir le même genre de jeune femme que celle qu'il avait secourue quatre ans auparavant. Elle ne s'en plaignait pas. Quelques mois plus tôt, elle avait endossé le costume de l'austère Bellona Flint pour ne pas être reconnue et mieux s'intégrer à l'entourage de lady Fowler. En tant que Céléno, elle avait été elle-même – ce qui avait tout changé. Si Bellona était une forme de carcan, Céléno lui procurait une liberté qu'elle avait crue perdue.

Or c'était Bella, et non Bellona, qui devait régler son compte à sir Augustus Barstowe, le responsable de ses malheurs. Elle n'avait pas la moindre compassion pour lui.

Bella Barstowe l'enverrait brûler en enfer... même si elle devait l'y rejoindre.

Thorn avait ôté son masque dès que la mystérieuse Céléno était partie. Il l'avait rangé dans une valise qu'il emportait vers sa demeure, tel un valet. Sa livrée bleu foncé ornée d'un galon argenté et sa perruque poudrée le rendaient anonyme dans ce quartier en vogue de la capitale, ce qui était un luxe.

Il lui arrivait de jouer les valets uniquement pour échapper un moment à la pression d'être le duc d'Ithorne. Mais le capitaine Rose lui offrait une meilleure échappatoire. Pourtant, il n'avait pas endossé son costume depuis des mois. Il ignorait combien de temps encore il résisterait.

Il était parti à bord du *Black Swan* mais, en tant que duc et propriétaire du navire, de sorte qu'il avait dû se tenir à distance des hommes avec qui il buvait et festoyait quand il était le capitaine Rose. L'atmosphère était différente.

Thorn regarda un groupe de marins passer dans la rue, se livrant à un petit jeu dont ils étaient les seuls à comprendre les règles. S'il ne les enviait guère, il aurait aimé avoir connu une époque où il n'était pas duc.

Même le roi George avait vécu son enfance et sa jeunesse sans subir le fardeau des responsabilités. Hélas, Thorn n'avait pas eu ce privilège. Dès sa plus tendre enfance, il avait été appelé « Votre Grâce ».

Thorn haussa les épaules. Sa seule échappatoire était la mort. Pourvu qu'il n'existe ni titres ni rangs au paradis !

Il s'arrêta un instant en voyant une femme aux cheveux bruns. Mais ce n'était pas Céléno.

Pourquoi certaines femmes suscitaient-elles le désir chez un homme alors que d'autres, tout aussi jolies, charmantes et attirantes, le laissaient froid ? C'était ainsi, et il ne parvenait pas à chasser Céléno de ses pensées. Avait-il escompté que leur entrevue se terminerait au lit ? Il n'aurait su le dire. Cela aurait pu le guérir de cette passade. Mais la résistance de la jeune femme n'avait fait qu'attiser sa curiosité.

Il aurait pu charger quelqu'un de la suivre, mais il espérait qu'elle finirait par révéler son identité – ou bien que, au lendemain de la fête, il ne lui aurait plus trouvé autant de charme. Mais elle avait envahi son esprit et il n'aurait de cesse de résoudre le mystère qu'elle représentait.

Cette jeune femme était pleine d'esprit et de courage, malgré sa jeunesse. Allait-elle revenir le lendemain ? Et lui, serait-il au rendez-vous ? Peut-être cherchait-elle à lui passer la corde au cou. Tous les invités de la fête antique connaissaient son identité ou l'avaient découverte.

Mieux valait la laisser filer.

Il entra chez lui par la porte de service, comme il se devait pour un valet. En passant dans la cuisine, il chipa une tartelette sur la table. Son pâtissier protesta, puis le reconnut et se contenta de secouer la tête.

Thorn gagna ses appartements et ôta sa perruque ainsi que sa livrée.

— Tout s'est bien passé, milord ? s'enquit Joseph.

— Ni bien ni mal, répondit-il d'un ton désinvolte en faisant glisser un peigne dans ses cheveux.

Joseph lui tendit une chemise.

— Elle était moins légère et moins court vêtue que lors du bal masqué, raconta Thorn. J'avoue avoir éprouvé une légère déception.

— Peut-être voulait-elle simplement récupérer ses étoiles, milord.

Joseph l'aida à ôter sa culotte marron.

— Ce n'étaient que des babioles, et elle n'en avait que faire. À la réflexion, sa réserve n'est pas pour me déplaire. Le jeu n'en est que plus palpitant.

— Comme toujours, milord, commenta le valet face au sourire en coin de son maître. Tant qu'il ne s'agit pas d'un jeu dangereux.

— Les jeux dangereux sont les meilleurs, objecta Thorn.

Il se retrouva vite en tenue de travail, un gilet simple et une veste.

En glissant la chevalière ducale à son doigt, il se réjouit que Céléno ne soit pas une catin. Si une maîtresse était facile à trouver, les défis mystérieux étaient une denrée rare. Il décida de se rendre au rendez-vous du lendemain.

Joseph lui tendit une cravate fluide, ornée de dentelle.

— Vous n'avez pas découvert son identité, milord ?

— Non, répondit Thorn en glissant une épingle dans sa cravate. Ce n'était pas une lady qui figurait sur la liste des invités, mais les gens amènent parfois des amis qui sont en ville, du moment qu'ils sont de haut rang.

Il noua ses cheveux en catogan et se remémora son échange avec Céléno sur le maquillage et les masques. Par chance, aucune visite à la Cour ne lui imposerait de se maquiller de sitôt.

— Je me suis demandé à un moment si elle ne faisait pas partie de la troupe de théâtre, mais les acteurs ne la connaissaient pas.

Il observa son reflet dans le miroir pour s'assurer de son apparence impeccable.

— Cette femme est un mystère, Joseph, et j'ai l'intention de le résoudre. Pour l'heure, le travail s'accumule et je dois m'atteler à la tâche.

11

Lors du long trajet à bord d'une diligence bondée, Bella eut tout loisir de réfléchir.

S'adresser au capitaine Rose était audacieux, mais elle ne connaissait personne d'autre qui soit susceptible de l'aider. En réalité, dans ses souvenirs, il était resté un héros. Et s'il se révélait malhonnête, elle avait son pistolet dans le sac posé à ses pieds.

Dans la cabine, nul ne disait mot, même si les passagers communiquaient brièvement lors des arrêts dans les auberges. Bella se surprit à se sentir mal à l'aise d'être elle-même dans ce costume austère de jeune lady, aussi se glissa-t-elle de temps en temps dans la peau de Bellona, ce qui agaça ses voisins.

Elle admit qu'elle détestait incarner Bellona Flint et vivre dans le mensonge. Pauvre Bellona ! Elle l'avait créée, et voilà qu'elle allait la tuer. Elle avait coupé les ponts avec lady Fowler. Elle s'installerait bientôt dans un autre logement avec Peg – sous son véritable nom, cette fois.

Mais la nuit fit ressurgir ses doutes, au point de lui faire envisager de prendre une nouvelle identité, un personnage plus proche d'elle-même mais débarrassée de tout scandale.

Non. C'était comme si elle s'effaçait un peu plus à chaque mystification. Elle ne savait même plus qui était vraiment Bella Barstowe !

Était-elle la jeune fille confiante qui avait été enlevée à Carscourt, autrefois ?

Était-elle la prisonnière qu'elle était devenue lors de son confinement ?

Ou bien l'amère Bellona Flint ?

Non, jamais.

La Céléno de la fête antique, l'idiote qui était allée à un rendez-vous avec un homme qu'elle savait motivé par le désir de la séduire ? À moins que l'ancienne Bella ne soit de retour, aussi frivole que les gens le pensaient ?

Elle dut s'assoupir un moment, coincée entre un homme corpulent et une femme replète, car un souvenir la réveilla en sursaut.

Le jeune garçon de l'auberge de l'Ancre et la Couronne !

Elle était si secouée qu'elle s'étonna de ne pas avoir réveillé ses voisins. Tout était calme. Elle put se replonger dans ses pensées.

À leur arrivée à Douvres, ses ravisseurs lui avaient fait part de leur projet : l'emmener à Paris et la vendre à une maison close. Elle s'était évanouie et s'était réveillée dans une chambre d'auberge. Elle avait fini par accepter que nul ne viendrait la secourir.

Son unique consolation était le fait que sa passivité lors du trajet avait incité ses ravisseurs à moins se méfier d'elle. Ils avaient fermé la porte à clé. Heureusement, la pièce avait une fenêtre. Elle était située à l'étage, mais Bella était déterminée à s'échapper. Même si elle se fracturait une jambe, ce serait préférable au destin qu'on lui réservait.

Un garçon qui passait dans la ruelle lui avait évité d'en arriver à cette extrémité. Il marchait en sifflotant, portant un seau. Elle avait attiré son attention, puis lui avait demandé s'il pouvait lui procurer une échelle. Face à son air hébété, elle avait ôté sa chaîne en argent avant de la lui promettre s'il lui venait en aide.

— Vous êtes une princesse ? avait-il demandé, fasciné.

Bella avait failli lui avouer la vérité, mais une fable avait été plus efficace, vu son âge.

— Oui. J'ai été enlevée par un monstre cruel. Il risque de revenir à tout moment. Je t'en prie, aide-moi !

L'enfant avait lâché son seau et s'était éloigné en courant, pour revenir avec une longue échelle, lourde à porter. Ce n'était en rien ce qu'elle avait imaginé. Il ne s'agissait que de quelques bâtons cloués à un poteau. Cependant, elle ne pouvait se permettre de faire la fine bouche. De toute façon, elle n'était jamais montée sur une échelle.

Ça avait été encore plus effrayant qu'elle ne l'avait imaginé. Seul son instinct de survie lui avait permis d'en venir à bout. Elle avait passé une jambe à l'extérieur, les doigts crispés sur le rebord de la fenêtre. Ces acrobaties n'allaient pas améliorer sa tenue !

Dès qu'elle avait eu un pied sur un échelon, elle avait rassemblé son courage pour lâcher le rebord de la fenêtre. Le bois avait plié, grincé, vacillé, mais elle devait s'éloigner au plus vite de cette auberge.

Une fois en bas, elle avait remis au garçon sa chaîne en argent avec un pendentif en forme de croix. De peur qu'il ne soit accusé de vol, elle lui avait promis que s'il gardait le bijou bien à l'abri, elle reviendrait lui en verser le prix en espèces sonnantes et trébuchantes…

Puis elle avait oublié.

La suite des événements avait effacé cette anecdote. Or l'enfant avait pu être envoyé au bagne, voire pendu, au cours des quatre dernières années !

Quelle misérable elle était ! Elle aurait pu demander à lady Raddall de régler la question. Cette dette impayée faisait d'elle un personnage presque aussi indigne qu'Augustus.

Une chose était certaine : sa priorité en arrivant à Douvres, avant de se renseigner sur le capitaine Rose, serait de chercher ce garçon. Lui avait-il indiqué son nom ?

Elle fouilla dans sa mémoire. Billy ! Elle le retrouverait. Sinon, elle ne méritait pas de réussir dans sa mission.

Bella s'assoupit de nouveau. À l'aube, elle émergea de sa torpeur, l'esprit bientôt en ébullition. Une jeune femme seule avait besoin d'une histoire à raconter, surtout si elle devait passer un certain temps dans une auberge.

Elle pouvait utiliser son véritable nom, mais se faire passer pour une gouvernante attendant une famille en provenance de France. Les robes ternes de Bellona renforceraient ce mensonge, de même que les tenues discrètes de chez Mme Moray. Hélas, elle devrait se dispenser de sa robe fleurie pendant un moment. La placer dans sa malle avait été déraisonnable.

Lorsque la diligence s'arrêta à l'auberge du Navire, elle attendit sa malle en projetant d'y prendre une chambre. Mais elle entendit un autre passager évoquer l'auberge de la Boussole. Elle changea alors d'avis.

Le capitaine Rose l'avait emmenée à la Boussole, dont il était un habitué. C'était l'endroit idéal pour se renseigner sur lui. Elle ne s'attendait pas à le trouver là-bas car il avait son navire, mais elle préférait de toute façon en apprendre davantage avant de décider si elle pouvait faire appel à lui.

Un employé chargea sa malle sur une charrette et se mit en route. La jeune femme le suivit, fatiguée. Heureusement, l'air marin et la fraîcheur de ce mois de septembre la revigorèrent. Elle commençait à aimer être Bella Barstowe, indépendante et déterminée.

À l'approche de l'auberge, toutefois, sa confiance l'abandonna. Elle n'était jamais entrée seule dans ce genre d'établissement – à part l'auberge de la Chèvre, où on l'avait prise pour une prostituée.

Les cloches sonnèrent midi. Orion le chasseur l'attendait-il là-bas ? Comment réagirait-il en constatant l'absence de Céléno ? Pourvu qu'il ait perdu tout intérêt pour elle.

— Madame ?

Le porteur de bagages la regardait bizarrement, comme s'il craignait qu'elle n'ait pas tous ses esprits. Elle se redressa et avança. Cette fois, nul ne la prendrait pour une catin, avec la robe de Bellona et ses cheveux tirés en arrière sous son chapeau.

Elle obtint une chambre sans difficulté. La petite pièce donnait sur une ruelle, mais que pouvait espérer une simple gouvernante ? Au moins, une domestique lui monta rapidement de l'eau chaude, visiblement désireuse de se rendre utile.

Bella défit ses bagages, laissant son pistolet dans son étui au fond de sa malle. La femme de chambre risquait d'ouvrir les tiroirs de la commode. Elle mourait d'envie de se glisser sous les draps, mais elle devait trouver Billy. Elle se mit donc en route pour l'auberge de l'Ancre et la Couronne.

Elle ne souhaitait pas entrer dans la salle, de peur qu'un client ne reconnaisse la jeune fille qui était arrivée en compagnie de deux malfrats quatre ans auparavant. Dieu seul sait ce que les bonnes gens avaient pensé de ce trio. Elle pénétra dans la cour animée et s'adressa à un cocher entre deux âges.

— Vous parlez de Billy Jakes, madame ? Il est parti il y a deux ans pour travailler chez sir Muncy Hexton, vers Litten. Il a fait des bêtises ?

— Pas du tout. On m'a chargée de lui remettre un message.

— Un message ? répéta l'homme, surpris.

Hélas, une voiture arrivait et il dut s'éloigner.

Bella s'éclipsa pour ne pas éveiller les soupçons. De quelle nature ? Elle l'ignorait, mais elle n'était pas à l'aise.

De mémoire, elle parcourut de nouveau l'itinéraire de sa fuite, qui l'avait menée sur le quai bondé. Elle rasa les murs en quête de la taverne du Rat Noir, en vain. L'établissement était peut-être devenu Le Coq Rouge ou Le Joyeux Matelot...

Le quartier malfamé empestait autant que dans ses souvenirs. Heureusement, les rues étaient plus supportables grâce aux rayons de soleil et à la brise marine. Ce soir-là, se rappelait-elle, il y avait du brouillard, ce qui avait créé une atmosphère inquiétante.

Si elle avait vu Le Rat Noir à la lumière du jour, elle n'y serait jamais entrée. Mais ses ravisseurs étaient à ses trousses et elle devait trouver une cachette... Quelle folie ça avait été ! Hélas, elle n'avait pas eu d'autre choix.

Tournant le dos aux maisons et à ses souvenirs, elle observa les bateaux. Pourvu que le *Black Swan* n'en fasse pas partie... Était-il peint en noir ?

Elle s'efforça de distinguer les noms des navires : *Dotty Philips*, *Kentish Hope*, *Singing Willie*...

Passant devant la capitainerie, elle entra et demanda à consulter la liste des navires présents dans le port. Un employé débordé lui désigna deux grandes ardoises, une pour les arrivées et l'autre pour les départs. Le *Black Swan* ne figurait sur aucune.

À la bonne heure, songea-t-elle. Elle pourrait ainsi mener tranquillement son enquête sur le capitaine Rose. La vengeance n'est-elle pas un plat qui se mange froid ? Juste après son entrevue avec Coxy, elle était sur des charbons ardents, mais elle s'était ressaisie. Elle aurait sa revanche ! Et pas au prix de sa vie. Il fallait qu'elle planifie l'opération.

De retour à la Boussole, elle faillit repartir à la recherche de Billy, mais elle était épuisée. Elle monta dans sa chambre et se coucha.

Elle se réveilla aux premières lueurs de l'aube. Faute de braises dans la cheminée, il faisait froid. Emmitouflée dans son édredon, elle prit quelques notes relatives à ses projets.

Elle réfléchit un moment à la mort éventuelle d'Augustus. Au moins, il ne ferait plus de mal à personne. Mais que ce soit par lâcheté ou par sens moral, elle était incapable d'un tel geste. Quel soulagement s'il se brisait le cou accidentellement ! Car jamais elle ne le pousserait du sommet d'une falaise, pas plus qu'elle ne chargerait un malfrat de le faire.

La porte s'ouvrit soudain sur une fillette mal fagotée, qui parut surprise de trouver Bella éveillée. Elle lâcha son seau de charbon.

— Oh ! Pardon, mademoiselle ! Je viens allumer le feu.

— Faites donc, dit Bella avec un sourire.

L'employée se pencha au-dessus de l'âtre.

— Est-il trop tôt pour obtenir de l'eau chaude et un petit déjeuner ? s'enquit Bella dès que les flammes se mirent à danser.

— Je vais voir, répondit la fillette aux yeux écarquillés. Ce ne sera pas long. Bon, je dois vous laisser...

Elle s'éclipsa, visiblement peu habituée à avoir affaire aux clients. La malheureuse ne pouvait avoir plus de dix ans.

Peut-être pourrait-elle aider ces enfants contraints de travailler, même si celle-ci devait s'estimer heureuse de gagner sa vie.

Bella regarda sa feuille de papier, nerveuse. Contrairement à elle, certaines des adeptes de lady Fowler étaient sûres d'elles, y compris lady Fowler elle-même, sans oublier les sœurs Drummond et même l'amère Hortensia Sprott. Au moins, elle n'aurait guère de difficulté à régler la question de Billy Jakes.

Elle trempa sa plume dans l'encrier avant de noter : *Trouver où se situe Litten et louer une voiture au besoin.* C'était déjà un début.

Ensuite, le capitaine Rose : *Se renseigner sur R.* Elle interrogerait le personnel de l'auberge.

Profiter de ma solitude, de ma tranquillité et réfléchir.

C'était la première fois de sa vie qu'elle se retrouvait seule, sans obligations. Et quand elle portait une tenue sobre, les hommes avaient tendance à ne pas l'importuner. Quoi de plus passe-partout qu'une gouvernante ?

Quel soulagement !

Une domestique plus expérimentée lui monta de l'eau chaude. Bella engagea la conversation. Elle apprit ainsi que Louise travaillait à l'auberge de la Boussole depuis cinq ans. Elle avait commencé au bas de l'échelle et aimait son travail actuel.

C'était étrange de se dire que Louise était présente en 1760. Savait-elle ce qui s'était passé dans l'écurie ? Il était plus prudent de ne pas encore soulever la question.

Y avait-il beaucoup de monde à Douvres, en ce moment ?

Des clients notables étaient-ils descendus à la Boussole ?

Y avait-il de dangereux contrebandiers ou des pirates dans les environs ?

Le nom du capitaine Rose ne fut jamais cité.

Avant que l'employée se retire, Bella lui demanda si Litten était loin et s'il allait faire beau dans la journée.

Moins de cinq kilomètres, et la journée s'annonçait fraîche mais avec un ciel dégagé.

Bella annonça alors qu'elle aurait besoin d'une voiture à un cheval après le petit déjeuner. Quand elle descendit, le véhicule l'attendait. La jeune femme était munie d'instructions précises pour se rendre chez sir Muncy Hexton, où Billy travaillait. Pourvu qu'elle sache encore conduire ce simple attelage !

Le cheval était docile et ne lui posa aucun problème. Elle longea les routes de campagne au cœur d'un paysage plaisant, très différent des rues bondées de la capitale. Seuls les oiseaux et les animaux des fermes rompaient le silence, ainsi que quelques passants qui la saluèrent.

Il existait donc dans le monde des lieux paisibles, où habitaient des gens simples. Elle regretta presque d'arriver à destination.

Le petit manoir se dressait aux abords du village de Litten Gorling. Un haut mur longeait un chemin que Bella emprunta, en quête de l'écurie. À sa droite s'étendaient des vergers et, au-delà, des champs de blé moissonnés.

L'écurie apparut devant elle. Dans la cour, un jeune homme se présenta pour prendre les rênes du cheval.

— Seriez-vous Billy Jakes ?

Il avait grandi et forci, mais c'était bien lui.

— En effet, madame, répondit-il d'un air méfiant. Que puis-je faire pour vous ?

Bella descendit de son perchoir sans aide.

— Je me demandais si vous aviez gardé la chaîne en argent avec le pendentif en forme de croix, Billy. Ce n'est pas grave si ce n'est pas le cas, mais si vous les avez encore, je voudrais tenir ma promesse de vous les échanger.

Le jeune homme la dévisagea, puis il rougit légèrement.

— Vous êtes saine et sauve, alors. Je me suis toujours posé la question... Avec mon histoire de princesse... Oui, j'ai toujours votre chaîne. Vous voulez vraiment la récupérer ? Je pensais l'offrir à Anne, ma bien-aimée, avoua-t-il, un peu gêné, avec un sourire si sincère que Bella envia sa fiancée. Je ne l'ai pas encore fait parce que son père voudra savoir comment je l'ai obtenue.

— Vous préférez donc la garder plutôt que de recevoir de l'argent ?

— Je sais que c'est étrange, madame, mais elle est si jolie... et je vous vois encore comme une princesse. Anne est désormais ma princesse, et elle mérite un beau bijou.

Bella fut presque émue aux larmes.

— Dans ce cas, c'est parfait. Et si je parlais au père d'Anne pour lui expliquer qu'il s'agit d'une récompense pour service rendu ?

— Ce serait merveilleux, madame ! S'il accepte cette vérité, personne ne la mettra en doute.

— Où puis-je le trouver ?

— Justement, le voici. Il vient sans doute voir ce qui se passe. C'est le chef de l'écurie, M. Bickleby.

Bella se tourna vers un homme noueux aux cheveux grisonnants, dont le catogan était peu fourni à cause de son crâne dégarni.

— Qu'est-ce qui te prend, Billy, de retenir cette dame ?

Bella lui sourit.

— Monsieur Bickleby, ne le réprimandez pas. C'est moi qui le retiens avec mes bavardages. Je suis venue lui parler.

— Qu'a-t-il donc fait ?

— C'est un héros, répondit Bella.

— Quoi ?

— Je crois que je devrais vous dire deux mots en particulier, monsieur, pendant que Billy abreuve mon cheval.

Perplexe, l'homme la conduisit dans une petite pièce.

— Eh bien, madame ? Qu'est-ce que cette histoire de héros ?

Bella lui fournit une version épurée de sa mésaventure.

— Je regrette d'avoir mis si longtemps à revenir. Billy m'a rendu un fier service. Je serais ravie qu'il garde cette chaîne en gage de ma gratitude et qu'il l'offre à votre fille.

L'homme hocha la tête.

— Oui, cela ferait plaisir à ma fille. Et elle l'apprécie beaucoup. Ils sont encore très jeunes, mais ils ont la tête sur les épaules, et Billy est un garçon honnête et travailleur.

— Vous pouvez répéter cette anecdote, monsieur Bickleby, mais sans préciser mon nom, je vous prie.

— Ne vous inquiétez pas, madame. Si je me déclare satisfait, personne ne s'en mêlera.

— Parfait. Je vous remercie.

Au moment où elle allait prendre congé, l'homme lui demanda :

— Auriez-vous de nouveau des ennuis, madame ?

Elle se crispa et fit volte-face.

— Sauf votre respect, ajouta-t-il, vous n'avez que quelques années de plus que Billy et Anne, et vous êtes ici toute seule...

Bella savait qu'il avait les meilleures intentions du monde, mais cette sollicitude l'embarrassait.

— Je n'ai aucun problème, monsieur Bickleby. Je vous remercie de votre bienveillance.

— Certes, madame, mais il n'est pas bon de rester seul, ni pour un homme, ni pour une jeune femme.

Bella faillit protester, mais elle se ravisa.

— Parfois, c'est notre destin.

Il semblait sceptique, sans insister pour autant. Bella rejoignit Billy, qui était toujours dans la cour avec son cheval.

— Tout va bien, annonça-t-elle.

Billy s'illumina de bonheur. Avait-elle déjà été aussi heureuse ? se demanda-t-elle. Le serait-elle un jour ?

Les yeux embués de larmes ridicules, elle se remit en route. Sa colère contre Augustus monta d'un cran. Sans les manœuvres de son frère, elle aurait pu connaître l'amour d'un homme bon.

Elle arriva à Douvres au coucher du soleil, espérant que le capitaine Rose se trouverait à l'auberge de la Boussole afin qu'elle puisse mettre en œuvre sa vengeance au plus vite.

Quand Louise lui monta son souper, Bella l'interrogea discrètement sur les nouveaux arrivés.

Il n'y avait que deux familles, mais pas de capitaine Rose.

Bella réfléchit. Elle voulait en savoir plus sur le capitaine, et elle n'avait aucune envie de retrouver la vie inconfortable de Bellona à Londres.

Elle pouvait prolonger son séjour à Douvres d'une semaine. Cependant, elle aurait besoin de s'occuper. Il s'agissait peut-être d'une plaisante escapade, mais elle détestait l'inaction. Elle achèterait du tissu pour coudre des mouchoirs, qu'elle pourrait ensuite offrir aux dames de chez lady Fowler en guise de cadeau d'adieu.

Avant de se coucher, elle écrivit une lettre à Peg pour lui assurer que tout allait bien et qu'elle ne rentrerait pas de sitôt. Le lendemain matin, elle fit quelques emplettes, dont un livre et des fournitures de couture. Elle avait apporté une petite trousse et, lors de son confinement à Carscourt, elle avait découvert que coudre des ourlets était une activité apaisante.

Cela lui permettrait aussi de s'installer devant la fenêtre du petit salon mis à la disposition des clients. Chaque jour, ils y trouvaient le journal, mais celui de la veille ou de l'avant-veille. Bella évitait les articles qu'elle aurait naguère signalés à lady Fowler. Elle avait tourné la page de cet épisode de sa vie. En revanche, elle lut un entrefilet, relatif à la soirée antique, annonçant que lord et lady G. s'étaient réconciliés et qu'ils étaient en route pour le domaine familial dans le Devon. Bella se réjouit pour les Grandiston.

Soudain, un nom lui sauta aux yeux. Le duc d'Ithorne avait participé à une réunion de patients atteints de petite vérole à l'hôpital. Même s'il agissait sans doute pour se donner une bonne image, il remonta quelque peu dans l'estime de Bella...

En général, elle s'installait à la fenêtre avec son ouvrage et guettait les allées et venues tout en écoutant les conversations qui lui parvenaient. Elle aimait observer le monde, assister aux petits drames du quotidien - un bateau manqué, une malle perdue et même un cas de phobie de la mer. En revanche, toujours aucun signe du capitaine Rose.

Le troisième jour, elle avait terminé une pile de mouchoirs et commençait à se lasser quand elle entendit quelqu'un prononcer le nom du *Black Swan*.

Elle se figea et tenta de saisir des bribes de la conversation. L'aubergiste évoquait la pluie qui arrivait.

Bella rangea vivement son ouvrage et quitta le salon comme pour regagner sa chambre. L'aubergiste était seul à présent, mais elle profita de l'occasion.

— Ai-je bien entendu parler de « Black Swan » ? s'enquit-elle d'un air détaché. De quoi s'agit-il ?

L'aubergiste s'inclina poliment.

— C'est un nom qui plaît beaucoup, mademoiselle. Il y a un navire qui s'appelle ainsi, et même une taverne.

— Un navire ?

— Sans doute plusieurs. Il en existe un ici même, représenté en peinture là-bas.

Il désigna un tableau. Les murs de l'entrée étaient tapissés de toiles figurant des navires, auxquelles Bella n'avait guère prêté attention. Elle s'approcha de la toile en question.

— Il est donc connu au point d'avoir son portrait ?

L'homme se mit à rire.

— Pas particulièrement, mademoiselle. Il se trouve qu'un peintre a séjourné ici il y a quelque temps, et qu'il n'avait pas de quoi régler sa facture. Je lui ai donc fourni une toile et de la peinture pour qu'il réalise des tableaux du port. Le capitaine du *Black Swan* veut me l'acheter, mais je l'aime trop.

— Vous le connaissez donc ? continua-t-elle sur le ton de la conversation, le cœur battant.

— Quand il est en ville, il loge ici. À présent, mademoiselle, si vous voulez bien m'excuser...

Avant que Bella puisse glaner d'autres détails, il s'éloigna en direction d'un client.

La jeune femme s'attarda devant le tableau pour faire mine de le contempler tout en dressant l'oreille. Hélas, elle n'apprit rien de nouveau. Frustrée, elle posa son épaisse cape sur ses épaules et alla se promener avant que la pluie se mette à tomber. Elle voyait les nuages s'amonceler. Il n'était pas encore midi et la pluie risquait de persister la journée entière.

Elle s'éloigna des quais venteux pour bénéficier de la protection des maisons et se détourna des rues commerçantes pour gagner le quartier résidentiel. Elle vit de vieux cottages, des rues plus récentes, des femmes s'affairant à leurs tâches quotidiennes. Un peu plus loin, un forgeron frappait son enclume pour façonner un fer à cheval. Des ouvriers posaient des briques sur le chantier d'un nouveau bâtiment.

Une vie tranquille et ordinaire. Avait-elle une chance de mener une telle existence ? Autrefois, il lui semblait évident qu'elle se marierait un jour, qu'elle aurait des enfants et qu'elle gérerait son foyer. En un coup du destin, elle avait été privée de cet avenir, et même si elle anéantissait la réputation d'Augustus, ce qu'elle avait perdu ne lui serait pas rendu.

Une cloche sonnait midi quand les premières gouttes de pluie se mirent à tomber. Bella fit demi-tour pour regagner l'auberge, mais elle dut s'arrêter pour laisser passer un joyeux cortège émergeant de l'église en jetant du riz sur de jeunes mariés rougissants. En dépit du mauvais temps, ils étaient heureux et avaient des étoiles dans les yeux.

Le groupe s'éloigna, pressé de se mettre à l'abri pour ne pas mouiller leurs habits du dimanche. Les larmes aux yeux, Bella les suivit de loin.

Elle devait admettre qu'elle avait désespérément envie de connaître un tel bonheur.

Grâce à son argent, elle était en mesure de se trouver un mari, mais comment savoir s'il serait quelqu'un de bien ? Pour l'amour du ciel, elle avait subi quatre années de confinement. Elle refusait de subir un mauvais mariage. Bien des femmes rencontrées chez lady Fowler en avaient fait l'amère expérience. Même Clara Ormond, qui avait été heureuse en ménage, avait finalement été laissée dans la pauvreté par un mari irresponsable.

Et pourtant, son amour demeurait intact.

Bella songea à Annie et Kitty dont les yeux brillaient, et à Peg et ses tendres souvenirs. Et à Billy Jakes.

Elle voulait un bon mari, un foyer et des enfants.

Autrefois, elle aurait imaginé un manoir et un vaste domaine. Désormais, un cottage lui suffirait, si l'amour et la tendresse étaient de la partie. Il y aurait un salon douillet où elle coudrait pendant que son mari lui ferait la lecture. Dans son rêve, elle voyait aussi des enfants, déjà couchés pour la nuit.

Il n'y avait rien de somptueux dans tout cela, rien qui exige une bravoure particulière. Elle voulait simplement le confort et la sécurité d'un foyer.

Soudain, la pluie battante la fit émerger de sa rêverie. Même le ciel semblait pleurer sur ses ambitions perdues !

Elle entra dans un salon de thé en espérant que la pluie se calmerait, mais elle vit un couple d'amoureux attablés main dans la main, les yeux dans les yeux. Alors elle fit demi-tour et regagna péniblement l'auberge de la Boussole. La pluie se mêlait à ses larmes.

Elle leva les yeux vers l'enseigne de l'établissement. Pourquoi cette boussole ne lui indiquait-elle pas la direction d'un avenir meilleur ?

Elle entra et, tandis qu'elle se demandait que faire de sa cape mouillée, la porte s'ouvrit de nouveau avec fracas. Des hommes envahirent les lieux, bruyants et trempés, riant et plaisantant. Ils s'interpellaient en s'ébrouant comme des chiens.

Bella se glissa contre le mur. Elle espérait pouvoir gravir les marches avant eux.

— Pounce ! hurla un homme. Où es-tu, canaille ? Le *Black Swan* a jeté l'ancre et on meurt de faim !

Bella chercha des yeux l'homme qui venait de s'exprimer. Était-ce le capitaine Rose ?

Un homme rougeaud aux cheveux noirs ajouta ;

— Ohé ! La Boussole ! Il y a quelqu'un ? On a le gosier aussi sec que la...

En voyant Bella, il se tut.

— Enfin, on a le gosier sec... Attention, les gars, il y a une dame !

Tous les regards se posèrent sur Bella, qui parcourut l'assemblée d'hommes aussi gênés que des écoliers, en quête du capitaine Rose. Grand, ténébreux...

Trois domestiques et M. Pounce accoururent pour entraîner l'équipage vers la salle à manger.

— Désolé, mademoiselle Barstowe. Vous êtes trempée. Quelqu'un va prendre votre cape pour la faire sécher. Puis-je faire servir votre repas dans votre chambre ?

Bella observa la salle à manger bondée de marins travaillant sur le *Black Swan*. Hélas, l'aubergiste ne la laisserait jamais au milieu de tous ces hommes frustes. Elle se résigna donc à l'inévitable.

— Volontiers, répondit-elle. Ces messieurs viennent du navire dont nous parlions tout à l'heure, n'est-ce pas ? Le *Black Swan* ?

— Celui-là même, confirma Pounce en se retournant pour confier sa cape à une femme de chambre.

— Le capitaine est-il présent ?

— Le capitaine Rose, mademoiselle ?

Sa curiosité laissait l'homme perplexe, mais nullement soupçonneux.

— J'ai un peu entendu parler de lui, précisa-t-elle. Est-ce l'homme qui criait ?

Bella en doutait, mais ces quatre années avaient peut-être déformé ses souvenirs.

— Non, mademoiselle. C'est Pudsy Galt, le maître d'équipage. Je fais monter votre déjeuner dans un instant.

Il s'éloigna, ne laissant aucun doute sur ce qu'il sous-entendait. Elle était priée de rejoindre sa chambre et d'y rester, sans nourrir de pensées stupides et romantiques sur le capitaine Rose. Elle s'attarda un peu en dressant l'oreille. Hélas, elle n'entendit qu'une cacophonie de voix masculines.

Dans sa chambre, mille pensées se bousculèrent dans sa tête. Même si le capitaine Rose n'était pas dans la salle à manger, il devait se trouver en ville. Il y avait une chance qu'il prenne une chambre à la Boussole.

Soudain, ses genoux se mirent à trembler au point qu'elle dut s'asseoir.

Il y avait une différence entre le désir de voir le capitaine Rose et la perspective imminente d'une entrevue, surtout au milieu d'une bande d'hommes braillards et avinés.

12

En entrouvrant la porte, Bella entendit un vacarme grandissant. Louise gravissait les marches avec son plateau. Elle referma précipitamment le battant et s'installa dans un fauteuil.

La femme de chambre entra et mit le couvert sur la table.

— Vous avez aussi une petite carafe de bordeaux, avec les compliments de M. Pounce, pour compenser le dérangement.

Elle était visiblement pressée, mais Bella l'interrogea :

— Ces hommes logent-ils ici ?

— Oh non, mademoiselle. Dieu merci ! Ils vont faire la tournée des grands-ducs, histoire de prendre du bon temps, si vous voyez ce que je veux dire. En général, ils viennent ici pour leur premier repas sur la terre ferme. C'est le capitaine Rose qui régale !

— C'est très généreux de sa part.

— Oh, il l'est ! commenta la jeune fille avec un large sourire. Il prend toujours une chambre ici et n'oublie jamais le personnel. Bon, il faut que j'y aille, mademoiselle.

Sur ces mots, elle fila en refermant la porte derrière elle.

Quelques instants plus tard, Bella la rouvrit, espérant entendre une voix familière, puis elle s'attabla sans grand appétit.

Les hommes étaient encore plus bruyants, leurs voix graves et avinées parfois interrompues par un rire de femme. Louise faisait-elle partie de ces créatures peu farouches qu'on trouvait dans les ports ?

Bella aurait dû être choquée par ces mœurs débridées, or elle les enviait presque. Si elle n'aurait pas souhaité être une serveuse de taverne couchant avec des marins, elle aurait aimé partager leur humeur festive.

Elle but une gorgée de vin.

Soudain, les hommes se mirent à scander :

— Capitaine ! Capitaine !

Ils tapaient sur la table avec leurs chopes.

— On s'occupe bien de vous, les gars ? lança une nouvelle voix.

— Oui !

— Qu'on me donne de la bière et une fille bien en chair ! J'ai du retard à rattraper.

Des rires gras montèrent jusqu'à la chambre de Bella.

Était-ce le capitaine Rose ? se demanda la jeune femme, étonnée. Sa voix était très différente de celle dont elle avait gardé le souvenir, et ses paroles correspondaient encore moins au personnage. De la bière et une fille bien en chair ?

De toute évidence, elle avait enjolivé quelques souvenirs.

Elle but une autre gorgée de vin.

Mais cet homme était plus susceptible de l'aider à accomplir sa vengeance, même si elle doutait de pouvoir lui accorder sa confiance.

Elle fronça les sourcils face à son verre vide. Elle s'était méfiée de lui quatre ans plus tôt, puisqu'elle lui avait volé son cheval, se lançant dans une fuite solitaire effrayante.

Avec le recul, elle comprenait qu'elle avait eu raison.

Les marins entonnèrent une chanson paillarde en tapant du pied. Par chance, elle ne saisissait pas toutes les paroles.

Elle se resservit un peu de vin, qu'elle sirota en réfléchissant.

Il n'était pas étonnant qu'elle ait idéalisé le capitaine Rosc pour en faire un héros chevaleresque. À l'époque, elle était encore capable de rêver d'un homme qui viendrait la sauver sur son fier destrier, et l'emmènerait loin de sa prison et de ses tourments.

La réalité semblait plus plausible : c'était un loup de mer qui aimait la bière et les femmes, un homme certes généreux avec son équipage et le personnel de l'auberge, un homme apprécié de tous.

Mais Bella n'avait pas inventé sa réaction instinctive face aux malfrats du Rat Noir, où son simple nom semait la terreur.

Il demeurait capable de témérité, et c'était ce dont elle avait besoin.

Probablement.

Elle avait la nuit pour y réfléchir, car s'il logeait à l'auberge elle pourrait lui parler le lendemain. Sa carafe de vin était vide. Pas étonnant qu'elle se sente un peu étourdie.

Elle alla fermer la porte d'un pas vacillant, prit son livre et, au lieu de s'asseoir dans le fauteuil près du feu, elle s'installa sur son lit.

Plusieurs heures plus tard, elle releva la tête. Elle n'avait pas tourné la clé dans la serrure, afin que Louise puisse venir chercher son plateau. Mais la jeune femme était sans doute toujours occupée en bas...

Il serait plus prudent de s'enfermer avant de s'endormir.

Au bout d'un certain temps, elle entendit des pas dans le couloir. Un bruit de bottes. La jeune femme se redressa d'un bond. À quoi pensait-elle en omettant de s'enfermer à clé dans une auberge pleine de marins ivres ?

Elle était presque levée quand les bottes s'éloignèrent. Puis une porte claqua. Était-ce le capitaine Rose ? Bella regarda la porte comme si elle était capable de voir à travers les murs. S'il était présent ce soir, il serait encore là le lendemain. Soudain, des pas précipités se firent entendre. Une porte s'ouvrit et Bella capta quelques mots :

— ... votre cheval, capitaine...

Son cheval ? Cela signifiait-il qu'il partait ?

Elle se leva, encore un peu chancelante. S'il partait, elle n'aurait plus d'autre chance de lui parler.

Encore devait-elle avoir le courage de l'aborder.

Les pas s'éloignèrent. Le domestique s'en allait.

Le cœur battant, la gorge nouée, elle vérifia sa tenue dans le miroir. Quelques mèches de cheveux dépassaient de sa coiffe. Elle les replaça et lissa le bas de sa robe, consciente que celle-ci ne flattait guère sa silhouette.

— Tant mieux, maugréa-t-elle. Mieux vaut ne pas plaire à un marin qui vient de débarquer.

Elle prit son courage à deux mains pour passer la tête dans le couloir. Il était désert. En bas, le silence était revenu. L'équipage était parti festoyer ailleurs.

Pourquoi le capitaine Rose n'avait-il pas suivi ses marins ? Aurait-il emmené une partenaire ? Elle n'avait pas entendu d'autres pas, mais les souliers d'une femme ne faisaient guère de bruit.

À moins qu'il ne l'ait portée dans ses bras...

De façon absurde, cette image troubla Bella.

S'il était accompagné d'une femme, elle entendrait du bruit derrière la porte de sa chambre. Des voix, des rires...

Elle longea donc le couloir à pas de loup et colla l'oreille sur le battant. Rien. C'était peut-être une autre chambre ? Derrière la porte suivante, elle perçut des mouvements, puis un juron étouffé.

Une voix d'homme, solitaire.

Elle patienta encore un peu et ne perçut qu'un bruit sourd.

Rassemblant son courage, elle frappa à la porte, si timidement qu'il n'entendit peut-être rien. Elle recommença, plus fort.

— Entrez, nom d'un chien !

Seigneur, il allait réveiller toute l'auberge, et elle serait découverte dans cette situation embarrassante !

Bella se glissa furtivement à l'intérieur et se tourna vers le capitaine Rose. Elle en demeura bouche bée. Il était torse nu, vêtu uniquement de sa culotte.

— Qui diable êtes-vous ?

Bella s'humecta nerveusement les lèvres.

— Isabella Barstowe.

— Je vous ai fait quérir ? demanda-t-il avec un air étonné, les sourcils froncés.

Il ne la reconnaissait pas. Rien de plus normal, en réalité. Bella n'était pas certaine qu'elle-même l'aurait identifié sans sa boucle d'oreille en forme de tête de mort. Pourtant, ce ne pouvait être que lui : grand, de longs cheveux bruns, une barbe naissante. Sa chemise était négligemment posée sur le lit, avec son gilet noir, sa redingote et son foulard écarlate.

Il avait le torse plus musclé qu'elle ne l'aurait imaginé, mais que savait-elle des torses masculins ?

— Alors ? aboya-t-il, la mine renfrognée.

— Non, monsieur. Je souhaitais vous parler.

— Le moment est mal choisi, mademoiselle Barstowe.

Il s'approcha de la table de toilette et imbiba un gant, avant de le savonner. Abasourdie, Bella le vit commencer sa toilette. Elle qui espérait découvrir quel genre d'homme il était ! Eh bien, c'était un mufle.

Ce qui serait toutefois indiqué pour agir contre Augustus.

— Je suis Perséphone, balbutia-t-elle.

Il se tourna vers elle, sans cesser de passer le gant sur son torse. Bella vit alors son épaule droite.

Un tatouage représentant un cygne noir. Le *Black Swan*…

— Perséphone qui ?

Elle releva les yeux vers son visage. Quatre ans plus tôt, elle n'avait pas remarqué la couleur de ses prunelles. Elles étaient marron.

Contrairement à la première fois, il n'était pas sobre, même s'il n'était pas complètement ivre.

— Je vous ai volé votre cheval…

Il cligna des yeux, puis les écarquilla.

— Ah ! Vous venez me le rembourser ?

— Non, enfin oui. Je veux dire… Pourriez-vous enfiler quelques vêtements ?

— Je suis habillé ! assura-t-il avec l'esquisse d'un sourire. Et vous débarquez dans ma chambre sans y être invitée.

Il enfila néanmoins sa chemise.

— À présent, mademoiselle voleuse de chevaux, que faites-vous ici ?

Bella s'efforça de se ressaisir.

— Capitaine Rose, pourrions-nous bavarder plus tard, quand vous serez… en état ? Je redoutais que vous ne partiez avant que j'aie pu vous parler. J'ai besoin de votre aide.

Il ne parut guère impressionné.

— J'aimerais vous engager, ajouta-t-elle.

— C'est professionnel ? fit-il, plus intéressé. Je peux vous accorder quelques minutes maintenant. Asseyez-vous.

Bella se percha sur une chaise, espérant que cela lui donnerait un peu d'assurance. Il s'assit en face d'elle et tendit ses longues jambes dénudées.

Soudain, son projet de vengeance lui sembla absurde.

— Si nous devons conclure un accord, il faut d'abord régler cette dette, déclara-t-il. Le cheval.

— Il vous a été rendu. Je ne vous dois rien.

— Et si je ne l'ai pas récupéré ?

Elle le dévisagea d'un air méfiant. Il se jouait d'elle, mais était-il en train de mentir ?

— Vraiment ? Je l'ai laissé dans une auberge proche de Maidstone et j'ai envoyé un message à la Boussole.

— La personne à qui vous avez confié ce message a peut-être tout simplement gardé le cheval.

Bella fronça les sourcils. Si elle avait laissé le cheval à l'auberge, c'était pour ne pas arriver chez son beau-frère sur une monture volée. Lors de ce long trajet, elle avait inventé un récit. Elle avait affirmé s'être évadée plus tôt, au sud de Londres, et avoir parcouru une courte distance à bord d'une charrette.

Mais, une fois seule avec sa sœur Athéna, elle lui avait avoué la vérité en l'implorant de faire en sorte que le cheval soit rendu à son propriétaire. Athéna s'était engagée à le faire, mais elle redoutait beaucoup de fâcher son mari. Peut-être lui avait-elle tout répété. Sir Watson Ashton n'aurait pas payé, et encore moins après les mensonges de Bella. Athéna avait déjà eu du mal à l'empêcher de mettre sa sœur à la porte.

— Combien valait ce cheval ? s'enquit la jeune femme.

— Difficile à dire, des années plus tard...

Il cherchait visiblement à gagner du temps, à la retenir ici.

— Dans ce cas, je vous laisse à votre...

Elle se dirigea vers la porte et désigna la table de toilette.

— Nous parlerons plus tard.

— Pas si vite ! lança-t-il, se levant pour lui barrer le passage.

Le cœur battant, la jeune femme le fusilla du regard.

— Je vais crier...

— Vous devrez alors expliquer ce que vous êtes venue faire dans ma chambre.

— Laissez-moi passer !

Il s'adossa à la porte et croisa les bras.

— Vous êtes venue m'engager. Pour quoi faire ?

Bella pinça les lèvres.

— En tant qu'amant ?

— Absolument pas ! répliqua vivement la jeune femme.

Il la toisa longuement, un sourire aux lèvres.

— Dommage...

De façon ridicule, Bella ressentit une certaine satisfaction malgré sa peur. Était-elle tombée si bas qu'elle apprécierait les attentions d'un voyou ?

Oui.

— Alors que venez-vous faire ici ? demanda-t-il d'un ton implacable.

Le désespoir l'incita à avouer :

— Je... J'ai rencontré par hasard l'un de mes ravisseurs.

— Continuez...

— Il m'a dit que vous l'aviez menacé de représailles s'il me faisait du mal. Cela m'a touchée et j'ai repensé à votre cheval. Je n'avais pas la certitude que vous l'aviez récupéré, alors je suis venue m'en assurer.

— En m'engageant ?

Cet homme avait de la suite dans les idées.

— J'ai changé d'avis sur ce point.

— Une décision sensée. Vous êtes venue ici toute seule ? Quel âge avez-vous ?

— Cela ne vous regarde en rien, monsieur. Écartez-vous de mon passage.

Il se contenta d'incliner la tête.

— Perséphone… C'est bien celle qui s'est échappée des enfers mais qui devait y retourner six mois par an ? Cette auberge serait-elle un enfer, et moi, votre Hadès ?

Il afficha un sourire provocateur.

— Dans ces histoires de dieux et de déesses de la mythologie, il n'est question que de mystifications, de fausses identités mises au service d'actes lubriques…

Soudain, il changea de ton et devint plus grave.

— Quelle manigance vous amène ici, Perséphone ?

Bella retint son souffle. Il pensait donc qu'elle représentait un danger pour lui ? Après tout, c'était un contrebandier notoire.

— Je ne vous veux aucun mal, capitaine, je vous l'assure.

— Vous risquez de me nuire.

Était-elle en péril ? Elle commençait à se poser la question. Allait-il l'assassiner parce qu'il voyait en elle une menace ? Elle avait entendu des histoires terribles sur la cruauté des contrebandiers. À la lueur des chandelles, les rubis de sa boucle d'oreille scintillaient.

L'homme s'écarta toutefois de la porte.

— Le temps qui vous était imparti est terminé. Je reviendrai dans deux jours, peut-être trois. Si ce que vous voulez de moi est suffisamment important, soyez présente à mon retour et nous en reparlerons. La situation sera peut-être plus claire quand nous serons sobres tous les deux.

Bella rougit, mais elle ne pensait qu'à s'échapper. Les yeux rivés sur le capitaine, elle voulait s'éloigner au plus vite.

— Serez-vous là ? demanda-t-il.

La porte était entrouverte.

— Je ne sais pas, répondit-elle en soutenant son regard.

Il hocha la tête.

— Je suis aussi changeant que la mer, mademoiselle Barstowe, parfois rude, parfois galant. Mais je n'ai qu'une parole et, à moins que vous ne me fassiez du tort, vous n'avez rien à craindre avec moi.

Bella le croyait sincère sur ce point. Dès qu'il entreprit d'ôter de nouveau sa chemise, elle fila vers sa chambre sans demander son reste et s'y enferma à double tour.

Il serait plus raisonnable de repartir pour Londres dès le lendemain et d'oublier le capitaine Rose, qui n'avait rien du preux chevalier de ses rêves. Mais elle n'était pas certaine d'en avoir envie, sans vraiment comprendre pourquoi.

Thorn brisa le cachet figurant un cygne et lut le message de Caleb.

Il y a du nouveau. Une femme est entrée dans ma chambre à la Boussole en disant s'appeler Perséphone. Elle semblait passablement éméchée et je n'ai pas été très patient avec elle, surtout quand j'ai découvert qu'elle ne s'intéressait pas à mon lit. Quand elle m'a avoué qu'elle m'avait volé mon cheval, je me suis rappelé l'histoire que tu m'avais racontée. Ça a piqué ma curiosité.

En la faisant parler, je n'ai rien appris de plus. Elle voulait m'engager pour je ne sais quoi. Peut-être a-t-elle de nouveau des ennuis. Elle est ici sous le nom de Mlle Barstowe.

Je pense que c'est à toi de régler ce problème. Je lui ai dit que si elle voulait me parler, elle devrait attendre deux ou trois jours, ce qui te laisse le temps de venir ici si tu es intéressé. Informe-moi de ta décision. Je peux revenir dans trois jours pour l'inciter à partir.

Caleb

Pensif, Thorn posa la lettre.

— *Miaou...*

Il baissa les yeux sur la chatte allongée dans un panier avec ses deux chatons.

— Tu as sans doute raison, Tabitha. Hélas, je ne peux ignorer ces nouvelles.

— *Miaou...*

— Tu ne songes qu'à tes intérêts au cas où je connaîtrais un funeste destin. N'oublie pas que tu es la chatte de Christian.

Tabitha se mit à siffler, ce qui amusa Thorn. Christian et sa femme avaient adopté l'animal lors de leurs pérégrinations, mais Tabitha semblait avoir pris celui-ci en grippe. C'était pourquoi il avait demandé à Thorn de s'occuper d'elle quelque temps. Il avait ajouté cette déclaration énigmatique :

— Elle refuse de me parler.

Étrangement, dès le départ de Christian, la chatte avait commencé à émettre ces miaulements qui ne faisaient aucun sens, bien sûr. Quoi qu'il en soit, l'animal réagissait à chaque mention du prénom de Christian.

— Très bien, fit Thorn. Tu es le chat de Caro. Mais puisqu'ils se sont réconciliés, tu vas devoir tolérer Christian.

La chatte tendit une patte pour rabattre le couvercle du panier. La marque ultime de réprobation...

Quelle créature fascinante. On ne croisait cette race que sur l'île de Man, d'où son nom de Manx. Ces chats n'avaient presque pas de queue mais avaient d'imposantes pattes postérieures rappelant celles d'un lapin. De là à penser qu'il s'agissait d'un croisement entre les deux espèces... Selon Thorn, l'île de Man devait compter des spécimens de chats et de lapins très particuliers.

Au cours de ses aventures avec Caro, Christian avait inventé une histoire loufoque à propos de chats-lapins originaires de Hesse. Ce mythe était charmant, mais Thorn préférait la vérité. Puisqu'il hébergeait Tabitha, il en profiterait pour faire venir des scientifiques spécialistes de ce sujet. Deux écoles s'opposaient sur l'origine des Manx.

Thorn avait installé ses invités félins dans son bureau. Un domestique était chargé de s'occuper d'eux, de sorte qu'ils étaient choyés au-delà du raisonnable. Et pourtant, Tabby, comme la surnommait Caro, se plaignait et avait appris à rabattre le couvercle du panier pour montrer sa désapprobation. En revanche, quand il avait tenté d'attacher le couvercle pour éviter qu'ils ne s'échappent, l'animal s'était déchaîné et ses miaulements féroces avaient eu tout d'une bordée de jurons.

Thorn avait admis sa défaite, amusé. Il lui avait attribué le nom plus élégant de Tabitha et l'avait désignée oracle de Delphes. Ses déclarations n'étaient-elles pas particulièrement cryptiques ?

— Y aller ou ne pas y aller, telle est la question, énonça-t-il. Crois-tu que M. Shakespeare était conscient de la pérennité de certaines de ses phrases ?

Le couvercle se souleva légèrement, mais Tabitha se garda de tout commentaire.

— Barstowe. Connaissons-nous quelqu'un de ce nom ?

— *Miaou !*

— Non, je m'en doutais. Un faux nom ? Et que pourrait-elle vouloir, des années plus tard ?

Tabitha écarta le couvercle, et un chaton s'échappa. Sa mère l'attrapa par la nuque et le remit à sa place. Thorn savait d'expérience que ce petit jeu pouvait durer longtemps. Seuls deux chatons de la portée avaient survécu. L'un ressemblait à Tabitha, l'autre ayant une apparence plus commune – ce qui fascinait aussi les scientifiques. Ce dernier était téméraire alors que le Manx était plus timoré. Était-ce une caractéristique de cette race ?

Thorn les avait baptisés. Le téméraire félin noir – une femelle – se nommait Zibeline, et le Manx gris et dodu avait pour nom Georgie – un clin d'œil un peu irrévérencieux au roi.

Tabitha bâilla.

— Est-ce de la fatigue ou de l'ennui, milady ? Dois-je faire venir des souris ou des lapins ?

— *Miaou !*

— Désolé, je plaisantais. D'après toi, Mlle Barstowe a-t-elle découvert que le capitaine Rose est parfois le duc d'Ithorne, ce qui l'inciterait à exiger de moi le mariage à cause de notre aventure d'il y a quatre ans ?

La chatte émit un son proche du grommellement.

— Pourquoi se souviendrait-elle soudain de moi, sinon ? Je suis perplexe.

— *Miaou...*

— Bien sûr. Je te remercie.

Thorn agita la cloche posée sur son bureau. Cette chatte semblait vraiment comprendre. Mais il était plus sage de convoquer son secrétaire pour élaborer une stratégie.

— Overstone, dit-il au valet qui se présenta.

Dès l'arrivée du jeune homme replet, Thorn prit la parole :

— Barstowe, une lady d'environ vingt à vingt-trois ans.

— Je peux me renseigner, milord.

Zibeline s'échappa de nouveau. Sa mère l'attrapa avec sa gueule et porta le chaton jusqu'au bureau de Thorn. Elle sauta agilement pour le déposer dessus, puis redescendit.

— Me voilà nounou ! lança Thorn, dépité.

Son secrétaire réprima un rire.

— Vous dépassez les bornes, chère madame.

Thorn éloigna le petit aventurier de son encrier, car tous deux couraient un grand risque. Zibeline enfonça ses griffes minuscules dans la main de Thorn.

— J'aime ton caractère, petite bête.

Il congédia Overstone d'un geste, pour se livrer à une expérience. Georgie regardait au-dessus du bord du panier en miaulant, n'osant s'aventurer plus loin.

— Pourquoi ne m'amènes-tu pas ton autre chaton ? demanda Thorn.

Tabitha émit un son indéchiffrable, sans obéir.

— Je ne suis pas plus avancé.

Zibeline entreprit de grimper le long de la manche de sa chemise. Thorn eut de la peine pour le plus timide des chatons et alla le chercher dans son panier. Georgie protesta bruyamment, mais Tabitha se contenta de l'observer, les yeux plissés.

— Ta mère trouve aussi que tu devrais être plus audacieux, dit-il en posant Georgie sur son bureau.

Tabitha grimpa à son tour pour le surveiller.

— Je me demande si les petits humains sont aussi compliqués. Vous me rappelez Christian et moi, tous les deux. Je n'étais pas vraiment craintif, mais... plus prudent avant son arrivée. Tu devrais faire la paix avec lui, Tabitha. C'est un homme bien. Meilleur que moi, car il est plus simple.

Il posa une plume devant Georgie, qui la tapota, hésitant. Zibeline courut le long du bras de Thorn avec des airs de prédateur, prête à sauter sur son frère. Heureusement, Georgie ne recula pas.

— Admirable, commenta Thorn. Ne te laisse pas écraser par ce chenapan.

Les deux chatons se bagarrèrent gentiment.

Au bout d'un moment, Tabitha en extirpa un des griffes de l'autre et alla le déposer dans le panier. C'était Zibeline.

— Cela ne sert à rien, déclara Thorn. Il va ressortir en un clin d'œil.

La chatte se retourna et se mit à siffler contre le rebelle, qui réintégra docilement le panier.

— De la discipline. Excellent. Je crois que je t'engagerai en tant que gouvernante, Tabitha. Il faut d'abord que je trouve une épouse convenable. Que ferait Christian à propos de Bella Barstowe ?

La nuque de Georgie dans sa gueule, Tabitha se tourna vers lui.

— Je sais. Il essaierait de tirer l'affaire au clair. C'est ce qu'il a fait dans son propre cas, et cela a semé le chaos.

Tabitha déposa Georgie dans le panier.

— Finalement, il a gagné la femme qu'il aime...

— *Miaou !*

— Bella Barstowe ? Il faut que j'en aie le cœur net.

— *Miaou !*

— Très bien, je meurs d'envie d'une escapade de quelques jours. Il n'y a pas de mal à cela. Même si je me suis interdit de piloter le *Black Swan*, j'aurai une excuse pour être de nouveau le capitaine Rose.

Thorn sonna Joseph et lui ordonna de préparer les bagages du capitaine, puis il vérifia son emploi du temps pour ne négliger aucun engagement. Il écrivit une brève lettre à Christian, dans le Devon, et une autre à Robin, dans le Huntingdonshire. Robin lui avait soutiré la promesse de l'informer chaque fois qu'il endosserait le costume du capitaine.

Thorn lui avait demandé pourquoi.

— Afin que je puisse m'inquiéter pour toi, avait-il répondu.

— Ne serait-il pas préférable de ne rien savoir ?

— Dans ce cas, je devrais m'inquiéter en permanence.

Tant de personnes s'inquiétaient pour lui...

Overstone revint avec quelques notes.

— Il existe plusieurs familles Barstowe, déclara-t-il. Dans l'Oxfordshire, le Shropshire, le Hampshire et le Lincolnshire. Je vais avoir besoin d'un peu plus de temps.

— Ne prenez pas cet air peiné. Je ne m'attends pas à ce que vous sachiez tout, tel Rothgar.

— Merci, milord, fit le secrétaire, légèrement offusqué.

— Je me rends à Ithorne. Que ma voiture soit prête dans une heure. Et envoyez immédiatement un valet porter ceci à l'auberge Black Swan, à Stowting.

Son secrétaire afficha un air pincé, car il connaissait la signification d'un message adressé à Stowting : Thorn allait endosser le costume du capitaine Rose.

Tabitha dut en arriver à la même conclusion, car elle se mit à siffler.

Thorn griffonna quelques mots. Dès qu'il eut plié la feuille, Overstone était prêt à apposer la cire chaude sur laquelle Thorn imprimerait son cachet. Non pas le blason ducal, mais le dessin d'un cygne.

— Milord…

— Si un dossier mérite mon attention immédiate, vous avez une heure pour m'en parler.

— Très bien, milord.

— Je ne prendrai pas la mer, précisa Thorn après un instant d'hésitation.

Si Overstone se garda de dire « Dieu merci », son expression était éloquente. Il ne comprenait pas pourquoi le duc avait besoin de se mettre en danger.

Thorn, en revanche, avait le goût de l'aventure. Il n'aurait pas aimé être le capitaine Rose en permanence, mais il appréciait ces petites escapades.

— Dieu bénisse Mlle Barstowe, dit-il à Tabitha. Qu'elle soit ou non une chasseuse de mari.

Après avoir réglé quelques formalités, il fit ses adieux aux chats. Furieuse, Tabitha rabattit le couvercle du panier.

— J'ai laissé des instructions. Vous serez choyés !

— *Miaou !*

Cette fois, le miaulement avait tout d'une bordée d'injures.

13

Le lendemain matin, Bella se réveilla avec une légère gueule de bois. Même si elle décidait de regagner la capitale, elle n'avait pas la force de voyager aujourd'hui. Elle finit par se convaincre que le capitaine Rose ne constituait pas une menace immédiate et qu'il serait plus raisonnable d'attendre son retour pour s'entretenir avec lui.

Cependant, cette conversation aurait lieu dans un endroit plus rassurant qu'une chambre à coucher. Le salon, peut-être. Oui, c'était une bonne idée.

Elle avait tout de même besoin d'en savoir davantage sur lui. Elle demanda à Louise de l'aider à se laver les cheveux – ce qui ne facilitait pas une conversation. Lorsque la jeune fille entreprit de la coiffer, Bella aborda enfin le sujet.

— J'ai croisé le capitaine Rose dans le couloir, hier soir. Un fort bel homme.

— En effet, mademoiselle.

Dans le miroir, elle remarqua le sourire malicieux de Louise.

— Mais il est mauvais, je le crains, soupira Bella.

— Non, pas mauvais. Disons, audacieux, avec des manières parfois osées.

— Vit-il à Douvres quand il n'est pas en mer ?

— À quelques kilomètres de la côte, mademoiselle.

— Est-il marié ?

— Pas lui !

— Les capitaines ne se marient pas ?

— Certains, si.

— Ce doit être étrange d'être mariée avec un homme qui est souvent absent.

— Pour certaines, c'est sans doute une bénédiction, mademoiselle. Et si vous vous installiez au coin du feu pour que vos cheveux sèchent plus vite ?

Bella s'exécuta. Elle partageait l'opinion de la jeune fille à propos du mariage. Lady Fowler aurait assurément préféré que son mari soit absent la plupart du temps.

— Je suppose que le capitaine Rose navigue depuis son plus jeune âge ? reprit-elle en soulevant ses mèches humides.

— Vous avez une très belle couleur de cheveux, mademoiselle. Ils captent la lumière des flammes.

— J'espère qu'ils ne prendront pas feu, dit Bella pour plaisanter.

— Aucun risque, mademoiselle.

Pendant que Louise remettait de l'ordre dans la chambre, Bella chercha un moyen de reformuler sa question. Heureusement, la jeune fille lui répondit enfin :

— Le capitaine Rose n'est arrivé ici qu'il y a huit ans, mais il est natif du Kent. Il a grandi en Amérique, voyez-vous. Il est revenu dans le village de sa mère et, peu de temps après, il est devenu capitaine du bateau du duc d'Ithorne.

Bella sursauta si vivement que la femme de chambre se précipita vers elle.

— Vous seriez-vous brûlée, mademoiselle ?

— Non, mais... Un duc ? C'est incroyable. Comment cela se fait-il ?

Et qu'est-ce que cela signifiait pour son projet ? Un lien entre cette aventure et sa vie londonienne n'était pas de bon augure.

Louise parut hésiter.

— Racontez-moi.

— Je suppose que ce n'est pas un secret... Et j'espère ne pas vous choquer, mademoiselle. Voyez-vous, le capitaine Rose est le frère illégitime du duc. Ils se ressemblent comme deux gouttes d'eau. C'est la raison pour laquelle l'enfant et sa mère ont été envoyés en Amérique, à l'époque. Ensuite, un ami du duc a croisé Caleb - c'est son nom. La ressemblance l'a tellement frappé qu'il a organisé une rencontre.

— On se croirait dans un roman, commenta Bella. Que s'est-il passé ?

— Le duc aurait pu le rejeter, mais non. Quand Caleb a déclaré qu'il voulait retourner dans le village de sa mère, il ne l'en a pas empêché. En découvrant qu'il était marin et maître d'équipage à bord d'un navire marchand, il l'a nommé capitaine du *Black Swan*.

— C'est très généreux.

— En effet, mademoiselle. Il faut dire que le duc est orphelin, ou presque. Il a sans doute été heureux d'avoir trouvé un frère, même illégitime.

Elle prit la serviette humide et son seau.

— Je vais vous laisser, mademoiselle. On a peut-être besoin de moi ailleurs.

— Bien sûr. Je vous remercie.

Bella la vit à peine partir, tant elle était absorbée dans ses pensées. Quelle information extraordinaire ! La capitaine Rose était le frère illégitime du duc d'Ithorne, et ils se ressemblaient comme deux gouttes d'eau !

Elle n'avait vu le duc que de loin. Il devait avoir les mêmes cheveux bruns et une haute stature. L'apparence mise à part, ils semblaient quand même très différents. L'un était élégant, voire arrogant, très soigné. L'autre était séduisant quoique mal dégrossi, plus rustre.

Le fief du duc se trouvait dans le Kent, à une quinzaine de kilomètres de Douvres. Si son père avait engendré un bâtard, la femme concernée pouvait être de la région. Il était plausible que celle-ci et l'enfant aient été envoyés en Amérique. Et si ce dernier était revenu dans son village, pourquoi le duc ne l'aurait-il pas employé sur son navire ? Était-il courant qu'un duc possède un bateau ? Elle l'ignorait.

Si coïncidence il y avait, elle résidait dans le fait que Bella ait rencontré le capitaine Rose en 1760 et que, en 1764, elle se soit faufilée dans la résidence londonienne du duc dans le cadre de sa mission pour lady Fowler. Ces deux événements distincts avaient un lien. C'était un peu comme rencontrer une personne inconnue et se rendre compte, au fil de la conversation, qu'on a une connaissance en commun.

Ses projets en seraient-ils affectés ?

Non. Elle se leva et alla s'asseoir face au miroir. Même si le capitaine Rose rapportait régulièrement ses activités à son auguste frère et patron, le nom de Barstowe ne lui dirait rien.

Les deux journées suivantes s'écoulèrent trop lentement, car Bella était sur des charbons ardents. Elle ne cessait d'osciller entre sa décision de rester pour parler au capitaine et l'envie de prendre la première diligence vers Londres et de tout oublier. Cependant, elle tenait à se venger de son frère et ne voyait pas d'autre solution pour ce faire.

Elle était certaine que le capitaine Rose se ferait un plaisir de l'aider à dénoncer ce scélérat d'Augustus. Pour s'occuper, elle cousit d'autres mouchoirs.

Ce jour-là, elle s'attendait à une nouvelle journée monotone quand Louise vint lui annoncer que le capitaine Rose était en bas et souhaitait lui parler. De toute évidence, la femme de chambre s'interrogeait, et Bella se sentit rougir. N'ayant aucune explication valable, elle répliqua simplement :

— Je descends dans un instant.

Dès que Louise fut sortie, Bella s'empressa de vérifier son apparence. Elle tenait à être sobre et pimpante, cette fois.

C'était un entretien d'ordre professionnel, après tout.

Elle prit son courage à deux mains et descendit. Dès qu'elle aperçut le capitaine, quelque chose la fit hésiter. Elle n'aurait su dire quoi.

Il lui tournait le dos, dans sa tenue démodée et ses hautes bottes. Pourtant, il avait l'air presque élégant.

Élégant ?

Ce n'était pas ainsi qu'elle aurait qualifié l'homme à qui elle avait parlé l'autre soir. Certes, il était alors torse nu et passablement éméché.

Enfin, il se retourna et leva les yeux vers elle.

Bella descendit les dernières marches. Si seulement son cœur ne battait pas la chamade ! Mais puisqu'elle l'avait presque imploré de lui accorder cet entretien, elle devait faire bonne figure.

Dans le hall d'entrée, elle esquissa une révérence.

— Vous voici de retour, capitaine, dit-elle d'un ton froid.

— Comme vous le voyez, mademoiselle Barstowe, répondit-il en s'inclinant.

— Et en temps voulu.

— Je m'en voudrais de faire attendre une lady.

Durant ce bref échange, Bella eut l'impression de s'adresser à une personne différente de la dernière fois, à la fois plus réservée et plus impressionnante. L'alcool modifiait-il donc à ce point le comportement d'un homme ?

— C'est une belle journée, déclara-t-il. Puis-je vous inviter à faire quelques pas en ma compagnie ?

Bella hésita. Elle pensait l'emmener au salon, où elle n'aurait été en sécurité que si la porte restait ouverte. Or elle voulait évoquer des questions qui ne regardaient personne d'autre.

Et il n'était pas question qu'elle s'enferme avec cet homme, surtout après leur dernière entrevue.

Face à son silence, il arqua les sourcils d'un air interrogateur.

Un échange à l'extérieur était une excellente idée.

— Je vais chercher ma cape, capitaine, répondit-elle enfin.

Elle gravit vivement les marches, certaine qu'il était en train de l'observer. Aurait-il des idées lubriques ?

Quatre ans plus tôt, elle ne lui avait pas dit grand-chose. Il savait qu'elle avait été traquée par des malfrats, mais il ignorait pourquoi. Peut-être croyait-il qu'elle s'était retrouvée dans cette situation fâcheuse de son propre chef, voire pour des raisons immorales ?

Elle comprenait presque sa suggestion indécente de l'autre soir.

Elle épingla son chapeau de ses doigts tremblants, puis enfila maladroitement ses gants. S'il y avait eu un cheval dans les environs, elle serait sans doute montée en selle pour s'enfuir. Cependant, elle ne pouvait pas se permettre une telle faiblesse.

Quelques minutes en compagnie du capitaine dans un lieu public n'avaient rien de compromettant. Il était peut-être l'homme dont elle avait besoin pour anéantir Augustus.

Fasciné, Thorn attendit le retour de Mlle Barstowe.

Elle était habillée plus simplement que quatre ans plus tôt. Sa robe était presque terne. De plus, elle avait changé davantage qu'il ne s'y attendait. Il avait gardé le souvenir d'une jolie fille et elle était devenue une femme séduisante, potentiellement une vraie beauté si elle était détendue et heureuse. Hélas, elle semblait dure, méfiante, ce qui s'expliquait peut-être par l'épreuve qu'elle avait traversée.

Il ressentit un étrange désir de la voir sous son meilleur jour.

Elle avait une chevelure superbe dont il n'avait pas remarqué la couleur quatre ans plus tôt, dans la pénombre. Quel dommage qu'elle les cache sous une coiffe hideuse ! Quelques mèches auburn proches du brun cuivré s'en échappaient, rehaussées par son teint laiteux.

Il se ressaisit. Bella Barstowe ne l'intéressait aucunement. Il était déjà obsédé par Céléno, la nymphe qui n'était pas venue au rendez-vous du chevrier. Tant mieux. Elle était bien trop tentante pour la santé mentale de Thorn. Désormais, sa priorité était de trouver l'épouse idéale. Ce qui était une excellente raison pour ne pas rester ici, en compagnie de Bella Barstowe, qui s'était sans doute retrouvée en mauvaise posture, quatre ans plus tôt, à cause de son comportement frivole.

Il aurait mieux fait de partir, de retourner là où était sa place, mais Mlle Barstowe redescendait déjà, drapée dans une cape en laine tout aussi terne que sa robe et coiffée d'un petit chapeau ordinaire. Elle n'aurait pu être plus éloignée d'une manipulatrice ou d'une séductrice. Pounce, l'aubergiste, lui avait appris qu'elle se disait gouvernante. Cela ne ressemblait pas à la jeune lady volontaire dont il avait gardé le souvenir. Cependant, une gouvernante exerçait rarement ce métier par vocation.

Elle vint à sa rencontre en s'efforçant de sembler détendue, mais il n'était pas dupe. Sa nervosité transparaissait. Que faisait-elle à Douvres ? Pourquoi était-elle entrée dans la chambre de Caleb ? Si elle craignait le capitaine Rose, pourquoi avait-elle attendu patiemment son retour ?

Lorsqu'il lui offrit son bras, elle hésita un instant avant de l'accepter. Il l'entraîna dans la rue en espérant qu'elle prendrait la parole la première. Le récit de Caleb avait été succinct. Hélas, elle garda le silence. Des nuages s'amoncelaient dans le ciel, annonçant la pluie. Il décida de se lancer :

— Reprenons notre conversation, mademoiselle Barstowe. À moins que vous ne m'en répétiez les grandes lignes. J'étais un peu... diminué l'autre soir. Si j'ai bien compris, vous êtes venue à Douvres pour me rembourser mon cheval.

Elle croisa son regard avec un aplomb remarquable.

— J'avais pris des dispositions afin qu'il vous soit restitué, monsieur.

— Et si je contestais ce fait ?

Elle pinça les lèvres – ce qui était dommage, car elle avait par ailleurs une bouche charnue et sensuelle, sans excès. Comme Céléno.

— Comme vous n'avez pas récupéré votre monture, capitaine, je vous verserai une somme équivalente à sa valeur. La connaissez-vous ?

— Cinquante guinées.

— Cinquante guinées ?

— C'était un bon cheval.

— Pas tant que cela, répliqua Bella.

Thorn réprima un rire, ravi qu'elle n'ait rien perdu de son sens de la repartie.

— Je compte un supplément pour la location et le désagrément. Alors ?

Elle s'arrêta et lâcha son bras pour lui faire face.

— Est-ce votre condition pour que nous poursuivions cette conversation ?

— Il vaut toujours mieux lever l'ancre avec une coque propre.

— Je ne comprends pas vraiment le sens de cette phrase, mais c'est d'accord, je vous donnerai cinquante guinées – uniquement parce que je vous suis redevable de m'avoir sauvée. D'ailleurs, je vous en remercie.

Elle soutint son regard, la tête haute, légèrement inclinée vers la droite. Thorn reconnut la jeune fille déterminée et apeurée à la fois. Il ressentit une étrange compassion, comme s'ils étaient proches.

— Ce fut un honneur de vous servir, mademoiselle Barstowe, dit-il en toute sincérité.

Le vent se leva soudain, charriant des feuilles mortes. La jeune femme dut retenir son chapeau.

— Nous devrions peut-être retourner à l'auberge, suggéra-t-elle.

— Dans votre chambre ? s'enquit-il, soudain alarmé. Ce serait compromettant, vous ne croyez pas ? Ou bien est-ce votre objectif ? Vous êtes entrée dans la mienne, après tout.

Incrédule, elle le dévisagea longuement.

— Vous pensez que je cherche à vous contraindre à m'épouser, capitaine ? Pourquoi ?

Thorn avait beau savoir qu'elle pensait s'adresser à un capitaine de navire, son brusque changement d'attitude le mettait en joie.

— Pardonnez-moi. C'est idiot, mais vous êtes bien entrée dans ma chambre, n'est-ce pas ?

Elle s'empourpra.

— Je craignais que vous ne partiez sur-le-champ. Je me suis déjà expliquée là-dessus.

Caleb ne lui en avait rien dit. Cette conversation avait tout d'un labyrinthe, plein de chausse-trapes. Il avait échappé à bien des tentatives de lui passer la corde au cou, et il refusait de se faire prendre dans les filets de Bella Barstowe.

— À ma connaissance, mademoiselle, une femme ne recherche la compagnie d'un homme que lorsqu'elle espère l'épouser ou, parfois, pour obtenir des plaisirs sensuels.

— Vous êtes répugnant, cracha-t-elle, les yeux pétillants de rage.

Elle tourna les talons et s'éloigna d'un pas décidé.

Au lieu de la laisser partir, il lui emboîta le pas car une idée étonnante venait de germer dans son esprit.

— Une vraie mégère au tempérament de feu ! commenta-t-il.

— Pas du tout, grommela-t-elle en regardant droit devant elle. Veuillez ne pas me harceler, capitaine Rose.

Tandis qu'elle marchait, il l'observa à loisir.

Ces cheveux de bronze et non noirs, un teint dépourvu de maquillage... En revanche, la même voix, les mêmes attitudes, surtout quand elle était agacée.

Bella Barstowe pouvait-elle être Céléno ? Comment, et pourquoi ?

Savait-elle qu'il était Ithorne ?

Ce serait un piège très habile pour se faire épouser...

Soudain, elle s'arrêta net.

— Vais-je devoir crier ?

En tout cas, elle jouait très bien le jeu...

— À quoi bon ? répondit-il. Les clients de la Boussole vous ont vue partir avec moi de votre plein gré, et nous avons toujours été visibles. Comme je suis connu ici, ma réputation est plus en péril que la vôtre.

Elle leva la tête, les lèvres pincées.

— Ridicule !

C'était bien Céléno. Il en avait à présent la certitude.

— Vous trouvez ? répliqua-t-il en réfléchissant à tous les aspects de cette révélation. Vous êtes bien entrée dans ma chambre sans y être invitée.

Elle était rouge de colère, ce qui n'enlevait rien à son charme. L'absence de maquillage avait ses avantages, surtout pour une lady ayant ce teint de pêche.

— Vous vous souvenez sans doute que je comptais vous engager, et non vous... vous... Enfin, je vous l'assure.

Il vint à son secours.

— Dans ce cas, qu'attendez-vous de moi ? Un certain nombre de personnes rêvent de me prendre en flagrant délit d'activités illégales.

Elle se détendit un peu et hocha la tête.

— Je vois. Un contrebandier doit craindre les autorités.

— Je ne suis pas plus un contrebandier que vous n'êtes une mégère, mademoiselle Barstowe.

— Si vous y tenez.

— Vous êtes une mégère, dit-il pour plaisanter.

Les yeux de la jeune femme se mirent à pétiller - d'amusement, cette fois.

— Quoi que vous soyez, capitaine Rose, je ne fais partie d'aucun complot contre vous, mais je comprends votre point de vue. Cela étant dit, je m'étonne que vous ne me laissiez pas tranquille, monsieur.

Sur ces mots, elle se remit en route d'un pas décidé, sans colère.

Thorn n'avait pas l'habitude qu'une femme le laisse planté sur place, et deux fois de suite.

Réprimant un sourire, il la rattrapa.

— Vous avez un besoin urgent de mon aide, mademoiselle Barstowe. Vous avez saisi la première occasion de me parler et, comme je n'avais pas le temps, vous avez patienté ici en vous tournant les pouces.

— Je ne me tourne jamais les pouces.

— Qu'avez-vous fait, ces derniers jours ?

— J'ai cousu des mouchoirs.

— Proprement ?

— À la perfection.

— Une vraie petite fée du logis !

Cela ne ressemblait guère à la jeune fille qu'il avait sauvée, ni à Céléno. Était-il en train de s'imaginer une histoire ? De toute façon, il ne pouvait l'abandonner. Elle était aux abois...

— Dites-moi ce que je peux faire pour vous, déclara-t-il en s'efforçant d'être persuasif.

Elle ne réagit pas.

— Bon sang, mademoiselle Barstowe, vous êtes trop jeune pour vous aventurer par ici toute seule.

Cette fois, elle fit volte-face.

— De quel droit me donnez-vous des ordres, monsieur ? Je vous trouve bien présomptueux. Si j'avais un chaperon, il me protégerait contre les hommes tels que vous.

Elle pointa un index rageur sur son torse.

— Touché, concéda-t-il avec un sourire. Dans tous les sens du terme.

Plusieurs badauds les observaient. On ne parlerait que de cela pendant des jours : une jeune femme avait tancé le capitaine Rose impunément.

Pour couronner le tout, Thorn recula d'un pas et s'inclina.

— Chère mademoiselle Barstowe, je vous demande pardon d'avoir autant de défauts mais, croyez-moi, je suis disposé à devenir votre humble serviteur en cet instant. Si vous me parliez de votre problème ? Je peux sans doute vous aider.

14

La fureur de Bella fit place à un frémissement qui courut le long de son dos. Était-ce sa façon si élégante de s'incliner devant elle ? Ou son regard plein de compassion et d'un intérêt sincère ?

À cette lumière, il avait les yeux plus noisette que marron.

Aussi changeant que la mer. C'était ainsi qu'il s'était décrit, et il ne mentait pas. Comment gérer un tel personnage ? Elle devait se tirer de ce guêpier dans lequel elle s'était fourrée sans raison valable.

— Votre problème est-il un vil scélérat, mademoiselle Barstowe ? Celui qui vous a poussée à vous réfugier au Rat Noir, il y a quatre ans ?

— Comment le savez-vous ?

— Simple déduction, répondit-il en levant une main en signe d'apaisement. Quelque chose vous a incitée à venir me voir. Notre unique lien est cet incident survenu à l'époque. Ces hommes ont-ils de nouveau essayé de vous faire du mal ?

Bella s'efforça de retrouver ses esprits. Son esprit de déduction était surprenant.

— Non, ils ne m'ont fait aucun mal. Vous les avez mis en garde, ce dont je vous suis reconnaissante.

— Comment le savez-vous ? demanda-t-il, étonné.

Bella se rendit compte que les gens les observaient avec une curiosité non dissimulée. Elle se remit en marche.

— L'un d'eux me l'a dit. Le plus âgé, Coxy. Je l'ai croisé récemment à Londres, par hasard. J'étais tellement surprise de le voir que je n'ai pas eu peur. J'ai exigé de savoir pourquoi ils avaient agi de la sorte.

— Vous avez dû être persuasive, marmonna Thorn. Vous ne saviez pas pourquoi vous aviez été enlevée ?

— Vous le saviez, vous ? lança-t-elle avec effroi.

Avait-il fait partie du complot dès le début ?

— Ce n'est pas ce que je voulais dire. À l'époque, je croyais que vous aviez tout compris mais que vous refusiez de m'en parler. Barstowe est votre vrai nom ?

— Oui.

— Est-ce bien raisonnable de l'utiliser ici ?

— Après les événements d'il y a quatre ans, la réputation de Bella Barstowe a été ruinée, répondit-elle avec un rire amer. Rien ne peut me nuire, désormais.

— Racontez-moi ce qui s'est passé, dit-il avec sérieux et compassion à la fois, un mélange des plus séduisants.

Bella ne céda toutefois pas à la tentation.

— Je ne peux vous y contraindre, reprit-il, mais raconter votre histoire vous permettrait d'avoir les idées plus claires. Et n'oubliez pas que j'étais présent en partie. Le reste m'intéresse au plus haut point.

Elle avait beau n'avoir aucune envie de revivre cette mésaventure, comment refuser ?

— J'ai été enlevée sur le domaine de mon père.

— Comment est-ce possible ? Les ravisseurs se sont-ils introduits chez vous ?

— Une lady n'est donc autorisée à se promener que dans le jardin ? Je m'étais éloignée de la maison, mentit-elle, pour cueillir des fleurs sauvages destinées à mon herbier.

— D'abord des mouchoirs, à présent un herbier, dit-il d'un ton railleur, peu convaincu. Et votre femme de chambre ?

— Elle n'était pas avec moi, admit Bella.

— Un rendez-vous ?

Bella ne voulait surtout pas rougir.

— Très bien. Oui, j'avais rendez-vous avec un admirateur. Je sais, c'est insensé, mais comment aurais-je pu soupçonner qu'il faisait partie du complot ?

— Que s'est-il passé ?

Son ton empathique l'incita à parler et, marchant d'un pas vif, elle se surprit à tout lui raconter. Au terme de son récit, elle peinait à s'exprimer. Les journées passées chez lady Fowler lui avaient fait entrevoir la face la plus sombre des maisons closes. Or elle avait failli être vendue.

Il prit ses mains gantées dans les siennes pour la réconforter.

— Pourquoi avoir attendu si longtemps ? demanda-t-il. Vous auriez pu vous échapper plus tôt, sans doute ?

Cette question l'aida à se ressaisir et le vent frais lui éclaircit les idées.

— Au début, ils me surveillaient de près. Il y en avait toujours un avec moi, sauf la nuit.

— Vous n'avez pas cherché à obtenir de l'aide en chemin ? Auprès des aubergistes ou des voyageurs ?

— Non. Ils me menaçaient. C'est étrange… Je redoutais que cette histoire ne devienne publique, et j'étais certaine que mon père verserait la rançon. Et même dans le cas contraire… je croyais qu'ils laisseraient tomber et me libéreraient.

— Vous étiez très jeune et vous meniez une existence très protégée. Quand avez-vous décidé de fuir ?

— En arrivant à Douvres, j'ai découvert leur plan. Heureusement, ils ont commencé à baisser la garde, trompés par ma passivité. J'étais enfermée dans ma chambre à l'auberge de l'Ancre et la Couronne, mais il y avait une fenêtre.

— Bien joué !

Elle lui rendit son sourire, consciente d'avoir accompli un exploit à l'époque. Elle évoqua Billy Jakes, puis leurs retrouvailles à Litten.

— A-t-il un bon métier ? s'enquit Thorn.

— Oui. Pourquoi ?

— Je pourrais l'aider, au besoin.

— Je ne crois pas qu'il ait envie de prendre la mer, mais je vous remercie. Il est bien installé chez sir Muncy Hexton, et il va épouser la fille du chef d'écurie.

— Donc, vous vous êtes échappée de l'auberge. Comment vous êtes-vous retrouvée à la taverne du Rat Noir ?

— Par stupidité. J'errais dans les rues de Douvres, en proie à la panique, sans un sou. Je ne connaissais personne. Je cherchais une église pour demander de l'aide au pasteur. Malheureusement, j'ai aperçu mes ravisseurs, qui étaient déjà à mes trousses. Je suis donc entrée dans le premier lieu public. Si je me doutais qu'il serait malfamé, je n'aurais pas imaginé une telle épreuve. Je vous remercie encore de m'avoir sauvée au péril de votre vie.

— Pas du tout ! Ils se seraient vite rendu compte que cela ne valait pas la peine de prendre de tels risques, même pour une si jolie fille.

Bella se sentit étrangement flattée par ce compliment. Puis elle comprit qu'elle était surtout troublée par l'auteur du compliment. Elle appréciait le capitaine Rose, à sa grande surprise. Il ne lui faisait absolument pas peur. Qui sait, il pourrait même devenir un ami ?

Dans sa chambre, l'autre soir, il ne lui avait pas fait la même impression.

C'était étrange.

— Puis vous êtes partie avec mon cheval, pour aller où ? À Maidstone ?

— Chez ma sœur, qui m'a reconduite à la maison.

— Chez ce père qui n'avait pas versé la rançon ? Était-il donc si vil ?

Elle hésita soudain à dire la vérité sur ce point : il risquait de trouver son désir de vengeance indigne d'une lady. Pourtant, il le fallait.

— Il n'a pas reçu la demande de rançon, répondit-elle.

— Encore un messager défaillant, comme pour mon cheval ?

Elle émit un petit rire amer.

— Absolument. Mais ce messager défaillant a été à l'origine de tous mes malheurs. Ce n'était autre que mon frère Augustus.

— Qu'a-t-il fait ? Il a perdu la demande de rançon ?

— Délibérément. Pour la remplacer par ce qui semblait être un message de mon amant, annonçant notre projet de nous enfuir ensemble pour vivre dans le péché. Finalement, Augustus avait tout manigancé !

— À cause de ses dettes de jeu, je suppose.

— Comment le savez-vous ? Je...

Elle s'interrompit et soupira.

— Est-il donc si courant pour un homme de perdre de fortes sommes aux cartes ?

— Assez, oui. Mais en général, cela ne mène pas à un tel drame. La loi permet de réclamer à un créancier une dette, voyez-vous.

— C'est ce que Coxy m'a dit.

— De plus, il existe d'autres moyens de faire payer un débiteur. Si le jeu se déroule entre gentlemen, le mauvais payeur est banni. En général, il trouve de l'argent pour ne pas être ostracisé. Il arrive que certains se fassent sauter la cervelle ou fuient à l'étranger.

— Si seulement Augustus avait choisi ces options...

— Mademoiselle Barstowe, j'aime votre courage.

Bella se mit à rire. Elle se sentait plus légère.

Les rues étaient presque désertes car le temps se dégradait, mais le capitaine ne semblait pas s'en soucier. Quant à la jeune femme, elle n'avait pas envie que cette conversation se termine.

— Coxy semblait être un gentleman, déclara-t-elle. Plus ou moins.

— Il existe une foule de « plus ou moins gentlemen ». D'après ce que j'ai pu constater, il l'était plutôt moins.

— Vous avez sans doute raison, car il n'a pas pu obtenir de l'argent d'Augustus en menaçant de le dénoncer aux autres gentlemen.

Bella pensa à son projet un peu flou, qui consistait à surprendre Augustus en train de perdre au jeu et le couvrir de honte. Elle ne voulait pas davantage. La honte serait une vengeance suffisante.

— Où vont ces messieurs « plus ou moins gentlemen » pour jouer ? demanda-t-elle.

— Dans un club, en général. Ce sont de véritables tripots. Pourquoi votre frère fréquenterait-il ces lieux, au lieu des cercles plus huppés ?

— Pour préserver sa réputation sans tache, répondit Bella. Notre père haïssait les jeux d'argent plus que tout.

Elle dut empêcher son chapeau de s'envoler.

— Peut-on rester anonyme dans ces tripots ?

— Très bonne question, mademoiselle Barstowe, commenta Thorn avec un sourire dans les yeux. Il a pu donner un faux nom. À condition de jouer de l'argent comptant, nul ne pose la moindre question.

— Mais il a contracté des dettes, poursuivit Bella après réflexion.

— Ce qui signifie que ses créanciers ont accepté ses reconnaissances de dette.

— Ainsi, un homme peut perdre sa fortune, ruiner sa famille, à cause d'un bout de papier.

— Hélas, oui.

— C'est tragique, soupira-t-elle en pensant à Hortensia Sprott.

La malheureuse s'était retrouvée dans la misère à cause des dettes de son père. Cela ne faisait qu'attiser la volonté de la jeune femme de dénoncer les agissements de son frère. Peut-être pourrait-elle en dénoncer d'autres pour éviter bien des souffrances.

— Coxy a d'abord cru aux promesses d'Augustus de le rembourser. Pourquoi a-t-il promis cela s'il n'avait pas d'argent ?

— Difficile à dire. Votre frère a sans doute cru être protégé par une fausse identité, alors que les joueurs professionnels le connaissaient.

— Les joueurs professionnels ?

— Ces hommes – et parfois ces femmes – gagnent leur vie aux tables de jeu. Ils sont très doués mais n'hésitent pas à tricher au besoin, avec une telle adresse que leurs pigeons se font plumer sans s'en rendre compte.

— Un pigeon ! répéta Bella avec jubilation.

Elle lâcha son chapeau, même si le vent pouvait redoubler.

— J'aime l'idée d'Augustus dans le rôle du pigeon. Surtout un pigeon plumé.

— Plumé et cuit, renchérit Thorn, les yeux pétillants de malice.

Soudain, il s'arrêta.

— C'est donc là votre objectif ?

Bella le dévisagea, puis décida de se fier à son instinct.

— Oui, avoua-t-elle.

— Comment ?

— En dénonçant publiquement sa dépendance au jeu.

— Et vous demandez de l'aide à un capitaine ? Pourquoi ?

Cela semblait ridicule, en effet. Bella ne pouvait lui avouer que le capitaine Rose était son héros depuis quatre ans.

— Parce que je ne connais personne d'autre qui soit en mesure de m'aider. Vous m'en avez déjà appris beaucoup sur les joueurs.

— Cela ne signifie pas que j'en suis un.

— Mais vous savez vous y prendre avec les hommes dangereux. Vous devez avoir un pistolet et un couteau sur vous.

— En effet, admit-il avec un sourire. Très bien, mademoiselle Barstowe, réfléchissons à votre situation. Cela ne m'engage à rien. Quand il a dû régler ses dettes, pourquoi votre frère a-t-il élaboré un plan aussi machiavélique ? Pourquoi n'a-t-il rien avoué à votre père ? C'est ainsi que cela se passe, en général. Le père réprimande son fils, puis il paie pour sauvegarder l'honneur de la famille.

Bella secoua la tête.

— Notre père aurait fait plus que le réprimander. Il lui aurait coupé les vivres et l'aurait confiné à Carscourt.

Bella parvint à ne pas préciser qu'elle-même avait subi ce sort.

— Pourquoi Coxy ne s'est-il pas adressé directement à votre père, en menaçant de dénoncer votre frère en tant que mauvais payeur d'une dette d'honneur ? Il aurait su rendre cette menace crédible.

— Une dette d'honneur ? pouffa Bella. Une dette de pigeon, plutôt !

— Je ne comprends pas pourquoi Coxy n'a pas agi de la sorte.

— Je crois deviner pourquoi. En se renseignant sur mon père dans la région, il a sans doute compris que c'était un homme rigide, implacable, qui punirait Augustus mais n'épongerait pas ses dettes. Selon lui, la honte serait au contraire un châtiment mérité.

Comme pour elle, songea-t-elle.

— De plus, il était magistrat. Il aurait trouvé un moyen d'inculper ledit créancier et de le faire condamner. Seigneur ! Augustus occupe le même poste, désormais. Il juge des malheureux alors qu'il est le pire malfrat qui soit.

— Ces malheureux ne se retrouvent pas au tribunal par hasard, souligna Thorn.

— J'espère que vous n'aurez pas à l'affronter.

Pour une raison étrange, il sourit, comme séduit par cette éventualité.

— Donc, faute de paiement, le créancier décide de vous enlever pour obtenir une rançon qui couvrira la dette.

— Sur la proposition d'Augustus, précisa Bella.

— Justement. Je trouve étonnant qu'il n'ait pas laissé l'opération aller à son terme. Votre père aurait payé la rançon et vous aurait reproché d'être sortie, mais la dette aurait été réglée.

— Vous doutez de mon récit ? demanda Bella, offusquée. Je n'ai hélas aucune preuve.

— Je crois que vous y croyez.

— Quel intérêt Coxy aurait-il eu à tout inventer ?

— Aucun, apparemment. Je voudrais comprendre les motivations de votre frère.

— Il ne m'a jamais appréciée. Mon destin n'avait aucune importance à ses yeux.

Mais Bella admettait elle-même que cela ne semblait pas suffisant.

— Il a toujours été égoïste, ajouta-t-elle. Cependant, j'ai effectivement peine à croire qu'il m'ait abandonnée à ce triste sort.

Une grosse goutte de pluie tomba sur sa joue, telle une larme.

Le capitaine Rose l'entraîna à l'abri en observant le ciel, les sourcils froncés.

— Nous ferions mieux de regagner l'auberge… Laissez-moi deviner. Ce genre d'hommes, faibles et centrés sur eux-mêmes, paniquent facilement. Il voulait sans doute mener le projet à bien, mais il a commencé à se demander si son créancier ne vous avait pas révélé le rôle qu'il jouait dans l'enlèvement, que ce soit sans le vouloir ou par malveillance. Ou si vous aviez appris quelque chose par hasard. Il a dû envisager le pire. D'un autre côté, si vous ne rentriez pas chez vous, vous ne pourriez pas le dénoncer.

— C'est monstrueux !

— Il en est capable, non ?

Bella porta une main à sa bouche. Le terme était adéquat. C'était cette prise de conscience qui l'avait amenée à Douvres en quête de l'aide du capitaine.

— À votre retour, ce cher Augustus devait être mort de peur.

Bella n'y avait pas songé.

— Voilà pourquoi il était si cruel !

— Comment cela ?

— Des petites mesquineries, répondit Bella. Peu importe.

— J'en doute, grommela Thorn en la protégeant d'une bourrasque. Donc vous êtes rentrée chez vous, où on ne vous a pas crue, et vous vous êtes retrouvée confinée. Un châtiment assez courant pour une jeune fille ayant fui avec un amant. Certaines familles préfèrent imposer un mariage à la fugueuse.

— Ils ont voulu me marier, mais j'ai refusé.

— Pourquoi ?

— Épouseriez-vous une harpie odieuse, de vingt ans votre aînée, qui vous ferait payer votre vie entière une prétendue faute, vous privant de toute liberté ?

— C'est une situation difficile à imaginer pour moi, mais la réponse est non, mademoiselle Barstowe. Je comprends. Connaissez-vous le montant de la dette de votre frère ?

— Six cents guinées.

— Une somme modique par rapport à l'ampleur de la catastrophe.

— Modique ? Selon vous, peut-être. La contrebande doit être très lucrative.

— En effet. Cependant, je ne suis pas un contrebandier. Enfin, rarement...

Soudain, la pluie se transforma en déluge. Thorn prit la jeune femme par la taille et l'entraîna vers un bâtiment.

— L'auberge de l'Ancre et la Couronne. On nous servira du thé.

Bella peinait à rester à sa hauteur.

— C'est là que j'ai été retenue prisonnière. Quelqu'un risque de me reconnaître.

— Aucune importance, répondit-il avec un sourire.

Bella se mit à rire. Quelle joie de courir ! D'être protégée par le bras puissant d'un homme, de voir son sourire plein d'assurance. Avait-elle déjà ressenti une telle insouciance ?

En entrant dans l'auberge, elle se rappela : oui, au bal masqué, avec le chevrier, en se faufilant sur la terrasse pour échanger un baiser fébrile.

Et le capitaine Rose était le frère illégitime du duc d'Ithorne.

Cette idée la pétrifia. Cet homme qui secouait son tricorne trempé était-il le chevrier de la fête antique ? Ce serait incroyable.

Était-ce l'explication de son attirance pour lui ?

C'était troublant et émoustillant à la fois. Avait-il reconnu Céléno ? Quelles en seraient les conséquences ?

L'image d'un lit apparut dans son esprit...

— Qu'est-ce qui ne va pas ?

Bella émergea de ses pensées. Le capitaine la dévisageait.

— Vous craignez vraiment d'être reconnue, alors que quatre ans se sont écoulés ? Je ne pense pas que je vous aurais reconnue, quant à moi. Quelle importance, de toute façon ?

Bella n'eut pas à lui répondre, car une femme apparut dans le hall d'entrée.

— Ne va pas mettre de l'eau partout, Caleb Rose !

Ce prénom ne lui allait pas du tout.

— Je n'y peux rien, tante Ann, protesta-t-il. Pas plus qu'un canard qui sort d'une mare. Tu devrais avoir pitié de deux canards trempés et leur offrir du thé.

— Coquin ! s'exclama la femme rondelette en riant. Sari, va chercher des serviettes !

Elle les entraîna vers un petit salon, doté d'une fenêtre étroite et de quatre chaises ordinaires. Heureusement, il y avait du feu dans la cheminée. Bella ôta sa cape puis la suspendit à une patère.

Le capitaine Rose taquinait toujours l'aubergiste entre deux âges, qui riait aux éclats. Bella enleva ses gants et se réchauffa les mains au-dessus des flammes. Cet homme devait être quelqu'un de bien pour susciter une telle affection.

Une employée apporta des serviettes. Bella sécha son visage et essuya son chapeau, réfléchissant aux ressemblances entre le chevrier et le capitaine. Ils étaient tous les deux grands, bien bâtis sans être trapus, avec une barbe naissante...

Il la surprit en train de l'observer. L'aubergiste et son employée étaient parties, les laissant seuls, même si la porte était ouverte. Bella fut parcourue d'un frisson. Elle commençait à voir en lui un homme ordinaire. Enfin, pas vraiment ordinaire, mais un homme qu'elle pourrait... – elle hésita face à cette pensée qu'elle trouvait extraordinaire – un homme qu'elle pourrait épouser.

Thorn lui désigna un siège au coin du feu et s'assit avec élégance en face d'elle. L'autre soir, dans sa chambre, il avait montré une attitude différente, moins civilisée – quoique non dénuée de grâce. À cause de l'abus d'alcool, sans doute. Il était d'ailleurs étonnant qu'il se contente d'une tasse de thé aujourd'hui.

Il était effectivement aussi changeant que la mer.

— Vous me dévisagez comme si j'étais une énigme.

— Je me demande simplement si mon projet vous choque.

Elle ne mentait pas. Proposer à un contrebandier d'assouvir sa vengeance était une chose ; le proposer à cet homme la remplit soudain d'appréhension.

L'aubergiste se présenta avec un plateau de thé. Elle servit Bella, ajoutant un nuage de lait et du sucre, et lui tendit la tasse.

— Voilà qui va vous réchauffer les mains, mademoiselle. Et méfiez-vous de ce chenapan ! Je te laisse te servir seul, dit-elle à l'intéressé. Tu es tellement difficile. Sois sage, mon garçon ! Et laisse la porte ouverte.

Sur ces mots, elle s'éclipsa. Le capitaine Rose versa du thé et un peu de lait dans sa tasse, l'air désabusé.

— Elle se croit autorisée à me traiter comme un garnement.

— Il est bon que quelqu'un le fasse.

— Quelle ingratitude !

Elle lui sourit, soudain... heureuse. Oui, c'était le mot juste. Encore une sensation peu familière. Dans cette pièce chaleureuse, au coin du feu, elle éprouvait un sentiment de plénitude.

Thorn but une gorgée de thé.

— Ce thé est délicieux, commenta Bella.

— Vous vous y connaissez en thé ?

— Non, mais je suis capable de reconnaître un breuvage de qualité. Celui-ci est savoureux.

— C'est un mélange que j'apprécie, et que tante Ann ne sert pas à n'importe qui. Revenons-en au châtiment du vil Augustus. Avez-vous une idée de la façon de dénoncer ses méfaits ?

— Non, avoua Bella. Je pensais le prendre la main dans le sac, mais cela ne mènerait pas à grand-chose, n'est-ce pas ?

— Il serait contrarié.

— Absolument, et je pourrais diffuser la nouvelle autour de moi.

Elle pensait à la lettre de lady Fowler, mais les frasques d'un baronnet de province ne la passionneraient guère.

— Il a prévu de se marier avec une jeune fille innocente. Je ne cherche pas uniquement à me venger. Il faut que je ruine sa réputation afin qu'il n'épouse pas Charlotte Langham ou une autre personne respectable. Il faut l'empêcher de nuire de nouveau.

Face à l'expression vague de Thorn, elle se détourna.

— Je suis désolée. Je vous ennuie avec mes histoires. Je n'aurais pas dû venir à Douvres. C'était de la folie...

— Non ! assura-t-il. Je ferai de mon mieux pour vous aider, mais il ne faut pas que ce soit vous qui dénonciez votre frère. Ce serait considéré comme de la rancœur.

— Je sais, soupira Bella. C'est désespérant...

Elle accepta une autre tasse de thé.

— La mort serait le châtiment ultime, déclara Thorn.

— Je serais incapable de tuer mon frère, protesta-t-elle en le dévisageant. Une femme plus forte y arriverait peut-être, mais pas moi.

— Parviendriez-vous à engager un tueur ?

Elle se sentait acculée par ses questions, comme si c'était son procès. Elle ne voulait pas que quelqu'un ait la mort de son frère sur la conscience – surtout pas le capitaine.

— Non.

De peur de sembler faible, elle ajouta :

— La mort serait trop douce pour Augustus. Je veux qu'il paie pour le reste de ses jours, comme moi lors de mon confinement. Je veux qu'il soit couvert de honte au point de renoncer à son poste de magistrat, qu'il soit banni de la bonne société. Qu'il ne puisse même plus se promener dans la rue...

Les mots s'étaient déversés par sa bouche et elle guetta la réaction du capitaine, se demandant si cela lui inspirait du dégoût.

— Au bout de quelques années, il pourrait fort bien se faire sauter la cervelle, déclara-t-il simplement. En seriez-vous chagrinée ?

— Non, répondit Bella. Je ne pense pas qu'il le ferait. Ce ne serait pas chrétien...

— Il n'y a pas de mal à rechercher une juste vengeance contre un scélérat qui vous a infligé tant de souffrances, mademoiselle Barstowe. Je vais vous aider. Après tout, cette affaire me concerne aussi. J'y ai été mêlé et je compte faire payer votre frère. La question est de savoir si vous voulez vous impliquer, être présente, ou si vous vous satisferez de savoir que le travail est fait ?

Troublée, Bella posa sa tasse. Si sa soif de vengeance était intense, son plan était flou. Cependant, cette question était on ne peut plus claire.

— Dans la mesure du possible, j'aimerais m'impliquer, être présente. Mais...

Il leva une main en souriant.

— Il n'y a pas de « mais », tant que nous ignorons ce qui va se passer. Votre frère vit-il principalement en ville ou à la campagne ?

— À la campagne, dans l'Oxfordshire. Il ne se rend que rarement à Londres.

— Très intéressant. Londres procure plus d'anonymat.

— Je crois qu'il y allait plus souvent autrefois. Depuis qu'il s'y est fait agresser, il évite de s'y rendre, sauf pour ses affaires. Cette agression était l'œuvre de Coxy. Son châtiment.

— Un lâche, commenta Thorn. Je m'en doutais. À la campagne, poursuivit-il, on a beau prendre mille précautions, il y a toujours quelqu'un qui connaît nos vices et nos petites habitudes. C'est dans l'Oxfordshire que nous trouverons des informations et un plan d'action.

— L'Oxfordshire...

Bella voulait lui dire qu'elle ne pouvait y retourner, surtout pas dans les environs de Carscourt, mais c'était effectivement là-bas qu'il faudrait agir.

— Où habitez-vous en ce moment ? demanda-t-il.

Bella réfléchit rapidement à ce qu'elle pouvait lui révéler, car elle ne voulait pas qu'il apprenne quoi que ce soit sur Bellona Flint. L'opinion qu'il se faisait d'elle était trop importante à ses yeux.

— À Londres, répondit-elle vaguement. Dans le quartier de Soho.

— Seule ? fit-il en arquant les sourcils.

— Avec une parente assez âgée. Sa proposition d'hébergement m'a permis de m'échapper.

— Elle vous accorde une grande liberté.

— En effet.

— Dans ce cas, nous devrions d'abord nous rendre à Londres ensemble. Il se trouve que j'y ai des affaires à régler. Nous discuterons des détails en route.

Des affaires avec votre demi-frère le duc ? Ce lien tourmentait la jeune femme. Cependant, le duc d'Ithorne ne pourrait deviner que son demi-frère était complice d'une femme qui était entrée chez lui sans y être invitée lors de sa fête antique, et qui faisait partie de l'entourage de lady Fowler.

— Nous ne pourrons pas discuter en présence des autres voyageurs de la diligence.

— Nous aurons notre voiture.

Il s'était exprimé d'un ton posé, comme s'il ne s'agissait pas d'une extravagance. Autrefois, un voyage en compagnie d'un homme dans une voiture privée lui aurait semblé inacceptable. Désormais, c'était une tentation irrésistible.

Avec ce complice.

Cet ami.

Cet homme qui deviendrait peut-être davantage que cela, surtout dans l'intimité d'une voiture.

— Très bien, dit-elle aussi calmement que possible. Nous partirons de bon matin ?

— Avant l'aube, si possible.

— Naturellement. Comme il s'agit de ma mission, capitaine Rose, je me dois de régler la location de la voiture.

Quitte à dépasser son budget.

— Pas question. Je comptais me rendre à Londres, de toute façon.

Soulagée, la jeune femme acquiesça. Puis ils se levèrent pour regagner l'auberge de la Boussole.

Intérieurement, Bella bouillonnait. Quelques heures plus tôt, son unique motivation était de se venger et d'empêcher Augustus de sévir davantage. Elle le souhaitait encore, mais cette aventure prenait un autre tour, plus attrayant.

Elle allait en découvrir davantage sur cet homme mystérieux.

À l'auberge de la Boussole, Thorn escorta Bella Barstowe jusqu'à sa chambre, malgré le danger que constituait cette femme troublante et désirable.

La Céléno des Pléiades ou Céléno l'Amazone, décidée à obtenir justice. Céléno la harpie, qui le mènerait à sa chute ? Le danger mettait un peu de sel dans l'existence, même s'il ne parvenait pas à voir en Bella une menace.

Cependant, en l'invitant à voyager avec lui, il jouait avec le feu. Elle rejetterait sans doute l'idée d'être compromise par un capitaine contrebandier, mais si elle découvrait qu'il était duc, elle changerait d'avis. Le plus étonnant, c'était qu'il ne s'en souciait pas, alors qu'il avait redouté de se faire passer la corde au cou sa vie durant.

Il y avait quelque chose entre eux, un lien qu'il n'avait connu que très rarement, et jamais avec une jeune femme célibataire. Il devinait qu'elle était aussi perturbée que lui. Cette attirance avait été présente lors de la fête antique, puis à la Chèvre, malgré la méfiance de la jeune femme.

Cette attirance expliquait sa cruelle déception en constatant qu'elle n'était pas venue au dernier rendez-vous, et pourquoi il allait l'aider à mettre son frère hors d'état de nuire.

Si seulement il pouvait chasser la souffrance de Bella ! Lui rendre ce qu'elle avait perdu. Hélas, même le duc d'Ithorne en était incapable. En tant que duc, toutefois, il disposait de nombreux moyens de détruire la réputation de son frère sans impliquer la jeune femme.

Il savait que ce serait préférable, qu'il ferait mieux de la déposer chez elle à Londres et de lui ordonner d'y rester tranquillement. Cependant, elle souhaitait participer à cette vengeance, voir la justice être rendue, et il ne pouvait pas lui refuser ce cadeau.

15

Ils se mirent en route avant l'aube, comme prévu. En voyant les quatre chevaux de l'attelage, Bella se réjouit de ne pas avoir à régler la note. Ce capitaine gagnait apparemment très bien sa vie.

Au cours de la nuit, elle avait commencé à penser au mariage.

Il n'y avait encore pas si longtemps, elle trouvait insensé pour une femme de convoler si elle disposait d'une autonomie financière. Cette théorie était en train de se fissurer face à cet homme, qui ferait un excellent époux.

Il était séduisant, mais ce n'était pas l'essentiel : il était surtout bienveillant, plein de sollicitude. Physiquement, il la troublait. Cette nuit-là, elle avait rêvé du baiser d'autrefois, qui s'était mêlé à ses fantasmes au sujet d'un chevrier, d'un valet et de l'héroïque capitaine Rose. Les trois réunis constituaient le mari idéal.

Pour couronner le tout, il semblait riche.

Naguère, un tel mariage aurait été indigne du rang de Bella Barstowe. Cette femme-là n'existait plus. Elle ne convolerait pas avec un gentleman de province, et encore moins avec un lord possédant une résidence en ville en plus de son vaste domaine – ce dont elle rêvait quand elle était petite. Jamais elle ne serait acceptée dans la bonne société dont elle était pourtant issue.

Alors pourquoi ne pas devenir Mme Rose ?

Ses rêves nocturnes avaient engendré des images d'une vie tranquille dans un cottage de Douvres, de deux bras puissants et rassurants, d'enfants, de voisins respectueux, de petits plats...

Hélas, elle ne savait pas cuisiner, s'était-elle rappelé. Puis elle s'était dit que Peg la suivrait peut-être, et qu'elle trouverait des remplaçantes à Annie et Kitty.

Si elle avait des domestiques, elle devrait s'installer dans un logement plus spacieux qu'un cottage. Son mari serait capitaine, après tout, le demi-frère d'un duc ! Celui-ci voudrait lui rendre visite. Elle envisageait donc un petit salon et une salle à manger meublés avec élégance. Il leur faudrait aussi un valet – ce qui avait fait ressurgir le souvenir du rendez-vous à l'auberge de la Chèvre, avec la présence de ce lit. Ses pensées avaient dérivé vers des images qui l'avaient fait rougir lorsqu'ils s'étaient retrouvés au matin.

Elle l'avait entendu expliquer à l'aubergiste qu'il avait apporté à Mlle Barstowe un message l'appelant à regagner Londres, et qu'il avait proposé de l'accompagner. Bella n'avait même pas réfléchi à la bienséance, mais ce détail pouvait avoir son importance s'il existait une chance que son rêve se réalise. Elle avait pris soin de porter une tenue terne et sage.

Ils roulaient à vive allure dans la cabine exiguë pour deux personnes, surtout avec un voyageur dont la présence était particulièrement intense.

Elle se réfugia dans ses pensées rationnelles. Au cours de la nuit, elle avait tout de même un peu réfléchi. Il était temps de soulever un problème.

— Je crains d'être reconnue à proximité de chez moi. Je suis toujours un sujet de scandale, là-bas. Même les mieux disposés à mon égard restent persuadés que je me suis enfuie avec un homme. Il serait désastreux qu'ils me voient en votre compagnie.

— De plus, ajouta-t-il, si on apprend que vous vous trouvez dans la région, votre frère risque d'en être informé et de se méfier. Il serait plus sage que vous restiez à Londres et que vous me laissiez m'en charger.

Bien qu'il ait raison, Bella s'y opposait farouchement.

— Je pense pouvoir me grimer, répondit-elle sans préciser son expérience dans ce domaine. Une perruque et un peu de maquillage feront l'affaire. Je trouverai ce déguisement chez moi, à Londres.

La perruque noire de Céléno... Le teint cireux de Bellona.

En voyant le capitaine froncer les sourcils, elle crut qu'il allait insister pour qu'elle reste dans la capitale, mais il n'en fit rien.

— À votre guise, dit-il simplement.

— Et vous ? Votre tenue ne passera pas inaperçue dans l'Oxfordshire.

Il sourit en observant sa redingote.

— J'aime que l'on me remarque mais, pour passer inaperçu, il suffira que j'adopte le style moderne, si ennuyeux.

— Vous enlèverez votre tête de mort ? demanda Bella d'un ton badin.

— Est-ce vraiment nécessaire ? répliqua-t-il d'un ton geignard, les yeux pétillants de malice.

— Je le crains.

Il ôta sa boucle d'oreille et la lui tendit.

— Je vous la confie.

— Une tête de mort..., souffla-t-elle en acceptant l'objet.

Si seulement il me donnait aussi son cœur, songea-t-elle.

— Pourquoi portez-vous ce bijou ? Il vous donne une allure de pirate.

— Ça m'amuse. Parfois, il est utile de se faire remarquer.

— Comme à la taverne du Rat Noir.

— En effet. Si vous tenez à m'accompagner dans l'Oxfordshire, un autre problème se pose. Je ne veux pas que les gens se fassent des idées sur nous.

Bella afficha un air interrogateur. Il expliqua :

— Nous ne nous ressemblons en rien, donc nous ne pouvons pas nous faire passer pour frère et sœur, et nous sommes trop proches en âge pour fournir la moindre explication innocente. Je ne vois qu'une solution : faisons semblant d'être mariés.

Bella faillit faire un bond.

— Il n'en est pas question !

Elle fit mine d'être outragée par cette proposition un peu trop proche de ses rêves.

— Il n'y a rien d'inconvenant, je vous l'assure. Comment voulez-vous que nous nous présentions ?

Bella réfléchit.

— Demi-frère et sœur, suggéra-t-elle.

Thorn arqua les sourcils. Aussitôt, Bella fit la moue et secoua la tête. Elle connaissait les gens de la campagne. Ils n'y croiraient pas.

— Je regrette que mon idée vous perturbe, déclara-t-il. Mais si vous voulez m'accompagner, je ne vois pas d'autre solution. La moindre particularité risquerait d'attirer l'attention. Et, si je puis me permettre, vous avez dit vous-même que vous n'aviez plus de réputation à perdre.

Bella tiqua, même s'il venait d'énoncer une évidence : elle ne serait jamais l'épouse de personne.

Tous ses rêves s'envolèrent. Elle lutta pour ne pas trahir sa douleur.

— Très bien, concéda-t-elle, plus déterminée que jamais à se venger de son frère.

— Puis-je vous appeler Bella ?

Elle soupesa cette idée.

— Ce serait indiqué, mais c'est impossible. Utiliser mon véritable prénom aux abords de Carscourt trahirait mon identité.

— Comment dois-je vous appeler ?

— Eh bien, « ma femme » ou « madame Rose ».

Cette comédie promettait d'être cruelle, mais elle était préférable à des adieux à Londres qui l'empêcheraient de se retrouver de nouveau seule avec lui.

— Si nous devons être à ce point formels, soyez une jeune épouse très collet monté. Si vos vêtements semblent adaptés à ce rôle, votre vivacité ne l'est pas. Il vous faudrait des lunettes, peut-être.

Bella tressaillit, car les lunettes faisaient partie de son personnage de Bellona.

— Avec des verres simples, bien sûr, ajouta Thorn.

— Où voulez-vous que j'en trouve ?

— Je vous en procurerai. Ainsi qu'une alliance.

C'était de pire en pire.

— Cela me semble mal, dit-elle en frottant son annulaire gauche.

— Ce sera pour la bonne cause, répondit-il avec une telle décontraction qu'elle eut envie de le frapper.

— Les voyages me donnent la migraine, mentit-elle. Pouvons-nous discuter plus tard ?

Il accepta, ce qui laissa à Bella un peu de répit. Elle se tourna vers la fenêtre et tenta de faire comme s'il n'était pas là.

Comme il fallait qu'elle émerge de sa déprime, lors d'une halte dans une auberge pour changer d'attelage, elle s'accorda une tasse de thé. Autant profiter pleinement des moments partagés avec cet homme, songea-t-elle. D'ailleurs, elle avait envie d'en apprendre davantage sur lui.

— Quelles affaires devez-vous régler à Londres ? s'enquit-elle lorsqu'ils se remirent en route. Elles sont en lien avec la navigation, sans doute ?

— Le transport de marchandises. Il n'y en aura pas pour longtemps.

— Et votre navire, le *Black Swan* ? Il peut se passer de vous ?

— Il est au carénage. Une avarie sur la coque, ajouta-t-il, les lèvres pincées.

Bella hocha la tête et tenta de le faire parler des bateaux et de la mer.

Quelque temps plus tard, la conversation avait bifurqué. Elle se rendit soudain compte qu'elle parlait d'elle-même et de l'Oxfordshire, de géographie, d'agriculture et d'industrie. Honteuse, elle avoua avoir été une élève médiocre.

— Vous préfériez vous échapper pour retrouver des garçons sur les terres du domaine ?

— Pas jusqu'à l'âge de quinze ans, je vous l'assure. Auparavant, je me contentais de rêvasser.

— Vous rêviez de retrouver des garçons sur les terres du domaine ?

— Non. Je rêvais de les rencontrer lors d'un bal, d'une réception. À Londres, voire à la Cour.

Elle sourit au souvenir de ces ambitions de jeunesse.

— Je voulais susciter l'adoration, bien sûr, ajouta-t-elle.

— Combien de vos rêves avez-vous réalisés ? s'enquit Thorn.

— Certains. J'ai commencé à sortir dans les environs à seize ans, puis je suis allée à Londres en 1760.

— George II était encore en vie ?

— Oui. Je lui ai été présentée. Il était très abrupt, mais il plaisantait, je crois. Je n'en suis pas sûre à cause de son accent allemand prononcé. Je suppose que notre nouveau roi n'a pas d'accent.

— Il est né et a grandi en Angleterre, confirma Thorn.

— Il est étrange que ce soit étrange, dit-elle avec un sourire.

— N'est-ce pas ?

— Nous ne devrions peut-être tolérer sur le trône que des souverains nés ici.

— Quelle idée étonnante et perfide !

— N'est-ce pas ? répliqua-t-elle d'un ton moqueur en l'imitant.

Elle semblait s'épanouir sous ses yeux, constata Thorn. D'un chardon, elle se transformait en fleur – non pas une rose, mais une espèce plus audacieuse : un coquelicot peut-être, rouge vif, dansant dans la brise. Tel aurait dû être son destin, au lieu de la vie austère qu'elle semblait mener.

— Pourquoi me regardez-vous ainsi ?

— J'envisageais l'histoire d'Angleterre en fonction de vos règles, répondit-il, avant d'oser aborder le sujet qui l'intéressait. Êtes-vous déjà allée à un bal masqué ?

Elle rougit de nouveau, de façon charmante.

— Pourquoi cette question ?

— Simple curiosité.

— Eh bien... oui, plusieurs fois.

— Vous appréciez ces soirées ?

Elle semblait sur la défensive. Voilà qui était intéressant.

— Oui, admit-elle.

— Quel a été votre costume préféré ?

— Quel a été le vôtre ? répliqua-t-elle.

— Un pirate, dit-il en pensant au chevrier. Et vous ?

— Une reine médiévale.

— N'étiez-vous pas trop jeune pour ce rôle ?

— Même les reines ont une jeunesse.

— Certes. De nombreuses princesses ont été mariées à un très jeune âge pour devenir reines dans un pays étranger.

— Encore un exemple des injustices subies par les femmes, souligna Bella.

— Vous pensez vraiment cela ?

— Je suis bien placée pour le dire, non ?

Il se rappela son histoire.

— Certes. Revenons à notre projet. Qui sont les personnages en vue dans l'Oxfordshire ?

Thorn avait beau l'écouter, il était distrait par des visions de Bella Barstowe à seize ans, s'amusant dans les bals, déguisée en reine. Elle avait sans doute déjà ces formes qui lui avaient valu des problèmes à la taverne du Rat Noir.

À seize ans, elle devait être audacieuse mais pas stupide. Elle avait probablement déjà des prétendants, avec un avenir de femme mariée tout tracé.

Jusqu'à ce que son frère la prive de cet avenir.

Il devait exister un moyen de la remettre sur le chemin du mariage. Elle était encore jeune et jolie, mais entravée par une réputation en lambeaux. Sa vengeance ne la lui rendrait pas...

À moins que son frère ne soit forcé à avouer la vérité.

Il ne pouvait lui suggérer cette idée, pas encore. Il risquait de lui donner de faux espoirs. Toutefois, l'objectif principal de Thorn serait de lui rendre sa place au sein de la bonne société.

Naturellement, il pouvait aussi la faire grimper dans l'échelle sociale et faire d'elle sa duchesse...

Sans doute eut-il un soupir involontaire, car elle l'observa d'un air perplexe. De quoi parlait-elle ? Il fut sauvé par une nouvelle halte dans un relais pour changer de chevaux. Thorn descendit pour s'entretenir avec les postillons.

Quelle idée saugrenue ! Bella connaissait sans doute autant le rôle de duchesse qu'un poussin.

En plein désarroi, Bella le regarda s'éloigner. Qu'avait-elle dit pour qu'il se ferme ainsi ?

Il était question de ses parents, qui n'étaient pas très affectueux et qu'elle et ses frère et sœurs ne voyaient pas souvent.

Cela l'avait-il choqué parce que les choses se déroulaient autrement dans les milieux plus modestes ? Un gouffre social les séparait. Si elle-même n'y voyait aucun inconvénient, peut-être n'était-elle pas faite pour devenir l'épouse d'un capitaine.

À son retour, elle garda le silence.

— Vous me parliez de votre enfance, je crois, déclara-t-il. Aviez-vous des domestiques qui s'occupaient de vous ?

Si seulement elle pouvait lui parler de Peg. Mais cela conduirait à d'autres questions. Elle ne la cita donc que brièvement, parmi d'autres.

— Et vous ? Vos parents étaient-ils aimants ?

Elle s'en voulut aussitôt. Le capitaine était un enfant illégitime, que son duc de père avait envoyé en Amérique parce qu'il ressemblait trop à l'héritier légitime.

— Non, déclara-t-il sèchement, comme elle s'y attendait.

Il évoqua assez rapidement ses jeux d'enfance, puis la conversation revint vers elle.

— Je suis sûr que vous attiriez l'attention de vos parents en faisant des bêtises.

— Et comment ! affirma Bella en riant. Mais j'ai appris à ne pas outrepasser les limites de leur patience. Peut-être étaient-ils simplement lassés de moi. Mes grandes sœurs étaient des enfants modèles.

Ils évoquèrent Athéna, qui habitait à Maidstone, puis leurs souvenirs du Rat Noir, et chacun de ces mots plongeait la jeune femme dans une émotion grandissante qui ne pouvait mener qu'à de la souffrance.

— Avez-vous toujours votre couteau ? s'enquit-elle.

Il tendit sa main droite pour lui montrer l'extrémité du manche contre son poignet, et sortit l'arme de la main gauche. Bella n'avait pas remarqué qu'il était gaucher. Elle lui montra le pistolet qu'elle avait acheté.

Aux abords de la capitale, la conversation continuait d'être fluide et animée – même s'il lui cachait des secrets, ce dont elle ne pouvait se plaindre puisqu'elle en faisait autant.

Tandis que la voiture cahotait sur les pavés, elle redouta ce bref retour à sa vie de mensonges, au point qu'elle fut tentée d'avouer au capitaine ses activités auprès de lady Fowler et de lui demander conseil. Heureusement, il revint à Augustus.

— Je vais me renseigner sur les tripots de l'Oxfordshire. Vous n'en connaissez sans doute aucun ?

— J'ai vécu un autre genre d'enfer, là-bas...

Il effleura sa main, le regard sombre.

— Nous le lui ferons payer, promit-il.

Ils avaient ôté leurs gants, et elle sentit la chaleur réconfortante de ses longs doigts qui se repliaient sur les siens pour intensifier ce qui était plus qu'un lien physique. Comment dissimuler les battements effrénés de son cœur ?

Elle baissa les yeux sur le plancher de la cabine, s'efforçant désespérément de ne pas révéler son trouble.

Lorsqu'il porta sa main à ses lèvres, elle tressaillit.

— Je m'engage solennellement à vous venger, dit-il avant de déposer un baiser sur ses phalanges.

La cabine parut soudain plus étroite. Le moindre cahot risquait de mener à un baiser.

Thorn s'écarta un peu, ce qui permit à la jeune femme de retrouver ses esprits. Manifestement, il n'avait pas eu l'intention de l'embrasser sur les lèvres.

Ils gardèrent le silence jusqu'à l'auberge George, où ils devaient laisser la voiture.

La nuit était tombée. Bella espérait pouvoir partir de son côté avec une chaise à porteurs. Mais il insista pour l'accompagner. Tandis qu'il l'escortait vers sa maison, elle redouta qu'il ne souhaite entrer. Comment expliquer qu'elle était propriétaire et disposait de son propre personnel ?

Heureusement, il se contenta d'attendre qu'elle ait ouvert la porte. Lorsqu'elle se retourna pour le saluer d'un geste, il s'inclina avec son élégance coutumière, l'air ténébreux.

La maison était plongée dans le silence. Alors qu'elle espérait se faufiler discrètement dans sa chambre, une tête portant une coiffe apparut sur le palier. Kitty tenait une chandelle. Elle descendit les marches quatre à quatre au risque de trébucher sur sa chemise de nuit.

— Mademoiselle ! Dieu du ciel, vous allez bien !

16

Kitty faillit l'étouffer dans son étreinte.

— Je vais parfaitement bien, dit Bella. Je te l'ai écrit, d'ailleurs.

— Vous vous êtes absentée si longtemps ! Désolée, mademoiselle, nous étions folles d'angoisse.

— Pardonne-moi, Kitty, soupira Bella. J'ai des questions importantes à régler et je repars demain matin. Laisse-moi me coucher, à présent.

— Vous repartez ?

Au bord des larmes, Kitty se ressaisit.

— Très bien, mademoiselle. Je vais vous chercher de l'eau chaude. Il y a du feu dans votre chambre. Nous guettions votre retour.

Avant que Bella puisse protester, elle fila vers la cuisine. La jeune femme gravit les marches, un peu lasse à la perspective d'une nouvelle journée de voyage.

Même en compagnie du capitaine Rose.

Caleb.

Pour une raison étrange, elle avait du mal à penser à lui en tant que Caleb.

Mieux valait ne pas penser à lui du tout.

Ce qui était impossible, elle devait l'admettre. Elle ôta son chapeau et, glissant une main dans sa poche, elle sentit la boucle d'oreille en forme de tête de mort, ornée de rubis. Bella examina le bijou en ivoire comme s'il pouvait lui prodiguer des conseils, puis elle l'enveloppa dans un mouchoir qu'elle empocha avec soin.

Accompagné d'un porteur de torche, Thorn regagna sa maison à pied dans les rues sombres et parfois dangereuses. Il avait besoin de réfléchir.

Bella Barstowe, sa duchesse ? Si l'idée semblait incongrue de prime abord, elle commençait à faire son chemin dans son esprit.

Il avait rencontré beaucoup de candidates potentielles, et il ne leur avait trouvé qu'un attrait superficiel. Avec chacune d'elles, l'avenir promettait d'être pénible, uniquement tolérable à condition de vivre séparément.

Elles étaient souvent jolies, voire très belles, mais il ne cherchait pas une duchesse décorative.

Elles avaient appris à gérer un foyer de la noblesse, connaissaient la mode et l'étiquette, mais cela ne nécessitait que de l'intelligence et de l'application, ce dont Bella ne manquait pas. De plus, celle-ci avait été présentée à la Cour quelques années plus tôt.

Il ne restait donc que... sa réputation.

C'était une entrave car les gens étaient souvent cruels, surtout envers ceux qu'ils considéraient comme des parvenus. Beaucoup de femmes lui en voudraient d'avoir épousé un si beau parti. Les personnes de plus haut rang se montraient plus tolérantes envers ces choses que les membres de la petite noblesse.

Toutefois, Robin et Christian accepteraient la jeune femme, ce qui constituait un excellent point de départ.

Non. La première étape serait de révéler à Bella qui il était vraiment, avant que cette mystification vire à la catastrophe.

Or il ne souhaitait pas lui en parler tout de suite.

À l'approche d'Ithorne House, il grimaça. L'entreprise s'annonçait périlleuse, mais il voulait voir s'il était capable de courtiser et de conquérir Bella Barstowe en tant que simple capitaine, et non en tant que duc.

Bella ôta les épingles de ses cheveux en s'efforçant d'oublier le contact des mains du capitaine, de ses lèvres sur ses doigts. Mais comment oublier un baiser qu'ils n'avaient pas échangé ?

Elle se ressaisit et enleva sa robe, avant de brosser ses cheveux. Kitty entra, suivie d'Annie qui apportait la bassinoire. Manifestement, elle venait surtout vérifier que Bella était bien saine et sauve.

Avec l'aide de Kitty, Bella se débarrassa de son corset, puis elle envoya les deux sœurs se coucher.

Restée seule, elle fit sa toilette. En passant le gant sur ses seins, elle songea au jour où elle avait surgi dans la chambre du capitaine. Il était lui aussi en train de savonner son torse nu. Une sensation étrange l'incita à baisser les yeux. Ses mamelons étaient dressés. Elle les effleura de son gant et, aussitôt, une douce chaleur envahit son corps tout entier.

Où était-il à cet instant ? Elle imagina soudain que c'était lui qui passait le gant sur sa peau humide...

Elle frémit et jeta le gant dans la cuvette, puis s'empressa d'enfiler sa chemise de nuit. Elle se glissa sous les draps. Son esprit en émoi risquait de perturber son sommeil...

Et pourtant, elle se réveilla en sursaut car Kitty était en train de la secouer.

— Un paquet vient d'arriver, mademoiselle. J'ai préféré vous réveiller.

Bella se redressa et se frotta les yeux.

— Un paquet ? Quelle heure est-il ?

— Bientôt 9 heures, mademoiselle.

Elle eut un sursaut. Elle avait promis au capitaine d'être prête à partir à 10 heures !

— Vite ! De l'eau ! Mon petit déjeuner ! Préparez tous les articles que j'ai achetés chez Mme Moray.

Elle observa le carton que portait Kitty.

— Apportez-moi aussi des ciseaux pour couper la ficelle.

Quelques instants plus tard, elle souleva le couvercle de la boîte. C'était une perruque blonde, accompagnée d'un message :

Chère mademoiselle Barstowe,

Je passerai vous chercher à 10 heures en voiture. Vous avez évoqué une perruque. En avez-vous une ?

Votre serviteur,

Capitaine Rose

Bella possédait une perruque, bien sûr, mais cette blondeur serait plus discrète que son postiche noir. Puisqu'elle rechignait à voyager avec un corset, elle revêtit un modèle plus léger, et tant pis s'il abîmait la doublure de sa robe. Kitty avait sorti ses tenues.

Devait-elle porter celle qu'elle arborait pour se rendre à l'auberge de la Chèvre ? Non. S'il était bien son chevrier, il risquait de la reconnaître. Elle opta pour la robe marron, plus pratique pour un voyage.

Elle emporterait l'autre, néanmoins. Un jour viendrait peut-être où elle ne craindrait plus que le capitaine la reconnaisse...

Devant sa coiffeuse, elle brossa ses cheveux et les releva pour poser la perruque blonde sur sa tête. L'effet était convaincant. La coiffure était sage.

Déprimante, en réalité. Elle lui donnait le teint blafard.

— Il y a autre chose dans la boîte, mademoiselle, lui signala Kitty. Une paire de lunettes.

Si Bellona portait des demi-lunes, ces verres-là étaient ronds et donnaient à la jeune femme l'air d'une chouette. Ce déguisement serait efficace. Au cas où elle croiserait quelqu'un ayant connu Bella Barstowe, il ne la reconnaîtrait pas. Mais elle semblerait si terne que les gens s'étonneraient que le capitaine Rose l'ait épousée.

— C'est pour la bonne cause, marmonna-t-elle en se retournant. Ma malle est prête ?

Kitty était au bord des larmes.

— Mademoiselle... qu'est-ce que vous faites ? Puis-je vous accompagner ? Ce n'est pas convenable de partir avec un homme !

— Si j'avais des intentions inconvenantes, je ne serais pas attifée ainsi, non ? Ne dis pas de bêtises, et n'en parle à personne.

Peu avant 10 heures, elle descendit parler à Peg. Elle aurait préféré filer discrètement, mais elle ne voulait pas blesser sa gouvernante, qu'elle trouva en train de pétrir une pâte.

— Vous repartez à l'aventure, hein ? Encore une de vos folies !

— Je n'ai jamais fait la moindre folie, répliqua Bella.

— Oh que si ! Et vous n'avez eu qu'une seule fois de gros problèmes – pas par votre faute, j'en conviens, mais si vous n'étiez pas sortie de chez vous...

Bella envoya Annie faire une course pour l'éloigner, puis elle raconta à Peg ce qu'elle avait découvert et ce qu'elle envisageait de faire.

— Sir Augustus ! s'exclama la gouvernante. Je ne suis pas étonnée. C'était un enfant sournois. Sans oublier ces ragots, plus tard...

— À quel propos ? demanda Bella, curieuse.

Peg se renfrogna.

— Je vais peut-être devoir prendre des risques, expliqua Bella. Dites-moi où Augustus se rend pour jouer.

La gouvernante recommença à pétrir sa pâte avec énergie.

— Il y a un endroit, à Upstone. L'auberge du Vieux Chêne. Elle reçoit des messieurs, et il s'y passe des choses dont personne ne veut parler. Il ne faut pas mettre les pieds là-bas.

— Il le faudra, mais ne vous inquiétez pas : je serai accompagnée.

Peg pinça les lèvres et se défoula sur sa pâte à pain.

— Cette pauvre pâte ne vous a rien fait.

— Vous n'y connaissez rien à la fabrication du pain... Enfin, vous n'en ferez qu'à votre tête, je le sais.

— Il ne m'arrivera rien, assura doucement la jeune femme. Le gentleman qui m'a sauvée il y a quatre ans sera avec moi.

— Le capitaine Rose ? Vous avez dit que c'était un pirate !

Annie, qui venait de rentrer, poussa un cri d'effroi en entendant ce mot.

— Pas du tout ! assura Bella. Il n'est même pas contrebandier.

La plupart du temps, songea-t-elle. Elle précisa :

— Il se sent le devoir de m'aider parce qu'il s'est trouvé mêlé à ma mésaventure.

Elle devait absolument rassurer Peg afin qu'elle n'essaie pas de l'empêcher de partir.

— À mon retour, il y aura des changements, annonça-t-elle.

— Des changements ? répéta Peg, méfiante.

— J'ai l'intention de quitter l'entourage de lady Fowler.

— Dieu merci ! Où irons-nous ?

— Je ne sais pas. Réfléchissez-y en mon absence. Oh, j'entends frapper à la porte !

Bella s'éloigna avant que Peg puisse protester.

Sur le seuil se tenait le capitaine Rose. Une voiture était garée devant la maison.

Il arqua les sourcils et lui sourit.

— Votre déguisement est encore plus efficace que je ne l'espérais. On a du mal à vous reconnaître.

— Dois-je en conclure que je ne suis pas aussi effrayante en temps normal ?

— En tout cas, pas assez pour faire peur aux enfants, dit-il en s'esclaffant. Vous êtes prête ?

Il mit la malle dans le coffre du véhicule tandis que Bella déposait son sac dans la cabine. Elle prit place, étonnée de voir un panier sur le plancher. Un pique-nique, peut-être...

La capitaine la rejoignit, et les postillons firent démarrer l'attelage. Mais si le panier contenait de la nourriture, celle-ci était vivante...

— Ai-je entendu un couinement ? demanda-t-elle, prudente.

— Peut-être. J'ai eu une idée pour expliquer notre présence dans certains secteurs. Nous serons en quête de chats-lapins de Hesse.

— Qu'est-ce que vous racontez ? fit Bella, intriguée.

— Je ne suis pas devenu fou, répondit-il, amusé. Il est apparu récemment qu'il existerait un croisement entre le chat et le lapin. La communauté scientifique est en émoi. Une telle chose est-elle possible ? Un éminent gentleman, dont nous ne divulguerons pas le nom, a envoyé des agents dans tout le pays pour en trouver des spécimens.

— Mi-chat, mi-lapin, dites-vous ? Comment sont réparties ces moitiés ?

Il éclata d'un rire qui le fit paraître plus jeune.

— Bonne question ! En général, la partie antérieure tient du chat, et la partie postérieure, du lapin, avec des hanches larges et presque pas de queue.

— Vous parlez sérieusement ?

— On ne peut plus sérieusement.

— Pourquoi « de Hesse » ? demanda encore Bella, qui pensait toujours qu'il se moquait d'elle.

— Parce que le spécimen d'origine viendrait de cette région, où l'on parle de l'infâme lapin hessois à crocs.

— Capitaine Rose, je n'apprécie guère que vous débitiez ces bêtises à un moment pareil.

— Mademoiselle Barstowe, je vous relate simplement l'histoire qu'on m'a racontée. Je vous le jure ! Et voici le chat.

Il plaça le panier sur ses genoux.

— Vous avez emmené un chat !

— Trois, plus exactement.

Sous le couvercle, elle découvrit une paroi rembourrée et un chat à pelage foncé, ainsi que deux petites boules de poils.

— Oh ! s'écria-t-elle en tendant une main.

Le chat siffla, incitant la jeune femme à ôter vivement sa main.

— Allons, Tabitha ! gronda doucement Thorn.

— *Miaou !* fit le félin sans avoir l'air de s'excuser le moins du monde.

— Vous allez constater qu'un chat-lapin de Hesse parle. Avec le temps, vous parviendrez à la comprendre.

— Vraiment ? Et que signifie « miaou », au juste ?

— Ce n'est pas convenable pour les oreilles d'une lady.

— Je comprends qu'elle soit contrariée. Une chatte n'aime pas être dérangée en présence de ses petits.

— On pourrait le croire, mais elle a insisté.

— Comment cela ? l'interrogea Bella, perplexe. Si vous continuez ces idioties, le voyage risque d'être pénible.

— Je ne fais qu'énoncer des vérités, protesta-t-il. Qu'elle ait pris en grippe le valet qui s'occupait d'elle ou qu'elle ait eu envie de changer d'air, elle a exprimé à grands cris son désir de nous accompagner.

— C'est votre chatte ? demanda Bella, confuse.

— Pas du tout. Elle appartient à un proche.

— À Londres ?

— À Londres, confirma-t-il.

Elle croyait deviner de qui il s'agissait. Elle n'aurait pas imaginé que le duc d'Ithorne s'intéresserait aux chats originaux, mais les nobles n'avaient-ils pas leurs excentricités ? Le capitaine avait sans doute passé la nuit chez son frère.

Encore un coup porté à ses rêves impossibles. Un homme évoluant avec une telle aisance dans les cercles les plus huppés de la société n'épouserait pas une femme comme elle.

Les chatons s'agitèrent et grimpèrent sur leur mère pour essayer de s'échapper du panier. Le capitaine tendit une main pour permettre à un chaton de monter sur ses doigts en miaulant. L'autre semblait plus hésitant.

La chatte ne s'en prit pas au capitaine.

— Les chatons sont différents, n'est-ce pas ? fit remarquer Bella.

— En effet. L'un est un chat-lapin, et l'autre, simplement un chat.

— Comment est-ce possible ?

— C'est ce qui fascine les scientifiques. En partant du principe que Tabitha est le fruit de l'accouplement d'un chat et d'un lapin, et que son propre... partenaire était un chat de gouttière, c'est plausible. Si étrange que cela puisse paraître, il peut y avoir des chatons différents au sein de la même portée.

Bella rougit légèrement car ce n'était pas un sujet de conversation convenable pour une lady, surtout avec un gentleman, mais elle était fascinée.

— Qu'en est-il des autres chatons de cette portée ?

— Hélas, seuls ces deux-là ont survécu, et l'employé un peu désinvolte qui s'en occupait à l'époque n'a pas conservé les autres.

— Cela aurait été un comportement étrange, non ?

— Pas pour un homme prévoyant, répondit-il le plus sérieusement du monde.

— Êtes-vous toujours aussi prévoyant, quant à vous ? demanda-t-elle en riant.

— Je m'y efforce. J'ai par exemple pensé à prendre votre alliance.

Il sortit de sa poche une petite bourse en tissu, qu'il lui tendit.

— C'est vraiment la seule solution, ajouta-t-il en sentant sa réticence.

La jeune femme découvrit un anneau simple.

— Elle n'est pas neuve, constata-t-elle.

— C'est préférable, non ?

Bella ôta son gant et glissa l'anneau à son doigt. Il était un peu trop serré. *Cet homme n'est donc pas aussi parfait qu'il le paraît,* songea-t-elle.

D'autres pensées lui vinrent, l'image d'une véritable alliance...

Elle les chassa vivement et sortit le mouchoir contenant la boucle d'oreille.

— Vous pouvez récupérer votre tête de mort.

— Quoi ? fit-il, étonné, avant de sourire. Non, gardez-la.

C'était un peu inattendu, mais elle rempocha le bijou. C'était comme si elle devenait la gardienne d'une infime partie de lui, ce qui la toucha particulièrement tandis qu'elle observait les chatons sur la grande main du capitaine.

Elle aurait aimé l'avoir tout entier à elle. Hélas, cela n'arriverait pas.

— Upstone, déclara-t-elle de but en blanc, désireuse de passer à autre chose.

— Oui ?

Elle lui résuma les propos de Peg, en évoquant vaguement une domestique qui avait vécu dans la région.

— Il y a un problème, ajouta-t-elle. Mon père était magistrat à Upstone, de sorte qu'Augustus l'est sans doute aussi. Nous risquons de le croiser là-bas, dans la rue...

— Ou dans un cercle de jeu et un bordel, dit le capitaine en rendant les chatons à sa mère.

— Un bordel ?

— Je crois que c'était le sous-entendu de ces paroles.

Bella repensa au témoignage de Peg et rougit.

— C'est l'endroit idéal, reprit-il. S'il va souvent au Vieux Chêne, nous aurons peut-être une occasion d'agir.

— Comment ?

Il reposa le panier par terre.

— Il faut l'attirer dans le même piège : l'inciter à s'endetter. Il n'est sans doute pas plus avisé maintenant qu'autrefois.

— Il a désormais beaucoup d'argent, argua la jeune femme.

— Dans ce cas, il faut faire monter les enchères.

— Oh, je déteste le jeu ! Il ne sert qu'à anéantir des hommes et leurs familles.

— Certaines femmes jouent aussi, et leurs maris sont responsables de leurs dettes.

— Mais pourquoi miser de l'argent sur des dés ou des cartes ?

— Pour le frisson que cela procure, répondit-il.

— Le frisson de la victoire ?

— La peur de perdre est encore plus intense. Aux yeux d'un joueur, l'absence d'enjeu n'a aucun intérêt. Les joueurs aiment vivre sur le fil du rasoir.

— En quoi est-ce une bonne chose ?

Il se contenta d'un sourire.

— Je devine que vous êtes joueur, vous aussi..., enchaîna-t-elle.

— Non. Je joue pour passer une bonne soirée, sans me laisser emporter. J'ai d'autres sources d'émotions.

— La contrebande, je suppose.

— Vous persistez, soupira-t-il. La mer, ma chère, la mer ! C'est une maîtresse qui procure de la peur ou de l'exaltation, en fonction de ses humeurs.

Comme vous avec moi, songea Bella.

Pourquoi s'était-elle lancée dans cette aventure si ce n'était pour le frisson ?

Il l'observait de nouveau. Pourvu qu'il ne lise pas dans ses pensées !

— Ruiner Augustus ne servira en rien à me venger, dit-elle. Cela ruinera d'autres personnes au passage. Ma mère, ma sœur célibataire... Les domestiques, les métayers. Je ne peux m'y résoudre.

— Une vengeresse au cœur tendre, commenta le capitaine d'un ton ironique. Vous compliquez les choses. Très bien, il faudra alors qu'on le surprenne ivre, en compagnie de femmes de petite vertu.

— Augustus ? fit Bella d'un ton étonné. Il est trop... arrogant pour s'abaisser à fréquenter des filles de joie.

— Vous croyez ? Je vous parie le contraire.

— Pardon ?

— Je vous parie cinq cents guinées qu'il va voir les prostituées dès que possible, et que cela fait partie de ce qui l'attire au Vieux Chêne.

— Cinq cents... Avez-vous une telle somme à perdre ?

— Je ne perdrai pas.

— Vous êtes bien un joueur. Un professionnel, même. Pour ma part, je ne peux parier cette somme.

— Dans ce cas, ne parions pas. Mais réfléchissons à cette idée. Avec le jeu et les prostituées, il ne restera pas assez de sa réputation pour habiller une souris ! Je vois des étoiles dans vos yeux à cette perspective. Vous êtes vraiment une fille étrange.

Non, c'est vous qui me mettez des étoiles dans les yeux.

Cependant, l'idée qu'Augustus se couvre de honte était exaltante.

Le soleil s'était couché quand ils atteignirent Upstone. Thorn ordonna aux postillons de les conduire dans la meilleure auberge de la ville.

— Le Cerf et le Lièvre, annonça-t-il tandis qu'ils mettaient pied à terre. Espérons qu'ils ne se reproduisent pas.

Bella laissa échapper un rire. Elle veilla sur le panier des chats pendant que Thorn s'occupait de leur hébergement. En arrivant à l'étage, elle se rendit compte qu'il avait pris une suite, constituée d'une chambre et d'un petit salon.

Une seule chambre. Une partie d'elle brûla d'excitation, mais elle n'en perdit pas sa prudence pour autant.

— Il nous faut deux chambres, déclara-t-elle.

— Vous n'allez pas faire la difficile maintenant, vaillante lady. Nous sommes des gens mariés ordinaires, sans grande fortune. Pourquoi logerions-nous dans deux chambres ?

— Parce que je ronfle, par exemple ? Ou plutôt parce que vous ronflez.

— Les couples supportent en général un tel désagrément.

— Je ne partagerai pas votre lit, capitaine ! protesta Bella. Avec ou sans alliance.

— C'est un très grand lit.

Ces mots rappelèrent à la jeune femme son rendez-vous à l'auberge de la Chèvre. Elle sentit sa détermination vaciller.

— Nous garderons des vêtements, ajouta Thorn. Sinon, vous pourrez dormir par terre.

— Ce serait là le devoir d'un gentleman, rétorqua Bella.

— C'est vous qui refusez de partager le lit.

— Et si quelqu'un l'apprenait ? C'en serait fini de ma réputation.

Cet argument ne fut d'aucune utilité.

Furieuse, elle se mit à arpenter la chambre. De toute évidence, il avait eu l'intention de faire d'elle sa maîtresse. Pas son épouse.

— Vous aviez tout prévu depuis le début, n'est-ce pas ? lança-t-elle d'un ton accusateur.

— Je vous donne ma parole que non. Je n'ai songé à ce détail qu'en arrivant ici. C'est important, et vous pouvez me faire confiance.

— Ah !

Elle s'approcha du lit comme si elle avait le pouvoir de le couper en deux par la simple force de sa volonté. Elle en fut troublée. Il était étrange qu'elle tolère le fait de partager la chambre d'un homme, même à condition qu'ils ne dorment pas dans le même lit. Elle était en train de sombrer en enfer.

— C'est un très grand lit, répéta Thorn. Nous pourrions y dormir à cinq, sans doute.

Bella avait entendu dire que de parfaits inconnus dormaient parfois ensemble dans les auberges.

— Très bien, concéda-t-elle en se tournant vers Thorn. Vous garderez votre chemise et votre culotte.

Il pencha la tête. Bella devinait son amusement, mais il parvint à le dissimuler.

— Comptez-vous dormir avec un corset ? Je vous le déconseille, mais libre à vous...

— Je n'en porte pas !

La lueur qui brilla soudain dans le regard du capitaine était alarmante... et délicieusement plaisante. Jamais elle n'aurait cru que l'idée d'une femme ne portant pas de corset pourrait exciter un homme.

Bella, exciter un homme est la dernière chose que tu souhaites en cet instant.

— Je porte un corset sans baleines, une sorte de veste matelassée, précisa-t-elle. C'est plus confortable pour voyager.

— Vous êtes une femme raisonnable.

Bella se tourna vers le miroir pour ôter son chapeau.

— Une femme qui voyage seule se doit de l'être, capitaine.

Elle posa une longue épingle sur la table de chevet, puis elle sourit.

— Très raisonnable, dit-il, les lèvres pincées. Je vais descendre dans la salle pour boire une bière et bavarder avec les gens du coin. J'espère en apprendre un peu plus sur le Vieux Chêne. J'évoquerai aussi mon histoire de chat.

— Quelle est cette histoire de chat, au juste ? Qu'allons-nous faire d'eux ?

Il avait soulevé le couvercle du panier, mais les chatons tétaient avidement.

— Nous sortirons chaque jour pour montrer Tabitha à la population locale et demander si quelqu'un a vu un chat un peu étrange lui ressemblant.

— Ou un lapin un peu étrange, intervint Bella.

Il la dévisagea.

— Vous devriez vraiment faire partie de l'équipe scientifique. Je doute que quelqu'un ait pensé à cela. Oui, un lapin étrange… Quels attributs ce croisement produirait-il chez un lapin ?

— Une longue queue ?

— Et de petites oreilles.

— Et des yeux en amande.

— Effectivement. J'espère que nous en trouverons un spécimen. Pendant que je serai dans la salle, je vous ferai monter un plateau. Et de quoi manger pour Tabitha.

— *Miaou !* lança l'intéressée dès qu'il fut sorti, d'un ton offusqué si éloquent que Bella s'esclaffa.

— Je vais veiller sur toi et tes bébés, même si je n'y connais pas grand-chose. Je ferai de mon mieux, promis.

La chatte lui lança un regard de biais et, d'un coup de patte, parvint à refermer le couvercle du panier.

— Je viens de me faire rabrouer, non ? s'interrogea la jeune femme.

Un couinement étouffé le lui confirma.

Elle rit mais retrouva vite son sérieux en considérant le lit. Quoi que le capitaine Rose ait en tête, il était hors de question qu'il prenne certaines libertés. Si elle admettait ses propres désirs, elle refusait d'être compromise de cette façon.

Elle défit ses bagages et vérifia son pistolet, avant de le ranger avec soin dans son sac, qu'elle posa près du côté gauche du lit, avec l'épingle à chapeau.

Elle placerait peut-être le pistolet sous son oreiller, le moment venu – ce qui était un peu inquiétant, même si un coup ne pourrait partir tant qu'il ne serait pas armé.

En marchant de long en large, elle tenta de se concentrer sur l'objectif de ce voyage : Augustus.

À quelle fréquence se rendait-il au Vieux Chêne ? Même avec leur histoire de chat, ils ne pourraient s'attarder dans la région pendant des semaines sans éveiller les soupçons. Elle eut soudain envie de se rendre à Carscourt pour étrangler son frère de ses mains.

Elle se rendit compte qu'elle avait les poings crispés et s'efforça de se détendre. En regardant son alliance, elle sentit des larmes lui monter aux yeux. C'était ridicule. Pourquoi n'avait-elle pas su à quel point elle avait envie de se marier avant de rencontrer cet homme ?

Une employée lui apporta un plateau et dressa la table. Le repas était simple, et il y avait une assiette supplémentaire avec quelques morceaux de viande.

— C'est pour le chat, précisa-t-elle en balayant la chambre du regard.

— Posez-la à côté du panier, je vous prie, dit Bella.

La femme de chambre obéit, puis se retira. Le couvercle du panier resta rabattu.

— Je crois que ça s'appelle se tirer une balle dans le pied, commenta Bella à voix haute.

Elle s'attabla pour souper. Hélas, en pensant à son avenir, elle perdit l'appétit.

Le mariage était un moyen facile et convenable de changer d'identité. Si elle ne pouvait épouser le capitaine Rose, un homme plus modeste serait peut-être tenté par son argent. Un homme simple, honnête, bienveillant… qui lui donnerait son nom.

Bella... Pennyworth, épouse de libraire, n'aurait aucun rapport évident avec Bella Barstowe de Carscourt, et encore moins avec Bellona Flint.

Cette perspective aurait dû lui redonner espoir. Hélas, elle n'avait guère d'attrait.

Quand elle eut terminé son repas, elle ouvrit la porte pour appeler la femme de chambre, qui débarrassa. La chatte en avait profité pour sortir du panier et manger sa viande en toute discrétion. Le couvercle était de nouveau rabattu.

Même cette chatte rejetait Bella Barstowe... Et son « mari » souhaitait visiblement passer la soirée en bas. La vertu de la jeune femme ne semblait guère en péril.

Déprimée, elle fit monter de l'eau chaude. Puis elle s'enferma dans la chambre pour se préparer à se coucher. Elle ôta sa robe, son corset léger, et songea à se délester de ses encombrants jupons, mais elle devait les garder pour ne pas se retrouver en corsage, un vêtement moins couvrant que sa chemise de nuit.

Cette chemise de nuit avait un col montant et dissimulait ses chevilles, ainsi que ses bras. Toutefois, ce n'était pas une tenue décente pour partager le lit d'un homme.

Elle enleva ses bas et sa perruque, faisant cascader ses cheveux sur ses épaules avant de les tresser. Puis elle foudroya le lit du regard et tira la tenture du baldaquin. Le capitaine comprendrait peut-être le message.

Elle n'entendait aucun bruit dans le petit salon. Rapidement, elle déverrouilla la porte communicante et celle qui donnait dans le couloir, puis alla se coucher.

Elle n'avait pas soufflé la chandelle. Tant pis.

Remontant les couvertures sur son visage, elle se coucha le plus loin possible de la porte. Se rappelant son pistolet, elle chercha son sac.

Mais elle fut incapable de placer le pistolet sous son oreiller. C'était trop dangereux. Au moins, il était à portée de main, ce qui était rassurant. De toute façon, elle ne fermerait sans doute pas l'œil de la nuit.

17

Thorn frappa doucement à la porte de la chambre. Pas de réponse. Il entra et, à la lueur de la chandelle, remarqua une cuvette et un broc. La tenture du lit était tirée, ce qui le fit sourire. Sans doute était-elle couchée à l'extrémité du matelas.

Il aurait dû dormir par terre, mais le parquet était froid et humide. Cela n'avait aucun sens. Sa simple présence dans cette chambre compromettait la réputation de la jeune femme, quel que soit l'endroit où il dormirait.

Il se rendit dans le petit salon pour demander de l'eau qu'il emporta ensuite dans la chambre, derrière le paravent. Comme promis, il garda sa chemise. Puis, au lieu de se coucher tout de suite, il gagna l'autre côté du lit. Il écarta la tenture. Comme il s'y attendait, la jeune femme était allongée au bord du matelas. Seule sa tête dépassait des couvertures. Il sourit en voyant le cordon du bonnet de nuit noué sous son menton.

Il avait contemplé bien des femmes dans toutes sortes de lits. Aucune n'avait jamais porté une tenue aussi stricte. Était-ce la raison pour laquelle il trouvait cette scène étrangement érotique ?

Quelques mèches de cheveux cuivrés s'étaient échappées et elle avait la bouche légèrement entrouverte. Il se rappela leur baiser sur la terrasse, lors de la fête antique. Il se pencha, mais se ravisa aussitôt.

Ses cils n'étaient ni épais ni longs, et la courbe de ses sourcils était élégante. Il ne s'attarda pas sur son menton, qui était joli et décidé.

Lorsqu'il eut éteint la chandelle, l'image de Bella endormie resta gravée dans son esprit tandis qu'il faisait le tour du lit. Il se coucha avec précaution et attendit le sommeil.

Le lendemain matin, à son réveil, Bella huma l'air ambiant tel un animal méfiant. Elle percevait la présence du capitaine – elle le *sentait*, même s'il ne dégageait aucune odeur particulière. Et crut l'entendre respirer.

Elle se tourna sur le dos pour jeter un coup d'œil dans sa direction.

Il était sur le dos, lui aussi, un bras posé sur les couvertures. Il semblait endormi.

Elle avait envie de l'observer, de se rapprocher de lui. Mais elle se l'interdit. Doucement, elle sortit une jambe de sous les couvertures et posa un pied à terre, puis l'autre. Une fois hors du lit, elle ramassa ses vêtements et fila dans le petit salon.

Bella entendait à présent les sons familiers de l'auberge, les roues sur les pavés, les sabots des chevaux, des voix sous la fenêtre, des pas dans le couloir... Le panier des chats était ouvert, mais ils semblaient endormis.

La jeune femme s'habilla à la hâte, puis elle se rendit compte qu'il n'y avait pas de miroir dans cette pièce. Sa brosse et ses épingles à cheveux se trouvaient également dans la chambre. Elle garda ses cheveux tressés et alla jeter un coup d'œil par la fenêtre. Il faisait plutôt beau. Peut-être y aurait-il un peu de soleil pour leur « chasse aux chats-lapins hessois ».

Elle pouffa à cette idée ridicule. Une fable inventée de toutes pièces.

Soudain, elle sursauta en entendant un bruit à sa droite. Il n'y avait personne. Mais le couvercle du panier était de nouveau baissé.

Elle le souleva.

— C'est très impoli, dis donc.

La jeune femme eut l'impression que la chatte était renfrognée, comme si elle lui en voulait.

— Tu n'es même pas son chat. Tu appartiens à quelqu'un d'autre.

La chatte émit un miaulement de dédain - une façon de la congédier.

— Comme tu voudras, conclut Bella en abaissant le couvercle.

— Ne me dites pas que vous parlez à Tabitha, vous aussi.

Bella fit volte-face, prise en flagrant délit. Il était habillé, mais ses cheveux pendaient sur ses épaules, comme le jour de leur rencontre. Comme lors de cette soirée à l'auberge de la Boussole. Et lors de la fête antique ?

— Elle a refermé le couvercle pour me snober.

— Oui, elle est plutôt boudeuse.

Bella vit le couvercle se soulever légèrement. D'un coup de patte, Tabitha le rabattit complètement en miaulant d'un ton enjôleur.

Elle semblait demander à Rose comment il allait.

La jeune femme retourna dans la chambre pour se coiffer. *Qu'ils bavardent tous les deux...*

En voyant sa mine renfrognée dans le miroir, elle se mit à rire. Quand elle retrouva son sérieux, elle aperçut le capitaine derrière elle. Il lui souriait.

Elle décela une certaine tendresse dans son expression. Son cœur s'emballa. Sans un mot, elle s'affaira à détacher sa tresse et à brosser ses cheveux.

Lorsqu'elle leva de nouveau les yeux, il était appuyé au chambranle de la porte ouverte.

— Quelque chose ne va pas ? s'enquit-elle sans se retourner.

— Non. Je prends plaisir à regarder une femme se coiffer.

— Un spectacle nouveau pour vous ? demanda-t-elle, cinglante.

— Oui.

— Vous allez bientôt essayer de me faire croire que vous êtes un saint.

— Pas du tout. Avez-vous besoin d'aide ?

— Pour me coiffer ? Je doute qu'un homme tel que vous possède cette compétence.

— Je sais faire des nœuds.

— Ce qui est l'inverse de ce que je recherche.

Elle se concentra sur son reflet dans le miroir, sidérée par l'effet qu'il produisait sur elle. Son cœur battait à tout rompre. Sans doute était-elle écarlate. Ce devait être à cause du lit et de cette douce intimité qui les enveloppait.

— Avez-vous commandé le petit déjeuner ? s'enquit-elle un peu trop sèchement.

— Je m'en occupe, Votre Majesté, répondit-il avant de disparaître.

Bella porta une main à sa poitrine en s'efforçant de calmer les battements effrénés de son cœur. Dans le miroir, elle vit que ses yeux pétillaient.

Oui, elle avait des étoiles dans les yeux.

Existait-il un moyen de faire de ses rêves une réalité ?

Elle ne se demanda même pas si cela serait raisonnable.

Une maison confortable à Douvres, une chambre comme celle-ci, avec un lit plus petit qu'ils partageraient vraiment...

Elle se hâta de glisser des épingles dans ses cheveux avant de positionner sa perruque, puis sa coiffe. Ses yeux étaient encore trop brillants. Ses lunettes atténuèrent un peu leur vivacité. Pas assez, peut-être.

Pourquoi voulait-elle dissimuler son regard ?

Le capitaine ne l'avait-il pas observée d'une façon particulière ?

En entendant des pas dans la pièce voisine, elle se leva. Le petit déjeuner. Il avait dû s'absenter pour le commander, car elle ne l'avait pas entendu appeler un membre du personnel. Elle lissa le bas de sa robe et vérifia son apparence. Si seulement elle était d'une grande beauté ! Ou, au moins, habillée élégamment.

Enfin, elle rejoignit le capitaine.

— Nous avons du thé et du chocolat, annonça-t-il en lui faisant signe de s'installer à table. Si vous préférez du café, je peux en faire monter.

— Non. Du chocolat, ce sera parfait, répondit-elle en s'asseyant.

Elle le regarda se servir du thé, sans sucre ni lait. Elle remarqua aussi un coffret en bois posé sur la table.

— Vous avez apporté votre propre thé ?

— C'est l'un de mes péchés mignons, avoua-t-il.

— Je m'étonne vraiment que vous buviez du thé.

— Pourquoi ? Qu'est-ce qu'un buveur de thé, selon vous ? demanda-t-il avec un sourire.

— Une chiffe molle, osa-t-elle répondre, d'humeur taquine.

— Vous êtes injuste envers le plus enchanteur des breuvages, Bella. Me permettez-vous de vous appeler ainsi en privé ?

Dans l'intérêt de son cœur, elle aurait dû protester.

— Bien sûr. Et je vous appellerai Caleb ?

— Ah..., fit-il en considérant sa tasse, avant de lever les yeux vers elle. Mes amis m'appellent Thorn. À cause de Rose[1], vous voyez. Qu'en pensez-vous ?

— Je ne suis pas sûre. Cela me semble un peu trop... personnel.

Il dégusta une première bouchée de jambon.

---

1. En anglais, *thorn* renvoie à l'épine de rose. *(N.d.T.)*

— Comment appelez-vous votre frère ?

— Augustus. Nous n'avons jamais été proches, même si j'aurais effectivement pu trouver autre chose.

Bella prit une tranche de pain frais et la tartina de beurre avant d'ajouter :

— Augustus signifie « le plus grand ». Je me demande quel serait son opposé.

— Le plus vil ? suggéra Thorn. Honteux ? Indigne ?

— Je doute qu'il y ait un prénom signifiant « le plus indigne ».

— Bâtard ? poursuivit-il, avant de froncer les sourcils. Qu'y a-t-il ?

Elle le dévisageait.

— Eh bien, je crois savoir que vous en êtes un vous-même. Le fils illégitime du défunt duc d'Ithorne, frère du duc actuel.

— Ah...

Il parut mal à l'aise, puis il haussa les épaules.

— Je n'en ai pas honte.

Bella le regarda manger avec appétit.

— J'ai entendu dire que l'actuel duc a fait preuve de bonté à votre égard.

— Je dirige le *Black Swan*. Je ne l'envie pas, si c'est ce qui vous préoccupe. Être un duc n'est pas de tout repos, loin de là.

— La plupart des gens ne diraient pas cela.

— La plupart des gens ignorent ce que cela implique.

— Vous parle-t-il de sa vie ?

— Nous sommes frères, répondit-il en se servant du thé.

Bella se rappela ses interrogations sur le don de mille guinées à lady Fowler.

— C'est un homme généreux ?

— Ithorne ? Absolument.

— Soutient-il certaines causes en particulier ?

— Vous êtes en quête d'un don ? Pour quelle cause ? lança-t-il d'un ton railleur.

Elle haussa les épaules.

— Oh, non. Simplement, à vos yeux, un duc est une personne banale. Pour moi, c'est un être extraordinaire.

— Ce n'est qu'un homme, comme moi.

Elle ne put réprimer un rire.

— Pas comme vous. Il doit avoir un bataillon de domestiques qui l'aident à s'habiller et quatre barbiers qui veillent sur ses joues.

— Il aime être bien rasé, en effet.

— Vous voyez ! Et il n'a jamais une mèche de travers ou une motte de terre sur ses bottes.

— C'est bien cela.

Elle remarqua néanmoins qu'il avait les lèvres pincées.

— Il se trouve que je l'ai déjà vu, expliqua-t-elle. De loin, naturellement. Il était impeccable et froid.

— En public, oui. Mais il a un autre visage en privé.

Il but une gorgée de thé sans cesser de l'observer.

— Ce n'est pas un mauvais bougre, Bella, croyez-moi.

Elle se rendit compte qu'il avait une réelle affection pour son frère. La jeune femme acquiesça.

— Comme vous le dites, il n'est peut-être pas facile d'avoir un statut aussi élevé et d'impressionner tout le monde.

— Le fils illégitime a peut-être le beau rôle, en réalité... Non, votre frère n'est pas digne de porter un prénom signifiant « bâtard ». Considérons-le comme une limace.

Bella faillit recracher sa gorgée de chocolat chaud.

— Excellente idée ! Sir Limaçus Barstowe.

Ils trinquèrent et poursuivirent leur petit déjeuner.

— Combien de temps devrons-nous punir sir Limaçus ?

L'expression de Thorn changea brusquement. Elle se rendit compte qu'elle s'était humecté les lèvres, qui étaient pleines de beurre.

— On prétend que le beurre fondu n'est pas bon pour la santé, bredouilla-t-elle, nerveuse. En revanche, c'est délicieux.

— Il y a vraiment des rabat-joie...

— N'est-ce pas ?

Il n'avait presque rien avalé.

— Mangez donc ! ordonna-t-elle. Voulez-vous des œufs, du fromage... ?

— Vous comptez me materner ? Ou jouer les épouses ?

Cette remarque la fit s'empourprer violemment.

— Arrêtez ! s'exclama-t-elle. Arrêtez de me tourmenter de la sorte.

— Vous avez raison. Je vous demande pardon, mais j'ai du mal à résister, Bella.

Ils mangèrent en silence pendant un moment.

— De plus, reprit-il, je trouve merveilleux que vous me permettiez de vous taquiner de la sorte.

Bella songea que cela laissait la porte ouverte à une possible souffrance, un risque qu'elle était disposée à courir. Pour l'heure, mieux valait qu'ils reviennent à leur affaire.

— Qu'avez-vous appris, hier soir ?

— Le Vieux Chêne est conforme à sa réputation. La plupart des hommes qui vont y jouer fréquentent aussi les prostituées. Êtes-vous gênée que j'aborde ces sujets avec vous ?

— Absolument pas. J'ai de la compassion pour les malheureuses qui en sont réduites à cela.

— Vous avez le cœur altruiste et bienveillant. Il y aura toujours des femmes qui auront besoin de gagner leur vie et, si l'on met de côté la moralité, il y a pire.

— Personne ne devrait y être forcé, protesta Bella.

— Bien sûr que non.

— Je veux dire que personne ne devrait être pauvre au point de ne pas avoir le choix.

— J'oubliais que vous étiez une réformatrice sociale. D'où viendrait l'argent nécessaire pour sortir ces femmes de la prostitution ?

— Je l'ignore, et j'en suis désolée. Simplement, j'ai été sans le sou et j'étais prise au piège car je refusais de prendre ce chemin-là. Mais tout le monde n'a pas le gîte et le couvert, et beaucoup de femmes n'ont pas le choix.

— Nous avons peut-être besoin de couvents, déclara-t-il.

— Des couvents ?

Il prit une tranche de pain.

— Les couvents procuraient aux femmes une alternative honorable au mariage, et les nécessiteuses y trouvaient un refuge à l'abri des hommes. Ils offraient aussi aux femmes autoritaires un endroit où elles pouvaient commander. Vous auriez fait une excellente mère supérieure.

— Moi ? fit Bella, étonnée.

— Vous êtes encore jeune. Dans vingt ou trente ans, vous serez capable de faire plier un évêque ou un roi. Vous dégagez une autorité naturelle.

— Est-ce vraiment du thé que vous buvez ou bien du cognac ? demanda la jeune femme.

Il sourit.

— Sentez, dit-il en lui tendant sa tasse.

Bella décela un léger arôme qui n'avait rien à voir avec de l'alcool.

— Je vous assure que je ne suis pas ce genre de femme, reprit-elle.

— Personne ne vous a jamais obéi au doigt et à l'œil ? demanda-t-il.

— Non.

Même Peg ne suivait pas vraiment ses ordres ; elle avait seulement lié son destin à celui de Bella. Et elle avait engagé Annie et Kitty par charité. Toutefois, certaines adeptes de lady Fowler s'étaient tournées vers elle pour exprimer leurs préoccupations quant aux sœurs Drummond, comme si elles la pensaient capable de s'opposer à elles.

Elle préféra changer de sujet.

— Augustus ne viendra peut-être pas avant des semaines. Combien de temps comptez-vous attendre ici ?

Pour ne pas montrer combien sa réponse avait de l'importance pour elle, elle s'affaira à tartiner son pain.

— Et vous ? Combien de temps pouvez-vous rester ? répliqua-t-il. Quand la parente chez qui vous vivez à Londres rentre-t-elle à la maison ?

Elle avait oublié ce détail.

— Je ne sais pas. Dans une quinzaine de jours, peut-être.

— Cela nous permettra d'étendre nos recherches, commenta Thorn. Espérons que les démons de votre frère l'attireront bientôt dans ce lieu de perdition. À moins qu'il ne fréquente plusieurs endroits.

Bella n'avait osé espérer passer deux semaines avec lui. Pourvu qu'Augustus ne se précipite pas !

— Ce soir, je me rendrai au Vieux Chêne pour recueillir des informations.

— J'ai l'impression que toutes les tâches intéressantes vous reviennent, déclara la jeune femme.

— Vous avez envie de vous rendre dans un bordel ?

— Votre épouse ne serait pas d'accord pour vous laisser aller là-bas.

Sa fausse épouse, en tout cas.

— Comptez-vous me faire une scène ? demanda-t-il avec intérêt.

— Je risque de vous jeter un vase à la tête.

— Madame Rose, vous m'inquiétez.

— Tant mieux.

— Il n'empêche que je dois me rendre au Vieux Chêne dans le cadre de ma mission.

Bella ne trouva aucun argument valable pour s'y opposer.

— Très bien, maugréa-t-elle. Qu'allons-nous faire avant que vous vous vautriez dans la fange ?

— Nous allons chercher des chats-lapins hessois.

Il finit son thé et se leva.

— Je vais louer une voiture. Essayez de ne pas vous battre contre la reine des chats de la Hesse en mon absence, d'accord ?

Sur ces mots taquins, il sortit. Ravalant ses larmes, Bella garda les yeux rivés sur la porte. Ce n'était pas le problème de la maison close. Sa vengeance contre Augustus risquait d'être obtenue en une journée.

Par le passé, une vengeance rapide lui aurait procuré de la joie. Désormais, elle signifierait la fin de ces moments partagés.

18

La veille, ils étaient arrivés à la tombée de la nuit. En plein jour, même si le temps était morne, Bella reconnut Upstone et ses environs. Ils empruntèrent les chemins alentour, s'arrêtant dans chaque ferme et dans chaque cottage pour s'enquérir d'éventuels chats-lapins, montrant leurs spécimens aux plus sceptiques. Pour une raison inconnue, Tabitha toléra cette attention, qu'elle semblait même apprécier parfois.

En dépit de ces preuves concrètes, les fermiers exprimèrent leurs doutes. Pour eux, un chat et un lapin ne pouvaient se reproduire. Bella comprit que Thorn et elle seraient bientôt qualifiés de Londoniens excentriques, avec leur étrange animal.

Les chatons étaient dissipés, surtout Zibeline.

Lors de leurs pérégrinations, Bella remarqua toutefois quelques changements. Près de Pidgely, un grand orme avait été frappé par la foudre. Quelqu'un avait bâti une luxueuse demeure aux abords de Buxton Thorpe. Dans un village, ils décidèrent de se séparer pour mener leur enquête. Bella se dirigea vers un groupe de femmes en train de bavarder. Thorn se rendit à l'auberge pour discuter avec la clientèle masculine.

Ils formaient une bonne équipe.

Bella voulut vérifier si la belle maison était récente et loua son élégance. Elle ne tarda pas à obtenir tous les détails. Elle enchaîna au sujet des bâtisses remarquables de la région. Certaines étaient-elles ouvertes aux visites ?

Quand il fut question de Carscourt, une robuste paysanne marmonna :

— En voilà une affreuse bâtisse ! Aussi laide que le cœur de ses résidents.

Bella aurait bien acquiescé, mais elle eut peur que le fait de rebondir sur ses propos ne rende la femme mutique.

— C'est une vieille maison ? demanda-t-elle plutôt.

— Non. Une centaine d'années, peut-être.

— Et elle a toujours appartenu à la même famille ?

— Les Barstowe ? Je n'en sais rien, madame.

Une femme frêle et très âgée intervint :

— Ils sont arrivés à l'époque de Cromwell. Des Têtes rondes, des partisans du Parlement pendant la guerre civile. Avant, il y avait une famille royaliste, les Breely, mais ils ne sont pas revenus, alors les Barstowe sont restés.

C'était clairement considéré comme de la spoliation.

Bella ignorait que l'hostilité envers sa famille était ancrée aussi profondément. À la campagne, les rancœurs étaient tenaces et les événements du siècle précédent – l'exécution du roi, le règne d'un Parlement ayant interdit toutes les traditions – marquaient encore les esprits.

— Je suppose que cette famille est royaliste, désormais, poursuivit-elle d'un ton conciliant.

— Peut-être, répondit la première femme. Mais ils restent des Têtes rondes dans l'âme. Sir Augustus a fait fouetter Ellen Perkins pour comportement obscène alors qu'elle n'était qu'une veuve ayant certains besoins.

— Qu'est-il arrivé à l'homme concerné ?

La femme émit un rire amer.

— Il a reçu une amende. Ellen n'a pas d'argent, elle. Il l'aurait fait fouetter quand même, de toute façon.

— Et il a condamné le vieux Nathan Gotobed au pilori pour avoir vendu des marchandises un dimanche, raconta une autre villageoise. Il ne faisait pourtant de mal à personne !

— Il paraît que sir Augustus fulminait parce que personne n'a jeté de pierres sur cet homme, ajouta une jeune mère de famille portant son enfant dans ses bras.

— C'est pour ça qu'il n'utilise plus beaucoup le pilori, reprit la vieille dame. C'est une amende ou le fouet, si on se retrouve face à sir Augustus Barstowe.

Bella ressentit un froid glacial. Le fardeau de la réputation de sa famille pesait sur ses épaules lorsqu'elle rejoignit Thorn près de la voiture.

— Si seulement je trouvais la force de le tuer..., lui confia-t-elle.

— Vous avez entendu parler d'Augustus, vous aussi ?

— Qu'avez-vous appris ?

— Que c'est un homme cruel, surtout avec les buveurs, les joueurs et les débauchés. Je me demande si tous les magistrats sont plus durs envers ceux qui commettent les mêmes fautes qu'eux.

— Je préférerais qu'ils se livrent à l'autoflagellation, répondit Bella.

— Je vous suis sur ce point. Mais nul n'a parlé d'hypocrisie de sa part. Ils ne sont donc pas au courant de ses agissements. Et du côté des femmes ?

— Non plus.

— Dommage. Quelqu'un vous a reconnue ?

Bella ne s'en était guère souciée.

— Je ne crois pas, non. Il faudrait que je croise quelqu'un qui me connaisse bien. À part ma famille et le personnel de Carscourt, je ne suis qu'un lointain souvenir pour ces gens.

— Nous éviterons les alentours de Carscourt, décréta Thorn en l'aidant à monter en voiture.

— De toute façon, les voisins sont moins susceptibles de parler d'Augustus. Ils dépendent de lui, les pauvres.

Ils poursuivirent leur enquête. En s'enquérant de la présence de chats-lapins dans la région, ils évoquaient Barstowe et Carscourt à la moindre occasion. Parfois l'hostilité était ouverte, parfois elle était plus subtile, mais c'était l'opinion générale. Cette haine liée à Augustus remontait à l'époque de son père et incluait sa sœur Lucinda. Apparemment, sa conception de la charité était de rendre visite aux nécessiteux et de leur faire la leçon sur leur manque de volonté. Bella avait pourtant cru qu'elle leur apportait de la soupe et des vêtements chauds.

— Je me sens souillée, dit-elle tandis qu'ils roulaient vers un autre village. Peut-être suis-je comme eux, au plus profond de moi. Ma soif de vengeance n'est peut-être qu'un signe de...

Thorn posa un doigt ganté sur les lèvres de la jeune femme et immobilisa le véhicule.

— Il n'y a rien de mal à vouloir obtenir la justice.

— La vengeance est condamnable moralement, non ?

— Aide-toi, le ciel t'aidera.

Sur ces mots, il fit glisser une main sur sa joue et se pencha pour l'embrasser.

Ce fut un baiser très doux, non pas hésitant mais respectueux. Tendre. Bella sentit son cœur fondre. Elle ferma les yeux pour mieux savourer la sensation. Elle entendit les oiseaux chanter, perçut la caresse de la brise, ce qui ne fit qu'ajouter à la magie de l'instant.

Dès qu'il s'écarta, elle rouvrit les yeux.

— Merci, dit-elle sans réfléchir.

— Merci à vous, répondit-il avec un sourire.

Elle ne s'attendait pas à une telle douceur de la part du capitaine Rose.

— Aussi changeant que la mer, murmura-t-elle.

— Pardon ?

— Vous m'avez dit que vous étiez aussi changeant que la mer. À l'auberge de la Boussole, le premier soir.

Il avait le regard vague.

Bella se mit à rire.

— Vous étiez peut-être plus ivre que vous ne le pensiez.

— Sans doute. En effet, je suis changeant. J'aime croire que j'ai de nombreuses facettes, mais je me berce peut-être d'illusions.

— Ce sont les pierres précieuses qui ont de nombreuses facettes. Elles sont dures. Je préfère un caractère aussi changeant que la mer.

Thorn rit à son tour.

— On voit que vous n'avez jamais subi une tempête.

Il prit les rênes et ils se remirent en route.

Peut-être, songea Bella. *Même si j'en affronte une en ce moment.*

Thorn s'efforça de garder une mine impassible, mais il en voulait à Caleb de ne pas l'avoir informé qu'il avait utilisé cette expression – « aussi changeant que la mer ». Il était furieux ; d'autres bévues de la sorte risquaient d'éveiller les soupçons de Bella. Par exemple, Caleb n'aimait pas le thé et, en tant que capitaine Rose, Thorn évitait d'en boire. À l'auberge de l'Ancre et la Couronne, Ann, la tante de Caleb, lui en avait servi car elle savait qu'il l'appréciait. Elle était capable de distinguer les deux frères, mais elle les traitait avec la même chaleur.

Cependant, il risquait de commettre d'autres erreurs. Si Bella découvrait qu'il était le duc, il redoutait de la perdre.

Il marchait sur la tête.

Elle semblait avoir des opinions bien arrêtées sur l'aristocratie. Le défi qui se présentait à lui n'était peut-être pas de la séduire sans brandir son titre et sa fortune, mais de la conquérir malgré ces handicaps.

Et il voulait la conquérir.

Ces derniers jours, il avait apprécié sa compagnie plus que celle de toute autre. Une semaine plus tôt, il aurait sans doute dit que ce serait mortellement ennuyeux de passer autant de temps avec une femme, surtout si celle-ci n'était pas sa maîtresse.

Et pourtant, cela n'avait pas été le cas, malgré leurs activités tout à fait ordinaires : marcher, voyager, manger…

Dormir dans le même lit ?

S'embrasser ?

Ils s'étaient embrassés, mais avec une douceur dont il n'avait pas coutume. Ce n'étaient pas des baisers séducteurs, prélude à une passion débridée.

C'étaient des baisers pour le plaisir, tout simplement. Et il en voulait davantage.

Était-il en train de perdre la raison ?

Lors du trajet de retour vers l'auberge, Bella ne sut comment interpréter le silence de son compagnon. Peut-être était-il aussi troublé qu'elle par leur baiser… Hélas, c'était peu probable.

Elle le soupçonnait plutôt d'être tourmenté.

Sans doute parce qu'il craignait de lui avoir donné de faux espoirs, ce qui était problématique s'il n'avait aucune intention d'aller plus loin. C'était un coup à encaisser, même si elle savait qu'elle ne pouvait aspirer à autre chose. Elle avait rêvé sans se bercer d'illusions.

À l'auberge, elle adopta une attitude calme et enjouée, comme si ce baiser n'avait pas existé. Lorsqu'ils montèrent dans leur chambre, le silence se prolongea. Thorn était mal à l'aise et semblait déplorer le fait d'être enfermé dans une pièce avec elle.

— Et si nous soupions en bas ? suggéra-t-elle. Nous pourrions glaner des bribes de conversation.

Comme il accepta volontiers, elle le soupçonna d'avoir eu la même idée qu'elle.

— Soyons un peu froids et distants, car je suis sur le point de me rendre dans une maison close, dit-il.

Ce rappel la contraria.

— Si je vous faisais une crise de jalousie, vous auriez un prétexte pour aller au Vieux Chêne.

— Peut-être, mais il vaut mieux ne pas trop attirer l'attention sur vous.

— Dieu que c'est frustrant ! marmonna Bella en descendant l'escalier.

Le repas se déroula en silence, ce qui aurait pu leur permettre d'écouter les conversations des convives. Hélas, l'autre couple attablé dans la salle était tout aussi taciturne.

Ensuite, Bella remonta dans la chambre, contrariée de savoir où Thorn se rendait et ce qu'il allait sans doute y faire. Nerveuse, elle essaya de lire, mais elle était incapable de se concentrer. De plus, la lueur de la chandelle lui fatiguait les yeux.

Elle opta donc pour la couture, car elle était presque capable de réaliser des points dans le noir.

Hélas, son esprit était libre de vagabonder.

Tabitha n'avait pas fermé le couvercle du panier.

— Il dit que tu es une sorte d'oracle ! lança-t-elle à l'animal. Peux-tu prodiguer des conseils ou lire l'avenir ?

La chatte émit quelques sons inintelligibles, ce que Bella prit pour un encouragement.

— Je sais que tu l'apprécies. Mais les marins sont infidèles, c'est notoire, et souvent absents.

Tabitha sembla contester ces propos.

— Enfin, c'est la vérité ! Crois-tu qu'une épouse s'en offusque moins si cela se passe dans quelque contrée lointaine ? Ce n'est pas la même chose qu'un mari qui installe sa maîtresse non loin de chez lui, dans un village où tout le monde est au courant. C'est ce qu'ont enduré lady Fowler et plusieurs de ses disciples.

Sir Thoroughgood avait infligé le même sort à sa première femme, la couvrant de honte. C'était l'une des raisons pour lesquelles Bella avait refusé de l'épouser.

— N'est-ce pas curieux ? demanda-t-elle à la chatte aux yeux plissés. Ce qu'on peut faire et ce qui est interdit. Par exemple, je n'aurais jamais cru pouvoir voyager ainsi avec un homme, pratiquement un inconnu.

Tabitha donna l'impression de soupirer, ce que Bella prit pour une marque de compassion et non pour de l'ennui.

— Et voilà qu'il est parti au bordel – en quête d'informations, certes, mais je suppose qu'il va devoir... faire ce que font les hommes dans ce genre d'endroit.

Bella se rendit compte qu'elle était aussi renfrognée que la chatte.

— Naturellement, reprit-elle, cela n'a rien à voir avec moi.

Elle sursauta en entendant la porte s'ouvrir. Une femme de chambre apportait du bois pour la cheminée.

— J'ai cru entendre des voix, madame, déclara-t-elle en balayant la pièce du regard.

— Le chat... ne supporte pas le silence, bredouilla Bella. Comme tous les chats-lapins.

L'employée posa un regard perplexe sur Tabitha, qui choisit cet instant pour aller se promener, exposant son arrière-train de lapin.

— Il est bizarre, pour sûr, commenta la femme de chambre. En avez-vous trouvé d'autres comme lui ?

— Pas encore.

— C'est parce qu'il n'y en a pas par ici, madame. Dans la région, on ne parle que de la récompense offerte par votre mari. Voulez-vous que je vous monte de l'eau, madame ? Et la bassinoire ?

Autrement dit : êtes-vous prête à aller vous coucher ?

Elle savait peut-être que le mari de Mme Rose ne se trouvait pas à l'auberge. Peut-être était-elle même informée de l'endroit où il se trouvait. Quelle mortification ! Cependant, il était encore pire d'attendre son retour.

— S'il vous plaît, répondit-elle.

Encore plus désespérée que la veille, elle se glissa de son côté du large matelas. Ce baiser avait changé la donne.

Pas uniquement ce baiser. Cette journée passée avec lui l'avait mise sens dessus dessous.

Ils parlaient de tout, s'amusaient des mêmes choses... Ils pouvaient garder le silence sans gêne aucune. Il existait entre eux une tension sous-jacente, une sensation physique puissante chaque fois qu'ils étaient proches l'un de l'autre.

Elle n'avait jamais rien connu de tel.

Allongée sur le dos, elle se demanda ce qu'elle ressentirait s'il s'agissait de sa nuit de noces et qu'elle attendait que son mari la rejoigne.

Aimerait-elle ce mari imaginaire ? L'aurait-il courtisée pendant des semaines, des mois, voire des années ? Se seraient-ils contentés de baisers alors qu'ils brûlaient d'impatience de vivre cette nuit ?

Ou bien serait-ce un mariage arrangé entre deux inconnus ? Chez lady Fowler, elle avait entendu de nombreuses histoires sur les nuits de noces, qui pouvaient être brutales ou pleines de sollicitude. Certains restaient habillés, d'autres non.

Soudain, elle se rendit compte qu'elle était en chemise de nuit.

Comment était-ce possible ?

La femme de chambre avait posé celle-ci près de la cheminée pour la réchauffer, comme le faisait Kitty. Distraite, elle l'avait enfilée sans réfléchir.

Elle aurait dû se lever pour changer de tenue, mais elle se sentait si bien dans ce vêtement confortable – et qui la couvrait, après tout...

S'il s'était agi de sa nuit de noces, elle aurait enfilé un vêtement plus fin, ourlé de dentelle, qu'elle n'aurait pas boutonné jusqu'en haut.

Elle commençait à se sentir étrangement agitée.

Elle songea aux disciples de lady Fowler qui avaient des souvenirs heureux et affichaient un sourire mystérieux quand elles parlaient de leur mari.

Ces femmes-là étaient pourtant venues vivre de la charité de lady Fowler parce que leurs chers maris étaient décédés et les avaient laissées sans un sou. Tel était le problème quand il fallait choisir un époux. Une femme avait besoin d'un homme qui non seulement l'aime et lui... donne du plaisir, mais qui sache aussi gérer ses finances, travailler dur et veiller sur sa femme et ses enfants même au-delà de la mort.

Thorn.

— Thorn, énonça-t-elle à voix haute.

Il était certainement travailleur et savait gérer ses finances. Jamais il ne laisserait une veuve criblée de dettes ou sans revenus. Et il saurait lui prodiguer du plaisir...

Sa main se mit à errer sur son corps. Quelles étaient les zones liées au plaisir ? À part quelques baisers et caresses, elle n'avait guère d'expérience. Mais elle adorait embrasser Thorn.

Des souvenirs de la soirée où ils avaient bu tous les deux ressurgirent. Ce qu'elle avait ressenti face à son corps presque dénudé. Cette invitation effrontée à partager son lit, la promesse qu'elle aimerait cela.

Et ce rendez-vous à l'auberge de la Chèvre. Encore une invitation coquine diablement tentante.

Et ce baiser torride sur la terrasse d'Ithorne House.

Bella se sentit dériver vers des rêves sauvages et inavouables...

Après minuit, Thorn entra dans la chambre à pas de loup, ses bottes à la main, passablement éméché. En se rendant au Vieux Chêne, il avait été prêt à fréquenter une prostituée s'il le fallait. Il se réjouissait de ne pas avoir eu à le faire. D'abord à cause de la nature assez sordide des lieux, mais aussi à cause de la femme allongée dans son lit à baldaquin.

Leur lit.

Il avait monté une chandelle qu'il posa derrière le paravent, où il se prépara au coucher. Lorsqu'il alla chercher le broc d'eau laissé près de la cheminée, il constata que le feu s'était éteint. L'eau avait refroidi. Il fallait s'y attendre. N'était-il pas un mari vagabond qui rentrait tard ?

Il se savonna avec soin pour chasser les relents du Vieux Chêne. Une prostituée affreusement parfumée s'était un peu trop approchée de lui, laissant des traces de maquillage pour couronner le tout.

Sans doute se maquillait-elle pour masquer les traces de la vérole. Cette maison close était abjecte, mais il y avait trouvé ce qu'il cherchait, voire davantage. Bella aurait sa vengeance, et il aurait la satisfaction de la lui procurer.

Il enfila une chemise propre et apporta la chandelle vers son côté du lit, puis il entrouvrit la tenture du baldaquin pour produire le moins de lumière possible. Soudain, son cœur s'emballa. Avec sa tresse et son bonnet de nuit, le col de sa chemise de nuit boutonné avec soin, elle semblait si jeune et innocente, bien loin des filles du Vieux Chêne…

Elle était à couper le souffle. Pourquoi diable l'avait-il autorisée à l'accompagner lors de cette aventure ? Non seulement il l'y avait autorisée, mais il l'avait encouragée. Il avait reconnu Céléno et brûlait de curiosité à son égard.

Comment Bella Barstowe avait-elle réussi à participer à la fête antique ?

Une fois encore, il soupçonna un complot pour l'obliger à faire d'elle sa duchesse. Mais il ne parvenait pas à y croire, surtout après ces journées passées en sa compagnie et ce baiser maladroit, inexpérimenté.

Dans l'intérêt de la jeune femme, il aurait mieux fait de la renvoyer à Londres. Cela dit, elle n'était pas du genre à se laisser congédier si près du but.

Elle constituait un mélange des épouses de ses amis. Parfois calme et conventionnelle, compagne paisible à l'image de Caro, parfois féroce et déterminée, capable d'agir dans le feu de l'action, comme Petra.

La combinaison idéale.

Elle ouvrit les yeux et se crispa mais, avant qu'il puisse dire un mot, elle se détendit.

— Ah, c'est vous... Quelle heure est-il ?

— Minuit passé. Rendormez-vous.

Elle lui souriait, si attirante dans la torpeur du sommeil.

Il se pencha vers elle et l'embrassa avec délicatesse pour ne pas l'alarmer, même si son parfum menaçait de lui faire perdre la tête. Puis il s'écarta lentement pour éviter tout sentiment de rejet.

Elle s'humecta les lèvres et les laissa entrouvertes. Avec un soupir, Thorn se pencha de nouveau pour goûter sa saveur.

Un délice. Il posa une main sur sa joue et enfouit les doigts sous son bonnet de nuit, dans ses cheveux qu'il rêvait de voir détachés.

Elle accueillit ce baiser plus profond, puis elle lui agrippa l'avant-bras avec un son guttural très léger, hésitant mais sans équivoque. Tout au fond de lui, il sentit le désir se mêler à un besoin de la chérir, de la protéger, de l'enlacer...

Il s'allongea et fit rouler la jeune femme sur le dos. Elle ne risquait rien, car les couvertures séparaient leurs corps.

Elle crispa de nouveau les doigts sur son avant-bras dans un contact brûlant.

Thorn entreprit de l'embrasser sur la joue, puis l'oreille, traçant la ligne de sa mâchoire.

— Dites-moi d'arrêter, souffla-t-il.

— Non. Pas maintenant.

Il se mit à rire en effleurant le col de sa chemise de nuit si sage. Il était boutonné jusqu'en haut, mais il le rendait fou.

— Quand dois-je m'arrêter ?

Elle rougit, les yeux brillants.

— Je ne sais pas... Encore.

— Petite coquine.

Il dénoua le cordon de la chemise de nuit et dénuda sa peau jusqu'à la naissance de ses seins, à peine visible dans la pénombre.

— Je ne suis pas petite, répliqua-t-elle d'une voix rauque, le souffle court.

Lorsqu'il insinua un doigt entre ses seins, sa respiration s'emballa.

— S'il vous plaît, murmura-t-il. Rien que pour cette nuit.

Thorn se mit à caresser les doux renflements, puis il prit un sein dans sa paume avec révérence. Son membre en érection brûlait de pénétrer en elle, mais il n'en ferait rien. Cependant, il en voulait encore un peu.

Il l'embrassa de nouveau, savourant l'enthousiasme et l'innocence de la jeune femme. Dès qu'il effleura un mamelon de son pouce, elle émit un son qui exprimait à la fois l'inquiétude, l'étonnement et, espérait-il, le plaisir.

Il eut envie de ronronner parce qu'il était manifestement le premier à lui prodiguer ces attentions. Il s'en doutait, mais cette confirmation était pour lui une victoire. Une conquête.

— Tout va bien, dit-il. Tout va bien. Laissez-moi vous toucher ici.

Elle eut un mouvement qui aurait pu être de résistance ou de volupté, puis elle murmura :

— D'accord.

Il l'embrassa de plus belle, jaugeant sa réaction. Si elle trahissait de la peur ou de la gêne, il cesserait immédiatement ses caresses.

Loin d'être effrayée, elle ouvrit la bouche et se plaqua contre lui. Sa langue un peu hésitante trouva celle de Thorn, qui s'engagea dans une danse sensuelle qui la fit frémir de tout son corps. Pour lui, ce fut à la fois une torture et un délice.

Sans cesser de l'embrasser, il pétrit un sein, puis l'autre. Ensuite, abandonnant ses lèvres tremblotantes, il se pencha pour titiller de la bouche un mamelon. Sentant le désir manifeste de la jeune femme, il écarta les couvertures et releva la chemise de nuit pour glisser la main entre ses cuisses, toujours soucieux de ne pas la brusquer. Il voulait trouver le point sensible et lui donner tout le plaisir possible.

Pourquoi aurait-il peaufiné cet art, si ce n'était pour ce moment ? Pour cette femme ?

Au cours de sa jeunesse, il avait été initié par des femmes expérimentées, notamment pour maîtriser ses ardeurs, car il voulait garder le contrôle. Bella était en sécurité dans ses bras. Elle ondula de plus en plus, jusqu'à ce qu'il la fasse basculer vers la petite mort.

Au moment de l'extase, il l'embrassa pour étouffer ses cris, puis il se glissa sous les draps pour l'enlacer. Il lui caressa le dos, l'embrassa sur la tempe et lui confia combien son plaisir le rendait heureux.

Certaines femmes ne le croyaient pas. Elles se méfiaient même de cet homme désireux de leur faire atteindre l'extase et qui se contentait de les regarder. Lui-même prenait un plaisir intense dans ces ébats. Contempler une femme en pleine jouissance était pour lui un festin de roi et mettait tous ses sens en émoi.

Si son entente avec sa partenaire était harmonieuse, il pouvait prolonger leur étreinte. Un jour, il le ferait avec Bella. Très bientôt.

Il sourit en avisant son bonnet de nuit, désormais de travers. Comme elle ne disait rien, il respecta son silence.

— Que s'est-il passé ? demanda-t-elle enfin.

— Quelle question ! Le plaisir. N'est-ce pas une explication suffisante ?

Elle se tourna vers lui, les sourcils légèrement froncés.

— Mais vous ne m'avez pas... pénétrée ?

— Non.

— Je ne comprends pas.

— C'est un peu compliqué à expliquer maintenant, répondit-il en l'embrassant. Je vous laisse un instant.

Il alla se soulager dans le petit salon en pensant à elle. Cela la contrarierait-il ? Ensuite, il regagna la chambre et éteignit la chandelle, avant de se coucher de son côté du lit.

Lorsqu'elle voulut se rapprocher, il l'en empêcha.

— Il vaut mieux que nous restions séparés, maintenant. Bonne nuit, Bella.

— Bonne nuit, Thorn, répondit-elle au bout d'un moment.

Elle ne vit pas son sourire en l'entendant prononcer son nom.

19

Le lendemain matin, à son réveil, Bella était en train de toucher son propre corps. En se rappelant pourquoi, elle se figea, mais elle sourit. Elle avait vécu la plus merveilleuse expérience de sa vie. Elle comprenait à présent le sourire rêveur et nostalgique de certaines disciples de lady Fowler au souvenir de leur mari disparu.

Thorn devait penser à l'épouser pour se comporter de la sorte. Pourvu qu'il en soit ainsi !

La cloche de l'église sonna 8 heures. La jeune femme se redressa avec précaution pour ne pas le réveiller. Dans la pénombre du baldaquin, elle décelait ses cils et sa barbe naissante. Encore quelques jours sans se raser, et sa barbe serait aussi épaisse que le soir où elle était entrée dans sa chambre à l'auberge de la Boussole.

Elle se souvint du contact rugueux de ses joues sur sa peau délicate, durant la nuit. Préférerait-elle ses joues glabres ?

Elle se rendit compte qu'il avait dû se raser après cette soirée à la Boussole. Pourquoi alors ne pas le faire tous les jours ? Elle chassa cette question. Elle n'y connaissait pas grand-chose aux hommes.

Elle tendit la main pour le caresser, mais se ravisa. *Laisse-le dormir.*

Elle quitta donc le lit et referma la tenture du baldaquin, puis elle s'étira en souriant. Elle se sentait merveilleusement bien, pleine d'une nouvelle énergie – plus souple, même. En regardant par la fenêtre, elle avisa le ciel gris. Cette bruine n'était pas le temps idéal pour se mettre en quête du chat-lapin. Elle n'en perdit pas son sourire pour autant.

Quelqu'un était venu allumer un feu dans la cheminée. Bella ressentit d'abord une bouffée d'effroi à l'idée que le personnel sache qu'elle partageait le lit d'un homme, puis elle ricana. Ils étaient mariés, non ? Elle en avait le droit.

Elle caressa son alliance d'un air rêveur.

Un broc d'eau était posé près de l'âtre, couvert d'une toile épaisse. Elle l'emporta jusqu'à la table de toilette pour remplir la cuvette, puis elle le remit en place afin d'éviter que l'eau ne refroidisse. Elle prit un corsage, des bas, ses jupons et sa robe, et se réfugia derrière le paravent. En faisant sa toilette, elle se rendit compte que son corps avait changé de façon subtile.

En enfilant sa robe, elle se dit qu'elle n'avait guère envie de rester l'austère Mme Rose. Elle releva néanmoins ses cheveux et mit sa perruque en place, sans oublier sa coiffe. Enfin, elle s'installa dans le petit salon en attendant le réveil de Thorn. Tabitha leva la tête et émit un son qui signifiait « Ah, ce n'est que toi » avant de se rendormir.

Bella resta assise sans rien faire, satisfaite.

Thorn apparut une demi-heure plus tard, habillé et prêt à entamer la journée. Tabitha l'accueillit avec enthousiasme. Il eut même une brève conversation avec elle. Bella les observa avec une tendresse un peu béate. Mais évitait-il de prêter attention à la jeune femme parce qu'il regrettait ce qui s'était passé au cours de la nuit ?

Lorsque leurs regards se croisèrent, il lui adressa un sourire qui vint chasser ses doutes.

— Bonjour, lui dit-elle en rougissant.

— Bonjour, répondit-il, avant de balayer la pièce du regard. Un petit déjeuner ?

La jeune femme se leva, l'air coupable.

— Désolée, j'aurais dû…

— Bella, ce qui m'inquiète, c'est que vous ayez dû m'attendre. Je suis désolé si vous avez faim.

Il alla ouvrir la porte pour appeler une femme de chambre.

— Cette voix de stentor doit être utile en mer, commenta-t-elle, toujours souriante.

— Absolument, affirma-t-il en s'approchant de la fenêtre. Quel mauvais temps ! Profitons-en pour établir un plan. Votre frère est venu au Vieux Chêne la semaine dernière. Il s'y rend régulièrement.

Cela rappela à la jeune femme que Thorn avait passé la soirée dans ce lieu de perdition. Elle chassa vite cette pensée pour ne pas gâcher le moment présent.

— Comment parvient-il à éviter le scandale ?

— Il y a une porte discrète qui donne sur les chambres, à l'arrière, pour les gentlemen qui n'ont pas le désir de croiser les clients ordinaires.

— S'il est un client privilégié, ne vont-ils pas l'avertir de vos recherches ?

— Je ne suis pas stupide à ce point. J'ai fait preuve d'une grande discrétion, jusqu'à ce que je me rende compte qu'il n'est pas du tout apprécié. Il se montre désagréable.

Bella imaginait sans peine ce que cela signifiait.

— Il n'y a pas une once de bienveillance en lui, assura-t-elle. Pensez-vous que le personnel nous aiderait ?

— Ils le feront volontiers et ne regretteront pas un tel client.

— Ce serait savoureux qu'il soit châtié par ces gens. Avez-vous un projet précis ?

— Non.

Thorn s'approcha de la cheminée, donc de Bella.

— Il serait facile de révéler ce qui se passe aux autres clients, mais je ne suis pas certain que cela suffise. Il faut que des personnes très respectables découvrent la vérité.

— Or ces personnes ne fréquentent pas le Vieux Chêne. Il nous faudra peut-être un moment pour trouver un moyen, non ? s'enquit Bella sans parvenir à masquer son espoir.

— Peut-être, répondit Thorn. Êtes-vous certaine que votre vieille parente à Londres ne s'inquiétera pas ?

Elle s'en voulait de lui mentir, mais elle n'avait pas le choix.

— Elle séjourne chez des amis, de sorte que je suis libre pendant un certain temps.

— Petite chanceuse !

— Je ne suis pas petite, protesta-t-elle avec un sourire.

Il le lui rendit, ce qui donna à Bella l'impression qu'il s'était encore rapproché.

— Et les parties de cartes ? Où se déroulent-elles ?

— Dans des pièces du fond, ce que j'ai trouvé pratique, car j'ai pu jouer au lieu d'avoir recours aux autres services proposés.

Soulagée, Bella soupira en rougissant un peu. Naturellement, il s'en rendit compte.

— Vous avez perdu beaucoup d'argent ?

— On croirait entendre une épouse. Il ne vous est pas venu à l'esprit que j'avais pu gagner ?

Elle savait qu'il plaisantait et ne s'en offusqua pas.

— Vous avez gagné ?

Il fit la moue.

— Non, mais uniquement parce que j'ai trouvé plus raisonnable de perdre. Un client qui perd est toujours le bienvenu.

La femme de chambre apparut pour servir le petit déjeuner. Ils durent changer de sujet de conversation, choisissant le secteur où ils se rendraient en quête de chats-lapins hessois.

Ils passèrent une nouvelle journée à sillonner la campagne sous un ciel gris, mais rien n'aurait pu atténuer la bonne humeur de la jeune femme. Les chatons étaient particulièrement agités, de sorte qu'elle devait les surveiller pendant que Thorn conduisait l'attelage. Tabitha la laissa faire. Quand ils s'arrêtèrent, elle fit même une petite promenade pour explorer les lieux. Chasser, peut-être.

À son retour, Bella la gronda.

— C'est ton travail, tu sais.

Zibeline tenta de s'échapper, mais elle la rattrapa.

— Tu devrais leur apprendre à être sages.

— *Miaou*, grommela la chatte.

Bella s'esclaffa. De toute façon, elle commençait à vraiment aimer ces chatons.

Néanmoins, lorsqu'ils firent une halte dans une auberge pour déjeuner, Bella remit les chatons dans leur panier et le posa sur le sol du salon particulier.

— Assume tes devoirs de mère, à présent, dit-elle à Tabitha.

La chatte soupira et se coucha pour nourrir ses petits.

— Ce n'est pas ce que je voulais dire ! protesta Bella.

Thorn se moqua d'elle, puis il la prit dans ses bras pour l'embrasser avec ardeur, faisant pencher son chapeau, juste au moment où la servante venait dresser la table.

Bella s'écarta vivement.

— Eh bien..., bredouilla-t-elle un peu bêtement.

— Si vous ne voulez pas être embrassée, ma femme, ne soyez pas si délicieuse.

La femme de chambre gloussa et lança à Bella un regard d'envie. Celle-ci se retourna pour replacer sa coiffure. Dans le miroir, elle vit ses joues roses et ses yeux pétillants derrière ses lunettes. Si l'employée les voyait comme un couple amoureux, Bella savait que ce n'était qu'un rêve. Elle était hantée par la perspective d'une séparation dès la fin de cette aventure.

En fin de journée, alors qu'ils regagnaient Upstone dans leur voiture ouverte, une pluie fine se mit à tomber. Bella rabattit le couvercle du panier et releva sa capuche. Thorn n'avait pour toute protection que son tricorne.

— J'aurais dû prendre ma cape, déclara-t-il, désabusé. N'ayez pas cet air inquiet. J'ai subi pires intempéries.

— Les tempêtes sont-elles fréquentes en mer ?

— Elles sont préférables à une mer d'huile. De même, je préfère une femme de caractère à une créature froide.

— Laquelle des deux suis-je ? demanda-t-elle avant de pouvoir s'en empêcher.

Il se tourna vers elle d'un air malicieux.

— Aucune des deux, ma chère. Vous êtes un vent vif, lors d'une journée ensoleillée, qui gonfle les voiles et fait voler un navire.

— Si seulement je l'étais..., répondit-elle en soutenant son regard.

— Quoi ? Un vent ?

Bella s'esclaffa.

— Non, je ne crois pas que cela me plairait.

Elle n'eut pas à développer sa pensée car un cavalier arrivait au trot, tête baissée sous la pluie.

Il vint à leur rencontre.

— Bonjour, madame, monsieur. Vous êtes le couple qui se renseigne sur les chats et les lapins ?

Bella se figea en reconnaissant lord Fortescue, un ami de son père. À plus de soixante ans, il demeurait alerte. Risquait-il de la reconnaître ?

— Seigneur ! s'exclama-t-il.

La jeune femme se prépara au pire, mais l'homme s'adressa à son compagnon :

— Veuillez m'excuser, mais... Ithorne, que faites-vous ici tel...

— Tel un être humain normal ? compléta Thorn aimablement. Incognito.

— Ah...

Il se tourna vers Bella, puis reporta son attention sur celui qu'il croyait être le duc. Comment Thorn allait-il gérer cette situation ?

— Une affaire grave ? demanda Fortescue.

— Pas du tout, monsieur. Certains pairs du royaume explorent des contrées lointaines ou rêvent sous les étoiles. Pour ma part, je cherche des chats-lapins tels que celui-ci.

Il souleva le couvercle du panier.

Tabitha le foudroya du regard, puis referma le couvercle d'un coup de patte.

— Étrange créature..., murmura Fortescue. Bien, je ne vais pas vous retarder sous la pluie. Où logez-vous ?

— À l'auberge du Cerf et le Lièvre, à Upstone.

— Puis-je vous rendre visite, Ithorne ? J'aimerais discuter avec vous de plusieurs sujets.

Bella vit Thorn pincer les lèvres.

— Bien sûr. Venez souper avec moi demain soir.

Ils prirent rendez-vous, puis lord Fortescue effleura son chapeau avant de s'éloigner. Bella regardait droit devant elle. Pourquoi Thorn n'avait-il pas corrigé l'erreur de ce gentleman ?

Lorsque la voiture s'ébranla, la jeune femme explosa.

— Qu'est-ce qui vous a pris ? Il est déjà assez grave de vous faire passer pour votre frère – ce qui est illégal, j'en suis sûre –, mais de là à inviter lord Fortescue à dîner ! Il ne remarque peut-être pas la différence sous la pluie, mais à table...

— Faites-moi confiance. Mon demi-frère et moi sommes presque des sosies.

— Mais il est duc, et vous, capitaine. Pourquoi ne lui avez-vous pas révélé votre véritable identité ?

— J'ai trouvé plus simple d'agir ainsi. J'ignorais qu'il solliciterait une entrevue.

Bella essuya une goutte de pluie sur sa joue.

— Il veut sans doute parler politique, reprit-elle. Vous n'y connaissez rien.

— Ah non ?

— Pas autant que votre frère.

— Certes, concéda-t-il avec un sourire mystérieux. Je me tiens toutefois informé. La question est de savoir si vous serez présente.

— Non, répliqua-t-elle avec vigueur. Lord Fortescue était un ami de mon père. Il m'accordait peu d'attention, mais il risque de me reconnaître.

— Très bien.

— Ne pouvez-vous pas annuler ? demanda-t-elle d'un ton implorant. La loi est sévère, des gens sont pendus pour une broutille. Se faire passer pour un duc doit relever de la haute trahison.

— Bella, il faut me faire confiance, répéta-t-il d'un ton presque amusé.

Elle souleva le couvercle du panier pour s'adresser à Tabitha :

— Peux-tu lui faire entendre raison ?

Les yeux de la chatte se plissèrent, puis se refermèrent. La réponse était manifestement négative.

— Cet incident risque de compromettre mon projet de vengeance, continua-t-elle, irritée. Et si vous me demandez une fois de plus de vous faire confiance, je... je vous transperce de mon épingle à chapeau.

Il s'esclaffa.

À leur retour à l'auberge du Cerf et le Lièvre, ils trouvèrent des serviettes, un feu de cheminée et du vin chaud. Si Bella en profita pleinement, Thorn disparut. L'aurait-elle contrarié avec ses protestations ?

Une fois séchée, elle s'assit devant la cheminée dans le petit salon. Thorn réapparut bientôt, une serviette sur ses cheveux mouillés. Il avait ôté sa veste et gardé uniquement sa chemise et son gilet.

— Où étiez-vous ? s'enquit-elle. Vous êtes allé annuler votre dîner avec lord Fortescue ?

— Non.

Il se servit du vin chaud et s'assit.

— L'aubergiste voulait me remettre un message à votre insu. Ça venait du Vieux Chêne.

— Vous êtes retourné là-bas ?

Elle ne supportait pas l'idée qu'il se rende dans cette maison close, même brièvement.

— J'y ai fait un saut. Augustus sera présent demain.

Si cette nouvelle semblait le ravir, Bella sentit ses entrailles se nouer.

Demain.

Leur aventure risquait de prendre fin dès le lendemain.

— Parfait. Nous devons rapidement établir un plan, dit-elle.

— Un nouveau plan, précisa-t-il en remplissant son verre.

Il lui proposa du vin chaud, qu'elle refusa. Si elle buvait davantage, elle risquait de fondre en larmes.

— Mme Calloway, l'aubergiste du Vieux Chêne, m'a appris que le tribunal d'Upstone siégeait demain. Votre frère sera présent en tant que magistrat.

— Cela ne nous avance à rien, n'est-ce pas ? À moins qu'il ne se rende au Vieux Chêne ensuite.

— C'est le Vieux Chêne qui viendra à lui. Les trois magistrats ont l'habitude de rendre justice ici, au Cerf. Ils y passeront ensuite la nuit.

Il afficha le sourire d'un chat ayant attrapé une souris, mais Bella était épouvantée.

— Il sera dans cette auberge ? Et si nos chemins se croisaient ? Il me reconnaîtrait !

— Peut-être pas dans cette tenue. Il faudra quand même que vous restiez hors de sa vue. Écoutez, c'est l'occasion rêvée. Après leur travail, les trois magistrats dégusteront un souper et passeront une soirée conviviale impliquant des parties de cartes...

— Ah...

— Et, excusez-moi... une partie de jambes en l'air.

— Ici ? demanda Bella.

— Absolument. Dans la salle du rez-de-chaussée, où auront eu lieu les audiences. Mme Calloway enverra trois de ses filles. Elles passeront par la fenêtre. J'ai peine à croire que les aubergistes du Cerf ne soient pas au courant, mais ils pourront faire mine de ne rien savoir. Nul ne contrarie un magistrat. Ces hommes ont la mainmise sur toutes les questions relatives au commerce, en plus des crimes. Si on les contrarie, ils trouvent toujours une faille.

— C'est odieux.

— Ce n'est pas notre problème dans l'immédiat. Ce sera une soirée de débauche, et nous n'aurons peut-être qu'à lever le rideau sur la scène.

Bouche bée, Bella imaginait celle-ci.

— Un peu de vin chaud ? demanda encore Thorn.

Elle lui tendit son verre, puis but une grande rasade.

— Comment « lever le rideau », comme vous dites ? Nous ne serons pas dans la pièce.

— Je suis sûr de trouver un prétexte pour entrer.

— Et un moyen de faire en sorte que d'autres gens assistent à la scène ?

— La nouvelle peut se répandre. Imaginez un peu, ce sera comme une pièce de théâtre, avec des acteurs très spéciaux...

Thorn lui sourit.

— Vos yeux pétillent, dit-il.

— Suis-je mauvaise pour autant ? Et les autres magistrats ? Ils seront pris au piège, eux aussi.

— Seulement s'ils sont aussi débauchés que votre frère.

— Savons-nous de qui il s'agit ?

— Je pensais que vous seriez au courant.

— Bien sûr ! s'exclama Bella. À quoi pensais-je donc ? L'un d'eux doit être sir Thoroughgood, l'homme que mon père voulait me faire épouser.

— Est-ce un homme rigide et droit, ce qui risquerait de contrarier nos plans ?

— Ni l'un ni l'autre. Disons qu'il est considéré comme tel car il applique la loi avec fermeté, mais il boit plus que de raison et trompait sa première femme.

— Quel âge a-t-il ?

— Plus de quarante ans, je dirais. Pourquoi ?

— Il n'aurait pas été le mari idéal pour vous.

— Mon père voulait absolument que je me marie, et les candidats ne se bousculaient pas. Thoroughgood a proposé de m'éviter la honte à vie, et mon père a accepté. Il m'a assuré que c'était un homme sévère et capable de garder une épouse sur le droit chemin, à coups de fouet en cas de besoin.

— Si seulement votre père était encore en vie..., maugréa Thorn. Je lui aurais volontiers fait part de mon opinion sur sa conduite.

— Il vous aurait jeté dehors.

Il sourit avec cette assurance qu'il affichait parfois.

— J'en doute.

Bella se dit qu'il se serait probablement rendu à une telle entrevue entouré de son équipage. Elle attendait la soirée du lendemain avec de plus en plus d'impatience.

— Si Thoroughgood a un comportement aussi indigne qu'Augustus, je n'y verrai aucune objection, déclara-t-elle, revenant au sujet qui les occupait.

— Tant mieux. Approuvez-vous le projet ?

Bella but une gorgée de vin chaud.

— S'il est réalisable, oui. Mais la scène devra être scandaleuse au premier coup d'œil. Des hommes en train de jouer aux cartes ne suffiront pas.

— Ils jouent aux dés et les femmes doivent enlever un vêtement à chaque partie perdue.

— Ah...

— Quand elles se retrouvent nues, il y a d'autres gages...

Bella n'avait pas envie d'en savoir davantage.

— Il suffit que le signal soit envoyé au moment où les choses seront allées trop loin.

Il afficha un sourire satisfait.

— Absolument. Toutefois, il serait utile d'avoir quelques témoins honorables en plus des clients ordinaires de l'auberge. Des gens qui ne craindraient pas les magistrats et qui diffuseraient cette nouvelle à qui voudrait l'entendre. Fortescue ! conclut-il en se levant. C'est parfait.

— Vous voulez impliquer Fortescue dans ce scandale ? Vous êtes fou.

— C'est du génie, au contraire, répondit Thorn. Il est dur, grincheux, collet monté... De plus, un vicomte n'a rien à craindre d'un magistrat. Il ne se soucierait pas de ces comportements débauchés en temps normal, mais s'il assiste à une scène scandaleuse, il témoignera.

— Vous semblez très bien le connaître.

— J'ai eu affaire à lui.

— En tant que capitaine Rose ?

Il la regarda d'un air vague, comme s'il ne comprenait pas ce qu'elle venait de dire.

— Faites-moi confiance, Bella.

— Attention à mon épingle à chapeau..., maugréa-t-elle.

— Gardez votre sang-froid pour trouver d'autres témoins honorables. Et la famille de la jeune fille que votre frère veut épouser ?

— Les Langham ? Eh bien, le père est simplement riche. Il cherche à établir sa famille dans la région, donc il ne voudra pas créer de problèmes.

— Même si le prétendant de sa fille est un scélérat ? Même s'il le constatait de ses propres yeux ?

Bella réfléchit un instant.

— Oui, cela pourrait le faire réagir. Du peu que j'ai vu de lui, c'est un père très aimant. S'il entend parler de la possibilité d'un tel comportement, il viendra peut-être pour en avoir le cœur net.

— Cela peut s'organiser. Qui d'autre ?

Thorn tapota son verre d'un air pensif.

— Fortescue sera un témoin solide, reprit-il. Il déteste l'hypocrisie… Mais peut-être ne voudra-t-il pas parler. Et le pasteur ? Le connaissez-vous ?

— Oh oui ! répondit Bella. C'est le révérend Jervingham, s'il est encore ici. Le fils du comte de Moncliffe. Un homme flamboyant et peu influençable, qui dénonce les pécheurs dans ses sermons.

— Je l'adore déjà, déclara Thorn, ravi. Eh bien, ces trois messieurs devraient faire l'affaire.

— À condition que les magistrats se comportent mal.

— D'après Mme Calloway, c'est toujours le cas.

— Toujours ?

— Votre frère est un débauché notoire. Nous ne le dénoncerons pas pour un simple faux pas.

— Je le suppose. Cependant… ces hommes appliquent la loi.

— Sauf envers eux-mêmes, bien sûr. Il ne nous faudra qu'un signal, un moyen de savoir quand envahir les lieux et lever le rideau sur la scène.

— Et si nous laissions les filles nous alerter ? suggéra Bella. Elles accepteraient, sans doute.

— Elles en seraient enchantées, renchérit Thorn avec malice. Un cri strident me donnerait un prétexte pour venir à leur rescousse, qu'en pensez-vous ?

— C'est le devoir de tout gentleman, assura-t-elle, taquine.

Ils trinquèrent. Bella aurait apprécié ce moment s'il n'avait pas été annonciateur de la fin de ses illusions. Même si Augustus mordait la poussière, sa réputation resterait ternie.

— Je dois retourner au Vieux Chêne pour organiser l'opération, reprit Thorn. Je suis désolé de vous donner l'impression de mal me comporter.

— Je vais devoir jouer les épouses humiliées.

Il se leva et l'embrassa. Ses lèvres avaient la saveur des épices et des agrumes du vin chaud.

— Je ne m'y rendrais pas si ce n'était pas essentiel, ajouta-t-il.

— Je sais.

Il l'embrassa encore.

— Et nous savons tous les deux que, dans la vie réelle, vous me frapperiez à coups de tisonnier.

— Dans la vie réelle, monsieur, dit-elle en s'esclaffant, vous auriez appris à être sage il y a longtemps, avec moi !

— Je n'en doute pas...

Bella sauva les apparences jusqu'à ce qu'il soit parti, puis elle essuya quelques larmes.

La femme de chambre lui monta son souper, ainsi que celui de Tabitha. L'employée posa sur Bella un regard si empli de pitié qu'elle fut tentée de lui assurer que son « mari » agissait pour la bonne cause.

Décidément, elle perdait la raison ! Mieux valait qu'elle concentre son énergie uniquement sur sa vengeance – un objectif qu'elle pouvait atteindre.

Après son repas, elle se mit à coudre pour se calmer. Elle avait presque terminé un mouchoir pour homme quand elle décida de l'offrir à Thorn. C'était un mouchoir simple auquel il n'aurait pas à accorder de valeur particulière, mais elle saurait qu'il était en sa possession et cette idée lui réchaufferait le cœur, quoi que l'avenir leur réserve.

20

Moins d'une heure plus tard, Thorn réapparut, ce dont elle se réjouit secrètement.

— Quel spectacle ! commenta-t-il. Une lady cousant à la lueur d'une chandelle.

— La lumière du jour est préférable, admit-elle. Je n'y parviens que grâce à l'habitude. Alors ? Les filles ont accepté ?

— Elles étaient ravies. Votre frère n'est vraiment pas apprécié. Il règle le prix minimal, jamais plus, et il... Enfin, peu importe.

Il s'assit en face d'elle, dans un fauteuil.

— J'ai également appris le nom du troisième magistrat. Sir Newleigh Dodd. Encore un sale type ?

Bella fouilla dans sa mémoire.

— Il a dû être nommé après mon départ, car je ne crois pas le connaître.

— Il est sans doute de la même veine. À moins qu'il ne soit trop faible pour s'insurger contre les actes des deux autres. Voici comment se déroulera l'opération : au terme de l'audience, les magistrats soupent et sont en général éméchés à l'arrivée des femmes. Et ce n'est que le début de la beuverie. Demain soir, les filles ajouteront de l'alcool dans leurs verres pour accélérer le processus. Quand les activités atteindront leur apogée, une fille poussera un cri et je me précipiterai à son secours, Fortescue sur mes talons.

— Et les autres spectateurs ?

— L'un des clients de Mme Calloway est négociant en élixirs miraculeux. Demain soir, il fera connaître un nouveau remède contre les rhumatismes qui n'est actif qu'au clair de lune. La démonstration aura lieu dans la cour du Cerf, devant la pièce où se trouveront les magistrats.

— C'est très habile.

Thorn s'inclina.

— Et le pasteur ? poursuivit la jeune femme. Il ne viendra sans doute pas se renseigner sur un médicament.

— C'est encore un peu flou, mais j'ai recruté l'épicier, un dénommé Colly Barber. Votre frère l'a condamné au pilori pour avoir triché sur les quantités. Il jure ses grands dieux que ce sont des représailles, car il ne voulait pas servir sir Barstowe gratuitement. Quoi qu'il en soit, il accepte de porter un message au pasteur pour l'inciter à venir. Le tout est de savoir quel message.

— Quelque devoir religieux, suggéra Bella. Il ne pourrait l'ignorer. Si le message indique que sir Thoroughgood a eu un malaise et souhaite être absous de ses péchés avant de mourir... Vu sa corpulence, ce serait crédible.

— Excellente idée. Et Langham viendra sans doute s'il reçoit une lettre anonyme l'informant que son futur gendre fréquente des prostituées. Tout est en place.

Bella réfléchit. Pourvu que leur plan réussisse !

— Comment l'épicier saura-t-il à quel moment porter le message ?

— Il entendra le cri.

— Il sera trop tard, souligna Bella en secouant la tête. Le révérend Jervingham risque de manquer la scène. Cherchons plutôt l'endroit le plus proche du presbytère qui soit visible de la fenêtre de notre chambre. Je m'y posterai, vous laissant dîner avec lord Fortescue. En entendant le cri, j'agiterai une chandelle pour prévenir l'épicier. Ainsi, il aura très peu de chemin à parcourir.

— C'est un plan aussi précis que vos points de couture. Excellent !

Bella ne se sentait plus de joie.

— Par ailleurs, dit-elle, ne devriez-vous pas vous raser, puisque vous vous faites passer pour le duc aux yeux de Fortescue ?

— N'oubliez pas que je suis censé voyager incognito. Un duc peut se laisser pousser la barbe au même titre qu'un paysan. De plus, cela permet de rendre ses traits moins reconnaissables.

— Et qu'est-ce que je deviens si je ne suis plus Mme Rose ?

— Je crains que vous ne deveniez l'*amie* d'Ithorne.

Sa maîtresse, autrement dit.

Il prit sa main dans la sienne.

— Vous êtes devenue mon amie, Bella. Ce n'est donc pas un mensonge.

Elle eut toutes les peines du monde à ne pas perdre contenance.

— C'est réciproque. Vous avez adopté ma cause. Mais ne puis-je pas jouer un autre rôle, demain, que celui de porteuse de chandelle ?

Il garda sa main dans la sienne.

— Il vaut mieux que vous restiez dans la chambre, Bella. La situation risque de tourner au vinaigre.

— Tant mieux.

— Je pensais à des activités licencieuses.

— J'ai besoin de voir le résultat de l'opération, déclara-t-elle.

— Certaines personnes pourraient vous reconnaître.

Bella réfléchit un instant.

— Cela n'aura plus d'importance. Ma présence ne nuira pas à l'opération.

— Et votre réputation ?

— Cela fait bien longtemps que nous ne nous en préoccupons plus.

Sa main se crispa sur la sienne et ses traits se figèrent, comme s'il était contrarié.

— Très bien, faites ce que vous voudrez.

— Merci. Je suis sûre que nous réussirons.

Il porta sa main à ses lèvres pour l'embrasser.

— Nous réussirons parce que je vous le dois, milady.

Il se leva.

— Je dois vous laisser une fois de plus pour régler quelques détails. Mais je vous promets de ne pas retourner au Vieux Chêne.

— Je vous le déconseille, dit-elle d'un ton railleur.

— J'envoie quelqu'un pour débarrasser la table et vous monter de l'eau.

Sur ces mots, il prit congé. Bella se rendit alors compte qu'il venait de lui demander d'aller se coucher.

Comment l'interpréter ?

Quand les employées furent passées, Bella se prépara pour la nuit. En regardant le lit, elle se demanda quelle tenue adopter. Son corsage et ses jupons, comme la première fois, ou sa chemise de nuit, comme la veille ?

Elle savait ce qu'elle souhaitait qu'il se passe cette nuit, mais elle ne voulait pas afficher ses espoirs de façon trop évidente. Elle ne voulait pas que Thorn se sente obligé de la satisfaire s'il n'en avait pas envie.

Si ses pulsions étaient répréhensibles, elle n'en avait que faire, car ce serait leur dernière nuit ensemble. Ses pulsions n'avaient rien de condamnable, en réalité, car elle aurait voulu être réellement l'épouse du capitaine Rose, sa compagne, la gardienne de sa maison, la mère de ses enfants, sa maîtresse au lit.

Elle le voulait plus que toute autre chose au monde.

Plus que sa vengeance contre Augustus.

L'amour pouvait être égoïste, car si elle devait choisir entre épouser Thorn et empêcher son frère de sévir, elle épouserait le capitaine et laisserait le monde à la merci de l'odieux sir Augustus Barstowe.

Elle enfila sa chemise de nuit, puis elle tressa ses cheveux et coiffa son bonnet. Enfin, elle tira la tenture du baldaquin et se glissa sous les draps. Elle ne tarda pas à entendre Thorn entrer dans la chambre et dressa l'oreille. Semblait-il impatient de la rejoindre ? Elle le sentit s'allonger, mais ne le regarda pas. Elle ne voulait pas qu'il se sente obligé de...

Il se rapprocha d'elle. Se tournant enfin vers lui, elle distingua ses épaules nues. Sa gorge se noua. Des épaules magnifiques. Dans la pénombre, elle vit son tatouage, le cygne noir qu'elle avait déjà vu à l'auberge de la Boussole à Douvres. Elle l'effleura.

— Pourquoi ce tatouage ?

— C'est ce que font les marins afin d'être identifiables en cas de noyade.

— Ne dites pas ça.

— C'est pourtant la réalité de la vie en mer.

Il saisit le cordon de son bonnet de nuit.

— Vous permettez ?

— Oui, bredouilla-t-elle sans savoir ce qu'elle venait d'accepter au juste.

Il l'incita à s'asseoir pour lui ôter son bonnet, puis il l'installa à califourchon sur son corps.

Il dénoua le ruban qui retenait ses cheveux et libéra les mèches soyeuses. Le contact de ses doigts sur son cuir chevelu était très doux.

Elle comprit que, dans cette position, elle pouvait lui faire tout ce qu'elle voulait.

Elle enfouit donc les doigts dans sa chevelure.

— Est-ce aussi agréable que ce que vous me faites ? s'enquit-elle.

— Je l'espère, car dans ce cas je vous fais plaisir.

— Que puis-je faire d'autre pour vous faire plaisir ? demanda-t-elle un peu timidement.

— Puis-je ouvrir la tenture et allumer d'autres chandelles ?

— Vous avez gardé une chandelle allumée ?

— Comment nous verrions-nous, sinon ?

Elle rit de sa propre bêtise.

— Oui, j'aimerais en voir davantage. N'est-ce pas trop audacieux de ma part ?

— Rien n'est trop audacieux, *bellissima*. Rien.

Il se déplaça vers le bord du lit et ouvrit la tenture pour laisser davantage entrer la lumière de la chandelle et celle du feu de cheminée. Le reflet des flammes dansa sur son torse nu. Il ne portait que son sous-vêtement en lin.

Thorn attrapa un candélabre dont il alluma les bougies.

Il avait tout prévu. Bella en fut à la fois choquée et enthousiasmée. Il n'était en rien réticent, bien au contraire. Rassurée, elle contempla à loisir ses larges épaules, sa taille mince et ses hanches, ses fesses fermes sous le tissu. Un corps musclé, fin et puissant.

En se retournant, il la surprit en train de l'admirer et lui sourit, puis il revint se coucher. Son torse était aussi sculptural que son dos. Si la lueur vacillante des chandelles dessinait sur sa peau des contours différents de ses souvenirs de la Boussole, elle le trouvait encore plus beau.

Il posa le candélabre sur la table de chevet et s'assit.

— Si je vous perturbe, dites-moi d'arrêter.

— Je n'imagine pas une telle chose.

— Je pourrais vous perturber de plusieurs façons, et vous en viendriez peut-être à les apprécier.

— Ça n'a pas de sens, commenta-t-elle en riant.

— Nous verrons...

Il déboutonna la chemise de nuit et l'ouvrit pour la faire glisser le long de ses bras, jusqu'à dénuder ses seins. D'instinct, elle eut envie de les couvrir de ses mains, mais elle n'en fit rien.

— Aucune détresse ? s'enquit-il en l'observant.

— Je suis troublée, avoua-t-elle, même si cela n'a rien de désagréable. Le spectacle de mes seins vous plaît ?

— Immensément.

Il se pencha pour capturer un mamelon entre ses lèvres. Il se mit à le titiller, au point que Bella eut soudain très chaud et voulut l'entourer de ses bras. Or il la maintenait prisonnière.

Ses mouvements de succion la faisaient trembler de tout son corps.

— Tu es très sensible, souffla-t-il en prodiguant les mêmes attentions à l'autre sein. Si tu savais combien cela me donne du plaisir de te faire découvrir ce plaisir... J'espère que ça te plaît ?

— Je le crois, soupira-t-elle. Cependant, mes bras sont coincés et je voudrais te toucher.

Il la libéra de sa chemise de nuit, qui glissa sur ses hanches. Il lui caressa lentement les flancs, le dos. Elle ignorait que son dos était aussi sensible. Son corps vibrait tellement qu'elle s'enhardit à glisser les mains dans le dos de Thorn.

Puis elle enfouit les doigts dans ses cheveux et descendit vers sa nuque. À présent, elle comprenait ce qu'il avait dit sur le plaisir de donner du plaisir.

Réprimant une plainte, il se pencha de nouveau sur ses seins pour les embrasser longuement.

Bella en voulait davantage. Elle le repoussa et embrassa son torse, puis son tatouage. Elle se mit à jouer sur son corps tandis qu'il la caressait avec une nonchalance apparente, faisant monter son désir.

Vint le moment où les couvertures disparurent, suivies de leurs vêtements. S'il faisait froid dans la chambre, les braises étant presque éteintes, le feu du désir brûlait entre eux.

Bella examina son membre fièrement dressé. Elle l'effleura puis palpa sa dureté. Aussitôt, Thorn retint son souffle. Avec un sourire, il referma la main de la jeune femme sur sa verge tendue.

— Tu veux bien ? demanda-t-il.

— Et toi ?

— Bien sûr.

Posant une main sur la sienne, il la guida.

— Cela me procure du plaisir, Bella, mais ne fais que ce qui te plaît.

— Je suis contente de te donner du plaisir.

— Dans ce cas, nous sommes d'accord...

C'était un défi pour Bella, qui décida d'explorer ce nouveau territoire partagé. Elle le contempla, en proie à la passion. Elle avait son plaisir entre les mains dans tous les sens du terme.

Il répandit sa semence sur le drap, ce fluide qui aurait dû être en elle.

S'ils avaient été vraiment mariés.

Ce qui venait de se passer était le péché ultime, mais elle s'en moquait. Elle prit sa tête entre ses mains et l'embrassa profondément. Il lui procura alors un plaisir indicible, encore et encore. Il savait d'instinct comment la faire monter vers l'extase.

— Je veux te faire la même chose, souffla-t-elle ensuite, repue.

— Quelle idée merveilleuse, dit-il contre son cou.

Il la serra tendrement tandis qu'elle sombrait dans le sommeil.

Elle fut réveillée par les coups d'une horloge. 5 heures.

Il faisait encore nuit, et elle était blottie contre le corps nu de Thorn.

Elle songea à toutes ces femmes qui semblaient ignorer cette symphonie du plaisir. Et si elle écrivait un livre à ce sujet ? Serait-il destiné aux épouses ou aux maris ?

— À quoi penses-tu ? demanda-t-il en lui caressant le flanc.

— Au plaisir. Pourquoi n'est-ce pas toujours ainsi ?

— Tu es très sensible et réactive.

— Est-ce la raison pour laquelle certaines femmes ne le connaissent pas ?

Bella sentit qu'elle s'aventurait sur un terrain dangereux, mais il fallait qu'ils soient honnêtes l'un envers l'autre.

— Parfois, les femmes parlent entre elles, précisa-t-elle. Elles sont nombreuses à ne pas aimer le lit conjugal.

— C'est justement le problème.

La main de Thorn glissa le long de son dos, jusqu'à ses fesses.

— Pour certaines, la nudité elle-même est déplaisante, ajouta-t-il.

— Certes, mais tous les hommes sont-ils aussi doués que toi dans cet art ?

— Non.

— Pourquoi non ?

— Tu as le don de lancer des conversations intéressantes, ma fascinante Bella, dit-il en s'esclaffant. Autant demander pourquoi tous ceux qui cuisinent ne préparent pas forcément de bons repas.

— C'est une question d'expérience ? demanda-t-elle.

— Et de talent inné, peut-être.

Elle se tourna vers lui et sourit.

— J'aurais dû me douter que tu te vanterais.

— Disons, le talent allié à l'expérience.

Avant qu'elle puisse dire un mot de plus, il la fit taire d'un baiser si talentueux qu'elle ne put résister.

21

Bella se réveilla tard, totalement épanouie physiquement. Elle se tourna vers Thorn, si beau et détendu dans le sommeil. Si seulement cela avait été leur nuit de noces... Ils seraient liés pour l'éternité.

Comment était-il envisageable qu'ils se séparent après ce qu'ils avaient partagé ? Mais sans doute voyait-il les choses autrement. De plus, il ne lui avait pas pris sa virginité.

Cela signifiait-il qu'il redoutait une grossesse qui l'entraverait ?

Elle déplorait de l'imaginer aussi calculateur, mais elle devait se montrer raisonnable.

Elle savait qu'elle se torturerait à remuer ces idées. Mieux valait qu'elle se concentre sur cette journée qui serait celle de sa vengeance. Elle se leva et se prépara rapidement, avant de se réfugier dans la couture au salon. Lorsque Thorn émergea de la chambre, toutefois, elle se mit à trembler au souvenir des sensations de la nuit.

Il sourit et l'embrassa, avec tendresse seulement. C'était plus sage.

— L'attente sera difficile, dit Bella.

À quoi faisait-elle allusion, exactement ?

Thorn afficha un sourire interrogateur, et elle précisa :

— Il n'y a rien à faire jusqu'à ce que les magistrats aient fini de siéger et commencent leurs activités nocturnes.

— Commençons par un petit déjeuner, répondit-il, amusé, avant d'aller le commander.

S'il était conscient de l'effet qu'il produisait sur elle, elle ne pouvait lui en vouloir. Elle était incapable de se fâcher contre lui.

À sa grande surprise, elle avait faim. Les ébats de la nuit, sans doute... Il lui restait néanmoins de l'énergie car, après le petit déjeuner, elle se mit à faire les cent pas dans le salon.

— Je veux assister à la séance du tribunal, déclara-t-elle soudain.

— Est-ce bien raisonnable ? s'enquit-il en buvant son thé.

— Je veux voir Augustus dans son rôle de juge. Me rappeler combien il est odieux et hypocrite.

Thorn la dévisagea.

— Je suppose qu'il ne te reconnaîtra pas si tu restes au fond de la salle. Avance un peu ta perruque sur ton visage, de même que ton chapeau. Et n'oublie pas tes lunettes.

Elle prit ses accessoires sur la table. Ces maudites lunettes étaient encore plus affreuses que celles de Bellona. Peut-être à cause des verres ronds, ou alors parce qu'elle ne supportait pas d'apparaître sous un mauvais jour en présence de Thorn.

Il sourit, comme s'il lisait dans ses pensées.

— Ils n'arriveront pas avant cet après-midi. Nous ferions mieux d'aller à la chasse au chat-lapin.

Bella n'en avait aucune envie, mais elle acquiesça.

Thorn insista pour prendre un déjeuner léger dans une taverne à quelques kilomètres d'Upstone. Elle s'inquiétait à l'idée que les magistrats soient en avance ou qu'un problème survienne en leur absence.

— Patience, ma chère, dit-il. Nous sommes dans les temps. Plus nous rentrerons tard, moins nous risquerons de croiser ton frère dans l'entrée.

Ils continuèrent donc à s'arrêter de temps à autre pour interroger les paysans sur les chats. Ce jour-là, ils n'échangèrent aucun baiser. Ils bavardèrent tranquillement en partageant des moments de silence complice. Thorn était particulièrement à l'aise en compagnie des fermiers.

Il devait être très différent de son demi-frère, songea-t-elle. Même s'il aimait un peu trop flirter avec les femmes, qui n'y voyaient d'ailleurs aucun inconvénient. Être l'épouse du capitaine Rose serait sans doute difficile, parfois, mais elle avait très envie d'essayer.

À 15 heures, ils remirent le cap sur Upstone. À l'approche de l'auberge du Cerf, Bella ne tenait plus en place. Tabitha avait refermé son panier, agacée, et Thorn secouait la tête.

— Essaie de te comporter comme si c'était une journée ordinaire.

— J'aurais dû apporter un mouchoir, marmonna-t-elle.

Il lui proposa aussitôt le sien.

— Pour coudre, imbécile !

D'abord affligée, elle finit par éclater de rire. Il avait les lèvres pincées. Sans doute avaient-ils l'air de deux imbéciles.

La cour de l'auberge était animée à cause de l'audience du tribunal. Bella monta vite dans leur chambre pour vérifier son apparence, puis elle rejoignit Thorn dans la grande salle, là où aurait également lieu le dîner. En entrant, elle observa les deux fenêtres, qui étaient grandes, fort heureusement.

Au fond de la pièce, les trois juges étaient en train de décider du sort d'un malfrat. Thoroughgood trônait au centre, plus replet et dédaigneux que jamais. À sa droite était assis un homme d'une trentaine d'années, très élégant, qui semblait s'ennuyer. Ce devait être sir Newleigh Dodd. À sa gauche, Augustus.

S'il s'était un peu arrondi depuis la dernière fois qu'elle l'avait vu, il n'avait rien perdu de son air supérieur et renfrogné. Il s'agissait d'une affaire de destruction de biens, un cas sérieux. Un jeune homme qui en voulait à son propriétaire avait détruit des clôtures. Malgré ses dénégations, il semblait coupable.

Autrefois, Bella aurait estimé qu'il avait besoin d'un châtiment exemplaire. À présent, elle savait que les épreuves menaient parfois à des actes désespérés.

Thoroughgood le condamna à une amende de trois guinées.

— Je ne peux pas payer cette somme ! s'écria l'accusé.

— Dans ce cas, vous serez déporté en Amérique, déclara Augustus avec une jubilation révoltante.

— Reste ici, souffla Thorn à la jeune femme. N'attire pas l'attention.

Il se leva et s'approcha de la table des juges.

— Messieurs ! lança-t-il. Je me propose de régler l'amende de ce jeune homme !

Trois paires d'yeux écarquillés se posèrent sur lui.

— Qui êtes-vous, monsieur ? gronda Thoroughgood. Pourquoi cherchez-vous à pervertir la justice de la sorte ? Seriez-vous son complice ?

— Je suis le capitaine Rose, et la justice exige uniquement que l'amende soit réglée, non ?

— La justice exige que le coupable soit puni ! s'exclama Augustus en frappant du poing sur la table.

Bella songea que sa petite voix haut perchée n'était pas très convaincante.

Thoroughgood était rouge de colère, Newleigh avait blêmi. Affolé, il avait les yeux rivés sur Thorn.

— Milord ! Je veux dire... capitaine Rose...

Thorn lui fit face. Bella ne voyait pas son expression, mais il s'exprima d'un ton glacial :

— C'est bien mon nom.

— Mais... mais...

Seigneur ! Cet homme croyait-il avoir reconnu le duc d'Ithorne ? Et Thorn ne démentait pas. Était-ce un parjure ?

Abasourdi, sir Newleigh avait tout d'un poisson hors de l'eau. Il se pencha vers Augustus.

— Qu'il la paie, cette maudite amende ! balbutia-t-il.

— Pas question, répliqua Augustus, furibond. Je ne permettrai pas à quelque marin de s'ingérer dans mon tribunal !

— Ce n'est pas votre tribunal, rétorqua son compagnon.

Bella retint son souffle face à cet incident. Si les magistrats se chamaillaient, leur plan risquait de tomber à l'eau.

Thorn eut sans doute la même crainte, car il tenta de calmer le jeu.

— Messieurs, je ne souhaite en rien m'ingérer dans les affaires de la justice, mais je me dois de faire preuve de charité chrétienne. Je pense que ce jeune homme a retenu la leçon.

Il sortit une bourse et en tira des pièces d'or, qu'il remit à l'accusé médusé.

— Soyez plus réfléchi, à l'avenir.

Sur ces mots, il s'inclina et retourna à sa place à côté de Bella. Augustus le suivit des yeux. Bella baissa la tête pour masquer son visage.

— Nous ferions mieux de partir, murmura-t-elle à Thorn. Tu risques d'avoir une nouvelle impulsion charitable lors de l'affaire suivante.

— Tu as raison. Toutefois, ces juges sont odieux.

Dès le début de l'affaire suivante, ils prirent congé.

— Allons faire un tour en ville pour t'éviter la tentation d'y retourner, suggéra Bella.

— À ta guise, concéda-t-il. Mais quelle brochette que ces trois-là : oisiveté, stupidité et cruauté !

— Sir Newleigh t'a pris pour le duc, je crois. J'ai eu peur que tu le lui confirmes. Mais que redoutait-il du duc ?

— Qu'il le remette à sa place en plein tribunal et se moque de lui. La mort sociale assurée. Le rire est très efficace pour crucifier un homme. J'espère pouvoir m'esclaffer, ce soir.

Il se détendit et lui sourit.

— Tu n'as pas peur de moi, n'est-ce pas ?

— Pourquoi te craindrais-je ?

— Je ne sais pas très bien...

— Que veux-tu dire ? demanda-t-elle.

— Je n'en sais rien non plus.

— Les ducs semblent exercer une influence énorme sur la société. C'est une honte. Ce ne sont que des hommes, après tout !

— Mais ils sont toujours sous le regard des autres, quoi qu'ils fassent ou disent.

— Ce doit être désagréable. Aurais-tu de la peine pour Ithorne ? Peu de gens le plaindraient. L'autre jour, tu as sous-entendu que tu avais de la peine pour lui.

— Pas en ce moment, assura-t-il avec un sourire énigmatique, en balayant la rue du regard. C'est un endroit charmant.

— Une petite ville ordinaire.

— Pas quand tu es avec moi.

Bella rougit et ne put réprimer un sourire. Il avait raison : ils vivaient des moments précieux.

En retournant vers l'hôtel, Bella sentit son angoisse et son impatience monter d'un cran.

— Tu es inquiète ?

— Je crains surtout que notre projet ne tombe à l'eau.

— Dans ce cas, nous recommencerons.

Cette dernière remarque poussa Bella à se demander si elle voulait vraiment que l'opération soit un succès.

Thorn escorta Bella vers leur chambre, où il la laissa pour vérifier les préparatifs de la soirée. En vérité, il avait besoin de retrouver ses esprits.

Aujourd'hui, Bella obtiendrait la vengeance qu'elle souhaitait et, demain, il devrait retourner dans son monde. Les choses à régler avaient dû s'accumuler, car nul ne savait où le trouver. Il ne s'était jamais permis autant de libertés. Au cours de ces quelques jours, il s'était parfois pris pour le capitaine Rose et avait esquissé des rêves impossibles – des rêves d'une vie simple, d'un foyer.

Il gagna la salle de l'auberge, s'installant dans un coin.

Il s'était lancé dans cette entreprise pour aider une jeune femme en détresse et pour punir un homme qui le méritait. Ensuite, il s'était laissé tenter par le défi de séduire une femme qui ignorait sa qualité de duc. Hélas, il n'avait guère réfléchi aux conséquences.

C'était la première fois qu'il vivait une telle aventure. Il avait l'impression d'avoir perdu la raison.

Durant la nuit, il avait failli la faire sienne, et pas seulement par pur désir physique. Une petite voix au fond de son esprit lui disait : *Ensuite, elle sera à toi, qu'elle le veuille ou non.*

Lui qui évitait avec soin toute situation compromettante avait bien failli compromettre une femme et la contraindre au mariage.

S'il n'avait pas été habitué à être scruté, il se serait pris la tête entre les mains et aurait grogné de rage. Bella était en train de tomber amoureuse de lui, comme il l'espérait. De tomber amoureuse du capitaine Rose, sans attendre la moindre richesse, la moindre place dans la société.

Elle tombait amoureuse d'un mensonge.

— Une bière, monsieur ? demanda la serveuse, qui était enceinte.

Il accepta. Lorsqu'elle lui apporta une pinte, elle demanda :

— Des soucis avec votre dame ?

— Qu'est-ce qui vous fait croire cela ?

Elle esquissa un sourire en partie édenté.

— Vous avez la tête d'un mari qui a des problèmes avec sa femme.

— Vraiment ? Et ce n'est pas la même tête que celle d'un homme qui a des problèmes avec *une* femme ?

Elle semblait avoir envie de bavarder.

— Tout dépend. Chez les hommes amoureux, c'est comme s'ils portaient une pancarte autour du cou indiquant si leur bien-aimée est heureuse ou fâchée. Pour les hommes mariés, les contrariétés conjugales sont un fardeau plus lourd parce qu'ils doivent rentrer chez eux. Et un mari ne sera pas sensible à la gentillesse de sa femme parce qu'elle est à lui pour toujours.

— Tous les maris sont-ils donc si négligents ? s'enquit Thorn, amusé par ces théories.

— La plupart d'entre eux, et leurs femmes aussi d'ailleurs. On ne remarque sa propre maison que quand il y a une fuite dans la toiture.

— Un homme avisé entretient sa maison.

— Tous ceux que je connais attendent qu'il y ait une fuite pour la réparer.

— C'est là une synthèse de tous les problèmes du monde, admit-il.

— Une quoi ?

— Un résumé. Vous venez d'exprimer des notions très complexes à l'aide de mots simples. La question est de savoir si ma toiture fuit.

— Vous avez les cheveux mouillés ? le questionna la serveuse.

Il se mit à rire.

— Excellente remarque. Oui, ils le sont. Mais quelle toiture fuit ?

— Celle qui est au-dessus de votre tête.

Elle lui souriait. Thorn but une grande rasade de bière en réfléchissant.

— Il faudrait peut-être plutôt parler de sol mouillé. L'origine d'une flaque d'eau par terre n'est pas toujours évidente, n'est-ce pas ?

Elle balaya la salle du regard pour voir si d'autres clients avaient besoin d'elle, puis s'assit à son côté.

— En effet, monsieur. Une flaque peut être de l'eau qu'on a renversée, ou bien le signe d'une fuite au plafond. L'eau peut aussi provenir d'en bas. Mon oncle Aaron avait une grange devenue brusquement humide à cause d'un ruisseau dont le cours s'était modifié. Cette grange était là depuis cinquante ans sans la moindre humidité, et soudain il avait les bottes crottées.

— Un ruisseau qui dévie de son cours. La force de la nature.

— C'est bien vrai, monsieur ! Il n'a jamais su pourquoi, et il a eu tellement de problèmes...

Thorn écouta distraitement son babillage, perturbé. Une force irrésistible et insoupçonnée avait bouleversé sa vie, mais il ne s'en était rendu compte que le jour où il avait eu les bottes pleines de boue...

La cloche de l'église sonna 18 heures. Il regarda les gens sortir de la salle située en face. L'audience était levée. Les festivités allaient commencer. Il y avait une chose qu'il pouvait faire pour sa lady.

Plusieurs hommes entrèrent. Aussitôt, la serveuse se leva.

— Je dois vous laisser, monsieur.

Il lui remit un shilling.

— J'ai beaucoup apprécié notre conversation. Vous êtes une femme très sage.

Elle rougit et lui sourit, soudain timide.

— C'est du bon sens, rien de plus, dit-elle avant de s'éloigner pour vaquer à ses occupations.

Du bon sens. Une denrée rare – surtout chez lui, apparemment.

Bella cousait lorsque Thorn réapparut après sa mystérieuse escapade. Elle comprit que quelque chose le tracassait. Était-il soudain préoccupé par la réputation de la jeune femme ?

— L'audience est levée, annonça-t-il un peu sèchement. Les juges vont commencer leur repas, et Fortescue sera là dans une demi-heure.

Au moins, le plan se déroulait comme prévu.

— Très bien, répondit-elle. Mais l'attente est insupportable. Même Tabitha a les nerfs à fleur de peau.

La chatte sortit de son panier pour errer dans la pièce, en quête d'une proie. En voyant Zibeline lui emboîter le pas, elle siffla pour réprimander le chaton, qui fila sans demander son reste. Thorn alla le consoler.

— Tabitha est sensible aux atmosphères, expliqua-t-il. Nous devrions tous nous calmer. Veux-tu que je te fasse la lecture ?

Bella fut étonnée et se sentit même coupable qu'il lui propose de réaliser une partie de son rêve. Tout cela rendrait la séparation encore plus douloureuse, mais elle accepta.

— Quels livres as-tu apportés ?

— Aucun roman, je le crains.

Il regarda dans son sac.

— *Essais moraux, politiques et littéraires* de David Hume, trop austère. *Mémoires du Bedford Coffee-House*, trop frivole. *Les Révolutions de la Perse*, trop inquiétant.

— Étrange assortiment pour un capitaine, commenta Bella, qui le trouvait aussi mystérieux que fascinant.

— Il faut bien passer le temps lors d'un périple en mer. Et qui sait, j'irai peut-être en Perse un jour.

— Dans ce cas, je prends le risque. Va pour la Perse !

Il prit le livre et s'assit en face d'elle en déplaçant une chandelle.

— Comme la plupart des récits d'aventures, celui-ci est en partie fastidieux, annonça-t-il en ouvrant le volume dans lequel était glissé un marque-page.

Lorsqu'il commença sa lecture, Bella s'efforça de ne pas laisser son esprit vagabonder vers ses rêves de bonheur conjugal, réveillés par le fait qu'ils étaient ensemble au coin du feu dans ce salon douillet. Il s'agissait d'un passage sur les mendiants, sur fond de philosophie. Il n'était pas très intéressant, mais lu avec talent. Thorn aurait pu lire n'importe quel texte, elle l'aurait écouté avec plaisir, tout en l'observant à la lueur dorée des flammes. Un spectacle enchanteur.

22

Ils furent interrompus par un coup frappé à la porte. Thorn ferma son livre sur le marque-page.

— C'est Fortescue. J'ai laissé des instructions afin qu'on le fasse monter.

L'opération commençait. Bella se leva et l'embrassa vivement, avant de gagner la chambre. Thorn lui confia le panier des chats.

— Mieux vaut que Tabitha reste tranquille.

Il l'embrassa en retour avant de regagner le petit salon. Bella resta figée au milieu de la chambre et porta les doigts à ses lèvres, le cœur gros.

— *Miaou...*

Pour une fois, la chatte ne semblait pas déplorer l'absence de Thorn, mais s'adresser à Bella.

— Qu'as-tu ? demanda-t-elle.

Tabitha quitta son panier et se percha sur le rebord de la fenêtre pour regarder au-dehors.

— C'est toi qui devrais tenir la chandelle, marmonna Bella, qui se mit à faire les cent pas.

Soudain, elle s'immobilisa. Le bruit de ses pas risquait d'être audible. Elle-même entendait les exclamations des juges qui festoyaient en bas, même si elle ne comprenait pas leurs paroles exactes. Thoroughgood lança quelques mots, auxquels Augustus répondit par un rire gras.

Quand il s'énervait, son frère avait toujours une voix haut perchée.

Bella s'assit, les mains crispées, et patienta.

Les voix masculines s'élevaient, déjà avinées, mais elle n'entendait aucune femme.

Même si sa tâche était simple, elle ne put s'empêcher de faire le point. Quand la prostituée pousserait un cri perçant en guise de signal, elle brandirait une chandelle à la fenêtre. Colly Barber serait muni d'une lanterne et lui signalerait en retour qu'il l'avait vue.

Son rôle s'arrêtait là. Il ferait venir le révérend Jervingham. Thorn et Fortescue se précipiteraient dans la salle. Ils ne pouvaient prévoir quand arriverait M. Langham, mais même s'il n'était pas témoin direct du scandale, il en entendrait parler. Charlotte serait sauvée de son triste sort.

Elle se releva, s'arrêta encore, se rendit compte qu'elle n'avait pas besoin de porter ses souliers et les enleva pour déambuler à loisir. Tabitha resta sur son perchoir, à monter la garde en agitant la queue. Percevant l'atmosphère tendue, les chatons sortirent la tête du panier.

Bella alla écouter à la porte du petit salon et entendit la conversation posée des deux hommes. Ainsi, Fortescue demeurait persuadé de parler au duc d'Ithorne...

Un coup frappé à la porte donnant dans le couloir la fit sursauter. Ce n'était que le souper de la jeune femme et l'assiette de Tabitha. Bella ne pensait pas avoir faim, mais elle mangea avec appétit. Son corps se préparait-il à l'action ? Alors qu'elle dégustait sa tourte à la viande, les femmes arrivèrent dans la salle en bas.

Elle les imagina passant par la fenêtre. Que portait une prostituée dans ce genre de situation ?

Leurs voix aiguës se mêlèrent à celles des hommes. Augustus émit l'un de ses rires stridents. Peu à peu, le calme se fit, avec des exclamations de joie ou de déception. Avaient-ils commencé la partie de dés ?

Bella but une gorgée de vin, se demandant ce qui se passait au juste. Combien de temps mettraient-ils à passer à l'action ? Combien de temps resterait Fortescue ?

Les prostituées semblaient joyeuses. Et si c'était différent, cette fois ? Leur plan ne marcherait peut-être pas.

Dans ce cas, ils devraient rester plus longtemps pour réessayer…

Non, elle ne devait pas être égoïste. Elle avait vu Augustus abuser de son pouvoir de juge et le connaissait mieux que personne. Il fallait l'empêcher de nuire le plus vite possible.

Soudain, elle perçut un cri qui n'avait rien de joyeux. Ce n'était pas le signal, mais il donna à la jeune femme envie de se précipiter pour aider la malheureuse. Se rappelant son pistolet, elle fit un pas vers son sac, mais se ravisa aussitôt. Il ne fallait pas qu'elle gâche tout en agissant de façon impulsive. Elle entendait les hommes rire de plus belle.

Ils semblaient s'acclamer les uns les autres, s'encourager à Dieu seul sait quoi. Les femmes s'esclaffaient aussi de temps à autre. Mais les voix des hommes étaient viles, surtout le hennissement d'Augustus.

Tout à coup, Bella entendit le claquement d'un fouet, puis d'un autre, et d'un troisième qui suscita une autre sorte de cri, une supplique.

N'était-ce pas le signal ? Pourquoi Thorn ne réagissait-il pas ?

Il y eut un nouveau coup de fouet, suivi d'un hurlement à glacer le sang.

Le signal !

Thoroughgood se mit à vociférer :

— Ferme-la, sale garce !

Dans la pièce voisine, Thorn dit quelque chose avant de descendre en courant.

Bella saisit la chandelle si brutalement qu'elle faillit la faire tomber. Elle l'emporta vers la fenêtre et l'agita. Une lanterne lui répondit, puis disparut. Colly Barber était en route.

La jeune femme se chaussa et se précipita à son tour, rattrapant lord Fortescue en haut de l'escalier. Thorn se trouvait déjà à la porte de la grande salle du rez-de-chaussée.

Plusieurs clients avaient surgi, leur chope de bière à la main, alertés mais peu disposés à intervenir.

— Les juges...

La rumeur se répandit comme une traînée de poudre.

Dans la rue, quelqu'un se mit à crier :

— Il y a un meurtre au Cerf ! À l'assassin !

Cela suffirait à attirer tous les badauds.

Bella réprima un sourire. Elle vit Thorn ouvrir la porte, Fortescue sur ses talons.

Perchée sur la troisième marche, elle put regarder par-dessus l'épaule de Thorn. Une femme nue était allongée sur le ventre, sur la longue table, entourée des reliefs du repas et de dés. Elle avait les fesses striées de traces rouges.

Ivre de rage, Thoroughgood regardait fixement Thorn. Derrière la table, en bras de chemise, Augustus brandissait une cravache. Il était bouche bée, pétrifié dans cette posture, le regard fou.

— Qu'est-ce qui se passe ici ? gronda Thorn en s'avançant dans la pièce.

Il ôta son manteau et en couvrit la malheureuse, qui se leva vivement, terrorisée. Cependant, Bella décela dans son regard une lueur de triomphe. Pourvu que les prostituées puissent jouer pleinement leur rôle.

Dans le couloir, les clients de l'auberge s'approchaient pour assister au spectacle.

Une lady serait montée dans sa chambre dans une telle situation, mais Bella ne voulait pas en manquer une miette. Elle rejoignit donc Fortescue sur le seuil.

Le tableau qu'elle découvrit dans son intégralité était presque insoutenable. Les trois prostituées étaient nues, ne portant que leurs bijoux. Le sol était jonché de nourriture et d'éclats de verre. Cela expliquait sans doute pourquoi les femmes avaient gardé leurs chaussures, ce qui ne faisait que souligner leur nudité.

Il flottait dans la salle une odeur entêtante de parfum bon marché.

Thoroughgood, qui trônait en bout de table, s'était levé.

— Allez-vous-en, tous autant que vous êtes, sales bouseux ! Dehors !

Si les villageois reculèrent, Thorn s'avança encore.

— Si quelqu'un est sale ici, c'est bien vous, monsieur ! Vous et vos amis ! À quel genre de débauche vous livrez-vous ? Et quelle puanteur !

Il se dirigea vers une fenêtre et l'ouvrit en repoussant les volets. Les personnes au-dehors s'approchèrent, curieuses d'assister à la scène.

— C'est une affaire privée ! protesta Thoroughgood d'un ton mauvais, de plus en plus écarlate. Je vous ferai fouetter jusqu'au sang !

Sir Newleigh, qui avait ôté sa perruque, blêmit.

— Seigneur… Oh non… c'est… vous savez qui !

Thoroughgood était hors de lui. Il se pencha en avant, si bien que sa bedaine retomba dans son assiette.

— Même si c'est le roi en personne, je m'en fiche ! Je vais le faire châtier pour… pour quelque chose. Obstruction à la loi !

— Écartez-vous, je vous prie !

Une voix grave et autoritaire fit se déplacer les spectateurs. Le révérend Jervingham apparut. Grand et robuste, les cheveux grisonnants, il ne manquait pas de prestance. Bella se réfugia derrière lord Fortescue, qui recula à son tour.

Le silence s'installa dans la salle.

Puis les prostituées commencèrent à ramasser leurs vêtements épars pour se couvrir. Sir Newleigh demeurait bouche bée, incapable de prononcer un mot.

Augustus geignit derrière la table. Il avait abaissé sa cravache.

Thoroughgood ne disait rien, toujours fulminant. Le pasteur se tourna vers lui.

— J'ai été convoqué pour vous entendre en confession et vous accorder les derniers sacrements, monsieur, car vous étiez, paraît-il, à l'article de la mort. Je constate que vous vous portez plutôt bien pour un mourant. Je n'en dirais pas autant de la santé de votre âme. Repentez-vous, misérable pécheur ! Avant qu'il soit trop tard...

— Allez au diable avec vos sermons ! rétorqua Thoroughgood en se rasseyant.

Des exclamations outrées parcoururent l'assemblée, mais le pasteur demeura impassible. Il s'adressa aux deux autres juges :

— Puis-je espérer que vous souhaiterez éviter les flammes de l'enfer, messieurs ?

— Oh oui... absolument..., bredouilla sir Newleigh.

Soudain, il leva les yeux au ciel et bascula en arrière avant de s'écrouler, sans connaissance.

— Sir Augustus ? poursuivit l'homme d'Église.

— Monsieur... révérend... tout cela n'est qu'un terrible malentendu. Je n'y suis pour rien. L'audience... les femmes... les, euh... prostituées...

Thorn saisit soudain Augustus par le col et le tira en arrière afin qu'il ne soit plus dissimulé par la table. Ses hauts-de-chausses étaient baissés. Seule sa chemise lui assurait un semblant de décence.

— Je peux tout expliquer..., hoqueta-t-il.

— Vous vous prépariez peut-être à être puni pour vos péchés... Je me trompe ? lança Thorn d'un ton railleur.

Il ramassa la cravache tombée à terre et en frappa l'arrière-train du juge, qui se mit à crier.

— Arrêtez ! Comment osez-vous ? geignit-il en recevant un nouveau coup.

Bella se couvrit la bouche pour masquer son rire. Ce spectacle était encore plus savoureux que ce qu'elle avait imaginé.

Thorn relâcha son frère, qui retomba à quatre pattes sous la table tel le cafard qu'il était.

Puis il se tourna vers Thoroughgood.

— Vous n'oseriez pas, déclara celui-ci, soudain très pâle. Vous avez beau être un maudit duc, vous n'oseriez pas...

— Un duc !

Ce mot se propagea dans l'assemblée derrière elle. Bella grimaça. Elle avait oublié cette méprise.

Mais Thoroughgood venait de dégainer un pistolet, qu'il pointait sur Thorn. D'une main tremblante, il l'arma. Il avait beau être ivre, il était capable de tirer à bout portant.

Bella regretta de ne pas s'être munie de son propre pistolet.

— Ne faites pas de bêtise, mon vieux, dit Fortescue.

— Posez cette arme ! ordonna le pasteur.

Thorn était immobile face à un Thoroughgood peu enclin à tenir compte de ces mises en garde. En signe d'apaisement, il posa la cravache sur la table.

— Je crois que je vais vous abattre quand même, maugréa Thoroughgood. N'êtes-vous pas le dernier de votre lignée, Ithorne ? Ce sera ma récompense.

— Vous serez pendu, répondit Thorn.

— Je me tirerai une balle dans la tête.

— Allez-y, déclara Thorn d'un air de défi, feignant d'être amusé. Suicidez-vous, et la région entière s'en portera mieux.

Bella se crispa. Pourquoi le provoquait-il ?

Thoroughgood leva son pistolet pour tenter de viser. Affolée, Bella chercha des yeux une arme, n'importe laquelle.

Près d'elle, un homme tenait une chope en étain. Elle s'en empara. La dernière fois qu'elle avait lancé une chope, à Douvres, elle avait touché l'homme à la tête par pur hasard. Elle décida de viser le ventre de Thoroughgood, ce qui était plus facile. Rassemblant son courage, elle lança l'objet de toutes ses forces.

Son tir fit mouche et la chope explosa dans un bruit assourdissant. Non ! Ce n'était pas la chope. Un nuage de fumée s'éleva et du plâtre se mit à tomber du mur.

Il avait tiré !

Elle se tourna vivement vers Thorn qui la regardait, abasourdi, apparemment sain et sauf. Puis son regard s'illumina.

— Si notre armée était constituée de soldats aussi vaillants, nous remporterions toutes nos batailles !

Thoroughgood observa le mur endommagé. Bella comprit alors que la chope avait détourné le pistolet au moment du tir.

— Tentative de meurtre ! s'exclama Thorn. Je crois que la présence d'un magistrat s'impose.

Quelques rires fusèrent, puis l'hilarité gagna l'assistance. Sir Newleigh avait retrouvé ses esprits, mais semblait accablé. Quant à Augustus, il se cachait toujours sous la table.

Aucun des trois juges ne pourrait plus se montrer dans la région. Bella ressentit même un soupçon de pitié pour sir Newleigh. Elle allait s'éclipser quand un nouvel arrivant se présenta, demandant poliment aux clients de le laisser passer.

Le spectacle n'était pas terminé. Bella s'attarda pour observer M. Langham, un homme trapu à la mâchoire carrée et au costume impeccable.

Sur le seuil, il balaya la salle du regard.

— On m'a laissé entendre qu'un certain gentleman se trouvait ici, mais je constate que ce n'est pas le cas. Je m'en réjouis.

— Si vous cherchez sir Augustus Barstowe, intervint le pasteur, regardez sous la table, monsieur.

Lorsque Augustus chercha à reculer, Thorn le repoussa et son visage écarlate émergea de sous la nappe.

Il était en larmes.

— Monsieur... je peux tout expliquer...

Pauvre Augustus. Il avait toujours réussi à se sortir d'une situation délicate et n'acceptait pas que, cette fois, ce ne soit pas le cas.

M. Langham le toisa.

— J'en doute, monsieur. Si vous étiez un gentleman, vous sauriez que vous ne remettrez jamais les pieds sous mon toit. Comme vous n'en êtes pas un, je vais me montrer plus clair : si vous osez vous approcher de ma fille, vous recevrez une correction dont vous vous souviendrez longtemps et qui ira au-delà de ce qui a pu se dérouler ici.

Sur ces mots, il tourna les talons et prit congé, la mâchoire crispée, sans prêter la moindre attention aux autres.

C'était terminé, songea Bella.

Tout était fini.

Elle eut même un peu de peine pour son frère, qui était anéanti. Il l'avait bien cherché, après tout !

La jeune femme se dirigea vers l'escalier. L'atmosphère était de plus en plus joyeuse. De nombreux messieurs la félicitèrent d'avoir si bien visé, même si elle leur assura que ce n'était qu'un coup de chance. Elle avait un peu le tournis. En gravissant les marches, elle dut se tenir à la rampe.

De retour dans la chambre, elle s'écroula dans un fauteuil. Ce malaise était sans doute une conséquence du choc qu'elle avait ressenti. Au lieu d'être exaltée, elle se sentait mal.

Ce n'était pas une fin heureuse. Les deux autres juges n'avaient peut-être pas mérité autant qu'Augustus d'être ainsi couverts de honte. Elle détestait

Thoroughgood, mais il n'était sans doute pas plus mauvais qu'un autre. Quant à sir Newleigh, elle le connaissait à peine. Peut-être n'était-il qu'un homme faible.

Incapable de réfléchir posément, elle se prit la tête dans les mains. Mille pensées se bousculaient dans son esprit.

Et si...

Si seulement...

— Bella ? Qu'est-ce qui ne va pas ?

Elle leva les yeux vers Thorn, qui semblait alarmé.

Il s'agenouilla près d'elle.

— Tout cela était un peu trop difficile à supporter, c'est ça ?

N'obtenant aucune réaction, il poursuivit :

— N'était-ce pas ce que tu voulais ?

Elle fut touchée par sa sollicitude, et étonnée de voir le capitaine Rose en proie au doute et à l'inquiétude. Elle se redressa pour prendre ses mains dans les siennes.

— Si. Bien sûr. Je te remercie. C'était parfait.

Il la dévisagea un instant, puis la fit se lever du fauteuil pour prendre sa place et l'attirer sur ses genoux. Dans un premier temps, elle se crispa, mais elle parvint à se détendre entre ses bras.

— Dis-moi ce que tu penses vraiment.

C'est terminé, songea-t-elle. Elle n'avait plus de raison de rester avec lui.

— Je pense que sir Newleigh n'est pas foncièrement mauvais.

— S'impliquer passivement dans ce genre d'activités est aussi vil que d'agir pleinement.

— Ah bon ?

— Les conséquences sont les mêmes pour les victimes.

— Je le suppose... Comment vont les jeunes femmes ?

— En pleine forme ! Il fallait s'y attendre. Elles non plus n'ont guère d'animosité envers sir Newleigh. Thoroughgood et ton frère sont les vraies ordures.

— Que vont-ils devenir ?

— Ils vont devoir renoncer à leur poste.

— C'est tout ?

— C'est déjà beaucoup. Thoroughgood parviendra peut-être à continuer sa vie, mais ton frère est fini.

— Je me demande ce qu'il va faire.

— Il en voudra sans doute au monde entier, sans se remettre en question.

— Pauvre Lucinda !

— C'est ta sœur qui vit encore sur la propriété familiale ? Si elle était avisée, elle s'installerait ailleurs.

Bella acquiesça.

— Athéna lui proposera de l'héberger. Toutefois, ils seront tous affectés d'une façon ou d'une autre.

Moi aussi, songea-t-elle. Elle n'était plus simplement Bella Barstowe, mais la sœur de l'immonde Augustus Barstowe. Si cette victoire lui laissait un goût amer, elle n'avait aucun regret. Elle avait mis fin aux agissements d'un monstre.

Sans crier gare, elle fondit en larmes. Elle hoqueta des excuses en s'essuyant les joues. Thorn trouva un mouchoir qu'il lui tendit, avant de la bercer doucement dans ses bras.

Elle finit par se ressaisir et se redressa pour se moucher.

— Je suis désolée. Le choc, sans doute...

— Quand as-tu pleuré pour la dernière fois ?

Le mouchoir était celui qu'elle avait cousu pour lui, ce qui ne fit qu'intensifier son émotion. Elle se tapota les yeux, s'efforçant de ne plus pleurer.

— Il y a longtemps, admit-elle. Dans ma famille, les larmes étaient un signe de faiblesse. Alors je me retenais.

— Dans ce cas, je me réjouis que tu puisses de nouveau y laisser libre cours, dit-il en la serrant plus fort contre lui.

Elle se laissa volontiers consoler, apaisée par sa voix qu'elle n'écoutait que d'une oreille, jusqu'à ce qu'elle entende :

— ... cette harpie de lady Fowler.

— Comment ? s'écria-t-elle, sur le point de se lever d'un bond.

Il resserra son étreinte.

— Tu la connais ? C'est une folle qui s'est donné pour mission de dénoncer les méfaits des hommes bien nés. Si elle a vent de cette histoire, elle la diffusera largement et cela nous sera utile.

— Oui, fit Bella, plus calme.

Elle se garda de lui dire que lady Fowler ne s'intéressait guère à ce genre de choses, ces derniers temps.

— Je me demande où elle déniche ses scandales, poursuivit Thorn.

Si Bella restait sur ses genoux tandis qu'il évoquait ce sujet, elle risquait de révéler ses secrets.

— Je vais me débarbouiller, annonça-t-elle en se levant.

Derrière le paravent, elle se passa de l'eau froide sur le visage. Dans le miroir, elle remarqua ses yeux rougis. Quel spectacle ! Elle remit de l'ordre dans ses cheveux.

Affichant un sourire forcé, elle émergea de sa cachette.

— Je suis désolée de pleurer comme une Madeleine. Ta veste doit être trempée...

— Non. Tu peux revenir sur mes genoux...

C'était tentant.

Hélas, l'aventure était terminée. Quand partiraient-ils ? Il était tard, mais la nuit était assez claire pour voyager. Elle était décidée à lui faciliter les choses.

— Merci, dit-elle en s'asseyant dans l'autre fauteuil. Il est temps que je prenne mon envol. Notre mission est accomplie, n'est-ce pas ?

— Nous avons effectué notre part du travail, en effet. Je doute que ton frère ait le courage de mettre fin à ses jours. En revanche, comme tu le disais, il devra vivre en sachant que tout le monde est au courant de ses perversions. Ce sera pour lui l'enfer sur terre. Que comptes-tu faire, à présent ?

Naturellement, il n'avait rien à lui proposer.

Elle haussa les épaules.

— Je vais poursuivre ma vie tranquille.

— Quel gâchis. Tu ne recherches donc aucune émotion ?

Il y avait un sous-entendu derrière cette question. Le prélude à une invitation à devenir sa maîtresse. Si elle était consciente de ne rien pouvoir espérer de plus, elle était incapable d'accepter ce statut.

— Je crois avoir vécu suffisamment d'émotions pour une vie entière. Tu vas certainement reprendre la mer. Je te remercie d'avoir consacré autant de temps à cette affaire.

— Non, répondit-il.

— Quoi ?

Il se leva et se détourna.

— Nom de Dieu, tu as raison... C'est fini.

Ces mots lui firent l'effet d'un coup de poignard en plein cœur.

— En effet, souffla-t-elle, la gorge nouée.

Thorn revint s'agenouiller près d'elle.

— Bella... Il faut que je reprenne ma vie.

Elle prit ses mains dans les siennes, et ce fut son tour de l'apaiser tandis qu'il semblait s'accrocher désespérément à elle.

— Je comprends.

— J'ai apprécié ces moments avec toi plus que je ne l'aurais imaginé. Je n'avais jamais été aussi heureux.

Une lueur d'espoir apparut. Avait-il simplement besoin d'être encouragé ? Pourquoi diable ? La vie d'une épouse de capitaine était-elle donc si peu attrayante ?

— Je... je ne verrais aucun inconvénient à rester un peu plus longtemps avec toi...

Peut-être accepterait-elle d'être sa maîtresse, finalement.

Oui, bien sûr qu'elle l'accepterait.

Hélas, les lèvres pincées de Thorn la mirent en garde avant même qu'il se relève.

— Si, tu y verrais un inconvénient. Je ne peux pas t'expliquer pourquoi. Je t'en prie, il faut me croire, Bella. Il est tout bonnement impossible de continuer ainsi.

Elle se détourna pour masquer sa peine. En vain, sans doute.

— Très bien, conclut-elle. Je pense que c'est mieux ainsi. Certaines personnes ne sont pas faites pour vivre dans l'émotion et l'exaltation.

Elle trouva le courage de le regarder, et même d'esquisser un sourire afin d'alléger la peine de Thorn.

— Ayant été privée d'une existence normale pendant longtemps, j'en ai vraiment envie et je constate que tu ne peux me la procurer. Je n'ai pas su l'inventer pour moi-même, mais j'y arriverai maintenant. Mes blessures vont se refermer.

Il l'incita à se lever. Pourvu qu'il l'embrasse... Ce serait une douce torture. Mais il lui baisa la main.

— Je l'espère car je te souhaite le meilleur, Bella. Tu dois le croire.

Il s'écarta et reprit d'un ton qui se voulait désinvolte :

— Je descends assister aux festivités. Je ne te dérangerai pas en remontant. Je dormirai par terre, dans le salon.

Il prit un oreiller et le couvre-lit avant de sortir.

Pétrifiée, elle ne se permit de céder aux sanglots que lorsqu'elle fut certaine d'être seule.

23

Le lendemain matin, ils se mirent en route à l'aube. Officiellement, les événements de la veille avaient été éprouvants pour Mme Rose, qui devait regagner la capitale. L'aubergiste en fut désolé, apparemment persuadé d'avoir hébergé le duc d'Ithorne.

Dans les environs d'Upstone, l'humeur était enjouée. Tabitha devait se sentir négligée, car elle boudait en émettant de temps à autre un miaulement morose.

Tandis que la voiture roulait dans une rue, quelqu'un les acclama. Thorn lui adressa un signe de la main.

— Nous ferions mieux de ne pas revenir ici avant un bon moment, commenta-t-il.

Nous.

Il n'y avait pas de « nous ».

Sans doute s'en rendit-il compte, car il se mura ensuite dans le silence.

— Veux-tu que je te fasse la lecture ? demanda-t-il au bout d'un moment.

Ce répit fut le bienvenu. Ils se plongèrent dans l'histoire de la Perse.

Plus tard, elle prit le relais et lut pour Thorn. Ils alternèrent ainsi durant toute la durée du trajet, jusqu'à ce que la voiture s'arrête devant la petite maison du quartier de Soho, à Londres.

— Que vas-tu raconter à ta bienfaitrice ?

— Ma bienfaitrice ? répéta Bella. Oh...

Elle ne se sentait plus capable de lui mentir.

— Je vis seule, avoua-t-elle. Avec trois domestiques. Je touche une petite rente.

— Pas si petite, répliqua-t-il, si tu peux te permettre cette maison. Tu es jeune pour vivre seule.

— La gouvernante me connaît depuis longtemps et j'ai un notaire qui me conseille au besoin.

— Ce qui te laisse livrée à toi-même la plupart du temps.

— Et alors ? Tu sais pourquoi je me suis lancée dans cette aventure.

— Serais-tu en train de dire que, à l'exception des moments que nous avons partagés, tu mènes une vie tranquille et exemplaire ?

Son ton soupçonneux la mit en colère.

— De quoi m'accuses-tu ?

Les lèvres pincées, il ne broncha pas.

— Nous avons été ensemble deux fois, Bella. À Douvres il y a quatre ans, et récemment. À te voir agir, je doute que tu aies passé tout ce temps à coudre des mouchoirs.

— Il m'arrive aussi de me promener au parc, d'assister à des conférences sur les arts ou l'histoire.

Le regard de Thorn suggérait qu'il s'attendait à autre chose.

— Quoi ? gronda-t-elle. Dis-moi ce que j'ai fait, d'après toi !

Serait-il au courant de la relation entre Bellona et lady Fowler ? Seigneur, avait-il reconnu Céléno ? Elle avait cru cela impossible, vu sa transformation physique.

Il secoua la tête et se détendit, l'air toujours réprobateur.

— Si tu mènes une existence aussi calme, ce n'est pas une bonne chose, Bella. Vivre avec ta sœur ne serait peut-être pas aussi pénible que tu le redoutes.

— Tu n'es pas cohérent.

Il avait déjà mis le pied à terre pour lui ouvrir la portière. Elle rangea ses affaires dans son sac et le lui remit, puis il lui offrit sa main.

Au moment où elle descendait, Kitty ouvrit la porte, visiblement soulagée.

— Merci, dit Bella au capitaine Rose avec une révérence pleine de dignité. Je vous souhaite le meilleur, monsieur.

Il s'inclina.

— Moi de même, mademoiselle Barstowe.

Sur ces mots, il se tourna vers la voiture mais, au moment de monter, il se ravisa.

— Si vous avez besoin de moi, adressez-moi un message à l'auberge Black Swan, à Stowting, dans le Kent. Je le recevrai rapidement.

Sur ce, il rentra dans la cabine et fit claquer la portière. Lorsque le véhicule s'ébranla, elle ne le suivit pas des yeux. Elle pénétra dans la maison, où Kitty lui posa mille questions. Elle monta dans sa chambre comme dans un brouillard, en ôtant son chapeau. Elle se rendit compte qu'elle avait eu la même réaction en rentrant de l'auberge de la Chèvre.

Et en rentrant de Douvres, également, la première fois. À l'époque, elle avait tant de rêves et d'espoirs.

Elle songea alors à la boucle d'oreille en forme de tête de mort qu'elle avait soigneusement conservée dans sa poche. Les larmes aux yeux, elle observa le bijou. Était-ce une excuse valable pour lui écrire à Stowting ?

— Qu'est-ce que c'est, mademoiselle ?

Bella referma vite la main sur la boucle d'oreille et sourit à Kitty.

— Rien. Tout va bien. Je suis un peu fatiguée à cause du voyage et de ces journées épuisantes.

Et ces nuits.

N'oublie jamais ces nuits.

— Donc tout va bien, mademoiselle ? Vous avez fait ce que vous aviez à faire ?

Bella s'assit pour ôter les épingles de sa perruque.

— Oui, Kitty. Et j'ai très envie d'une tasse de thé bien fort, s'il te plaît. Ensuite, j'irai me coucher.

Un moyen efficace d'obtenir la paix et la solitude.

— Je vais chercher la bassinoire, mademoiselle.

Kitty prit congé. Face au miroir, Bella tenta de retrouver une expression naturelle. Il ne fallait pas qu'elle montre sa tristesse. La dernière chose qu'elle voulait était d'inspirer la pitié. Elle posa sa perruque et alla chercher sa brosse dans son sac.

Annie se présenta avec la bassinoire.

— Votre thé arrive, mademoiselle ! annonça-t-elle avant de ressortir aussitôt.

Bella se brossa les cheveux devant la cheminée, regardant les flammes danser dans l'âtre. Serait-elle à l'avenir aussi heureuse qu'au cours de ces quelques jours ?

Et ces nuits.

Son esprit revenait sans cesse à ces moments. Si elle laissait libre cours à ses pensées, peut-être finiraient-elles par disparaître d'elles-mêmes. L'aventure était terminée. Elle devait désormais déterminer ce qu'elle allait faire du reste de sa vie.

Elle ne ressentit qu'un grand vide.

Kitty et Annie réapparurent, portant la malle de la jeune femme, qu'elles posèrent. Puis elles allèrent chercher le thé.

— Voilà, mademoiselle. Il est chaud, fort et sucré.

Bella prit la tasse entre ses mains froides, sans soucoupe.

— Ça fait du bien. Merci, Kitty.

Le parfum du breuvage était moins subtil que celui du thé préféré de Thorn.

Plus jamais elle n'apprécierait autant le thé.

Kitty vint suspendre une chemise de nuit près du feu.

— Vous avez l'air fatiguée, en effet, mademoiselle.

C'était sans doute une façon polie de lui indiquer qu'elle avait une mine épouvantable.

— Je le suis.

— Voulez-vous que je vous débarrasse de votre corset maintenant, ou bien que j'aille chercher de l'eau chaude ?

Bella parvint à sourire.

— J'ai repris ma veste matelassée, Kitty. Monte-moi donc de l'eau.

La domestique acquiesça.

— Il y a une pile de lettres dans le petit salon, mademoiselle. Voulez-vous que je vous les apporte ?

— Une pile de lettres ? répéta Bella, étonnée.

— Certaines sont de lady Fowler. J'ai reconnu l'enveloppe.

Seigneur... Elle avait adressé à lady Fowler un message l'informant qu'elle avait une affaire à régler en province. Pourquoi lui avait-elle écrit ? Quoi qu'il en soit, elle n'avait pas la force de s'y intéresser.

— Elles attendront demain, répondit-elle en se servant encore un peu de thé.

Elle grignota l'un des biscuits croustillants de Peg. Il était si délicieux qu'il l'aida à clarifier ses idées. Quelques heures plus tôt, ils avaient déjeuné dans une auberge. Elle ne savait pas très bien ce qu'elle avait mangé, tant elle cherchait à dissimuler sa peine.

Elle se drapa dans sa robe de chambre en s'efforçant de se concentrer sur des pensées positives.

Elle s'était vengée d'Augustus.

Elle avait la chance d'être indépendante.

Elle était jeune, en bonne santé, elle avait des amis...

Non. Elle avait deux domestiques qui partiraient bientôt pour se marier. Elle avait Peg, qu'elle aimait presque comme une mère mais qui n'était pas une amie. Quelques dames de chez lady Fowler auraient pu le devenir, mais elle allait devoir couper les ponts.

Thorn. Ces derniers temps, elle avait eu l'impression qu'ils étaient amis. Mais une femme ne pouvait avoir d'ami homme en dehors du mariage. Et il semblait qu'ils ne pouvaient pas se marier.

En faisant sa toilette, elle aurait aimé se laver de cette aventure grâce à l'eau savonneuse. Bella Barstowe devait repartir de zéro, maîtriser son propre destin. Et cette fois, elle ne se laisserait emprisonner par personne.

Elle trouverait le moyen d'être vraiment libre.

Déterminée, elle enfila sa chemise de nuit et souffla les chandelles, avant de se coucher.

En roulant vers son domicile, Thorn reprit son costume de duc comme s'il enfilait une robe d'hermine et une couronne. Plus il s'accordait de temps loin de ses responsabilités, plus il ressentait le fardeau qu'elles représentaient à son retour.

S'il avait une épouse à ses côtés, ce serait moins pénible.

S'il retournait auprès de Bella...

Il s'imagina avec elle dans un salon douillet, assis au coin du feu. Il lirait pendant qu'elle coudrait. Ils échangeraient des sourires...

Sa duchesse disposerait de ses propres appartements, et ils auraient des salons où recevoir des invités. Elle aurait un boudoir pour ses amies plus intimes, et lui, son bureau pour ses camarades masculins.

Il leur arriverait de ne pas se voir pendant des journées entières, même en vivant sous le même toit.

À Upstone, il avait songé à courtiser Bella en tant que duc, se présenter chez elle pour lui expliquer toute l'histoire. De retour à Londres, un gouffre s'était creusé entre eux.

La voiture passa devant le palais St James, où la duchesse d'Ithorne devrait tenir compagnie à la reine certains jours. Il n'imaginait pas Bella dans ce rôle, et

Sa Majesté n'accepterait jamais quelqu'un à la réputation si scandaleuse.

Certes, les épouses de Robin et de Christian accueilleraient Bella avec joie, ainsi que quelques autres, mais beaucoup la rejetteraient. Elle serait triste et embarrassée, ce qui le rendrait fou de rage. Il ne tarderait pas à devenir un homme autoritaire et terrifiant qui se défoulerait sur des innocents.

Il devait au moins s'accorder du temps avant de faire quelque chose qui risquait de les rendre malheureux pour le reste de leurs jours.

En arrivant chez lui, il convoqua Overstone, son secrétaire. Il avait besoin de se noyer dans le travail.

24

Il était bon de se réveiller dans son lit, sous son propre toit, songea Bella en ouvrant les yeux le lendemain matin. Même s'il était encore plus agréable de se réveiller au côté de quelqu'un...

Elle chassa vite cette pensée.

Bella savoura les sons familiers de la rue et vit le rai de lumière, sur le mur opposé à la fenêtre. La tristesse l'envahit.

Elle aimait cette maison, qui était juste assez grande pour elle et son personnel. Les voisins étaient plaisants. Bellona Flint leur semblait cependant trop austère pour qu'ils cherchent à sympathiser au-delà des politesses d'usage et des remarques sur la pluie et le beau temps. Hélas, elle ne pouvait rester à cette adresse. Car comment expliquer la transformation de Bellona en Bella ? Et comment couper les ponts avec lady Fowler, qui habitait deux rues plus loin ?

Cela lui rappela sa pile de courrier. Elle aurait aimé l'ignorer, mais il valait mieux qu'elle s'en débarrasse au plus vite. Elle sonna Kitty, qui se présenta promptement.

— Vous êtes requinquée, mademoiselle ?

Elle posa son seau à charbon et s'agenouilla pour allumer le feu.

— Rien de tel qu'une bonne nuit de sommeil. Vous avez bien dormi, mademoiselle ?

— Oui, répondit Bella, un peu étonnée.

Elle s'était attendue à être tourmentée par ses pensées.

— J'étais sans doute encore plus fatiguée que je ne le pensais.

— C'est le voyage, mademoiselle. Je vous monte votre petit déjeuner ?

— S'il vous plaît. Avec mon courrier.

Kitty se redressa et s'essuya les mains sur son tablier.

— Très bien, mademoiselle. Quelle robe voulez-vous porter ?

— Aucune tenue de Bellona. Bellona Flint va disparaître.

— À la bonne heure ! s'exclama la domestique.

— Ce n'était pas très agréable pour toi, n'est-ce pas ? dit Bella en riant. Et, oui, je porterai un corset !

Ravie, Kitty s'éloigna.

En attendant, Bella s'efforça de se concentrer sur des questions simples. Pour cette nouvelle vie, elle aurait besoin de robes. Devait-elle retourner chez Mme Moray ? Ou se rendre chez une couturière ?

Et si elle quittait Londres ? Une idée germa dans son esprit, puis elle grimaça. Non, elle ne s'installerait pas à Douvres. Ni dans un autre port du Sud où elle risquait de croiser le capitaine Rose. Elle éviterait le littoral. En dehors de cette considération, elle pouvait aussi bien choisir un lieu au hasard.

Le petit déjeuner lui changea les idées. Elle but une gorgée de chocolat en observant les enveloppes. Si elles provenaient toutes de la maison de lady Fowler, elles n'étaient pas de lady Fowler en personne. Deux d'entre elles venaient de Mary Evesham, la sœur d'un pasteur, à la fois intelligente et pleine d'humour.

Chère mademoiselle Flint,

Votre bon sens nous manque cruellement. Lady Fowler est très malade. Pour être franche, elle décline rapidement et de façon alarmante. Elle n'a plus toute sa tête, ce qui crée bien des inquiétudes et des problèmes ici. Je redoute ses réactions. Si vous évitez la maison par sagesse, je m'en voudrais d'encourager votre retour, mais il le faut.

Bien à vous,
Mary Evesham

Bella poussa un soupir. Qu'entendait-elle par un déclin alarmant ? Il était manifeste qu'elle s'inquiétait.

Elle but une autre gorgée de chocolat et ouvrit la lettre suivante. Elle venait de Clara Ormond, une vieille dame rondelette et nerveuse qui vivait dans la peur d'être jetée à la rue. Elle faisait partie de celles que Bella avait envie d'aider, car elle était incapable de se débrouiller seule. Elle n'avait pas d'enfants. Son mari avait connu des déboires financiers et, à sa mort, elle s'était retrouvée sans un sou. Si elle ne s'intéressait pas particulièrement à la cause de lady Fowler, elle profitait de sa générosité.

Sa lettre implorait Bellona de revenir avant la catastrophe imminente.

Ensuite, Bella prit connaissance de la lettre de Celia Pottersby, qui était de la même veine mais citait les sœurs Drummond, qui profitaient de la confusion mentale de la malade.

Hortensia Sprott, mince et vive, écrivait franchement :

Elle est folle et ne s'en rend pas compte. Plus vite elle mourra, mieux cela vaudra. Pourvu que cela arrive avant qu'elle anéantisse tout.

La dernière lettre était la seconde de Mary :

Ma chère Bellona,

Pour des raisons purement égoïstes, je vous implore de revenir, ne serait-ce qu'un moment. La situation est grave et j'ignore comment agir au mieux.

Je sais que je vous rendrais service en vous conseillant de rester à l'écart, et même de quitter définitivement la capitale, mais je vous prie de revenir.

Bien à vous,
Mary Evesham

Bella était perplexe. Pourquoi ces femmes lui avaient-elles écrit ? Elle était la plus jeune de l'équipe et n'avait pas le pouvoir de changer quoi que ce soit.

Thorn voyait en elle une sorte de meneuse. Peut-être avait-il raison. Était-elle simplement une personne qui préférait agir plutôt que de se tordre nerveusement les mains ? Un troupeau de moutons en détresse cherchait-il quelqu'un, n'importe qui, pour le tirer d'un mauvais pas ?

Elle s'en voulait de cette comparaison peu flatteuse, mais même Mary, avec son bon sens, et Hortensia, féroce et vive, étaient pauvres et dépendantes. Difficile d'avoir du courage dans ces conditions. Ses quatre années de confinement à Carscourt le lui avaient appris.

Quoi qu'il en soit, Bella avait envie de jeter ces lettres au feu et de quitter Londres. Elle ne devait rien à ces femmes, après tout.

Elle tartina une tranche de pain de beurre et de confiture de prunes. Cette histoire ne la regardait nullement. Et plus elle était désastreuse, moins elle devait s'impliquer.

Hélas, elle avait perdu tout appétit.

Elle grommela et admit qu'elle devait au moins rendre une visite à lady Fowler. Sinon, elle se sentirait coupable pour le reste de ses jours. Tout cela n'était peut-être que des spéculations et un sentiment de panique. Elle avait déjà vu les disciples de lady Fowler s'affoler pour un rien.

De plus, elle était redevable à lady Fowler, qui lui avait offert un refuge quand elle en avait besoin – et qui était mourante, sans doute.

Kitty lui apporta sa robe bleue et ses plus beaux dessous.

— Hélas, je vais avoir besoin d'une tenue de Bellona, finalement. Je dois rendre une visite.

En voyant Kitty faire grise mine, Bella se prépara à un sermon.

— Alors pas de corset, marmonna simplement la jeune fille.

— Pas de corset ! répéta Bella en s'esclaffant. Demain, je te le promets.

Bella incarnait Bellona depuis six mois. Cela ne lui avait pas semblé étrange, même au début, car ce personnage seyait à la jeune femme qui s'était échappée de Carscourt. À présent, c'était un carcan plus désagréable que le costume de Céléno et des autres. En entrant chez lady Fowler, elle craignit que tout le monde ne se rende compte qu'elle n'était pas celle qu'elle prétendait être.

Elle avait failli frapper à la porte, car elle ne se sentait plus chez elle, mais elle entra directement. Ellen Spencer émergea du scriptorium, la pièce dans laquelle l'équipe transcrivait la lettre de lady Fowler. Elle poussa un cri et courut à l'étage.

Abasourdie, Bella la suivit des yeux.

D'autres femmes l'entourèrent, parlant toutes en même temps, de sorte qu'elle ne comprit pas un mot.

— Silence ! ordonna-t-elle.

Elles obéirent.

Bellona était de retour, et le troupeau avait reconnu son berger. Elle eut envie de tourner les talons pour s'enfuir. Cependant, elle ne pouvait les abandonner.

— Passons au salon, leur dit-elle, avant de demander : Quel est le problème ?

Une douzaine de bouches s'ouvrirent pour répondre.

— Une seule à la fois !

— Oh, Bellona ! s'exclama Clara en se tapotant les yeux avec un mouchoir. Je suis tellement heureuse de vous revoir. Vous saurez quoi faire.

Elle se lança dans une explication, mais ne cessa de digresser et d'être interrompue par les autres. Certains éléments étaient clairs, toutefois. Lady Fowler était alitée et en plein délire. Nul ne pouvait entrer dans sa chambre, à part les sœurs Drummond et Ellen Spencer.

— Pourquoi Ellen ? s'enquit Bella. Elle n'est pas là depuis très longtemps.

— Nous n'en savons rien, avoua Mary Evesham. Sa venue ici est un peu étrange, et elle semble dévouée aux sœurs Drummond. Elle fait ce qu'Helena et Olivia lui ordonnent.

— Et elles sont en train d'élaborer une sorte de communiqué ! geignit Clara.

— Les Drummond ? Avez-vous utilisé la presse ? demanda Bella.

— Olivia a imprimé des exemplaires de la dernière lettre de lady Fowler, expliqua Hortensia. La presse a très bien marché. Nous les avons confiés à des gamines des rues afin qu'elles les distribuent aux dames des beaux quartiers. C'était pour ne pas laisser une trace qui remonterait jusqu'ici, voyez-vous.

Bella plissa le front.

— S'il s'agissait de la lettre de lady Fowler, tout le monde sait d'où elle vient, non ?

— Nous avions omis le nom et l'adresse.

— Tout de même…

Bella abandonna toute tentative d'obtenir une explication logique face à ces regards anxieux.

— Je suppose que les forces de l'ordre ne se sont pas montrées ici, donc tout va bien.

— Nous semblons être en sécurité, dit Mary Evesham, mais je crois que lady Fowler était déçue.

On a l'impression qu'elle souhaiterait être traînée en justice.

— Ah, fit Bella. Elle veut marquer l'histoire, comme John Wilkes. Devenir une martyre.

— Je refuse d'être une martyre ! s'écria Clara. Sauvez-nous, Bellona !

Comment ? songea Bella, qui n'exprima pas son désarroi. Une meneuse se devait de donner une illusion d'assurance et de courage.

— Vous parliez d'une sorte de communiqué en cours d'élaboration. Que dira-t-il ?

— Nous n'en savons rien, admit Mary. Certaines d'entre nous ont réalisé la composition de cette lettre, un travail fastidieux. Il faut tout installer à l'envers. Heureusement, nous avons maintenant M. Smith, qui est très rapide et efficace, mais nous ignorons le contenu du document. On n'a imprimé qu'un exemplaire en guise d'essai, et Olivia Drummond l'a directement apporté à lady Fowler.

— Je crains que ce ne soit ce que vous disiez, Bellona, déclara Celia Pottersby, une veuve mince et pâle qui envisageait toujours le pire. Une publication rappelant le numéro du *North Briton* qui a été à l'origine de l'incarcération de John Wilkes. S'il n'avait pas été membre du Parlement, il aurait été pendu pour avoir publié des horreurs sur le roi. Lady Fowler sera accusée de haute trahison et nous serons toutes pendues avec elle...

— Non ! s'exclama Clara. Ils ne peuvent pas ! Nous n'avons rien à voir là-dedans.

— Ils ont arrêté les imprimeurs du *North Briton*, renchérit Hortensia, qui n'hésitait jamais à affronter une épreuve. Et les personnes impliquées.

— Ils ne peuvent arrêter presque vingt femmes respectables, répliqua Bella en espérant dire vrai.

Certaines semblèrent rassurées, d'autres non.

— Et ce compositeur d'imprimerie ? s'enquit-elle. Il doit comprendre ce qu'il compose.

— Le dénommé Smith ? lança Mary d'un ton railleur. Il va empocher son argent et disparaître. Tout cela à cause de ce don de mille guinées !

— Une vraie malédiction, ajouta Celia. On a jeté une vipère parmi nous.

C'était peut-être le duc d'Ithorne, songea Bella. Ses recherches au sujet de ce don l'avaient menée vers un cabinet juridique qui travaillait souvent pour le duc. Ce dernier avait peut-être une raison de vouloir du mal à lady Fowler. Celle-ci s'en était violemment prise au marquis de Rothgar à propos de sa fille illégitime, qui avait épousé le comte de Huntersdown, cousin et ami d'Ithorne.

Le duc était probablement en colère, mais comment aurait-il pu élaborer une vengeance aussi complexe ? Il ne pouvait pas prévoir les conséquences de ce don de mille guinées.

Si Ithorne était à l'origine de ces problèmes, néanmoins, Bella avait une bonne raison de faire appel à Thorn. Elle pourrait lui demander de parler à son frère.

Une partie d'elle-même eut envie de se précipiter sur ce prétexte... et une autre de refermer la porte sur cette éventualité.

Dans combien de temps serait-elle libérée de cette folie ?

— La situation ne peut être aussi grave, dit-elle à ses amies affolées. Il faut garder la tête froide.

— Je crois que mon fils et ma belle-fille auraient besoin de mes conseils avisés, annonça Elizabeth Shutton, une veuve d'une cinquantaine d'années qui vivait sur place comme à l'hôtel, sans chercher à travailler.

— Elizabeth, intervint Clara, vous avez toujours dit que vous seriez malheureuse comme les pierres dans votre ancienne demeure.

— Balivernes, répliqua Elizabeth avant de s'éloigner.

Si Clara semblait perplexe, Bella s'était toujours doutée que Mme Shutton n'était pas dans une situation aussi désespérée qu'elle le prétendait. Peut-être que certaines personnes trouvaient la maison des autres plus attrayante que la leur.

— Je dois saluer lady Fowler, déclara-t-elle en se levant.

Après une aussi longue absence, une telle visite serait tout à fait naturelle. Pourtant, Clara retint son souffle, Mary grimaça, et Hortensia l'avertit.

— Elle délire.

Celia porta un mouchoir en dentelle à son nez.

— Et l'odeur..., ajouta-t-elle.

Bella prit son courage à deux mains et monta.

Ellen Spencer montait la garde. Ses lunettes grossissaient ses yeux.

— Lady Fowler ne reçoit pas, dit-elle d'une voix mal assurée.

— Écartez-vous ! ordonna Bellona Flint en s'avançant.

— Oh, mon Dieu..., souffla Ellen, qui recula.

Bella ouvrit la porte mais s'arrêta net, frappée par la chaleur et la puanteur. Un feu flambait dans la cheminée. Lady Fowler était assise dans son grand lit, manifestement à l'article de la mort, le souffle court, le visage émacié, le teint cireux.

— Qui est-ce ? fit la mourante d'une voix rauque.

Était-elle aveugle ?

— Bellona, souffla Bella d'un ton empreint de pitié face à la triste fin d'une triste existence.

Helena Drummond se leva de la chaise qu'elle occupait à son chevet.

— Sortez d'ici. Ne voyez-vous pas que lady Fowler est trop souffrante pour recevoir des visites ?

— Je ne suis pas une visiteuse, répondit Bella en entrant, avant de refermer la porte.

Helena lui barra le chemin, mais Bella l'écarta d'un geste brusque qui la fit chanceler.

Bella porta son mouchoir à son nez et s'approcha du lit en espérant que lady Fowler ne se rendrait pas compte de son geste.

— Lady Fowler, dit-elle doucement, déjà en nage, je suis désolée de vous voir aussi souffrante...

— Bellona ? Où étiez-vous passée ? Vous n'aviez pas la permission de partir.

Bella sourit face à cette arrogance.

— Je vous ai informée de mon départ, madame. Une question familiale à régler.

— Votre famille vous a rejetée.

— Peu importe. Que puis-je faire pour vous ?

Elle tendit une main crochue, que Bella prit dans la sienne. Sa peau était très sèche, comme si elle risquait de s'effriter.

— Aidez-moi dans mon œuvre, dit lady Fowler d'un ton implorant.

— Laquelle ?

— N'en dites pas plus ! s'exclama Helena en essayant d'entraîner Bella loin du lit. C'est une espionne, madame ! Elle est partie comploter avec vos ennemis. Elle n'est revenue que pour entraver votre grande cause !

Bella lutta pour rester à sa place.

— C'est faux ! Quelle est donc cette œuvre ?

Lady Fowler cherchait son souffle. Sa respiration était saccadée et sifflante. Agnès Hoover, sa camériste, se précipita et approcha un verre d'eau de ses lèvres.

— Buvez, mon petit. Sortez, toutes les deux ! ordonna-t-elle, furibonde. Laissez-la mourir en paix !

— Excellente idée, répondit Bella en se tournant vers Helena.

— Nous sommes ses servantes pour cette mission, déclara Helena. Je ne quitte jamais son chevet.

Bella ne put que reconnaître son courage. Elle-même ne supporterait pas de rester une minute de plus dans cette pièce. Sur le seuil, elle se retourna.

— Avez-vous fait quérir un médecin ?

— Il n'y a rien à faire, répondit Agnès sans se détourner de la malade. J'ai des médicaments pour la soulager.

Enfin, elle pivota vers Bella pour la regarder dans les yeux.

— Il n'y en a plus pour longtemps.

Elle avait une soixantaine d'années, et Bella l'avait toujours vue renfrognée. Mais cette fois, Agnès semblait la supplier d'accorder un peu de calme à sa maîtresse.

Dès qu'elle eut quitté la chambre, Bella respira à pleins poumons. Dans le couloir désert, elle prit le temps de réfléchir.

Elle ne voulait plus se soucier de ces histoires. Hélas, elle ne pouvait abandonner ces femmes à leur triste sort. Elle n'avait pas été anéantie par la vie comme les autres, et elle disposait de revenus personnels. C'était comme posséder un pistolet alors que les autres étaient désarmées.

Que faire ?

Manifestement, il n'y avait plus rien à faire pour lady Fowler, mais il fallait l'empêcher de faire plus de mal. Les sœurs Drummond constituaient le véritable danger. Helena, la pire des deux, restait cloîtrée dans la chambre. Pourquoi ?

Olivia avait toujours été la plus intéressée par la presse d'imprimerie. Sans doute se trouvait-elle près de la machine à cet instant. L'action la plus simple serait sans doute de saboter la presse.

Bella emprunta l'escalier de service. Dans la cuisine, les trois domestiques posèrent sur elle un regard implorant. Elles aussi ?

Elle leur sourit et poursuivit son chemin vers la pièce où était installée la presse. Quand elle ouvrit la porte, un homme se retourna et la regarda fixement, très méfiant.

M. Smith était visiblement inquiet de s'impliquer dans cette entreprise. Quelle somme touchait-il pour prendre un tel risque ? C'était un petit homme fluet d'une quarantaine d'années, aux cheveux châtains. Il était en bras de chemise et portait un tablier de cuir.

— Je suis Bellona Flint, annonça Bella. L'une des plus proches confidentes de lady Fowler. J'étais en voyage. Je viens m'assurer que vous avez tout ce qu'il vous faut.

— Oui, je vous remercie, madame.

— La presse marche bien ?

— Ce n'est pas mon travail. Je m'occupe de la composition.

— Ah ! Mais je suppose que la presse marche. Certaines dames s'en sont servies, et j'espère qu'elles n'ont rien déréglé.

L'homme émit un grommellement contrarié.

— Elles ont bâclé le travail et provoqué quelques dégâts. Mais il faudra bien que cela fonctionne ainsi. Vous direz aux autres qu'elles devront imprimer les deux premières pages, dorénavant, pour que je puisse réutiliser les caractères.

Sur ces mots, il se remit à l'œuvre. Bella observa ses gestes expérimentés pour sélectionner chaque lettre de plomb et la mettre en place.

Elle examina ensuite la presse, mais n'apprit rien de particulier. Elle ne pouvait fouiner en présence du compositeur. Quels pouvaient être ses horaires de travail ?

Bella prit congé et regagna le salon pour interroger ses camarades.

— Il finit tard, déclara Mary.

— Et il arrive tôt, suggéra Bella. Il m'a dit qu'il fallait que quelqu'un imprime les deux premières pages. Où est Olivia ?

Les autres femmes échangèrent des regards gênés.

— Elle est sortie, expliqua Hortensia. Elle va et vient à sa guise.

Il n'y avait aucune raison pour qu'elles n'en fassent pas autant, songea Bella. Se sentaient-elles emprisonnées ? Comme dans un couvent, tributaires de la permission d'une mère supérieure...

Elle se rappela les propos de Thorn sur les couvents.

Non. Elle devait cesser de se référer à lui à la moindre occasion.

— De toute façon, reprit Mary, désabusée, M. Smith insiste pour que les impressions aient lieu la nuit, quand il n'est pas là. Cela le dérange, paraît-il.

— Je vois. Il faudra donc agir ce soir. Je reviendrai.

Bella avait besoin de lire ce qui était imprimé avant de prendre d'autres décisions. Elle enfila ses gants.

— Après mon voyage, j'ai plusieurs questions à régler. Je vous laisse, dans l'immédiat.

— Comment va lady Fowler ? s'enquit Clara, anxieuse.

— Proche de la mort, hélas, répondit Bella, désolée de ne pouvoir annoncer une meilleure nouvelle.

Les dames poussèrent des exclamations horrifiées. Bella se dit que quelqu'un pleurerait peut-être sincèrement lady Fowler quand Clara demanda :

— Qu'allons-nous devenir ?

— Elle a peut-être prévu quelque chose dans son testament, déclara Celia.

Bella l'espérait. Si ces femmes pouvaient rester dans la maison, elle n'aurait plus à s'inquiéter de leur sort.

— Elle a fait venir son notaire, expliqua Mary.

— C'est peut-être bon signe, admit Bella.

— Peut-être. Naturellement, Helena était seule avec elle...

Mary, comme Bella, n'avait aucune confiance en les sœurs Drummond. Bella se promit d'écrire à M. Clatterford pour lui demander conseil au sujet d'un testament rédigé sous influence.

25

Thorn avait toutes les peines du monde à se concentrer. Or il avait beaucoup de problèmes à régler. Les prix alimentaires avaient drastiquement augmenté depuis la fin de la guerre de Sept Ans, ce qui provoquait des troubles. Les solutions faisaient l'objet de débats animés au Parlement, parmi lesquelles les Corn Laws, des mesures protectionnistes. Les colonies américaines protestaient contre les taxes. L'affaire des articles du *North Briton* impliquant John Wilkes traînait en longueur. Sa fuite vers la France n'avait rien arrangé.

Overstone avait rédigé un rapport complet sur chaque dossier susceptible d'être important : ravitaillement de la marine, financement de l'armée, développement agricole dans le Norfolk. Thorn était plongé dans sa lecture quand son cousin Robin apparut.

— Que fais-tu ici ? demanda Thorn.

— Les affaires, répondit Robin en arquant les sourcils. Je t'ai écrit. J'espérais séjourner ici, car la maison n'est pas prête.

Il consulta la pile de courrier et sélectionna une enveloppe pour la montrer à Thorn.

— Tu t'es absenté ?

Thorn esquissa une grimace. Overstone n'ouvrait pas le courrier des amis de son maître. Raison de plus pour en prendre connaissance en priorité.

— J'étais à Douvres.

— À jouer le capitaine Rose, une fois de plus ? Très bien.

Robin sortit de sa poche une boule de poils – une petite chienne.

— Oh non, pas elle ! geignit Thorn pour plaisanter.

Robin avait acquis cet épagneul papillon en France. Robin emmenait Coquette partout, même à la Cour.

— Tabitha, dit Thorn, ne dévore pas cette petite chose.

La chatte leva la tête et referma son panier. Coquette trottina dans sa direction pour le renifler, ce qui amusa Robin.

— Quand je suis le capitaine Rose, je ne joue pas, déclara Thorn. En réalité, je ne joue jamais – ou presque.

— Cela pourrait changer. Sais-tu que certains envoient des moutons en France ?

— Des moutons ?

Robin afficha un sourire malicieux.

— Les ovins anglais sont de qualité supérieure. Nous devons empêcher ce commerce, tu ne crois pas ? Il est temps que je redevienne le lieutenant Sparrow.

— Ton épouse n'y verra aucun inconvénient ?

Robin fit la moue.

— Petra serait plutôt du genre à vouloir être de la partie. Mais elle est raisonnable maintenant qu'elle est enceinte – raison de plus pour être fâchée que je parte à l'aventure.

— J'admets que c'est tentant. Pourchasser des moutons de contrebande à bord du *Black Swan*...

Avec le lieutenant Sparrow et Pagan le Pirate. Et pourquoi pas Bella la Vengeresse ? Thorn retrouva vite ses esprits.

— Ce trafic de moutons devra cesser sans mon intervention. Je croule sous le travail. Qu'est-ce qui t'amène en ville, alors ?

— Rothgar.

— C'est lui qui tire les ficelles ?

— Je n'ai jamais eu de problème avec lui, contrairement à toi, répliqua Robin.

— Ton rang n'est pas supérieur au sien.

— Mon rang est supérieur à celui de la plupart des Anglais, et aucun d'entre eux ne m'obsède. En vérité, je l'admire. Je ne suis pas toujours d'accord avec lui, mais il est d'une intelligence redoutable et il a de nobles principes.

— Il fait toujours passer ses propres intérêts en premier.

— S'il ne néglige certes pas ses intérêts, il ne te veut aucun mal.

— Ce que je trouve plutôt irritant, commenta Thorn.

— Quoi ? Tu trouves qu'il devrait trembler de peur face à toi ? Cesse de t'entêter de la sorte.

Thorn décida de changer de sujet.

— Parlons d'autre chose, veux-tu ? Comment va Petra ?

— Non, je ne veux pas.

Robin était enjoué de nature mais, quand il adoptait ce ton grave, il était préférable de l'écouter.

— Qu'est-ce que tu veux ? Ou plutôt, que veut Rothgar ?

— Une entrevue, répondit Robin.

— Nous nous sommes déjà rencontrés pour négocier l'affaire de Christian. Nous avons même coopéré. Nous nous croisons souvent au Parlement.

— Tu vois ce que je veux dire, j'imagine.

Thorn avait pris un presse-papiers et, se rendant compte qu'il le manipulait nerveusement, il le reposa.

— Pourquoi ?

— La Grande-Bretagne est en paix, ce qui incite les gens à croire que tout va bien, mais un tas de problèmes couvent sous la surface.

— C'est ton opinion ou celle de ton beau-père ?

— Tu n'arriveras pas à m'agacer avec tes railleries. Il m'a permis d'y voir plus clair. Les troubles qui agitent les colonies ne s'apaisent pas. Cet Otis semble capable de rallier les gens, et d'autres suivent ses traces. Leurs arguments sont absurdes, mais si les Britanniques s'y prennent mal, les Français risquent de nous dérober l'Amérique.

— Sauf si Rothgar et moi dirigeons les barricades ensemble ? demanda Thorn, moqueur.

Robin leva les yeux au ciel.

— Vous comptez tous les deux parmi les hommes les plus puissants du pays qui ne sont pas seulement motivés par leurs intérêts personnels. Pour Rothgar, c'est surtout un principe moral. Dans ton cas, c'est parce que tu peux te le permettre. Tu as tout ce que tu désires.

Thorn eut toutes les peines du monde à afficher un air impassible.

— Et ma liberté ?

— Tu as le capitaine Rose. Ou plutôt non, tu as renoncé à lui. C'est la raison de ton esprit chagrin ? Reprends la mer au plus vite.

— J'ai renoncé au capitaine Rose dans l'immédiat parce que je dois perpétuer la lignée, rétorqua Thorn. Si tu veux te rendre utile, trouve-moi l'épouse idéale.

— Tu n'as qu'à te marier avec l'une des sœurs de Christian.

— Il me l'a déconseillé.

— Quoi ? fit Robin, étonné.

— Il veut que je me marie par amour.

— C'est aussi ce que je te souhaite.

— Moi également, admit Thorn. Hélas, l'amour n'arrive pas comme par enchantement. Du moins avec le genre de femme qui convient à un duc.

Robin fut soudain en alerte.

— Qui est cette femme qui ne te convient pas ?

— Oublie ça.

— Pas si tu es tombé amoureux, répliqua Robin. Réfléchis. Petra n'était pas une femme qui me convenait. Et la plupart des gens diraient que Caro n'est pas l'épouse qu'il faut à l'héritier d'un comte.

— Petra a reçu une éducation d'aristocrate, argua Thorn. Elle est à l'aise dans notre monde, même si elle est une enfant illégitime, catholique et étrangère. Être la fille naturelle de Rothgar est un atout plus qu'un handicap. Caro est issue de la petite noblesse, le milieu d'origine de Christian, bien qu'il soit l'héritier d'un comte. Elle s'intégrera à merveille dans la bonne société du Devon. Avec un peu de chance, elle ne deviendra comtesse que dans plusieurs décennies. Je n'ai pas ce luxe. Je dois trouver une duchesse.

Robin secoua la tête.

— À moins que ta dulcinée ne soit une fille de ferme, elle apprendra à être une duchesse.

— C'est une fille de ferme, admit Thorn.

Robin lâcha une exclamation de surprise.

— Mais je verrai Rothgar, reprit Thorn. Si cela peut me débarrasser de toi... Où et quand ?

Un sifflement attira leur attention.

Zibeline s'était échappée pour jouer avec son nouvel ami et Tabitha se lança à sa poursuite. Robin voulut attraper son chien ridicule, mais Zibeline avait grimpé sur le dos de Coquette. Tabitha s'apprêtait à bondir.

Thorn saisit la chatte par-derrière et la plaqua contre son torse. Robin ôta le chaton de son perchoir. Tabitha donna des coups de pattes si frénétiques que Thorn dut la relâcher. Ce faisant, il tomba à la renverse sur le tapis, avant de se relever péniblement pour sauver Robin.

Celui-ci avait esquivé le premier assaut. Il posa le chaton par terre et souleva Coquette.

Furieuse, Tabitha remua la queue et se mit à cracher sur ses bottes. Puis elle attrapa Zibeline par le cou et la remit dans le panier.

— Eh bien ! s'exclama Robin. Il faudrait élever cette race de chats pour en faire des guerriers.

Thorn se massait le flanc.

— Ils sont puissants, en effet. Ils ajoutent une touche de chaos à ma vie, qui n'en manquait déjà pas.

— Tu veux m'en parler ? demanda Robin.

— Non. Dis-moi où et quand je dois présenter mes hommages à Rothgar.

Robin caressa la chienne encore affolée.

— Nous sommes tous les deux invités à souper à Malloren House ce soir. Si tu es libre. Sinon, à toi d'arrêter une date. Il y a urgence.

— L'affaire Wilkes ?

— Elle s'éternise au point d'être pénible. Mais non, ce n'est pas cela.

Robin vérifia que la porte était bien fermée.

— Il se peut que le roi n'aille pas bien.

— Je n'ai rien entendu de tel, répondit Thorn, en alerte.

— L'information est secrète, mais il a eu une crise étrange. Les mauvaises nouvelles des colonies d'Amérique lui ont presque mis l'écume aux lèvres.

— Il a perdu son sang-froid. Il n'a plus le pouvoir de faire décapiter quelqu'un au gré de ses caprices.

— Ce n'était pas de la colère. Enfin, pas seulement.

Robin baissa d'un ton, alors qu'ils étaient seuls.

— L'espace d'un instant, il a eu l'air d'un fou. Et il y a eu d'autres signes alarmants.

Thorn se mit à marcher de long en large dans la pièce, réfléchissant aux conséquences de cette nouvelle.

— Il a des fils.

— Ils sont tout jeunes.

— Que se passe-t-il quand un roi devient fou ? C'est la reine qui prend le relais ? Elle est jeune et ne parle pas bien anglais. Il y a aussi la mère du roi…

— Qui est sous l'influence de Bute, commenta Robin.

— Elle n'est pas seulement sous son influence, fit Thorn, railleur.

— Il y a aussi son oncle, le duc de Cumberland.

— Non.

— En effet, admit Robin. Il n'existe aucun candidat évident, ce qui signifie que des factions à la Cour et au Parlement vont se disputer le pouvoir.

— Autrement dit, le roi pourrait devenir complètement fou sans qu'on désigne un régent ?

— C'est possible. Ou si, mais un mauvais régent. Rothgar pense qu'un groupe d'hommes de confiance devrait se tenir prêt à agir si nécessaire.

— Il se propose d'être régent ?

— Non, même si tu auras du mal à le croire.

— On ne change pas comme ça, affirma Thorn.

— Mais on peut évoluer, surtout qu'il a une famille. Rothgar accorde désormais une grande attention aux questions domestiques. Il attend la naissance de son premier enfant légitime en décembre. Il ne veut pas diriger le pays. Tu peux me croire, Thorn.

— Je me méfie quand même, Robin. Néanmoins, vu la situation, je veux bien essayer d'aider. D'accord pour ce soir.

— En toute amitié ? demanda Robin.

— Je n'irais pas aussi loin. En toute rationalité.

— Tu aurais un petit coin ici où je pourrais m'installer ?

— Un placard, peut-être, répondit Thorn en sonnant un valet. Qu'en est-il de ta future paternité ? Petra se porte bien ?

— Elle est solide comme un roc, mais elle souhaite passer Noël à Rothgar Abbey.

— Ne devriez-vous pas passer la saison chez vous ?

— Ma mère dirigera les festivités. Ce sera le premier Noël anglais de Petra, et nous voulons le passer avec son père et sa nouvelle famille. Et rencontrer son demi-frère ou sa demi-sœur.

— Cela ressemble bien à Rothgar de faire naître son enfant à Noël.

— Tu exagères.

Thorn s'esclaffa.

— Je plaisantais, mon vieux. Le déplacement ne fera aucun mal à Petra, à condition d'aller lentement.

— Je sais, mais je m'inquiète quand même. Comme n'importe quel mari, je suppose.

— Hélas non. Comme un mari aimant.

Il demanda au valet d'aller chercher la gouvernante.

— Si tu es amoureux, cousin, déclara Robin, fais ton possible pour épouser cette perle rare.

— Même en sachant qu'elle sera malheureuse ?

— Avec l'homme qu'elle aime ? Parce qu'elle doit t'aimer, sinon tu n'y songerais même pas. Elle apprendra son rôle de duchesse. Si tu es tombé amoureux d'elle, elle doit être extraordinaire.

— Arrête, Robin. Tu sais que l'amour n'est pas éternel. Dans quelques semaines, j'aurai oublié son nom, surtout si j'ai des dossiers sérieux à traiter.

— Quel est son nom ? s'enquit Robin.

— Bella.

Enfer et damnation. Il n'avait pas voulu le dire.

La gouvernante se présenta.

— Préparez une chambre pour lord Huntersdown, je vous prie. File, Robin. Si je sors ce soir, je dois travailler dur aujourd'hui.

Une fois dans sa chambre, Robin s'assit pour écrire à Christian dans le Devon.

Qui connaissons-nous se prénommant Bella ? Thorn est amoureux, mais il prétend qu'elle ne pourrait jamais devenir duchesse. Nous devons agir. Il s'est rendu à Douvres dernièrement. Quelqu'un te vient-il à l'esprit ?

Il signa et scella le message, avant de l'envoyer.

Dans la soirée, Bella retourna chez lady Fowler. Plusieurs dames prenaient le thé au salon. Elle en découvrit quelques-unes au sous-sol qui aidaient à l'impression des pages. Olivia la foudroya du regard, mais n'avait aucun prétexte pour la chasser.

Bella était intriguée par la presse, qui semblait assez simple d'utilisation. Le compositeur avait disposé tous les caractères dans un cadre en bois. Betsy Abercrombie, toujours prête à s'impliquer, y appliquait de l'encre à l'aide d'un tampon en tissu. Ellen Spencer, plus anxieuse que jamais, plaça ensuite une feuille de papier sur le cadre, et Olivia actionna un levier pour presser une large plaque sur le papier. Lorsqu'elle releva la plaque, Ellen souleva la feuille de papier imprimée.

Une page entière en quelques instants.

— C'est formidable ! s'exclama Bella.

Elle voulut admirer le résultat, pour lire le texte.

Olivia s'interposa.

— Ne touchez à rien, Bellona. Vous ne savez pas ce que vous faites.

Mais la jeune femme avait pu jeter un coup d'œil et distinguer les mots « tyrannie » et « oppression » en lettres capitales.

Elle se laissa entraîner loin de la presse pour observer une nouvelle fois le processus.

— Je constate que vous n'avez pas besoin de moi. Je vais remonter, dit-elle au bout d'un moment.

Il fallait vraiment saboter la presse, or les documents étaient en cours d'impression. Si seulement elle l'avait fait plus tôt ! À présent, elle allait devoir détruire les feuilles également.

Les autres dames se trouvaient encore au salon, buvant leur thé. À l'étage, elle n'entendait rien. Devait-elle tenter de voir lady Fowler ? Helena Drummond serait présente, montant la garde.

Elle avait beau être la meneuse du groupe, elle se sentait faible et impuissante. Elle ne pouvait plus se contenter de faire semblant de savoir ce qu'elle faisait. Il lui fallait un plan.

26

Descendant de voiture en compagnie de Robin dans la cour de Malloren House, Thorn songea qu'il était inapproprié de se méfier à ce point. Et pourtant, il peinait à croire que les intentions de Rothgar étaient totalement innocentes.

Après avoir fait face aux doléances de ceux qui s'étaient présentés à sa porte, il n'était pas dans son assiette. Il avait eu envie de sortir discrètement de chez lui, comme il le faisait souvent quand il ne voulait pas se faire remarquer, mais il ne pouvait s'offrir ce luxe après une absence de plusieurs jours. Avant d'affronter Rothgar, il lui avait semblé important de sortir par la grande porte, avec panache.

Il connaissait des aristocrates qui appréciaient les courbettes, car ces attentions leur donnaient de l'importance. Thorn s'en moquait, mais il n'était pas capable de passer son chemin d'un air hautain. Il avait donc pris l'habitude d'écouter brièvement ces gens. Il leur aurait volontiers remis quelques pièces si cela n'avait pas encouragé la mendicité. Il confiait à Overstone les lettres que ces personnes lui remettaient. Les temps étant difficiles, il s'agissait souvent de cas poignants. Certains sollicitaient l'aide du duc lors d'un procès, par exemple. En général, Thorn refusait, à moins qu'il ne s'agisse d'une injustice flagrante. Il aurait aimé aider tous les malheureux et, en vérité, il espérait que viendrait le jour où ces doléances n'auraient plus lieu d'être. Mais autant essayer de vider la Tamise.

Tandis qu'il traitait ces demandes, il en avait presque voulu à Robin, qui marchait en toute tranquillité. Chez lui, son cousin connaissait le même problème, mais la foule était moindre. Un comte n'était pas un duc.

En pénétrant dans Malloren House, Thorn ressentait donc un certain malaise. Ils furent introduits dans un salon de taille modeste, qui rappela étrangement à Thorn la salle de l'auberge à Upstone. Si les murs étaient peints en ivoire au lieu d'être blanchis à la chaux, et les tableaux, bien plus raffinés, l'atmosphère était tout aussi accueillante. Une flambée brûlait dans la cheminée en marbre – et, qu'on soit chez un roi ou chez un paysan, le feu était le même partout.

Devant l'âtre étaient disposés un divan et deux fauteuils. À l'autre extrémité, une table était dressée pour quatre. *Quatre ?*

Rothgar les accueillit dans une tenue décontractée, avec pour tout bijou une chevalière ornée d'un diamant extravagant, offerte par sa femme. Il la portait en guise d'alliance. Thorn avait d'abord trouvé cela ridicule, mais à présent, hanté par le souvenir de Bella, il se demandait s'il ne serait pas tenté de faire la même chose.

Cependant, Bella n'aurait pas les moyens de lui offrir un tel joyau. Rothgar avait épousé la comtesse d'Arradale, qui possédait une fortune personnelle. Elle était la femme idéale pour le marquis. Le duc d'Ithorne aurait dû épouser une lady de cette trempe.

Il retrouva ses esprits pour saluer son hôte, ravi d'avoir adopté une tenue simple, en accord avec la sienne. La conversation fut détendue, abordant les courses hippiques, les arts, les inventions… Thorn s'était demandé si la passion de Rothgar pour l'horlogerie n'était pas une façon d'établir un lien avec le roi, mais elle semblait sincère car il s'intéressait de près au chronomètre de M. Harrison.

Thorn également, pour son usage dans la navigation. La possibilité de traverser un jour les océans était l'une de ses grandes ambitions. Cette discussion était des plus plaisantes.

L'arrivée d'un autre convive fut annoncée.

Le duc de Bridgewater.

Les hommes s'inclinèrent. Thorn était intrigué. Bridgewater était un jeune duc d'à peu près son âge. Quelques années plus tôt, il avait été membre de cercles très actifs mais, après une déception amoureuse, il s'était retiré sur ses terres du Nord pour se passionner pour les canaux. On l'avait jugé excentrique, voire complètement fou. Surnommé le Pauvre Duc, il économisait chaque sou pour financer ses travaux. Ses voies d'eau servaient pourtant à transporter son charbon à peu de frais, amorçant une révolution dans les transports. Désormais, on voyait Bridgewater d'un autre œil.

Il demeurait un homme sans prétention, élancé et pâle, un peu souffreteux. S'il semblait timide, Thorn savait qu'il n'avait jamais manqué d'assurance et que son esprit était particulièrement acéré sur les sujets qui l'intéressaient.

Ils s'attablèrent et furent servis par un valet des plus discrets. Ils discutèrent politique, stratégie et inventions. Thorn passait une bonne soirée car ils avaient beaucoup de points communs.

Bridgewater avait-il été invité uniquement pour cette raison ?

Ils partageaient un statut élevé, une convergence d'esprit et une similitude de pensée au-delà de leurs différences.

Ils étaient érudits et ne parlaient pas sans savoir. Sur le plan politique, ils comprenaient les rouages complexes du Parlement, des jeux d'influence, de l'argent, du commerce et des relations internationales. De plus, ils s'accordaient sur l'importance de certaines questions.

Mais Rothgar avait un avantage. Étant leur aîné de dix ans, il possédait une expérience précieuse, acquise lors de deux règnes.

— Il existe des tournants dans l'histoire, dit-il tandis qu'ils buvaient du cognac. Les croisades, la Renaissance, la Réforme. Je crois que nous sommes à l'aube d'un tel changement. Et si les conséquences de ces tournants ont été bénéfiques et nécessaires, ceux qui les ont vécus ont parfois souffert.

— La Renaissance ? demanda Thorn.

— Elle fut assez inoffensive, mais le changement est facteur de destruction. Certaines traditions ont disparu. C'est ainsi. Pensez au rouet.

Thorn s'efforça de ne pas montrer que la pertinence de cette référence au rouet lui échappait.

— La machine à filer, déclara Robin. Bientôt, les rouets artisanaux ne serviront plus à rien.

— Et avant même que vous vous en rendiez compte, il n'y aura plus besoin de tisserands, renchérit Bridgewater. Je n'approuve pas cela. C'est tout un mode de vie qui sera balayé d'un revers de la main.

— Mais vos canaux vont affecter l'existence des charretiers, des bouviers, des chevaux de trait.

— Certes.

— Tel Knut le Grand, nous sommes incapables de maîtriser le cours de l'histoire, déclara Rothgar.

— Un cours d'eau peut pourtant être maîtrisé, souligna Thorn. Avec des barrages, des digues.

— Il n'en reste pas moins que la grande vague balaie finalement le travail humain.

— Pas si l'ouvrage est conçu avec soin, répliqua Bridgewater.

— Néanmoins, reprit Thorn, il est préférable de s'adapter à la force de l'eau, de la comprendre et de l'exploiter. Il ne sert à rien de lutter contre les vents.

— De la même façon qu'il faut comprendre et exploiter l'esprit nouveau de notre époque, énonça Rothgar.

Thorn eut l'impression qu'il les avait entraînés vers cette conclusion depuis le début.

— On peut chercher des causes, reprocher à nos philosophes de poser des questions difficiles, ou à nos monarques et nos hommes politiques de créer des injustices, cela ne change rien. Selon moi, de nouvelles lois draconiennes ne changeront rien non plus. Mieux vaut comprendre notre époque et exploiter les forces émergentes au profit de la paix et du bien-être. Sommes-nous d'accord ?

Si Robin et Bridgewater répondirent par l'affirmative, Thorn marqua une hésitation.

— En parlant de vent et d'eau... vers quel port navigue-t-on ?

— Un bon marin prépare son navire pour affronter les vents et les tempêtes, quels qu'ils soient.

— Vous prévoyez une tempête ?

— Oui, assura Rothgar. Peut-être même un ouragan.

Ils n'avaient bien sûr pas évoqué la santé mentale du roi, car ce serait presque un acte de haute trahison. Cependant, le sujet était présent en filigrane. Le roi pouvait se montrer entêté, notamment dans les moments difficiles. S'il était guidé, voire dirigé par le Parlement, celui-ci pourrait influer sur le parcours du navire qu'était l'État. Dans le cas contraire, au cours d'une crise de démence, il risquait de sombrer comme dans une mer houleuse.

Thorn finit par admettre qu'il serait sage d'empêcher cela. Pour ce faire, il allait devoir s'allier au marquis de Rothgar.

Bella avait demandé à Kitty de la réveiller de bonne heure. Il faisait encore nuit quand elle gagna la cuisine pour prendre son petit déjeuner. Elle avait besoin de parler à Peg de ses projets, et de quitter la maison alors que la ville serait encore endormie.

Comme toujours, la cuisine était impeccable. Les marmites en cuivre rutilaient et des bouquets d'herbes aromatiques pendaient du plafond. La bouilloire était posée près du feu. Bella mit son couvert sur la table en bois et prit un petit pain dans la corbeille. Il était chaud.

— Qu'est-ce qui nous vaut ce plaisir ? demanda Peg d'un air malicieux.

Elle était attablée et dévorait du pain ainsi que du jambon en buvant du thé, en compagnie d'Ed Grange et de Kitty. Annie préparait le chocolat de Bella.

— Des projets, répondit Bella en beurrant une tranche de pain. Je vais redevenir moi-même.

— Dieu soit loué !

— Et quitter Londres, peut-être. Qu'en pensez-vous ?

Peg but une gorgée de thé, qu'elle aimait très fort.

— Je suis très bien ici, répondit-elle enfin. Mais je n'ai rien contre un déménagement – en restant dans le pays, tout de même. Je ne veux pas me retrouver dans un pays étranger dont je ne parle pas la langue et où on ne sait pas ce qu'on mange. Des escargots, par exemple, conclut-elle en frémissant.

— Je n'y tiens pas non plus, admit Bella.

— Et nous devons nous occuper d'Ed, ajouta la gouvernante en posant une main sur l'épaule du jeune garçon.

Bella l'avait presque oublié, alors que Peg et lui s'entendaient comme une mère et un fils.

— Ed viendra avec nous, bien sûr, dit-elle.

Annie lui servit son chocolat.

— Kitty et moi resterons avec vous un moment encore, mademoiselle, si vous avez besoin de nous.

— C'est très gentil, mais je ne voudrais pas vous séparer de vos fiancés. J'espère trinquer à votre mariage avant de partir.

Annie sourit, les yeux pétillants de bonheur.

— Dans ce cas, les mariages auront lieu bientôt, mademoiselle. Nous avons décidé de vivre tous ensemble pour commencer.

— Excellente idée, commenta Bella. Peg, j'ignore encore où j'irai. Loin de Carscourt, en tout cas.

— Je n'y vois pas d'inconvénient, ma chère. J'ai envie de voir un peu de notre beau pays. Que diriez-vous de Douvres ?

— J'y suis allée pour affaires, Peg.

Bella espérait que son expression ne trahissait rien de son trouble.

— Avec un homme ? demanda la gouvernante.

— Peg !

— Je ne suis pas votre mère, je sais, mais vous êtes jeune, mon petit. Et vous avez toujours été un peu fofolle.

— Vous me croyez folle ?

— Ce n'est pas ce que je voulais dire. Quand vous étiez enfant, déjà, il fallait vous suivre. Un vrai garçon manqué ! Plus garçon que votre frère, ajouta-t-elle avec dégoût. N'est-ce pas ce côté dissipé qui vous a poussée à aller à ce rendez-vous ? Vous n'étiez pas entichée de ce garçon. C'était l'aventure que vous cherchiez.

— C'est vrai, et j'espère en avoir tiré des enseignements.

Peg arqua les sourcils.

— J'avoue que ma dernière aventure était un peu folle, marmonna Bella, mais elle était nécessaire et en valait la peine.

Malgré tout, elle avait au moins la satisfaction de s'être vengée de son frère.

— Vous allez devoir choisir le lieu seule, alors. Demandez donc conseil à ce gentil M. Clatterford.

— Il me dirait d'aller à Tunbridge Wells.

— Quel mal y aurait-il à cela ?

— Je me méfie de ces bourgades en vogue. En vérité, je ne sais pas ce que je veux. Dès que Kitty et Annie seront mariées, nous partirons. Il vaut mieux que nous nous éloignions de lady Fowler et de ses disciples.

— Pourquoi ne pas partir tout de suite ?

— Parce que je veux être sûre qu'elles seront en sécurité.

Quelques minutes plus tard, elle marchait vers la maison de lady Fowler, un peu mal à l'aise dans la rue sombre et déserte. Elle arriva à bon port et entra par la porte de service. Les domestiques étaient dans la cuisine.

— Je me suis levée de bonne heure, expliqua-t-elle d'un ton désinvolte. Alors j'ai décidé de venir. Il y a tant de choses à faire.

Elle quitta la pièce sous le regard impassible de la cuisinière et de la femme de chambre. Bella savait qu'elles ne se mêleraient pas de ses affaires. Les domestiques ne restaient jamais très longtemps ici. Lady Fowler avait toujours été lunatique et de nombreuses femmes vivaient dans la maison, souvent trop pauvres pour rémunérer leurs services comme il était d'usage.

Elle se faufila vers la salle d'imprimerie, qui était fermée à clé. Depuis quand ? Peut-être l'était-elle toujours, la nuit ? Furieuse et inquiète, elle se rendit à l'étage. Elle devrait trouver une explication à sa présence matinale pour ne pas éveiller les soupçons des sœurs Drummond.

La maison était silencieuse et froide en l'absence de feux de cheminée. Bella garda sa cape pour entrer dans le scriptorium. Elle posa une feuille de papier sur la table et prit une plume. En ôtant le couvercle d'un encrier, elle constata qu'il était sec.

Avaient-elles cessé de copier la lettre à la main depuis qu'elles avaient une presse ? Elle trouva de l'encre, qu'elle versa dans l'encrier, et se mit à écrire.

Comme elle n'avait pas à remplir une page, elle s'interrompait régulièrement pour penser à autre chose. Dans combien de temps aurait-elle l'assurance que ces femmes étaient en sécurité ? Où irait-elle vivre ? Que ferait-elle du reste de sa vie ?

Il était vrai qu'elle avait un grain de folie. Elle devrait faire attention à ne pas se mettre en danger. Pendant quatre ans, à Carscourt, elle avait été privée de toute extravagance. Elle était devenue une autre femme, plus sobre.

En considérant ses aventures récentes, toutefois, elle sentait que son grain de folie était toujours là. Cela signifiait-il qu'elle devait trouver un emploi ? Pas pour l'argent, car les métiers ouverts aux femmes étaient pénibles, mais afin d'occuper son temps et son esprit. Que faire ? Oublier ses origines et diriger une auberge, comme la tante de Thorn ?

Elle chassa ses souvenirs. En baissant les yeux sur sa feuille de papier, elle vit le mot qu'elle avait écrit : *Thorn.* Il s'évanouissait après le *o* car sa plume n'avait plus d'encre, mais elle pouvait toujours le distinguer.

— Bellona ! Que faites-vous ici à cette heure matinale ? Il n'y a pas de feu dans la cheminée.

Clara Ormond était drapée dans un châle de laine.

— Je vais chercher du charbon, dit-elle en s'éloignant.

Lorsqu'elle revint avec un seau, elle attisa les braises pour créer des flammes qui léchèrent le charbon. Un feu de bois aurait été plus agréable, songea Bella, mais il n'y avait pas assez de bois pour chauffer la ville entière. Le charbon avait tendance à tout salir.

Pourquoi fallait-il toujours faire des compromis ?

— Voilà, c'est mieux ainsi, dit Clara. J'aime me rendre utile.

Elle avait beau sourire, son regard reflétait l'angoisse, comme toujours.

— Qu'écriviez-vous donc ?

Bella venait de gribouiller le mot révélateur.

— Je prends quelques notes sur mon voyage. J'ai entendu des histoires qui mériteraient d'être racontées dans notre lettre d'information.

— Oh, nous ne l'écrivons plus. Lady Fowler ne s'intéresse plus qu'au bulletin, et c'est Helena Drummond qui le rédige. Je suis très inquiète. Maintenant que nous ne servons plus à rien, nous permettra-t-elle de rester ici ?

Bella eut de la peine pour la vieille dame.

— Je suppose qu'il y aura bientôt des changements.

— Je le suppose aussi.

Elles faisaient toutes deux référence à la mort de lady Fowler.

— Si vous deviez partir d'ici, où iriez-vous ? demanda Bella.

Clara grimaça, puis elle s'assit.

— À l'asile pour nécessiteux, geignit-elle.

Bella la prit dans ses bras.

— Quelle idée ! Vous devez avoir de la famille.

— Non, aucune. J'avais seulement un frère et une sœur. Ce cher Algernon était employé chez un négociant, mais il est tombé à l'eau et s'est noyé en traversant la Manche pour se rendre en France. Sarah est gouvernante et vit de la générosité de ses employeurs. Je ne serais pas la bienvenue. Sarah m'en a toujours voulu de m'être mariée, et encore plus d'avoir été heureuse. C'est terrible d'être une vieille femme seule.

— Je ne vous laisserai pas aller à l'asile, assura Bella. Au besoin, vous viendrez chez moi.

— Vraiment ? fit Clara, les yeux embués de larmes. Vous êtes sincère ? Oh, Bellona ! Vous êtes une sainte !

— Non, et n'en parlez à personne, je vous en prie. Je n'ai pas assez de place pour tout le monde.

— Je comprends, murmura Clara. Ce sera notre secret.

Hélas, Clara était incapable de garder un secret. De toute façon, si elle semblait enjouée, les autres l'interrogeraient car ce n'était pas son habitude. Bella n'avait ni la place ni les moyens de recueillir le groupe entier. Et elle voulait redevenir Bella Barstowe.

Que faire ?

Pour couronner le tout, quand elle retourna dans la salle d'imprimerie, elle constata que la porte était ouverte et que les feuilles imprimées avaient disparu. La presse était silencieuse et le compositeur n'était pas encore arrivé, mais les éléments sensibles n'étaient plus là.

Bella chercha une petite pièce qu'elle pourrait casser ou enlever de la presse, mais celle-ci semblait solide. Cette expédition était un échec sur toute la ligne…

27

Bella ayant promis d'assister aux mariages de ses domestiques, elle ne pouvait quitter la capitale. Elle poursuivit donc ses visites quotidiennes chez lady Fowler. Elle parvint à entrer dans sa chambre une seule fois, mais la malheureuse avait réellement perdu la raison. Par la suite, elle se contenta de demander des nouvelles à Agnès Hoover, quand la fidèle domestique quittait le chevet de la mourante.

Clara eut beau s'efforcer de ne pas révéler leur secret, il finit par sortir, et d'autres dames vinrent supplier Bella. Elle ne put refuser mais dressa un tableau très sombre de leur avenir, affirmant que ses maigres revenus ne pourraient leur procurer que des repas simples et un peu de chaleur. Peu à peu, les membres du groupe suivirent l'exemple d'Elizabeth Shutton, en se disant que la charité familiale était préférable à cette tanière qui empestait la mort et le danger.

Il n'en resta finalement que huit : les sœurs Drummond et leurs alliées, Betsy Abercrombie et Ellen Spencer, Bella et ses amies, Mary Evesham, Clara Ormond et, étrangement, Hortensia Sprott. Bella avait toujours cru que cette dernière ne l'aimait pas. En fait, elle semblait détester tout le monde.

La presse poursuivit ses impressions. Le compositeur avait désormais un assistant, un jeune Irlandais désagréable qui, selon Bella, servait de gardien. À en juger par le sourire suffisant d'Olivia Drummond, il était là pour veiller à ce qu'on n'entrave pas leur travail.

Mais quelle était la nature de ce travail ?

Les pages étaient imprimées, puis disparaissaient. Bella pensait qu'elles étaient peut-être dans la chambre de lady Fowler. Comment récupérer ces piles de bulletins ? Heureusement, ils n'avaient pas encore été distribués, mais l'existence même de ces documents était une épée de Damoclès au-dessus de cette demeure.

À la fin du mois d'octobre, les mariages de Kitty et d'Annie n'ayant toujours pas été célébrés, Bella leur demanda une date.

Les deux sœurs échangèrent un regard gêné.

— Ce n'est pas encore le moment pour nous, mademoiselle, avoua Kitty. J'espère que ça ne vous contrarie pas.

— En quoi n'est-ce pas le moment ?

— Eh bien... nous ne sommes pas certaines d'aimer la maison, bredouilla Annie.

— Il y a quinze jours, vous la trouviez parfaite !

— Elle est un peu sombre, précisa Annie. Nous cherchons autre chose.

— Repousseriez-vous l'échéance à cause de moi ?

— Nous ne voulons pas vous abandonner, mademoiselle, dit Kitty.

— Cette idée nous est insupportable, ajouta Annie, les larmes aux yeux. Après tout ce que vous avez fait pour nous... Pourquoi ne quittez-vous pas Londres, comme vous l'aviez dit ?

— Tais-toi, Annie ! gronda sa sœur. Pardon, mademoiselle. Prenez votre temps.

Bella leva les yeux au ciel. Si elle ne se sentait pas le droit de quitter le groupe de lady Fowler, elle ne voulait pas non plus que ses domestiques repoussent sans cesse leurs mariages.

— Deux semaines, décréta-t-elle d'un ton digne de Bellona. Arrêtez la date pour dans quinze jours, et plus de retour en arrière. Peg et moi nous en sortirons à merveille. D'accord ?

— Bien, mademoiselle, marmonnèrent-elles à contrecœur.

Bella les étreignit.

— Vous êtes adorables. Et vous m'avez très bien servie. Je veux que vous soyez heureuses. Promettez-moi de vous marier dans quinze jours et d'être heureuses.

Elles rougirent.

— N'en doutez pas, mademoiselle, répondit Kitty.

Lorsqu'elles se remirent au travail, Bella réfléchit et finit par trouver une solution. Cette maison ne comptait que trois chambres à coucher : la sienne, celle de Peg et celle des deux sœurs. Après leur départ, elle pourrait installer Clara et Hortensia dans cette dernière, et Mary partagerait son grand lit.

Elles seraient un peu serrées, mais tant pis. Elle pourrait mettre fin à sa collaboration avec lady Fowler. Celle-ci ne faisait de bien à personne, et la jeune femme sentait les nuages s'accumuler à l'horizon. Elle n'était restée que pour aider celles qui en avaient besoin. Les sœurs Drummond et leurs alliées se débrouilleraient.

Les noces furent sobres, mais très joyeuses. Kitty et Annie avaient quelques amies d'enfance, ainsi que des collègues domestiques dans les maisons voisines. Avec la famille et les amis des deux mariés, l'assemblée comptait une vingtaine de personnes, que Bella reçut chez elle après la double cérémonie pour le repas de noces.

Si elle se réjouissait sincèrement du bonheur des deux sœurs, elle peinait à sourire car ce spectacle lui rappelait cruellement ce qu'elle ne vivrait sans doute jamais.

Elle luttait jour et nuit pour ne pas penser à Thorn. Hélas, sa souffrance empirait. Elle brûlait d'envie de se rendre à Douvres pour le chercher. Elle n'avait pu s'empêcher de lire des ouvrages sur la navigation, et même l'art des nœuds.

Elle était persuadée de pouvoir être une bonne épouse de marin. Elle endurerait les longues périodes de séparation, et l'accueillerait dans un foyer douillet à son retour.

Malheureusement, Thorn n'était pas de cet avis, et elle ne lui courrait pas après. C'était fini.

Et pourtant, quand elle songeait à partir, elle avait envie de l'informer de sa destination. Il lui avait indiqué un endroit où lui écrire : l'auberge Black Swan, à Stowting, dans le Kent. Ne serait-ce que par courtoisie, ne devrait-elle pas informer le capitaine de sa nouvelle adresse ? Au cas où il aurait besoin de la trouver.

En faisant ses adieux à Kitty et Annie, qui commençaient une nouvelle vie, elle ne put s'empêcher de penser à leur nuit de noces. Pourvu que leurs maris se montrent bienveillants, et capables de leur donner du plaisir, comme l'était Thorn.

En l'absence des deux domestiques, la maison sembla bien vide, mais elle ne tarderait pas à se remplir de nouveau. Avant cela, la jeune femme reçut un message du notaire, M. Clatterford, qui était à Londres et souhaitait lui parler. Elle l'invita à prendre le thé et se remit avec plaisir dans la peau de Bella, avec sa belle robe parsemée de fleurs.

— Je suis soulagé que vous ayez quitté lady Fowler, ma chère. Ce que j'entends sur cette femme est alarmant. Une sale affaire… Je crains qu'elle ne soit impliquée dans des activités dangereuses. J'ai reçu une mise en garde.

— Comment cela ?

Clatterford secoua la tête.

— De façon détournée, et uniquement lorsque j'ai cité votre lien avec elle. Vous avez définitivement coupé les ponts à présent, n'est-ce pas ?

Bella faillit lui mentir, mais elle en avait assez des tromperies. Elle omettrait toutefois d'évoquer la venue de ses amies.

— Je tiens à lui faire mes adieux quand je déménagerai. J'ignore où je pourrais vivre confortablement.

— Et le comportement de votre frère ne facilite pas les choses, commenta-t-il, désolé. Je ne sais pas si vous l'avez appris... Une histoire très pénible...

Bella rougit. Pourvu qu'il prenne son embarras pour de la colère !

— Peg a eu vent de rumeurs. C'est difficile à croire.

— C'est la pure vérité, hélas. Je la tiens des sources les plus fiables. Quel choc ! Sir Augustus semblait si... différent. Naturellement, un tel scandale impliquant trois juges s'est répandu.

Bella avait espéré que cette histoire ne sortirait pas de la région. Hélas, dès que Peg avait appris la nouvelle, la jeune femme avait compris qu'il n'en serait rien.

— Cela ne change pas grand-chose pour moi, soupira-t-elle.

Le notaire posa sa tasse.

— J'ai beaucoup réfléchi à votre situation, ma chère. Votre père a amplifié vos fautes, mais il était connu pour son caractère sévère et implacable. Depuis, vous avez eu une conduite irréprochable, au point que bien des gens douteraient de cette version à présent.

— J'ai eu une conduite irréprochable sous la contrainte, maître. Et il y a maintenant mon personnage de Bellona.

— On oubliera Bellona Flint. Vous vivez très discrètement depuis six mois, le temps de recouvrir la santé.

— Y croira-t-on ?

— Il n'y a aucune raison d'en douter. Réfléchissez ! Vous n'avez commis aucune faute, vous n'avez provoqué aucun scandale sous le nez de ceux qui comptent.

Bella songea à la fête antique et à l'auberge du Cerf. Mais personne ne savait qu'il s'agissait d'elle.

— La plupart des gens qui comptent n'ont jamais entendu parler de vous.

— Ils ont entendu parler d'Augustus, maintenant, souligna-t-elle.

— On peut les convaincre de vous plaindre d'avoir un tel frère, au lieu de vous incriminer.

— Vous croyez ? fit Bella, sceptique.

— Je ne vous mentirais pas, mon petit, surtout dans ce domaine. Le spectre de lady Raddall reviendrait me hanter à jamais. Je suis persuadé que si vous vous présentez en société avec le soutien d'une lady en vue, vous serez acceptée.

— Vraiment ? lança Bella, qui n'osait l'espérer.

— Il faudra du courage, bien sûr, ainsi que l'esprit aventureux qui vous a mise en péril il y a plusieurs années, mais qui vous a sauvée aussi.

— Peg Gussage affirme que j'ai un grain de folie.

— Ah oui ? fit le notaire en prenant une autre part de gâteau. Il est délicieux. Mme Gussage est une perle.

— Quelle lady en vue accepterait de parrainer quelqu'un comme moi ? Pensez-vous à Athéna ? Son mari ne le permettrait pas.

— Même si votre sœur était disposée à le faire, mademoiselle Barstowe, elle n'en a pas la stature, hélas. J'ai déjà abordé subtilement le sujet avec plusieurs ladies de ma connaissance.

— Qui ?

— Les sœurs Trayce, répondit le notaire avec un petit sourire satisfait. Elles connaissaient votre arrière-grand-mère, à Tunbridge Wells.

Il semblait très content de lui.

— Trayce… Je crois que lady Raddall m'en avait parlé. Elles sont excentriques, non ? L'une d'elles porte une énorme perruque rousse. Une autre est un peu toquée.

— Votre arrière-grand-mère était excentrique aux yeux de beaucoup, argua-t-il. Les dames Trayce le sont, c'est certain, mais pas au point d'être ostracisées, bien au contraire. Ce sont les grands-tantes du marquis d'Ashart et du marquis de Rothgar. Elles se déplacent rarement, mais elles écrivent beaucoup et jouissent d'une grande influence.

— Si elles ne fréquentent pas la bonne société, que pourraient-elles faire pour moi ?

— Leur seul sourire peut accomplir des miracles.

— Vraiment ?

Bella en doutait, même si leur nom lui était familier.

— Trayce ! reprit-elle soudain. Elles sont inscrites sur la liste des destinataires de la lettre de lady Fowler. Sont-elles de la même trempe ?

— Absolument pas ! assura Clatterford en s'esclaffant. Je ne suis pas étonné qu'elles reçoivent cette lettre. Elles adorent les scandales. Vous êtes consciente que la plupart des abonnées à cette page cherchent uniquement à avoir des anecdotes croustillantes à se mettre sous la dent, n'est-ce pas ?

— Je sais. Pauvre lady Fowler !

— Elle l'ignore ?

— À l'heure qu'il est, elle ne sait plus rien du tout, mais elle considérait le succès grandissant de sa lettre comme la preuve qu'elle était en train de changer le monde.

— Une bien triste histoire, commenta le notaire en secouant la tête. Je pense toutefois que votre situation peut s'améliorer. Seriez-vous disposée à vous installer à Tunbridge Wells ? À vivre un certain temps chez les sœurs Trayce ? Vous seriez traitée comme une invitée.

D'instinct, Bella eut envie de refuser. Mais si elle tenait à se débrouiller seule, un tel sanctuaire était tentant. Ce serait un séjour d'une durée limitée, qui laverait sa réputation.

Elle eut soudain une lueur d'espoir, qu'elle réprima vite pour ne pas sombrer ensuite dans le chagrin.

— Et Peg ? demanda-t-elle. Et Ed Grange ?

— Ah, fit le notaire. Je doute qu'il soit acceptable que vous les emmeniez là-bas, mais il serait dommage de se priver de Mme Gussage. C'est une excellente pâtissière...

Bella sourit.

— Elle vous préparera des gâteaux à chacune de vos visites, monsieur. J'aurai les moyens de conserver cette demeure, n'est-ce pas ?

— Si vous le souhaitez.

Bella ne lui parla pas de ses protégées, qu'elle hébergerait dans cette maison tout en partant la conscience tranquille.

— Dans ce cas, Peg et Ed peuvent rester ici, et si les dames Trayce veulent bien de moi, j'irai chez elles.

— À la bonne heure ! Quand vous aurez passé quelque temps avec elles, vous aurez vos entrées partout. Tout personnage en vue qui passe par là-bas se doit de leur rendre visite pour leur présenter ses hommages. Lady Thalia et lady Urania vont parfois en ville. Dès que vous serez associée à ces dames, les portes s'ouvriront devant vous. Les gens ne tarderont pas à voir en vous une jeune lady respectable.

Bella arqua les sourcils.

— N'en doutez pas : vous êtes des plus estimables, ma chère. De nombreux jeunes gens célibataires rendent visite aux sœurs Trayce, ajouta-t-il avec une lueur malicieuse dans les yeux. Il est temps que vous songiez au mariage.

— J'y songe, avoua-t-elle en rougissant. Mais je ne me marierai que par amour.

— L'amour allié à la raison, souligna Clatterford. Évitez toute folie dans ce domaine. Avant de vous engager, consultez-moi. Les séduisants scélérats ne manquent pas, et vous possédez quelque fortune.

— Une rente confortable, plutôt.

— Qui prendra fin le jour de vos trente ans, quand vous toucherez la totalité de votre héritage.

— Ah bon ? fit Bella, étonnée. Vous me l'avez peut-être dit, mais j'étais un peu distraite. À combien se montera cet héritage, selon vous ?

— Toujours aux environs de quinze mille livres, car les intérêts couvrent votre rente. De quoi tenter certains malfrats. Il faudra prévoir un contrat de mariage afin de vous protéger.

Quinze mille livres pour elle seule, et le pouvoir d'en faire ce qu'elle voulait ! Elle en eut presque le tournis.

— Monsieur Clatterford, je vous promets de conclure un mariage avisé.

Facile à dire... Pour l'heure, Bella ne se voyait mariée qu'avec un seul homme : Thorn.

— Je regagne Tunbridge Wells dans trois jours. Serez-vous en mesure de voyager en ma compagnie ?

Bella devait tout expliquer à Peg et organiser le financement de la maison, avant d'aider ses amies à emménager.

— J'ai des dispositions à prendre.

— Je suis impatient de vous voir en jeune lady élégante à Tunbridge Wells, acceptée par la bonne société, dansant aux soirées, participant à des bals masqués...

Bella réprima un sursaut, mais parvint à sourire.

— Cela semble merveilleux...

— Viendrez-vous avec moi ?

— Oui, répondit-elle d'instinct. Dans trois jours, je partirai avec vous.

La jeune femme prépara le logement pour l'arrivée de ses protégées. Elle engagea deux orphelines en tant que domestiques. Elles étaient motivées et travailleuses, quoique moins vives que Kitty et Annie.

Invoquant une maladie pour ne pas se rendre chez lady Fowler, où elle n'avait plus rien à faire, elle resta chez elle et en profita pour modifier quelques robes afin de redevenir Bella et de dire adieu à Bellona.

Ce soir-là, elle emballait ses derniers effets pour le voyage du lendemain quand on frappa à la porte. En regardant par la fenêtre, elle découvrit la présence d'une femme dont elle reconnut le chapeau. Mary Evesham.

Elle se précipita sur le palier et intercepta Peg.

— Dites que je ne suis pas là ! souffla-t-elle.

Peg ouvrit la porte d'entrée.

— Madame ? fit-elle.

— Je viens voir Mlle Flint.

— Désolée, madame, elle n'est pas là.

— Ah non ? Je la croyais souffrante.

— Elle est chez le médecin, mentit la gouvernante.

— À cette heure tardive ?

Bella craignit un instant que Peg ne se laisse impressionner. C'était mal la connaître.

— Je peux prendre un message, madame. Je le lui remettrai dès son retour.

— Très bien, concéda Mary. Précisez que c'est urgent. Nous avons besoin d'elle chez lady Fowler. La situation est très grave.

— Désolée de l'entendre, madame. Je le lui transmettrai.

Dès qu'elle eut refermé la porte, Bella la rejoignit.

— Que faire ?

— Ignorez-la, répondit Peg. Vous avez fait de votre mieux là-bas. Demain, vos protégées seront ici, en sécurité.

— Elle semblait nerveuse...

— Laissez-les, je vous dis, mademoiselle Bella ! Occupez-vous de votre propre vie.

Bella soupira.

— Vous savez bien que j'en suis incapable et que ma conscience me tourmente facilement. Bellona va devoir s'y rendre une ultime fois.

— Libre à vous..., souffla Peg. Vous n'en faites vraiment qu'à votre tête.

— J'ai besoin de voir quel est le problème.

— Vous finirez par rester là-bas pour les aider.

— Non, c'est promis. Demain, je me mettrai en route pour Tunbridge Wells et un avenir respectable.

Bella n'eut aucun mal à retrouver son attitude sévère en arrivant à la porte de lady Fowler. S'il s'agissait d'une peccadille, elle leur ferait connaître le fond de sa pensée !

Elle actionna la poignée, mais la porte était fermée à clé. Elle frappa donc. Quelqu'un entrouvrit le battant. Bella ne vit que deux yeux affolés.

— Bellona ! Dieu merci, vous êtes là !

Betsy Abercrombie – une alliée des sœurs Drummond – avait le nez rouge, comme si elle avait pleuré.

— Que se passe-t-il ?

— Oh, Bellona ! s'exclama Betsy avant de fondre en larmes.

Clara et Ellen Spencer apparurent à leur tour, mais Bella ne vit aucun signe des sœurs Drummond. Elle eut envie de tourner les talons et de prendre congé, mais elle se ravisa.

— Du thé ! ordonna-t-elle. Prenons une tasse de thé et évaluons la situation.

Le récit débuta avant même qu'elle soit assise. Lady Fowler était à l'article de la mort, et seule Agnes la veillait. Plusieurs dames avaient protesté car elles auraient voulu se rendre utiles, mais la chaleur, l'odeur...

— Que dit le médecin ? s'enquit Bella.

— Elle refuse d'en voir un, expliqua Mary. Si un homme ose la toucher, elle se met à hurler. Agnès lui donne du laudanum.

— C'est probablement tout ce qu'on peut faire, commenta Bella.

Elle avait de la peine pour la malheureuse, qui avait survécu plus longtemps que prévu.

Lorsque le thé fut apporté, ces dames se calmèrent, le temps de servir tout le monde.

— Où sont les sœurs Drummond ? demanda enfin Bella.

Seul le tintement des tasses sur les soucoupes se fit entendre.

— Elles sont parties ! s'exclama soudain Betsy.

— Elles se sont enfuies, renchérit Hortensia.

— En volant l'argenterie !

— Elles nous ont laissées en plan !

— Pourquoi ?

Bella n'obtint pour toute réponse que le silence et des regards fuyants.

— Nous pensons qu'elles ont distribué les bulletins imprimés, déclara Mary.

— Qui contenaient des choses, ajouta Hortensia.

— Quelles choses ? demanda Bella.

— À propos de l'Irlande.

Bella but une gorgée de thé très sucré.

— L'une d'entre vous a-t-elle lu le texte imprimé ?

Elle se tourna directement vers Betsy.

— Ce n'étaient que des mentions de l'Irlande, déclara celle-ci sans soutenir son regard. Des listes des oppressions et autres actes tyranniques des Anglais.

Bella ne la quittait pas des yeux.

— Il y en a eu d'autres, récemment, précisa Betsy.

— Pourquoi aucune d'entre vous ne les a-t-elle empêchées de diffuser ces textes ? demanda Bella aux six femmes.

— Comment aurions-nous pu faire ? geignit Ellen, qui semblait sur le point de monter sur l'échafaud.

C'était une question légitime. Si Bella avait évité cette maison, c'était avant tout pour ne pas avoir à affronter les sœurs Drummond.

— Mais puisqu'elles sont parties, le pire est derrière vous, dit-elle.

Encore une fois, elles n'osèrent pas la regarder.

— Je vous écoute..., soupira Bella.

Mary lui tendit une feuille de papier pliée en quatre.

— Nous avons reçu ceci il y a une heure à peine.

Bella en prit connaissance :

Soyez prévenues. Votre action est venue aux oreilles des autorités. Fuyez tant qu'il en est encore temps.

Pas de signature.

— Il s'agit peut-être de rumeurs ou d'un piège. Ce sont peut-être même les sœurs Drummond qui l'ont écrit. Ça ne m'étonnerait guère.

— Ah ! fit Betsy, un peu rassurée.

— C'est possible, admit Mary, plus circonspecte.

Les autres semblaient apaisées. Elles burent leur thé accompagné d'une part de gâteau avec plus d'enthousiasme, comme si l'orage était passé.

Bella, quant à elle, envisageait un autre problème. Avec Betsy, Ellen et peut-être Agnès Hoover, le groupe deviendrait trop important par rapport à la taille de sa maison. Pourraient-elles rester sous le toit de lady Fowler ? Si seulement elle connaissait le contenu de son testament !

— Mesdames, dit-elle.

Tous les regards se posèrent sur elle, certains de nouveau inquiets.

— La presse se trouve-t-elle toujours dans la maison ?

— Bien sûr, répondit Mary.

— Il serait plus sage de s'en débarrasser. Dès demain, si possible.

— Elle nous est très utile pour imprimer la lettre, déclara Hortensia.

— Si lady Fowler meurt, la lettre mourra avec elle.

— Je pensais reprendre le flambeau, répliqua Hortensia, la tête haute. Mener la bataille, rappeler aux femmes à quel point les hommes sont vils et proposer des améliorations de la loi.

Hortensia avait beau avoir des convictions, ses textes ressembleraient sans doute à des divagations.

— C'est très aimable à vous, Hortensia, mais il ne serait pas correct d'utiliser le nom de lady Fowler, n'est-ce pas ?

— Lady Fowler voudrait que son œuvre se perpétue. Je suis certaine qu'elle l'a prévu dans son testament.

— Vous pensez que nous pourrons rester ici ? s'enquit Clara.

— Je ne vois pas pourquoi nous ne le pourrions pas, dit Hortensia.

De toute évidence, elle se voyait déjà rédactrice et chef du groupe.

— S'il est inapproprié de continuer à utiliser le nom de lady Fowler, il n'y a qu'à en trouver un autre.

Cette suggestion donna lieu à une cacophonie telle que Bella eut envie de se boucher les oreilles en leur hurlant de se taire. Auraient-elles oublié la lettre de menaces ? Elle avait voulu les rassurer, non la leur faire oublier.

Leurs bavardages furent interrompus par des coups frappés à la porte.

— Qui cela peut-il être ? s'interrogea Mary en se levant.

Elle réapparut quelques instants plus tard, blême, suivie d'un gentleman austère accompagné d'autres hommes.

— Je... je crois que nous sommes toutes en état d'arrestation, bredouilla Mary d'une petite voix.

28

Thorn prenait son petit déjeuner quand un valet lui apporta un message.

— Un gentleman est en bas, milord, et demande à vous voir. C'est urgent. Il m'a remis ceci.

Étonné, Thorn prit le message. D'ordinaire, les doléances ne faisaient pas l'objet d'une telle attention. Puis il remarqua le cachet.

Non. Son personnel ne ferait pas patienter Rothgar au salon...

Il ouvrit la lettre.

Ithorne, toutes mes excuses.

Je vais devoir m'imposer car je dois quitter la ville aujourd'hui pour régler des affaires qui ne peuvent être reportées. Je vous envoie Carruthers, mon secrétaire, qui vous exposera une situation délicate qui nécessite votre assistance.

Rothgar

Rothgar sollicitait son aide ? Était-ce le signe d'une victoire ou un subtil complot ?

— Faites monter M. Carruthers, ordonna Thorn.

L'homme, élégant et âgé d'une cinquantaine d'années, s'inclina. Il aurait été à l'aise à la Cour. Thorn vit en lui un autre Overstone, brillant, efficace et intelligent. Il lui fit signe de s'asseoir et lui proposa un rafraîchissement, qu'il refusa.

— Très bien, monsieur, je vous écoute.

Carruthers pinça les lèvres.

— C'est à propos de Mme Spencer, monsieur. Ellen Spencer, qui réside actuellement chez lady Fowler. Je crois savoir que vous connaissez ces deux personnes.

Thorn s'efforça de masquer son étonnement. Après le scandale du bal masqué, impliquant Christian et celle qui était en réalité son épouse, Caro, Christian avait été victime d'une tentative de meurtre.

La dame de compagnie de longue date de Caro, ladite Ellen Spencer, avait décidé de libérer celle-ci de ce mariage qu'elle considérait comme une oppression. Mme Spencer était une admiratrice de la ridicule lady Fowler, ce qui lui avait sans doute donné l'idée de faire manger à Christian un gâteau empoisonné.

Thorn aurait préféré voir Mme Spencer enfermée à l'asile. Mais, dans sa grande bonté, Caro avait fait en sorte qu'elle s'installe chez lady Fowler. C'était sûrement une punition suffisante, songea-t-il avec ironie. Rothgar avait décidé que lady Fowler serait désormais responsable du comportement d'Ellen Spencer.

Que s'était-il passé ?

— Je connais ces deux dames, admit Thorn en se servant une tasse de thé. Cependant, je m'étonne qu'on m'en parle au petit déjeuner. Qu'a encore fait Mme Spencer ?

— Elle a été arrêtée pour haute trahison.

— Comment diable a-t-elle fait ?

— Avec la complicité de lady Fowler, qui a fait l'acquisition d'une presse d'imprimerie – un instrument très dangereux, comme l'a démontré l'affaire Wilkes.

— La lettre de lady Fowler n'est qu'un torchon qui diffuse des scandales et amuse beaucoup la bonne société. Qu'ont-elles imprimé ? Quelque peccadille concernant le roi ?

— Hélas non, milord.

Thorn devina une certaine jubilation chez Carruthers.

— Elles ont imprimé et distribué un appel à prendre les armes, enjoignant toutes les femmes à se soulever pour mettre fin à la monarchie et créer un nouvel État.

Thorn porta une main à son visage, sans trop savoir si c'était pour cacher un rire ou un juron. Lors de la précédente tentative d'insurrection, le roi avait encore toute sa tête. Cet appel avait provoqué une crise de nerfs chez le souverain. Avec les troubles qui secouaient les colonies, toute agitation en Angleterre devait être maîtrisée.

Cela n'avait rien d'amusant, en réalité.

— C'est de la folie, dit-il.

— Je doute cependant que Mme Spencer ait joué un rôle majeur dans l'affaire, monsieur. Les meneuses sont les sœurs Drummond, déjà bien connues des autorités irlandaises.

Carruthers sortit un journal de sa poche et le tendit à Thorn.

— Le document affirme traiter de l'oppression subie par les femmes, mais c'est de l'Irlande qu'il s'agit.

— C'est bien de la haute trahison, déclara le duc après avoir parcouru le texte imprimé. La France est toujours prête à utiliser l'Irlande pour nous affaiblir.

— Un certain nombre de femmes sont tombées dans ce piège, or la justice est implacable quand elle tient un suspect entre ses griffes. Lord Rothgar espère que vous ferez le nécessaire pour extirper Mme Spencer de ce guêpier.

— Pourquoi ? demanda Thorn.

— D'abord parce qu'elle est innocente, milord, mais aussi parce que le marquis a contribué à l'installer chez lady Fowler. À l'époque, il pensait que cette maison serait un lieu sûr, et qu'il s'agirait là d'une punition suffisante pour les deux dames. Comme vous le savez certainement, lady Fowler avait parlé de lui et de sa fille dans sa lettre.

— Cela prouve qu'elle est folle, elle aussi.

— Absolument, milord. Néanmoins, le marquis pense qu'on est responsable de ses actes, même sans en connaître la portée.

— Je suis de cet avis.

— C'est pourquoi il fait appel à vous, milord.

— Ah oui ? fit Thorn, qui sentait un piège se refermer sur lui.

— La question des mille guinées, milord.

Thorn se resservit du thé pour se donner une contenance.

— Comment diable est-il au courant ? Et ne me dites pas qu'il sait toujours tout.

Carruthers sourit.

— Toute omniscience est le fruit d'une stratégie visant à être bien informé, milord. Comme je vous le disais, lady Fowler a attiré l'attention de lord Rothgar en offensant sa famille. Quand il a appris que le Fonds pour la réforme morale de la société de lady Fowler avait reçu un don de mille guinées, il a voulu en savoir davantage.

— Rothgar sait-il que j'ai effectué ce versement au nom de lord Huntersdown, qui devait payer cette somme à la suite de son mariage avec sa fille Petra ?

— Ce qu'il a beaucoup apprécié, je suppose.

Le secrétaire ne répondait pas à la question.

— Que vient faire cet argent dans la chute de Mme Spencer ?

— Il a en partie servi à l'achat de la presse d'imprimerie.

Thorn lâcha un juron. Jamais il n'aurait imaginé une telle chose. Robin avait pourtant affirmé qu'il serait dangereux de donner autant d'argent à lady Fowler. Quoi qu'il en soit, ils avaient en effet une responsabilité dans cette sale histoire.

— Très bien, concéda-t-il. Je sortirai Mme Spencer des griffes du lion. Où dois-je l'envoyer ensuite ?

— Hélas, milord, c'est un dilemme. Lord et lady Rothgar sont en train de regagner Rothgar Abbey – lentement, car les médecins pensent que l'enfant risque de naître en avance. Il a également des rendez-vous importants en route. Lord et lady Grandiston sont dans le Devon.

— Je la ferai transférer chez lord et lady Huntersdown, qui sont à l'origine du don de mille guinées.

Carruthers sourit.

— Cela me semble juste, milord.

Le secrétaire se leva pour prendre congé.

— Quelle est l'adresse de lady Fowler ?

— Le Poulailler, Grafton Street.

— Cette folle a donc de l'humour ?

— Apparemment. Enfin, elle est aujourd'hui complètement démente, et à l'article de la mort.

Thorn congédia Carruthers et convoqua Overstone.

— Lady Fowler. Trouvez-moi les détails de ses activités récentes, illégales surtout, et la raison exacte de son interpellation avec ses adeptes.

Overstone exprima un certain étonnement. Thorn précisa :

— Je veux savoir qui a organisé cette arrestation, et qui est le plus susceptible de fournir une assistance juridique, voire une assistance tout court.

— Nous cherchons à aider lady Fowler ? s'enquit Overstone d'un ton neutre.

— Nous cherchons à aider une certaine Mme Spencer, qui fut la dame de compagnie de lady Grandiston.

— Ah...

Le secrétaire était informé de l'affaire du gâteau empoisonné.

— Je dois me rendre sur les lieux, annonça Thorn en rédigeant un bref message. Envoyez ceci à Fielding, aux services de police de Bow Street, en lui demandant de m'autoriser à parler à ces dames.

Dès que son secrétaire se fut retiré, Thorn, passablement irrité, réfléchit à la situation. Cette affaire promettait d'être pénible, et risquait de le contraindre à demander des services à des personnes à qui il ne voulait pas être redevable. Il avait aussi l'impression d'être mis à l'épreuve. Cependant, il acceptait sa part de responsabilité dans ce dossier, et il ferait de son mieux pour aider Mme Spencer.

Il sonna Joseph et se rendit dans sa chambre.

— Une tenue de campagne, milord, proposa le valet.

— Vous êtes une perle. En costume noir, j'aurais sans doute effrayé tout le monde. En hauts-de-chausses et bottes, je pourrai monter. Faites préparer un cheval.

Pendant qu'il s'habillait, Thorn reçut une réponse indiquant qu'il pouvait s'entretenir avec les accusées. Elle précisait aussi que le lord chancelier était particulièrement préoccupé par cette affaire.

Enfer et damnation.

Devant sa porte d'entrée, Thorn fut accueilli par les doléances habituelles. Il monta en selle, accompagné d'un garçon d'écurie qui connaissait le chemin.

— Nous y sommes, milord, annonça celui-ci dans une rue tranquille, bordée d'habitations étroites.

Thorn songea que les lieux avaient quelque chose de familier, puis il se rendit compte qu'il se trouvait non loin de chez Bella.

Et s'il s'y rendait ?

Non.

Malgré le temps qui s'était écoulé, ses sentiments étaient les mêmes, ce qui l'empêchait d'autant plus de priver Bella de son indépendance pour l'entraîner dans une vie impossible.

À première vue, Grafton Street ne semblait guère perturbée par le scandale. Néanmoins, il repéra un homme qui montait la garde devant une maison. Il s'efforçait d'être discret mais son rôle était clair.

Thorn mit pied à terre et s'approcha.

— Ithorne. J'ai l'autorisation d'entrer.

— Bien, Votre Grâce.

L'homme actionna le heurtoir et s'écarta pour le laisser passer. Quand la porte s'entrouvrit, il annonça le duc d'Ithorne.

Bon sang, quelle puanteur !

L'homme qui l'avait fait entrer déclara :

— Lady Fowler est décédée cette nuit, Votre Grâce.

— Son corps a déjà commencé à se putréfier ?

— Cela avait commencé avant, milord.

Il avait une quarantaine d'années et semblait un peu guindé, mal à l'aise.

— Quel métier terrible, commenta Thorn avec compassion. Comment vous appelez-vous ?

— Norman, Votre Grâce, répondit-il en s'inclinant. Je suis missionné par lord Northington.

Thorn oublia toute compassion. En tant que larbin du lord chancelier, le ministre de la Justice, cet homme possédait le pouvoir d'un demi-dieu.

Il ôta ses gants.

— En quoi lord Northington est-il concerné ?

— Cette affaire est d'importance nationale, milord.

— Un groupe de femmes ? Et il ne reste que les disciples. Est-ce que cela vaut la peine d'en faire une telle histoire ?

— Ce n'est pas à moi d'en juger, milord.

Un véritable Ponce Pilate, savourant son pouvoir, en particulier celui qu'il avait sur les femmes, tout en veillant à n'endosser aucune responsabilité. Thorn espérait jouer de son statut de duc pour extraire Mme Spencer le jour même, mais Norman allait s'accrocher à ses victimes comme un avare à ses pièces d'or.

— Ces dames sont-elles encore ici ?

— Elles sont assignées à résidence, Votre Grâce. Pour l'instant.

— Où sont-elles ? Je suis autorisé à leur parler.

L'homme hésita, puis céda face à l'autorité ducale.

— Deux d'entre elles sont encore couchées, en grande détresse. Nous les avons enfermées à clé. Un homme est posté là-haut pour répondre à leurs besoins éventuels. Les autres ont pris leur petit déjeuner et sont dans le petit salon situé à votre gauche.

— Leurs noms ?

— Mme Abercrombie, Mlle Sprott, Mlle Flint et Mlle Evesham. C'est la plus assurée, sans doute la meneuse, même si l'attitude de Mlle Flint est très ferme aussi.

— Et les deux affligées ?

Thorn ne tenait pas à révéler qui l'intéressait vraiment.

— Mme Ormond et Mme Spencer.

— Elles ne sont que six ?

— Leur nombre a diminué, Votre Grâce, quand lady Fowler est tombée malade. Mais il y en avait deux autres, Mlles Helena et Olivia Drummond. Des Irlandaises. Sans doute les auteurs du texte criminel. Elles ont filé tout de suite après avoir distribué les bulletins.

— Laissant le Poulailler à la merci des renards. J'imagine qu'elles sont recherchées.

— Bien sûr, Votre Grâce. Elles n'iront pas loin.

Thorn était moins optimiste. Elles avaient certainement planifié leur fuite, avec de nouvelles identités et un déguisement. La solution la plus simple serait de les arrêter. Avec un petit coup de pouce, la justice se contenterait peut-être des deux femmes.

Il remercia l'homme d'un hochement de tête, puis il entra dans le salon.

Des regards anxieux l'accueillirent, comme s'il était le bourreau. Les quatre dames donnaient une impression générale de tristesse.

Il entendit un cri étouffé, puis une femme enfouit son visage dans un mouchoir en sanglotant. Thorn afficha un sourire qui se voulait charmeur.

— Mesdames, je vous présente mes condoléances en ce terrible moment. Je suis le duc d'Ithorne et, à la demande de personnes bienveillantes, je ferai de mon mieux pour vous aider.

— Ah ! s'exclama une femme au visage rougeaud en se levant. Nous sommes sauvées !

— Dieu merci, renchérit une autre entre deux âges, l'air sérieux.

— Pouvons-nous partir tout de suite ? demanda celle qui avait les traits anguleux.

La dernière pleurait encore.

— Je ne vous promets rien. Ce sont des charges sérieuses qui pèsent contre vous, mesdames. Puis-je m'asseoir ?

— Asseyez-vous, Betsy ! lança la femme aux traits anguleux. Ne voyez-vous pas que le duc ne peut s'asseoir tant que vous serez debout ?

Ce devait être Mlle Flint.

Betsy s'écroula dans un fauteuil en bredouillant des excuses. Mme Abercrombie, sans doute, car elle n'était ni entre deux âges, ni déterminée. La plus âgée devait être Mlle Evesham, la porte-parole.

— Une tasse de thé, Votre Grâce ? demanda-t-elle. Nous sommes encore libres de vous en offrir, je suppose ?

— Non merci. L'une d'entre vous peut-elle me relater les événements ?

Toutes se tournèrent vers la femme qui se tapotait les yeux avec son mouchoir.

— Bellona ! souffla Mme Abercrombie.

La déesse de la Guerre… sans doute la dénommée Sprott ? Il se rendit compte que deviner leurs identités était absurde.

— Puis-je avoir vos noms, mesdames ?

Une fois encore, la plus volubile prit la parole :

— Je suis Mlle Evesham, Votre Grâce, et voici Mme Abercrombie, Mlle Sprott à ma droite, et en face Mlle Flint.

Intéressant...

Enfin, la pleurnicharde baissa légèrement son mouchoir pour le saluer. Le teint cireux, des lunettes aux verres en demi-lunes, des sourcils fournis, des cheveux tirés en arrière et dissimulés sous une coiffe austère qui se nouait sous le menton.

Pourquoi les autres s'étaient-elles tournées d'instinct vers elle ? Elle semblait sidérée.

— Ah... je ne crois vraiment pas... Après tout, j'étais absente quand c'est arrivé... Mary ?

Elle s'adressait à Mlle Evesham. C'était donc elle, la meneuse.

— Mme Abercrombie et Mlle Sprott vivent chez lady Fowler depuis bien plus longtemps que moi, Votre Grâce, mais je peux évoquer les événements récents. Nous sommes victimes de deux vipères nommées Helena et Olivia Drummond.

— Pourquoi les qualifiez-vous de vipères, mademoiselle Evesham ?

— Parce qu'elles ont profité de la charité de lady Fowler avant de l'exploiter honteusement. En partant, elles ont fait de leur mieux pour nous anéantir toutes.

Une description concise, et sans doute exacte.

Mme Abercrombie se mit à pleurer, et Mlle Flint leva de nouveau son mouchoir. Thorn se concentra sur Mlle Evesham, qui était d'un calme admirable.

— Pourquoi auraient-elles fait une chose pareille ?

— Par dépit, déjà. Elles sont méchantes.

Elle poursuivit son récit. Le don de mille guinées avait suscité un vif enthousiasme, et lady Fowler y avait vu le soutien secret d'un personnage important, ce qui avait stimulé son ambition. Au terme de longues discussions, les sœurs Drummond avaient suggéré l'achat d'une presse pour accélérer la production de la lettre. Olivia Drummond se disait capable d'imprimer des documents, ce qui était vrai.

— Parlez-moi d'elles, fit Thorn. D'où venaient-elles ?

— Si ce qu'on nous a dit est exact, ce sont les filles d'un gentleman irlandais. À sa mort, le patrimoine est revenu à un cousin. Il ne leur restait qu'une modeste dot chacune. Elles ont décidé d'utiliser cet argent pour lutter en faveur de lois plus justes envers les femmes au lieu de se vendre à un mari, cet esclavage éternel.

Thorn dut arquer les sourcils, car Mlle Evesham le regarda droit dans les yeux.

— C'est fréquent, Votre Grâce. Voyez-vous, une femme mariée n'a aucune indépendance.

— Cela n'empêche pas la plupart des femmes d'opter pour le mariage, argua le duc.

— Par manque de choix. Bref, les sœurs Drummond avaient entendu parler de lady Fowler et sont venues nous rejoindre ici.

— Lady Fowler accueillait tout le monde ?

— Tous ses soutiens. Il y avait bien sûr des limites au nombre de personnes qu'elle pouvait héberger dans cette maison. Les Drummond ayant un petit revenu, elles habitaient dans le quartier, comme Mlle Flint.

Thorn se tourna vers cette dernière. Si elle avait des revenus, pourquoi n'achetait-elle pas une robe acceptable ? Et pourquoi pleurait-elle à ce point ? Elle ne cessait de se tapoter les yeux sans enlever ses lunettes. C'était étrange. Et un fil dépassait de son mouchoir. Pourquoi ne le recousait-elle pas ?

Mlle Evesham se racla la gorge. Thorn reporta son attention sur elle, mais Mlle Flint l'intriguait.

— Helena et Olivia Drummond sont arrivées pleines d'enthousiasme, reprit Mlle Evesham. Elles ont même versé une partie de leur dot au bénéfice de la cause.

— Lady Fowler avait-elle besoin de cet argent ? Sa générosité affectait-elle ses finances ?

— Je ne le crois pas, Votre Grâce. Hélas, je ne saurais vous le dire exactement.

— Mlle Flint est peut-être au courant, fit Thorn en se tournant vers l'intéressée.

Son instinct lui disait qu'elle était la personne la plus importante dans cette pièce, même s'il n'aurait su expliquer pourquoi. Puis il remarqua une tache de sang sur le mouchoir. Il ne l'avait pas entendue tousser, mais serait-elle tuberculeuse ?

Elle cligna des yeux par-dessus ses lunettes. Même si elle était à l'agonie, il ne lui permettrait pas de s'en tirer à bon compte.

— Alors ? demanda-t-il.

— Je ne sais rien des revenus de lady Fowler et de ses dépenses, marmonna-t-elle.

Quelle étrange créature, décidément... Mais il se laissait distraire. Il était venu dans le but d'obtenir la libération de Mme Spencer.

Il s'adressa aux quatre femmes :

— Êtes-vous en mesure de prouver que la publication offensante était l'œuvre des seules sœurs Drummond ?

— Quelqu'un nous croira-t-il, Votre Grâce ? demanda Mlle Evesham.

Excellente question.

— En avez-vous discuté entre vous ?

— Naturellement, Votre Grâce. Nous ne parlons de rien d'autre.

— Je voulais dire, des personnes qui ont imprimé et diffusé cette dernière édition.

Il ne vit que des visages anxieux et dubitatifs qui l'exaspérèrent.

Mlle Flint posa enfin les mains sur ses genoux et s'exprima calmement :

— Je ne crois pas, Votre Grâce. On m'a priée de venir ici hier soir, quand il est devenu évident que lady Fowler allait succomber. Les sœurs Drummond étaient parties. Nul ne savait que faire.

— Et vos compagnes se sont tournées vers vous ?

C'était presque une autre femme à présent, plus posée. Thorn eut la vague sensation de la connaître. Il se serait souvenu d'elle, non ? La malheureuse avait même une verrue sur le nez.

— En effet, même si j'ignore pourquoi.

— Mais, Bellona, intervint Mme Abercrombie, vous avez toujours la tête froide, vous êtes si sûre de vous. Je suis certaine que c'est parce que vous avez des revenus, soupira-t-elle. Et parce que vous n'avez jamais subi la tyrannie d'un homme. Vous avez résisté aux sœurs Drummond, contrairement à nous toutes. En fait, vous aviez deviné qu'elles étaient malhonnêtes.

— Non. Je ne les appréciais pas, voilà tout.

— C'est le signe d'un bon instinct, commenta Thorn, qui peinait à se contrôler.

Il avait deviné que Bellona Flint n'était autre que Bella Barstowe.

Lorsqu'elle reprit la parole, il se détourna pour se concentrer sur sa seule voix.

— Quoi qu'il en soit, Votre Grâce, je n'étais ici que depuis une heure quand les autorités sont arrivées pour nous mettre en état d'arrestation. Je ne connais guère de détails supplémentaires.

Cette fois, il en avait le cœur net. Il lui posa une question vague, ce qui lui donna le temps de remettre les pièces du puzzle dans l'ordre.

Libérée d'une famille cruelle, elle avait rejoint le combat d'une femme qui, de façon stupide, s'efforçait de lutter contre ce genre de maltraitances. Mais pourquoi ce déguisement ? Peut-être ne voulait-elle plus être Bella Barstowe. Grâce à son argent personnel, elle avait loué une maison dans le quartier.

Soudain, il s'intéressait encore davantage à cette affaire...

Bellona Flint était sa Bella et les autres la considéraient comme leur chef, ce qui lui faisait courir un grave danger, d'autant que les sœurs Drummond avaient disparu. Il regretta de ne pas être venu en compagnie d'Overstone et d'un ou deux avocats. Il pouvait remédier à cela. Il avait également besoin de parler à Bella seule. Pour cela, il devrait attendre pour ne pas attirer l'attention sur elle.

Ah, il avait une idée !

— Très bien, dit-il en se levant. Nous allons tenter de rétablir la vérité. Je vais prendre des dispositions, puis chacune d'entre vous fera une déposition en particulier. Je vous demande de ne pas évoquer les événements entre vous, en attendant. Je souhaite poster un garde dans cette pièce. Y voyez-vous un inconvénient ?

La dénommée Sprott parut sur le point de protester, mais Mary la précéda :

— Non, Votre Grâce. Nous comprenons votre point de vue.

Il s'inclina en parvenant à ne pas regarder Bella et sortit en laissant la porte entrouverte.

Norman traînait dans le couloir.

— Êtes-vous prêt à partir, Votre Grâce ?

De toute évidence, il était impatient de se débarrasser de lui.

— Pas encore. Qui veille la dépouille de lady Fowler ?

L'homme leva les yeux au ciel.

— Sa camériste, Agnès Hoover. Elle insiste pour préparer le corps et refuse à grands cris qu'un homme touche sa chère lady. Espérons qu'elle permettra au croque-mort de la déposer dans son cercueil.

Norman agaçait Thorn, qui s'efforça de ne pas le montrer.

— Si certaines de ces dames acceptent de le faire, le pourront-elles ?

— Je ne vois pas pourquoi, Votre Grâce. J'ai reçu l'ordre...

— N'excluez pas toute compassion. Quel mal pourraient-elles faire ? Et vous seriez obligeant à mon égard, ajouta-t-il en masquant son dédain.

Il détestait jouer de son statut de duc pour obtenir quelque chose.

Norman s'empourpra, mais céda.

— Si c'est ce que vous préconisez, Votre Grâce...

En d'autres termes : « Si vous en prenez la responsabilité. »

— En effet. Très fermement.

Cependant, ces femmes seraient-elles disposées à effectuer une telle tâche ?

Il regagna le salon et leur posa la question. Pour toute réponse, il ne reçut que le silence et des regards fuyants.

— Moi, je veux bien, dit Bella. Certaines d'entre vous m'aideront. Nous savons ce que lady Fowler pensait des hommes.

Mlle Evesham et Mlle Sprott acceptèrent.

Thorn se rappela une conversation avec Bella, qui avait admis être une meneuse malgré elle. Voilà donc ce à quoi elle faisait allusion. Elle était le chef de ce groupe pathétique, à contrecœur. Et ce rôle l'avait mise en danger.

Il ressortit, oscillant entre admiration et exaspération.

29

Bella réfléchissait à une façon de profiter de cette occasion. Le demi-frère de Thorn était là, apparemment en mission officielle !

À son entrée, elle avait cru voir Thorn en personne et s'était cachée d'instinct, puis elle avait compris que ce ne pouvait être que le duc. Ensuite, des différences subtiles lui étaient apparues. Le duc était plus arrogant, bien sûr, en dépit de sa tenue relativement décontractée. Il était impeccable jusqu'au bout des ongles, les joues glabres.

Cependant, la ressemblance physique était frappante. Pas étonnant que Thorn ait été envoyé en Amérique dans sa jeunesse.

Maintenant, il fallait qu'elle trouve un moyen de les sauver toutes. Et si elle implorait le duc en affirmant… Quoi ? Qu'elle était une amie du capitaine Rose ? Oserait-elle avouer être sa maîtresse ? Avec son apparence de Bellona, le duc n'en croirait pas un mot.

Thorn était informé de la vie du duc. Était-ce réciproque ?

Le duc avait annoncé qu'un homme viendrait les surveiller pour s'assurer qu'elles ne discutaient pas de l'affaire. Un garde les avait effectivement rejointes, un homme renfrogné qui les observait d'un air soupçonneux. Le silence régnait.

— Le duc d'Ithorne ! murmura soudain Betsy. Ils doivent prendre cette affaire très au sérieux. Vous... vous croyez que nous pourrions être pendues ?

— Non, je suis sûre que non. Nous sommes innocentes, répondit Bella.

— Et s'ils voulaient faire un exemple ? intervint Hortensia en foudroyant Betsy du regard. Avec celles qui voulaient participer à l'impression des bulletins.

— Je ne voulais faire aucun mal ! geignit Betsy. Olivia Drummond insistait tant !

Bella tenta d'attirer l'attention de Betsy sur le garde, mais celle-ci fondit en larmes.

— Personne ne sera pendu, assura Mary d'une voix apaisante. Des dames bien nées... C'est impensable.

— Certaines seront peut-être envoyées au bagne, bien sûr, dit Hortensia, qui avait tendance à envisager le pire.

— La vérité l'emportera, affirma Bella. Le duc est venu pour nous aider.

— Vous accordez une grande confiance aux ducs, Bellona, dit Hortensia d'un ton railleur. Peut-être parce que vous avez batifolé à...

Heureusement, elle n'alla pas plus loin, mais Bella rougit violemment.

— Il ne se soucie pas vraiment de nos intérêts, reprit Hortensia.

Bella redoutait qu'elle ne dise vrai. Qui étaient-elles aux yeux du duc d'Ithorne ?

— Je crois qu'il s'intéresse uniquement à Ellen Spencer, déclara Mary.

Bella fronça les sourcils. Rien chez Ellen ne risquait de les faire condamner pour haute trahison.

— Pourquoi ?

— Vous ne vous rappelez donc pas ? Avant de venir ici, Ellen était la dame de compagnie d'une lady qui avait été contrainte d'épouser un lord.

Mary prenait soin de ne citer aucun nom.

— Ah oui, dit Bella.

C'était à peu près au moment du bal masqué. Bella ne prêtait alors guère attention aux autres événements. Elle interrogea Mary du regard, car elle ne comprenait toujours pas.

— Je crois que le mari de cette lady a un lien avec le duc.

— Ah..., fit Bella, pensive. Eh bien, s'il est venu sauver Ellen, il devrait nous sauver toutes.

— Vous croyez ? s'enquit Hortensia. Vous ne connaissez pas les méthodes de ces gens-là. De plus, c'est un fieffé coquin. Avez-vous oublié comment il a traité la pauvre femme qu'il corrompait depuis des années ? Un sans-cœur ! Il l'a entraînée vers l'adultère puis, quand son mari est mort, il a coupé les ponts avec elle.

Bella adressa à Hortensia un regard de mise en garde. Ses paroles seraient répétées, et le moment était mal choisi pour se mettre le duc à dos. Lady Jessingham avait provoqué un esclandre lors de la fête antique. Si le duc avait des torts, cette lady n'avait rien d'une victime innocente, selon elle.

— Se montrer hostile envers le duc ne fera pas avancer notre affaire, Hortensia, déclara Mary.

Hortensia se renfrogna, mais n'en dit pas plus.

— N'oublions pas sa réputation, murmura alors Betsy. Un débauché de la pire espèce ! Ai-je bien compris ? Il veut nous interroger une par une en particulier ?

Bella en était certaine : même ce triste sire de Casanova n'aurait pas cherché à séduire Betsy – ni aucune d'entre elles, d'ailleurs. Elle n'exprima toutefois pas sa pensée. Dans cette maison, elle avait appris que même les femmes qui affirmaient ne pas s'intéresser aux hommes s'offusquaient si on leur disait que leur apparence physique les mettait à l'abri des sollicitations.

Un nouveau silence s'installa. Leur destin n'était plus entre leurs mains.

Bella lissa son mouchoir. Elle fronça les sourcils en voyant la petite tache de sang. Elle s'était griffée en se cachant le visage. Il fallait mettre du sel sur la tache au plus vite. Hélas, on ne l'autoriserait pas à quitter la pièce. De toute façon, elle devrait terminer son ourlet avant de pouvoir laver le mouchoir. Elle enfila donc une aiguille et se mit à coudre, cherchant un moyen de les tirer de ce mauvais pas.

Et si elle écrivait à Thorn, à cette adresse à Stowting, pour l'implorer d'intervenir auprès de son demi-frère ? Elle n'aurait certainement pas le droit d'envoyer un message. De plus, il mettrait des jours à lui répondre, un temps dont elles ne disposaient pas. Elles seraient bientôt incarcérées, ce qu'elle redoutait plus que tout car les prisons étaient infestées de parasites et de maladies, et baignaient dans une atmosphère de violence.

Son aiguille à la main, elle se figea.

Elle pensa soudain aux demoiselles Trayce, à Tunbridge Wells. Que faisait M. Clatterford ? Elle était censée partir le matin même en sa compagnie. Peut-être pourrait-il l'aider ? Toutefois, le fait que les Trayce figurent sur la liste des abonnées à la lettre de lady Fowler était inquiétant.

Les autorités avaient-elles trouvé cette liste ? Elle était cachée dans une petite pièce attenante au scriptorium, parmi d'autres documents. La porte, tapissée du même papier que les murs, passait aisément inaperçue. Encore un problème à régler. Il lui incombait de détruire toute liste compromettante. Le nom des Trayce n'était pas le seul à y figurer.

Les autorités risquaient de condamner huit femmes à la pendaison, et à en traîner des centaines d'autres devant la justice.

Bella considéra alors le problème autrement.

Selon M. Clatterford, les sœurs Trayce étaient les tantes ou les grands-tantes du marquis de Rothgar et du marquis d'Ashart. Et si elle exploitait le danger qu'elle couraient pour solliciter leur assistance ?

Voyons un peu, songea-t-elle, non sans amusement. *Un duc, deux marquis...* Il ne lui manquait que trois comtes pour compléter le tableau !

Thorn avait de nouveau convoqué Norman, qui affichait un air hostile malgré sa courbette obséquieuse.

— Interroger ces dames une par une est essentiel pour établir la vérité. Si elles mentent, je m'en rendrai compte. Y voyez-vous un inconvénient ?

Comme l'homme hésitait, il ajouta :

— Je peux soumettre la question à lord Northington directement, si vous voulez.

Il abusait un peu de son pouvoir, mais la situation l'imposait.

— C'est inutile, Votre Grâce, bredouilla Norman. Désirez-vous les interroger seul ?

Thorn ignora le sous-entendu.

— Une autre dame servira de chaperon. Je propose que Mlle Flint s'en charge, car elle n'a pas assisté aux événements les plus cruciaux. En réalité, je ne vois pas pourquoi elle est en état d'arrestation.

— J'ai l'ordre de ne laisser personne quitter la maison, Votre Grâce.

Bien sûr. Cet homme voulait avant tout conserver son poste. Thorn était en train de lui reprocher de respecter les ordres de ses supérieurs. C'était injuste.

— Vous me semblez très consciencieux, Norman. À moins que vous n'ayez un greffier sur place, je vais faire quérir quelqu'un et l'interrogatoire pourra commencer.

La présence d'Overstone n'étant pas indispensable, Thorn le chargea de lui envoyer un employé compétent et un avocat. Il adressa ensuite un bref compte rendu à Rothgar, au cas où il n'aurait pas encore quitté la capitale, pour lui suggérer un entretien avec Northington.

Ce n'était pas le genre de travail auquel il était accoutumé et il était impatient de se décharger de cette responsabilité, compte tenu de l'implication de Bella.

Bientôt, il se retrouverait seul en sa présence.

Il réprima un sourire. La situation n'avait rien de drôle, mais son déguisement improbable l'amusait.

Bella croyait pouvoir maîtriser son trouble. Hélas, lorsque le duc réapparut, il annonça :

— Mademoiselle Flint, puis-je m'entretenir avec vous dans la pièce voisine ?

Elle se leva et plia son ouvrage de couture.

— Bellona ! s'exclama Betsy.

— N'ayez crainte, lui dit Bella. Je ne pars pas pour l'échafaud. Je suis certaine qu'il n'y a aucun danger.

— Aucun, affirma le duc d'un ton sec. La porte restera ouverte, bien sûr. Mesdames, vous allez devoir livrer votre version des événements chacune à votre tour. Mlle Flint, absente au moment des faits, vous servira de chaperon.

Bella sortit en compagnie du duc. Serait-ce l'occasion de subtiliser la liste des abonnées ? Il lui suffirait de rester seule quelques instants.

— Nous appelons cette pièce le scriptorium, expliqua-t-elle en le précédant. Nous nous installions à cette longue table pour copier la lettre. Du moins, avant l'achat de la presse.

Comme promis, il avait laissé la porte ouverte, mais il la dévisageait d'un air étrange. Se rendait-il compte qu'elle était déguisée ? Cela ne manquerait pas d'éveiller les soupçons.

À moins qu'il ne soit intrigué par son attitude. Elle ne semblait pas assez impressionnée par lui, sans doute parce qu'il lui rappelait Thorn. Ils se ressemblaient vraiment comme deux gouttes d'eau.

Elle avait presque envie de s'approcher de lui, de le toucher, de lui sourire en attendant un sourire en retour. Elle faillit s'esclaffer en imaginant la réaction du duc d'Ithorne face à un tel assaut de Bellona Flint.

— Acceptez-vous de jouer les chaperons, mademoiselle Flint ?

— Je ferai tout ce qui est en mon pouvoir pour aider ces dames, Votre Grâce.

Il fit un mouvement de la tête en jetant un coup d'œil vers la porte. Bella suivit son regard. Personne. Que lui arrivait-il ?

— Mais vous ne mentiriez pas, n'est-ce pas ?

— Qui ne mentirait pas pour éviter l'échafaud ?

Il afficha un air si implacable qu'elle comprit le danger.

— Non, Votre Grâce, reprit-elle. Cela ne servirait à rien de mentir. Je n'ai aucune information à dissimuler.

— À la bonne heure, répondit-il.

Était-il de leur côté ?

— Un greffier va bientôt arriver, annonça le duc en faisant le tour de la table. Il consignera les témoignages. Vous ne serez là que pour garantir la bienséance.

En arrivant à l'extrémité de la table, à l'endroit le plus éloigné de la porte, il répéta cet étrange mouvement de la tête. Le pauvre homme avait-il un tic ?

— Vous ne parlerez pas, c'est compris ? ajouta-t-il.

Ce faisant, il lui fit signe d'approcher.

Seigneur ! Les craintes d'Hortensia étaient-elles fondées ? Les débauchés faisaient-ils donc feu de tout bois ?

— Par ici, Bella ! souffla-t-il.

Non ! C'est Thorn !

Il avait dû avoir connaissance de sa situation et avait décidé de venir à son secours. Cependant, usurper l'identité d'un duc n'était pas anodin, surtout dans une affaire de haute trahison. De plus, son frère devait se trouver à Londres.

Il incarnait fort bien le duc, mais la supercherie ne pouvait tenir.

En le rejoignant à l'extrémité de la pièce, elle fronça les sourcils... puis sourit, incapable de s'en empêcher.

— Je ne parlerai pas, Votre Grâce, déclara-t-elle en tant que Bellona. Je vous remercie d'être venu nous assister.

— Je suis venu établir la vérité, mademoiselle Flint. Rien de plus.

Thorn prit ses mains dans les siennes et lui rendit son sourire. Soudain, Bella se sentit plus forte.

Elle n'était plus seule.

— J'espère que les femmes présentes dans cette maison sont innocentes.

— C'est le cas, Votre Grâce.

Bella comprit à cet instant qu'elle pouvait atteindre son objectif. Elle libéra doucement ses mains des siennes.

— Il y a une petite pièce attenante, chuchota-t-elle en désignant la porte presque invisible. Elle renferme surtout des fournitures, de l'encre, du papier, mais aussi les archives de lady Fowler, tous les anciens numéros de la lettre. Ils prouveront que nul n'est coupable de haute trahison.

Elle avança, parfaitement consciente qu'il la suivait. Elle eut soudain une révélation qui fit se nouer ses entrailles. Désormais, Thorn savait à quel point elle avait été stupide et, en plus de cela, il la voyait sous son déguisement de Bellona Flint, avec sa verrue sur le nez !

Elle rassembla son courage pour lui faire face.

— Bella, tu ne cesses de me surprendre...

— Et toi, tu es fou.

— Ne joue pas les revêches. Je suis sur le point de te sauver la mise pour la troisième fois. Ai-je droit à une récompense ?

— Ce sera plutôt la corde du bourreau.

— Pourquoi diable ?

— Pour usurpation de l'identité de ton frère. À Londres, au cours d'une enquête pour haute trahison !

Thorn en fut abasourdi. Il avait été tellement frappé de trouver Bella dans cette maison, tellement inquiet pour elle qu'il n'avait pas réfléchi au fait qu'elle le prendrait pour le capitaine Rose. Non. En réalité, elle avait dû le prendre pour le duc jusqu'à ce qu'il l'appelle par son prénom.

Qui était-il, au juste ?

S'il était Thorn, elle aurait peur pour lui. S'il était Ithorne, il devait lui avouer sa supercherie de but en blanc, sans préambule.

— Tu devais connaître les risques, lui dit-elle d'un ton de reproche en fronçant les sourcils, ce qui la rendait redoutable avec ce maquillage.

— Ils sont mineurs.

— Mineurs ? Hier, j'ai lu dans les journaux qu'Ithorne assisterait à une réception dans une école de Cheapside. Quelqu'un remarquera que vous êtes deux.

— Mais lequel est le vrai duc ?

Elle leva les yeux au ciel.

— Néanmoins, tu peux te rendre utile, grommela-t-elle. Continue à parler à Bellona pendant un moment.

Elle se détourna et ouvrit un tiroir.

Thorn observa son dos, puis eut envie de rire. Bella Barstowe était décidément une femme hors du commun. Il déclara :

— Vous devriez prendre ces exemplaires de la lettre de lady Fowler, mademoiselle Flint !

Elle désigna quelques cartons sur une étagère, tout en fouillant le tiroir.

— Combien y en a-t-il ? demanda-t-il en prenant un carton.

Bella sortit quelques feuilles de papier et les parcourut.

— Je n'en suis pas certaine, mais lady Fowler a commencé à rédiger ses lettres peu de temps après la mort de son mari, il y a dix ans.

Thorn constata que le carton contenait un seul exemplaire de chaque lettre.

— Ces archives sont constituées des numéros originaux de la main de lady Fowler ?

— Je n'en sais rien. Les plus anciens le sont sans doute.

Elle s'approcha, ses feuilles à la main, pour jeter un coup d'œil à un exemplaire.

— Oui, c'est bien son écriture, affirma-t-elle. Cette lettre est plutôt ancienne, car elle écrivait de moins en moins bien ces derniers temps. Elle a même dû dicter les dernières lettres.

— Qu'est-ce que tu as là ? demanda-t-il.

— Les adresses des abonnées. Je dois détruire ces documents.

Thorn lui arracha la liste des mains.

— Surtout pas. Ce serait une infraction grave.

Elle récupéra les papiers d'une main ferme.

— La plupart de ces femmes sont innocentes et n'ont pas la moindre tendance à l'insurrection.

— Dans ce cas, elles n'auront aucun problème.

— Comme nous ? lança Bella d'un ton railleur.

— Vous n'êtes pas si innocentes...

— Votre Grâce ?

La voix de Norman, dans la pièce voisine, les interrompit.

Bella implora Thorn du regard.

Dans l'urgence, il glissa les feuilles compromettantes à l'arrière de ses hauts-de-chausses, sous son manteau.

Norman apparut, l'air soupçonneux.

— Quel est cet endroit ?

— Je viens de le découvrir moi-même, répondit Thorn en reprenant son attitude ducale. Une sorte de remise. Mlle Flint a eu la bonté de m'informer de la présence des originaux des lettres de lady Fowler. Il convient de les saisir en tant que pièces à conviction.

— Certainement, déclara Norman en prenant le carton des mains de Thorn. Il est préférable que vous laissiez mes hommes mener les recherches dans cette pièce, Votre Grâce.

— Vous avez raison. Je pense néanmoins que nous devons des remerciements à Mlle Flint. Sans son aide, nous n'aurions pas fouillé cette remise de sitôt.

Norman pinça les lèvres et posa sur Bella un regard chargé de dédain. Thorn eut des envies de meurtre.

— Votre coopération sera consignée, mademoiselle.

— À juste titre, répliqua-t-elle sèchement. Je vous le répète, monsieur Norman : si vous nous considérez comme des alliées dans cette affaire, l'enquête se déroulera dans de meilleures conditions.

— Veuillez regagner le salon, mademoiselle Flint, ordonna Norman.

Espiègle, Bella se tourna vers Thorn.

— Cet ordre est-il en accord avec vos souhaits, Votre Grâce ? demanda-t-elle.

Il eut envie de répondre par la négative, en partie pour agacer Norman, mais aussi pour prolonger ce moment en compagnie de la jeune femme. La sagesse l'emporta néanmoins.

— Absolument, mademoiselle Flint, répondit-il en s'inclinant.

Elle fit une révérence à la fois élégante et coquette avant de s'éloigner, la tête haute, le dos bien droit. Il se souvenait bien de son dos...

— Elle n'est pas commode, celle-ci, marmonna Norman. Il ne faut pas se fier aux apparences.

— Voulez-vous dire qu'elle est plus intelligente qu'il n'y paraît ?

— Une femme ne peut être intelligente.

— Vous risquez d'avoir de nombreuses surprises, à l'avenir... Qu'en est-il des deux femmes réfugiées dans leur chambre ?

— Elles étaient particulièrement choquées, Votre Grâce.

— Vous accordez plus de foi à une femme choquée qu'à une femme intelligente ?

Thorn vit Norman sur le point de contester une nouvelle fois cette notion d'intelligence, avant de se raviser.

— Il est naturel pour une femme de défaillir dans ce genre de situation.

— Je recommande néanmoins qu'elles rejoignent les autres au salon.

— À votre guise, Votre Grâce, concéda Norman à contrecœur.

— Je dois regagner mon domicile pour mettre plusieurs mesures en œuvre. Je compte sur vous pour empêcher ces dames de discuter des événements récents.

Sur ces mots, il s'éloigna, en espérant que les feuilles qu'il avait glissées dans son dos ne se verraient pas.

En regagnant le salon, Bella fut tentée de simuler un malaise afin d'être autorisée à se reposer dans une chambre, mais les autres en concluraient que Thorn l'avait malmenée. Si elles pensaient que c'était le duc, ce n'était pas vraiment un problème. Toutefois, l'une d'entre elles risquait alors de faire une bêtise ou de les mettre en danger.

Elle en avait presque le tournis. Quel rebondissement ! Et quel bonheur... Il était venu à la rescousse ! Il tenait à elle. Et elle allait le revoir...

— Bellona, ma chère, que diable s'est-il passé ?

Mary Evesham semblait très inquiète.

— Oh, rien du tout ! Enfin... j'ai l'impression que le duc veut nous aider.

— Il ne faut pas faire confiance à cet homme, décréta Hortensia.

— Nous avons besoin d'aide, protesta Bella d'un ton sec.

— Arrêtez ! geignit Betsy. Je vous en prie, ne vous chamaillez pas. Je sens venir une migraine...

Bella fut sauvée par l'arrivée d'Ellen et Clara. Si cette dernière semblait rongée par l'angoisse, Ellen Spencer tremblait, le regard un peu fou.

— Vous aussi, vous avez assisté les sœurs Drummond ! s'exclama Betsy en pointant un index rageur dans sa direction. Si je suis pendue, vous le serez aussi !

Ellen Spencer s'évanouit.

30

Thorn lissa les feuilles de papier froissées sur son bureau. Les adresses étaient tracées nettement à la main, par ordre alphabétique – mais pas systématiquement. Il reconnut les noms de plusieurs dames en vue. Il n'en fut guère étonné, car la lettre de lady Fowler était devenue une vraie curiosité parmi la bonne société.

La mère de Robin était citée, ainsi que Psyché Jessingham. En voyant le nom de lady Arradale, il arqua les sourcils. La femme de Rothgar avait-elle été l'intermédiaire de son mari ou bien s'était-elle abonnée en son nom propre ? Elle avait des convictions très fortes dans le domaine des droits des femmes.

Thorn ne pouvait détruire ce document potentiellement important. Certaines personnes présentes sur cette liste conspiraient contre le pays. Il l'enferma sous clé dans son bureau.

Encore un service rendu à cette femme extraordinaire. Il avait la certitude d'être capable d'actes encore plus douteux si Bella le lui demandait. Quoi qu'il en soit, il devait la mettre hors de danger...

Et ensuite ?

— *Miaou...*, fit Tabitha en sautant sur le bureau.

— Un soupir de résignation ? Je suis incapable de l'ignorer, mais quand, dans ce cas, devrai-je lui avouer la vérité ?

— Avouer la vérité à qui ? s'enquit Christian en pénétrant dans la pièce.

— La plupart des gens frappent à la porte avant d'entrer, marmonna Thorn.

Christian haussa les sourcils, sans pour autant se laisser impressionner par cette froideur.

— Je suis toujours entré sans frapper. Tu parles encore à Tabby ? Et elle te répond ?

— Tel un oracle. Où est la vérité, Tabitha ?

Amusé, Christian regarda la chatte disparaître sous le bureau. Son hostilité à son encontre était tenace. Les chatons surgirent pour s'attaquer à ses bottes.

— Tu restes ? lui demanda Thorn.

— Si cela ne te dérange pas, répondit son ami.

— Désolé... Tu es ici chez toi, évidemment. J'ai eu une matinée difficile.

— Raconte-moi.

Thorn lui relata les faits.

— Maudite Ellen Spencer ! s'exclama Christian. Je ne veux pas d'elle sous mon toit.

— Je pensais la confier à Robin.

— Il faudrait des couvents où enfermer ce genre d'aliénées - où elles seraient correctement traitées, bien sûr.

Thorn se rappela sa conversation avec Bella sur ce thème.

— Pourquoi ce sourire ? s'enquit Christian.

— Je dois être fou.

— Tu peux sortir Ellen Spencer de ce pétrin ?

— Il le faut.

Thorn décida de parler à son frère de cœur de son histoire avec Bella.

À l'issue de son récit, Christian affichait un sourire niais.

— J'ai l'impression que c'est la femme qu'il te faut.

— Elle n'a aucune notion du rôle de duchesse. Pas plus que ce chaton n'est doté de raison, ajouta-t-il en détachant Zibeline d'un rideau.

— Il est doté de raison, assura Christian. Il n'a simplement pas envie de se comporter comme tu le souhaites. C'est ce genre de femme qu'il te faut.

— L'excentrique duchesse d'Ithorne ? Je ne veux pas la rendre malheureuse, Christian. Tu sais combien notre milieu est cruel.

— En tout cas, elle a du courage. De plus, tu dis toi-même que tu n'as pas le choix.

— C'est vrai. Quelle que soit cette force étrange qui rapproche deux êtres en dépit de toute logique et des convenances sociales, elle me tient entre ses griffes depuis bien trop longtemps pour que ce soit juste une passade. As-tu des rendez-vous en ville, aujourd'hui ?

— Quelques courses à faire. Nous pensions te soulager des chats.

Le cœur serré, Thorn posa les yeux sur Tabitha.

— Qui vais-je consulter, désormais, pour obtenir des conseils ?

— Si tu as envie de les garder...

— Caro risque de s'y opposer, non ?

— Il y a des dizaines de chats à la maison, et elle s'occupe de ses abeilles, expliqua Christian avec un sourire plein de tendresse. Elle est faite pour vivre à la campagne. Sans parler de son ventre qui s'arrondit...

— Félicitations.

— Tu devrais t'y mettre, toi aussi, suggéra Christian avec entrain. Garde les chats, dans l'immédiat. La prochaine fois que tu verras Caro, nous en reparlerons.

— Parfait. À présent, je dois retourner là-bas.

En ouvrant la porte, Thorn tomba nez à nez avec un valet qui sursauta.

— Oui ?

— Quelqu'un vous demande, milord. M. Clatterford, à propos de l'affaire Fowler.

— Où est-il ?

— Dans le troisième salon, milord.

Thorn descendit à la rencontre d'un gentleman replet et robuste qui dégageait un air d'honnêteté.

— Monsieur Clatterford…

— Votre Grâce, répondit le notaire en s'inclinant.

— Que puis-je faire pour vous ? Asseyez-vous, je vous en prie.

— Pardonnez mon intrusion, mais je crois savoir que vous vous occupez des malheureux événements survenus chez lady Fowler. Je viens vous solliciter pour venir en aide à l'une de ces dames.

Thorn maîtrisa son impatience. Encore une doléance…

— De qui s'agit-il ?

— Mlle Flint.

Ah. C'était une autre histoire.

— Quelles sont vos relations avec Mlle Flint, monsieur ?

— Je suis son notaire, Votre Grâce. J'ai l'honneur de gérer les affaires de son arrière-grand-mère, lady Raddall. Celle-ci a légué une somme à Mlle Flint, et j'en suis le gestionnaire.

Il savait donc qu'il s'agissait d'une fausse identité.

— Que puis-je faire pour vous, maître ?

— J'aimerais que vous m'aidiez à la faire libérer. Elle a coupé les ponts avec ce groupe plusieurs semaines avant ces malheureux événements.

Thorn l'ignorait.

— Pourquoi ?

— Comme vous pouvez l'imaginer, elle était perturbée par ce qu'il s'y passait.

— Pourquoi y est-elle retournée, dans ce cas ?

Nerveux, le notaire grimaça.

— Je ne sais que ce que m'a raconté sa gouvernante, milord. Mme Gussage s'est beaucoup inquiétée, hier soir. En voyant que sa maîtresse ne rentrait pas, elle s'est rendue chez lady Fowler. Un garde était posté devant la porte, de sorte qu'elle n'a pas pu parler à Mlle Flint. Elle m'a donc fait quérir, mais son aide a mis du temps à me trouver, car il était tard. Ce matin, à la première heure, je me suis rendu chez lady Fowler. Quelqu'un m'a conseillé de me tourner vers vous. Je vous garantis, Votre Grâce, que Mlle Flint est incapable du moindre crime.

Vous la connaissez moins bien que moi. Bella Barstowe serait capable de tout pour une noble cause, songea Thorn. Pourvu qu'elle ne se mette jamais en tête de renverser la monarchie ! Et pourtant, ce gentleman bien sous tous rapports était disposé à se porter garant de son honnêteté, ce qui pouvait se révéler utile.

— À votre connaissance, Clatterford, s'est-elle rendue coupable de haute trahison ?

— Absolument pas !

— Aurait-elle d'autres alliés susceptibles de la soutenir ?

Le notaire parut mal à l'aise, ce qui n'avait rien d'étonnant car il savait qu'elle utilisait un faux nom.

— J'en trouverai, Votre Grâce, mais elle est très discrète.

— Très bien, maître, conclut Thorn en se levant. Je ferai de mon mieux. Où se trouve votre étude ?

— À Tunbridge Wells, Votre Grâce.

Thorn s'immobilisa, l'air interrogateur.

— Je suis venu à Londres pour convaincre cette jeune femme de m'accompagner à Tunbridge Wells. Nous devions partir aujourd'hui.

— Puis-je vous demander pourquoi ?

— J'ai fait en sorte qu'elle s'installe chez des ladies qui la prendront sous leur aile afin qu'elle se fasse une place dans la bonne société.

— Elle a accepté ? s'enquit Thorn avec intérêt.

Le notaire se méprit sur sa curiosité et s'offusqua.

— Je crois vraiment qu'on peut toujours s'élever, Votre Grâce.

Ce Clatterford lui plaisait de plus en plus.

— Je souhaite le meilleur à Mlle Flint, et je vous assure que je ferai tout pour qu'elle puisse se rendre à Tunbridge Wells.

Il était sincère. Si Bella se faisait une place au sein de la bonne société, les choses seraient plus faciles. Thorn avait les moyens d'intervenir en ce sens. Il raccompagna le notaire.

Au moment où il allait se mettre en route pour la maison de lady Fowler, un messager lui livra une lettre de Rothgar.

Cher monsieur,

Je vous écris en hâte à propos de l'affaire Fowler. Si nous laissons l'enquête entre les mains des chasseurs d'espions, ces dames souffriront beaucoup avant que la procédure les innocente. Je suggère un appel au roi. Sa Majesté est bienveillante envers le sexe faible et acceptera de secourir des dames en détresse.

Votre obligé, etc.

Rothgar

Thorn admira la façon dont la lettre était tournée, au cas où elle tomberait entre de mauvaises mains. Un homme marié avec la comtesse d'Arradale ne pouvait en aucun cas accorder de crédit à l'expression de « sexe faible », contrairement au roi.

En imaginant Bella en tant que membre du « sexe faible », Thorn secoua la tête. Toutefois, elle pouvait jouer la comédie. Si les dénommées Evesham et Abercrombie correspondaient aux critères du roi, il ne savait rien des dames qui étaient restées couchées. Ce dernier point était cependant de bon augure. Seule Mlle Sprott se montrerait peut-être revêche.

Thorn chargea Overstone de rédiger une lettre au souverain, et Joseph, de lui trouver la tenue idéale pour une éventuelle audience royale. Puis il repartit pour Grafton Street.

Bella cousait et avait encouragé les autres à en faire autant, car elles avaient besoin de s'occuper les mains et l'esprit, d'autant qu'il leur était interdit d'évoquer la situation présente.

Elle repensa à leur séjour à Upstone, à ces moments où Thorn lui avait fait la lecture pendant qu'elle cousait. Il était sans doute étrange qu'elle trouve ce souvenir plus émouvant que celui de leurs ébats nocturnes, mais c'était plus simple pour elle de le faire remonter à la surface.

Il courait un terrible danger, et elle ne supporterait pas qu'il lui arrive malheur parce qu'il avait voulu l'aider.

Comme alertée par un sixième sens, elle leva les yeux et vit Thorn sur le seuil. Elle eut toutes les peines du monde à ne pas lui sourire. Pourvu que son trouble ne se remarque pas...

— Nous sommes prêts à recueillir vos témoignages, annonça-t-il. Mlle Flint et Mlle Evesham, s'il vous plaît.

Bella se leva, ravie qu'il ait choisi Mary : son récit serait sans doute le plus cohérent et le plus objectif. Ils se rendirent dans le scriptorium, où un jeune homme les attendait. Sur la table étaient disposés une pile de feuilles de papier ainsi que des plumes et des encriers. Tout était prêt.

Un autre employé était présent, avec ses propres fournitures, plus modestes. Sans doute prendrait-il des notes pour le ministre. Un homme âgé était assis dans un coin, en simple observateur.

Dès qu'ils furent tous installés, l'interrogatoire commença.

Mary attesta que la plupart des dames n'avaient pas joué un rôle actif dans la rédaction et l'impression du bulletin criminel.

Ensuite, Thorn convoqua Ellen Spencer.

Dès son entrée, elle clama son innocence avec la véhémence d'une condamnée à mort le jour de son exécution. Thorn la pria de se calmer et de relater les faits survenus lors des dernières semaines. Ellen fondit en larmes.

Thorn implora Bella du regard. Elle prit Ellen dans ses bras.

— Allons… Ne vous mettez pas dans cet état. Nous savons que vous n'avez rien fait.

— Mais si, Bellona ! J'ai commis le pire… Un meurtre. Et Helena Drummond était au courant.

Bella se tourna vers Thorn, qui haussa les sourcils. Les deux greffiers notèrent ces propos.

— Qui avez-vous tué ? la questionna Bella.

— Enfin, je ne l'ai pas vraiment tué…, murmura Ellen. Puisqu'il n'a pas mangé le gâteau, voyez-vous. J'ai quand même essayé. Et Helena le savait. Elle m'a obligée à faire des choses…

Bella se refusait à poser la question suivante, mais Thorn s'en chargea.

— Quelles choses, madame Spencer ?

— Le bulletin. Je l'ai recopié au propre.

Ellen se couvrit le visage de son mouchoir trempé de larmes.

— C'était terrible… Ces histoires sur le roi, un homme si bon…

— Remettez-vous, ordonna Thorn. Madame Spencer, personne ne va vous poursuivre pour la tentative de meurtre. Vous étiez en grande détresse parce que vous pensiez votre maîtresse en danger, et vous n'avez trouvé que ce moyen pour tenter de la sauver. De nombreux témoins sont garants de votre bonne foi.

Thorn était au courant de cela ? s'étonna Bella. Comment diable ?

— Vraiment ? fit Ellen en se redressant légèrement.

— Croyez-moi sur parole.

Bella prit le mouchoir d'Ellen avant de lui en tendre un autre, pensive.

Celle-ci se lança dans un récit plus ou moins cohérent des dernières semaines. Il se révéla cependant utile, car Helena Drummond savait qu'Ellen était à sa merci et n'avait pas pris la peine de lui cacher quoi que ce soit. L'Irlandaise avait dû prendre un malin plaisir à imposer à Ellen une telle détresse.

Helena avait fait mine de consulter lady Fowler, mais la malheureuse n'était plus en état de réfléchir. Elle s'était alors contentée de lui relater son projet. Ellen devait être présente pour témoigner du consentement de lady Fowler.

— En général, elle était d'accord, fit Ellen d'un ton grave.

Elle retrouvait peu à peu ses esprits.

— Lady Fowler n'avait plus toute sa tête. Pour elle, voir son nom associé à une grande révolution constituait un triomphe. Elle ne craignait pas la mort. En revanche, elle redoutait d'être oubliée.

— Ce projet et le document appelant à l'insurrection sont l'invention d'Helena Drummond seule ?

— À ma connaissance, oui, Votre Grâce.

— Avez-vous quelque chose à ajouter qui puisse être d'importance, madame Spencer ?

Elle réfléchit, métamorphosée par ses aveux.

— Les dames qui vivent ici ne sont en rien coupables de haute trahison, Votre Grâce. Certaines sont idiotes, d'autres sont aigries, mais elles sont toutes honnêtes et loyales.

Bella fut soulagée de voir partir Ellen Spencer. Cette femme était désagréable, voire méchante.

— Merci d'être intervenue, mademoiselle Flint, déclara Thorn. Que pensez-vous des affirmations de Mme Spencer ?

— Je les approuve totalement, Votre Grâce.

Il consulta une liste.

— Qui reste-t-il ? Mlle Sprott, Mme Ormond et Mme Abercrombie. Nous allons convoquer cette dernière, à présent.

Betsy inquiétait Bella. Fervente admiratrice des sœurs Drummond, peut-être simplement parce que c'était une faible attirée par les puissants, elle était aussi stupide et risquait de se saborder. Thorn parut le deviner et ne lui posa que des questions simples. Que ce soit par bon sens ou par peur, Betsy se garda de trop parler.

Ensuite, Hortensia Sprott ne masqua pas son hostilité mais resta concise. Elle détestait les Drummond. Quant à Clara Ormond, ce n'était qu'une douce vieille dame inoffensive.

— Et voilà, conclut Thorn quand elle fut repartie.

— Pas tout à fait, dit Bella. Il reste Agnès Hoover, la femme de chambre de lady Fowler. Maintenant que sa maîtresse est dans son cercueil, elle acceptera peut-être de vous parler, à condition que quelqu'un veille la défunte.

Thorn s'adressa au greffier de Norman :

— Pourriez-vous trouver une remplaçante à cette dame, monsieur ? Mlle Evesham serait parfaite, mais n'importe qui d'autre fera l'affaire.

L'homme s'inclina, avant de sortir.

Dès qu'il eut quitté la pièce, Thorn se tourna vers Bella et désigna l'autre greffier.

— Cet homme travaille pour moi, comme M. Delibert ici présent, un avocat. Nous pouvons parler librement pendant un moment. Nous essayons d'amadouer le roi. Si nous y parvenons, il enverra peut-être un enquêteur. Il est essentiel que chacune de ces dames reste sobre et respectable.

— Je comprends, Votre Grâce, répondit-elle avec un mouvement de sourcils. Je vous remercie encore pour vos efforts.

Seigneur ! Allait-il aussi trouver quelqu'un pour incarner l'émissaire du roi ?

Le greffier de Norman réapparut, bientôt suivi d'Agnès Hoover, stoïque dans son deuil. Elle brossa un portrait caustique et accablant des sœurs Drummond.

Son opinion sur les autres dames n'était pas bienveillante, mais elle ne porta aucune accusation.

Après son départ, Thorn donna congé à Mlle Flint.

Bella aurait aimé avoir l'occasion de lui parler seule à seul. Il se mettait beaucoup trop en danger. Malheureusement, elle dut se lever, esquisser une révérence et partir.

Thorn s'en voulait de voir Bella s'inquiéter autant pour lui. Mais il préférait ne pas lui révéler qu'il était vraiment le duc d'Ithorne. Elle en serait perturbée, or elle aurait besoin de tous ses esprits au cours des prochains jours. Dès que les dames seraient hors de danger, il lui expliquerait tout, en espérant que le bonheur serait au rendez-vous.

Le plus vite serait le mieux. Il fit quérir Norman.

— Je considère que ces dames sont innocentes et doivent être libérées.

— Sauf votre respect, Votre Grâce, je ne suis pas d'accord. Il est manifeste que certaines ont été complices des sœurs Drummond. C'est d'ailleurs ce que celles-ci affirment.

Maudit soit-il ! Il jubilait visiblement de décocher cette flèche.

— Vous avez arrêté les Drummond ?

Norman afficha un sourire satisfait.

— En effet. Elles prétendent que Mme Abercrombie et Mme Spencer ont participé avec enthousiasme. Mon greffier m'a indiqué que Mme Spencer l'a admis.

— Elle a admis avoir été contrainte.

— Parce qu'elle craignait un procès pour meurtre.

— Je vous assure, Norman, que personne n'est mort et que nul ne portera plainte.

— Les sœurs Drummond clament aussi que Mlle Flint soutenait leur cause et le leur disait souvent.

Les vipères, songea Thorn. Elles étaient déterminées à entraîner les autres dans leur chute si elles ne parvenaient pas à lier leur destin à celles qui avaient une chance d'être sauvées.

Il avait espéré ne pas avoir à en appeler au roi, car George était imprévisible. Hélas, il constituait l'ultime recours. Rothgar avait raison.

— Sachez que le roi s'intéresse personnellement à cette affaire. Et il aura tendance à la clémence – sauf pour les Drummond, bien sûr.

— Je crois savoir que Sa Majesté était courroucée, argua Norman d'un air pincé.

— Uniquement à l'encontre des véritables criminelles.

— J'en attends la confirmation, milord.

— Bien sûr. Vous avez des consignes. Je vous recommande néanmoins une approche respectueuse. Certaines de ces dames, comme Mme Spencer, ont des alliés haut placés.

Thorn rentra chez lui en compagnie de son greffier, réfléchissant aux prochaines étapes de cette partie d'échecs. Jamais les enjeux n'avaient été aussi élevés. La vie de Bella était en péril.

31

Thorn se prépara avec soin pour sa rencontre avec le roi. Pour une audience privée, le faste de la Cour n'était pas de mise. Cependant, le souverain avait choisi le palais St James, d'où une formalité extrême. Sa Majesté ne semblait pas très bien disposée.

Joseph avait sélectionné un costume en velours bleu foncé, sobrement brodé. Thorn approuva ce choix, optant toutefois pour un gilet plus ouvragé.

— Je ne voudrais pas sembler lugubre.

Après réflexion, il renonça à la perruque poudrée et dut se faire coiffer. Grâce à quelques bijoux simples, il obtint la meilleure allure possible, mais il ressentait une légère appréhension.

Il s'adressa à Tabitha pour recueillir son verdict.

— Qu'en penses-tu ?

— *Miaou !*

— Je n'ai rien compris.

Il jeta un coup d'œil dans le panier.

— Où diable est votre progéniture, chère madame ?

Il repéra Zibeline sur le dossier d'un fauteuil, l'air féroce. Georgie était tranquillement assis par terre. Thorn le ramassa et le posa à côté de sa sœur.

— Si seulement ton homonyme royal était aussi docile…

Sur ces mots, il quitta la pièce.

Comme Thorn le craignait, le roi George était monté sur ses grands chevaux. Les intentions révolutionnaires de ces femmes étaient pour lui une offense contre la loi divine et celles de la nature. Il fallait les punir de façon exemplaire.

— En ce qui concerne les sœurs Drummond, certainement, Votre Majesté. Mais les autres dames sont très différentes. Nous avons la sœur d'un pasteur, la veuve d'un vicaire, une douce vieille dame et une autre qui ne trouvera jamais de mari. Elles n'ont rejoint lady Fowler que parce qu'elles n'avaient nulle part où loger.

Thorn peinait à trouver le bon angle d'attaque. Le roi n'appréciait pas qu'on rampe à ses pieds – ce dont il était incapable, de toute façon. Leurs rapports étaient assez distants, surtout depuis qu'ils s'étaient tous les deux intéressés à la ravissante Sarah Lennox.

Si George pensait afficher un air sévère, Thorn ne voyait qu'une moue boudeuse.

— Elles devraient être hébergées par le chef de leur famille, n'est-ce pas ?

— Hélas, ces messieurs sont très éloignés d'elles, et elles redoutent de se placer sous leur coupe. Ce sont des dames respectables, Votre Majesté.

— Je vois, je vois... C'est malheureux, n'est-ce pas ?

— Très. D'autant qu'elles se retrouvent aujourd'hui en mauvaise posture. Il est impensable de jeter ces ladies respectables en prison. Je suis certain que vous êtes de cet avis.

Le roi fit le tour de la pièce, les mains dans le dos. Puis il s'arrêta, fulminant.

— Je ne vous pensais pas homme à vous engager dans ce genre d'affaire, Ithorne.

Thorn s'attendait à cette pique.

— Je ne l'étais pas, Votre Majesté, mais on m'a prié de m'y intéresser. Lord Rothgar, entre autres.

— Rothgar ? Il m'a écrit. Des femmes honnêtes, n'est-ce pas ? Sans la moindre tendance à la rébellion ?

Thorn évita de penser à Mlle Sprott.

— Je vous le certifie, Votre Majesté.

— Il serait temps de penser au mariage, n'est-ce pas ?

Thorn se rendit compte que cette remarque lui était adressée.

— J'espère convoler bientôt, Votre Majesté.

— À la bonne heure ! Le mariage pousse un homme à se soucier de son devoir et de sa postérité. Il efface les années d'insouciance.

Il pense encore à Sarah Lennox ! songea Thorn.

— J'espère que le mariage enrichira mon existence, sire.

— Enrichissez donc ! Ayez des enfants, beaucoup d'enfants, n'est-ce pas ?

Le duc avait l'impression qu'ils s'égaraient.

— Puis-je faire libérer ces dames, Votre Majesté ?

Le roi se crispa, puis il fut secoué d'un spasme étrange.

Pourvu qu'il n'ait pas de crise. Au moins, ils n'étaient pas seuls. Lord Devoner était présent et semblait s'ennuyer à mourir. Un valet se tenait immobile, telle une statue.

Thorn abattit sa dernière carte, celle qu'il espérait ne pas avoir à utiliser.

— Et si je vous présentais ces dames afin que vous jugiez de leur honnêteté et de leur loyauté ?

Le roi tressauta encore, puis il fronça les sourcils comme s'il s'en rendait compte.

— Oh oui ! Splendide ! Mais je les verrai là où elles se trouvent : je visiterai la maison, je sentirai son atmosphère. Ainsi, je saurai !

Les rumeurs étaient donc fondées : le souverain perdait la raison. Mais Thorn réfléchirait aux conséquences plus tard. Pour l'heure, il se préoccupait surtout de la sécurité de Bella. Il se serait attendu à ce que George convoque ces dames au palais. Il avait espéré que cela impressionnerait la rebelle

Mlle Sprott. Hélas, c'était ainsi, et il n'avait aucun moyen de les prévenir.

Il tenta une diversion.

— Lady Fowler vient de mourir et l'atmosphère en garde les miasmes, Votre Majesté.

Le roi le foudroya du regard.

— Chercheriez-vous à me cacher quelque chose, Ithorne ?

— Absolument pas, Votre Majesté.

Ils se mirent bientôt en route, dans une voiture ordinaire car le roi voulait passer inaperçu. Les valets étaient toutefois armés, et deux gardes à cheval restaient à proximité. Ils atteignirent Grafton Street sans encombre. L'homme posté à la porte d'entrée faillit avoir une crise d'apoplexie en reconnaissant le souverain.

Norman blêmit, puis rougit et se mit à transpirer abondamment, pour le plus grand plaisir de Thorn.

— Où sont ces dames ? s'enquit celui-ci.

— Au salon, Votre Grâce, répondit Norman. Elles viennent de terminer leur repas – qui était délicieux, je vous l'assure.

Le roi balaya du regard la maison plutôt modeste.

— Ça sent mauvais. L'entretien est médiocre, commenta-t-il.

Thorn se garda de lui rappeler qu'il l'avait prévenu.

— Voulez-vous que je convoque les dames, sire ?

— Non. Je vais braver les lionnes dans leur tanière, n'est-ce pas ?

George semblait à présent enjoué, ce qui était bon signe.

— Où sont-elles ?

Norman s'empressa d'ouvrir la porte du salon en annonçant :

— Sa Majesté le roi !

Thorn ne vit pas le spectacle qui s'offrit au souverain. Mais en entrant à sa suite, il repéra Bella.

Les six femmes étaient présentes. Abasourdies par cette visite, elles se levèrent lentement et firent la révérence. Elles étaient en train de coudre, sauf Mme Abercrombie, qui leur faisait la lecture.

Le roi s'assit.

Thorn fut rassuré de constater qu'elles restaient debout, comme l'exigeait l'étiquette.

— Poursuivez votre lecture ! ordonna George.

Mme Abercrombie obéit, un peu hésitante. Par chance, elle lisait un texte sur l'humilité. Le roi l'écouta pendant quelques minutes en hochant la tête.

— Assez, assez ! s'exclama-t-il soudain.

Le silence se fit. Tous les regards se posèrent sur lui, majoritairement anxieux. Mlle Sprott serrait les dents. Bella était la plus posée, quoique méfiante.

— Vous avez toutes fait une grosse bêtise, déclara le roi. Il n'est pas bon pour une femme de ne pas être guidée par un homme. Nous en avons la preuve ici même. Le comportement extravagant de lady Fowler n'a commencé qu'après la mort de son mari.

Mlle Sprott masqua une exclamation par une quinte de toux.

— Je crois savoir qu'aucune d'entre vous n'a dans sa famille un gentleman susceptible de la protéger, n'est-ce pas ?

Des murmures et des hochements de tête lui répondirent.

— Très bien. Je vous prends sous mon aile. Je serai pour vous le plus tendre des pères.

Thorn peinait à garder son sérieux, d'autant que Bella semblait avoir le même problème.

Puis ce ne fut plus amusant du tout.

— En vertu de mon pouvoir, je désigne le duc d'Ithorne. Vous vous soumettrez à lui, et il vous empêchera de faire des bêtises à l'avenir.

Le silence se prolongea, puis Ellen Spencer leur sauva la mise en s'agenouillant devant le roi, les mains jointes.

— Votre Majesté ! Vous êtes trop bon ! Trop noble d'en faire autant pour les femmes insensées que nous sommes.

C'était le genre de spectacle que le roi appréciait. Les autres suivirent son exemple. Mlle Evesham semblait désabusée et Mlle Sprott sur le point de s'étouffer, mais elles se mirent à genoux, de même que Bella, la tête baissée.

Thorn prit alors conscience que, depuis qu'il était entré dans la pièce, elle avait dû comprendre la vérité.

Elle avait beau le prendre pour le capitaine Rose, nul n'oserait une telle usurpation en présence du roi. Il brûlait d'envie de se précipiter vers elle pour tout lui expliquer.

Rothgar aurait mieux géré la situation, songea-t-il non sans ironie.

Bella était abasourdie.

Elle aurait dû comprendre dès l'arrivée du roi.

Elle n'avait d'abord vu que le souverain et avait cherché à adopter la bonne attitude. Ce n'était qu'en entendant « le duc d'Ithorne » qu'elle avait compris qu'il était là.

Outre le fait qu'il se tenait au côté du roi, son apparence était celle d'un aristocrate jusqu'au bout des ongles. Le velours, les bijoux, les talons, les cheveux coiffés avec soin… Difficile de l'imaginer affrontant des ruffians à la taverne du Rat Noir.

Celui-là devait être le vrai capitaine Rose, le demi-frère du duc.

L'homme qui lui faisait face, en revanche, était bien le duc, mais Thorn avait été présent quelque temps plus tôt. Celui avec qui elle avait voyagé, qui l'avait aidée à anéantir Augustus ne pouvait être cette personne. Les deux hommes étaient-ils donc si similaires ?

Qui était qui ? Elle était incapable de le déterminer.

Lequel des deux se trouvait dans cette chambre, à l'auberge de la Boussole ?

Lequel lui avait fait la lecture à l'auberge du Cerf ?

Lequel lui avait fait l'amour avec un tel talent ?

Elle se rendit à peine compte que le roi et le duc quittaient le salon. Puis elle revint sur terre avec les exclamations soulagées et les murmures alarmés de ses compagnes. Apparemment, elles devaient se rendre chez le duc et n'avaient qu'une demi-heure pour préparer leurs bagages.

— Placées sous son contrôle ! s'écria Hortensia, indignée. C'est odieux.

— Il faut voir les choses du bon côté, intervint Mary Evesham. Faisons ce qu'on nous dit de faire. J'ai hâte de quitter cette maison.

— Oh oui, souffla Clara avant de filer.

Les autres en firent autant. Bella s'adressa à M. Norman :

— Mes affaires ne sont pas ici. J'ai dû emprunter l'essentiel hier soir. Puis-je passer chez moi chercher quelques effets ?

Faute de victime à malmener, il se défoula sur elle.

— Vous n'irez nulle part, madame, si on ne vous y envoie pas. Le duc décidera du reste.

Bella regagna le salon et reprit son ouvrage. Hélas, elle était trop absorbée par ses interrogations sur le duc et le capitaine pour réaliser le moindre point de couture.

Le capitaine au torse nu de l'auberge de la Boussole avait semblé perplexe - une réaction qu'elle avait attribuée à l'alcool. Peut-être ignorait-il tout bonnement de quoi elle parlait. Celui-là devait être le vrai capitaine, ce qui signifiait que c'était le duc d'Ithorne qui l'avait sauvée au Rat Noir, quatre ans plus tôt.

Tout comme c'était Ithorne qui l'avait accompagnée lors de son expédition punitive contre Augustus. Il n'était pas étonnant qu'il ait été à l'aise en présence de lord Fortescue. Comme il avait dû s'amuser de son inquiétude ! Elle comprenait aussi qu'il ne se sente pas en mesure de l'épouser. L'idée même d'un mariage entre eux était ridicule.

La colère était bienvenue car elle avait la capacité d'étouffer la douleur. Mais Bella ne pouvait s'empêcher de se rappeler qu'il était venu la sauver, ce dont elle lui serait éternellement reconnaissante. Elle aurait préféré qu'il lui avoue la vérité à Upstone, mais n'avait-elle pas elle-même incarné un personnage ? Elle ne comprenait que trop bien les pièges d'une telle mystification.

Que faire, à présent ? Restait à espérer qu'il lui permettrait de partir pour Tunbridge Wells avec M. Clatterford, et qu'il accepterait le fait qu'ils ne devaient plus se voir. Ce serait douloureux, mais elle ne pouvait séjourner chez lui alors que ses rêves étaient inaccessibles. Ce serait une torture au quotidien.

L'impossibilité d'un avenir commun se confirma dès leur arrivée à Ithorne House. Les dames descendirent de trois voitures et furent escortées vers le prestigieux hall d'entrée. La dernière fois que Bella était venue ici, lors de la fête antique, c'était un décor de théâtre irréel. À présent, le cadre était somptueusement classique.

Et Thorn était là.

Pas Thorn : Ithorne. Il confia chaque dame à une domestique qui l'accompagna vers sa chambre. Il demanda néanmoins à s'entretenir avec Bella. Elle ne pouvait l'éviter, mais elle aurait préféré se réfugier dans une chambre pour pleurer toutes les larmes de son corps.

D'un geste, il l'invita à entrer dans un salon de réception, un lieu où serait convié un visiteur qu'il ne souhaiterait pas accueillir dans ses appartements. Elle s'en réjouit, car cela leur permettrait de garder une certaine distance.

En revanche, il ferma la porte.

— Tu permets ? demanda-t-il. Je préfère qu'on ne nous entende pas.

— Personne ne croira que tu cherches à me séduire, de toute façon, répondit-elle en haussant les épaules.

— Je le souhaite, pourtant, tu sais, souffla-t-il.

Bella se détourna.

— Arrête. J'ignore comment c'est arrivé, et je comprends à présent pourquoi tu ne voulais plus rien avoir à faire avec moi après Upstone.

Elle puisa dans ses réserves de courage pour lui faire de nouveau face.

— Cependant, je ne peux devenir ta maîtresse. Il faut donc tout arrêter.

— Céléno l'Amazone, énonça-t-il avec un sourire. C'est Bella que je veux épouser.

Il savait donc depuis le début que Bella Barstowe était Céléno. Il le savait et n'avait rien dit.

Soudain, elle assimila ses derniers mots.

— Je suis honorée, Votre Grâce, mais non.

— Non ?

Sa stupeur aurait amusé la jeune femme si elle n'avait pas été aussi irritée et en colère.

— C'est impossible, et tu le sais aussi bien que moi. C'est pourquoi tu ne m'as pas recherchée. Tu aurais pu le faire, ne le nie pas.

— Certes, admit-il.

Il ferma les yeux un instant avant de reprendre :

— Je ne savais pas quelle était la meilleure solution.

— Balivernes ! Tu savais que c'était de la folie. Regarde-nous.

— Je sais à présent que je ne peux vivre sans toi. Les problèmes mineurs peuvent être résolus.

Il s'approcha d'elle et, avec cette voix douce dont elle gardait le souvenir, lui dit :

— Bella, je t'aime. Je t'aime comme un fou...

Elle mourait d'envie de succomber, mais cet homme n'était pas Thorn. Cet aristocrate aux manières impeccables, orné de bijoux et vivant dans cet écrin somptueux n'était pas son amant, son ami, le mari de ses rêves.

— Écoute-toi parler ! répliqua-t-elle. Ce n'est qu'une folie passagère, Thorn...

Elle s'interrompit et se détourna.

— Un jour, vous retrouverez vos esprits, Votre Grâce, et je ne veux pas être votre épouse quand ce jour viendra.

— Tu me prends donc pour un fou ?

— Un fou en mal d'amour, apparemment, répondit-elle avec une moue. Je vous demande pardon. Vous avez été des plus aimables.

— Bella...

— J'ai été invitée à m'installer à Tunbridge Wells chez des ladies. Je vous demande l'autorisation de m'y rendre.

Dans le silence qui s'installa entre eux, elle n'osa le regarder.

— Je vous donnerai ce que vous voulez, bien sûr, déclara-t-il. Même cela.

En entendant la voix de Thorn, elle se tourna enfin. L'homme qui se tenait devant elle était encore le duc.

— C'est mieux ainsi, assura-t-elle.

— Oui, je le crois.

Contre toute logique, elle fut blessée par ces mots, et apparemment il le remarqua car il ajouta :

— Ce n'est pas ce que je voulais dire. Je suis fou d'avoir fait cette demande maintenant, mais j'étais trop impatient. J'attendrai que vous changiez d'avis.

— Non, je vous en prie ! Si je faiblis, cela ne pourra aboutir qu'à un désastre.

Lorsqu'il prit ses mains dans les siennes, ce simple contact faillit venir à bout de sa résolution. Baissant les yeux, elle vit une chevalière avec un saphir et des manchettes ourlées de dentelle. Une merveille. Elle releva la tête et remarqua un saphir sur le lobe de son oreille.

Bella s'écarta doucement et sortit son mouchoir. La seule folie qu'elle s'était autorisée, ces derniers mois, était d'avoir gardé la boucle d'oreille en forme de tête de mort dans sa poche. Elle déplia le mouchoir et tendit le bijou au duc.

Il le prit et considéra les yeux en rubis avant d'expliquer :

— Le rôle de cette boucle d'oreille et des autres éléments du déguisement était de rendre la tromperie crédible. Si Caleb et moi nous ressemblons, nous ne sommes pas tout à fait identiques. En voyant une redingote démodée, un foulard rouge, une tête de mort, les gens voient le capitaine Rose. Quand cela m'est possible, je prends un peu de mon temps pour devenir le capitaine Rose, mais c'est rare. C'est à mon demi-frère que vous avez parlé à l'auberge de la Boussole. Quand il me l'a rapporté, je suis allé à Douvres pour voir ce qui se passait. J'aurais dû vous avouer la vérité. Hélas, je ne trouvais pas le bon moment.

— J'aurais dû la deviner à l'arrivée de Fortescue.

— Caleb s'est fait passer pour moi une fois ou deux, par nécessité. Le duc est un rôle plus difficile à tenir.

Si sa sincérité manifeste était touchante, Bella ne devait pas céder. Il avait beau penser qu'elle pouvait devenir aussi changeante que la mer, elle aussi, elle savait que c'était impossible.

— Cela ne marcherait pas, dit-elle.

Il empocha la tête de mort.

— Reposez-vous, Bella. Vous avez bien agi. Vous pouvez me confier ces dames, et je veillerai à ce que vous voyagiez en compagnie de l'excellent M. Clatterford dès demain. Il est venu me demander de l'aide alors que j'étais déjà impliqué dans cette affaire. En toute franchise, je suis allé chez lady

Fowler sans savoir que vous étiez là-bas. Je devais sauver Ellen Spencer.

Bella s'esclaffa.

— Mary avait raison depuis le début ! Je vous la recommande, Votre Grâce. Elle a la tête sur les épaules. C'est la plus raisonnable du groupe.

Il sourit et tendit une main. Bella accepta de lui confier la sienne, sachant qu'il allait l'embrasser – ce qu'il fit.

— Si seulement j'étais capitaine, puisque c'est ce que vous souhaiteriez, soupira-t-il. Hélas, je suis ce que je suis depuis toujours. J'espère que vous me le pardonnerez.

Il la relâcha et se dirigea vers la porte.

— Pourquoi avez-vous versé mille guinées au Fonds pour la réforme morale de la société ? s'enquit-elle.

Étonné, il fit volte-face.

— Comment l'avez-vous découvert ? Peu importe. Avez-vous imaginé quelque complot ? C'était un moment de folie, Bella. J'ai payé au nom d'un ami, à la suite d'un pari stupide qu'il avait perdu.

— Un moment de folie qui a failli détruire un certain nombre de personnes. Ne l'oubliez pas, Votre Grâce.

Sur ces mots, elle esquissa une révérence, puis sortit à sa suite dans le prestigieux hall d'entrée.

Une femme de chambre l'attendait pour la conduire dans une chambre élégante, où elle trouva enfin un peu d'intimité pour pleurer à chaudes larmes avant de s'endormir, épuisée par les émotions.

32

Tunbridge Wells, décembre

— Lord Youland, Bella, ma chère. Flirtez avec lui.

— Mais je n'en ai pas envie, lady Thalia, répondit aimablement la jeune femme. Vous savez qu'il se laisse vite emporter.

— Vous avez besoin de pratique. Vous avez tendance à effrayer ces messieurs.

Drapées dans leur cape doublée de fourrure, elles se promenaient dans Tunbridge Wells. En ce mois de décembre, on n'y croisait que les habitants de la ville et quelques curistes courageux.

Bella était arrivée deux semaines plus tôt. Les sœurs Trayce avaient tenu à lui fournir une garde-robe neuve, alors qu'elle affirmait n'avoir besoin que d'un peu de repos avant de retrouver son identité de Bella Barstowe et d'envisager la suite de son existence. Lady Thalia Trayce, une petite femme fluette, avait déclaré, au bord des larmes, que M. Clatterford leur avait promis qu'elle serait leur dame de compagnie pendant un certain temps.

Comment refuser ?

— Nous avions une jeune dame de compagnie l'an dernier, avait expliqué lady Thalia. Sa présence nous a requinquées. Chère Genova ! Elle s'est mariée. Puis nous avons accueilli une autre jeune femme un peu mollassonne et grincheuse. Nous l'avons recommandée à lady Vester, qui a les mêmes tendances.

Les trois sœurs Trayce étaient les filles d'un ancien marquis d'Ashart. L'actuel marquis était jeune. Il faisait partie de ces débauchés que lady Fowler surveillait de près. Il lui avait fourni des anecdotes croustillantes sans se soucier le moins du monde de ses accusations.

Il était marié à ladite Genova, fille d'un capitaine de navire sans noblesse – un fait que lady Thalia aimait rappeler à Bella chaque fois qu'elle se disait trop ordinaire pour les gentlemen qui lui étaient présentés.

Sémillante septuagénaire, lady Thalia était la benjamine. Elle ne s'était jamais mariée, son bien-aimé étant mort à la guerre autrefois. Elle s'habillait encore comme une jeune femme, car elle ne voulait pas que son amoureux la trouve vieille quand ils seraient réunis au paradis.

Lady Urania, qui avait quelques années de plus, était une veuve posée et imposante. Elle était partie chez son fils pour y passer Noël.

L'aînée des sœurs Trayce était lady Calliope, une femme si corpulente qu'elle se déplaçait difficilement. Deux robustes valets la transportaient dans une chaise à porteurs. Lady Thalia admirait la musculature des deux hommes sans vergogne.

Dans un premier temps, lady Calliope avait alarmé Bella, car elle semblait en colère à tout propos. Puis la jeune femme avait appris à déceler la lueur espiègle qui pétillait dans son regard et à reconnaître son ton sardonique. Elle savait désormais que lady Calliope était sans doute la plus fiable. En dépit de son caractère enjoué, lady Thalia était un véritable papillon.

Bella accepta d'être présentée à sir Irwin Butterby, qui semblait un peu perdu. En la voyant s'approcher en compagnie de lady Thalia, il écarquilla les yeux, au bord de la panique. Lady Thalia produisait souvent cet effet, car elle était une entremetteuse notoire. Elle cherchait à former des couples sincèrement amoureux.

Dès qu'elle se fut éloignée, Bella entreprit de mettre le baronnet à l'aise grâce à un commentaire léger sur les manœuvres de la vieille dame pour jouer les cupidons, tout en faisant référence à un autre gentleman qu'elle fréquentait ailleurs.

L'homme se détendit aussitôt et révéla qu'il était dans une situation similaire. Il était venu uniquement pour escorter sa mère souffrante, et son mariage avec sa chère Martha avait dû être repoussé. Au bout d'un quart d'heure, ils se mirent d'accord pour que chacun serve de rempart à l'autre. Malgré la tristesse qu'elle ressentait, Bella était ravie d'avoir un nouvel ami.

Sa mélancolie ne la quittait pas et elle n'entrevoyait aucune éclaircie. Sans doute pleurerait-elle toujours Thorn. Quand elle voyait des amoureux transis, elle avait l'impression de recevoir un coup de poignard en plein cœur.

Les larmes lui venaient souvent, alors qu'elle n'avait jamais été femme à pleurer. C'était une source d'embarras car elle ne voulait se confier à personne. Les premiers temps, elle dormait mal. Des cauchemars la hantaient. Elle n'avait que vingt et un ans, elle avait la vie devant elle ! Elle ne pouvait passer son existence à se lamenter.

Au printemps, décida-t-elle. Au printemps, elle reprendrait sa vie. Restait à déterminer comment. Ed Grange était apprenti à Londres et Peg ne voudrait sans doute plus quitter la capitale, désormais. Elle-même ne pouvait rentrer à Londres, au risque de croiser le duc d'Ithorne. Sa résolution risquerait de faiblir.

Elle vivait dans la crainte qu'il ne vienne à Tunbridge Wells.

Et si elle rejoignait Mary et les autres au Couvent ? C'était ainsi que les cinq dames surnommaient la maison qu'elles partageaient aux environs de Londres.

Elles la géraient ensemble et s'occupaient d'œuvres caritatives dans leur quartier. Hortensia avait accepté de mettre de l'eau dans son vin et Mary jouait le rôle de la mère supérieure, avec l'aide de Betsy. Quand elles seraient bien établies, elles envisageaient d'accueillir d'autres dames.

Cependant, Bella ne pouvait vivre avec elles, car elles étaient sous la protection du duc, qui avait financé l'entreprise.

Lucinda avait suggéré qu'elles vivent ensemble, telles deux vieilles filles. Bella avait de la peine pour sa sœur, mais elle n'avait pas cédé.

Au grand soulagement de tous, Augustus était mort, de même que sir Thoroughgood, qui s'était tiré une balle dans la tête le lendemain du scandale survenu à l'auberge du Cerf, à Upstone. Sir Newleigh Dodd, quant à lui, avait fui à l'étranger.

Augustus avait pourtant essayé de surmonter l'infamie. Il avait subi à son tour l'ostracisme qu'il avait imposé à Bella, et pris du laudanum en excès. Il avait fini par succomber à une surdose, volontairement ou non. Bella ne se sentait en rien coupable. Le monde ne serait que meilleur sans lui. Charlotte Langham s'était fiancée à un homme fiable et bienveillant.

Bella avait tourné la page de cette partie de sa vie. Et elle devrait continuer sans Thorn, malgré la tentation… Mais pas avant le printemps.

— Il est temps de préparer Noël, annonça lady Thalia un soir, dans le petit salon, au coin du feu.

— Ce ne sont que des sottises, grommela lady Calliope.

— Allons, Callie, tu ne manquerais Noël pour rien au monde.

Manquer Noël ? songea Bella.

— Je suis impatiente, déclara-t-elle. J'ai passé mes quatre derniers Noëls à Carscourt, dans des conditions bien tristes.

— Cette fois, ce sera très différent, déclara lady Thalia. Nous irons à Rothgar Abbey.

Bella s'interrompit dans sa couture.

— N'est-ce pas très loin d'ici ? demanda-t-elle.

Les deux sœurs n'aimaient pas voyager, et Bella n'était pas certaine que lady Calliope soit en état de se déplacer.

— C'est au diable, maugréa cette dernière.

— Tu veux y aller, Callie ! Pense au bébé de Rothgar !

— Lady Rothgar a donc accouché ? s'enquit Bella.

C'était un événement très attendu.

— Non, pas encore, répondit Thalia. J'espère que nous arriverons à temps. Lady Elf – la sœur de Rothgar, lady Elfled – a eu son enfant la veille de Noël, l'an dernier. Ne serait-ce pas merveilleux ? Un autre bébé de Noël ! Et Genova avait installé une crèche. Nous avons chanté cette chanson sur la joie et les cloches.

— J'espère que quelqu'un s'en souviendra, grommela lady Calliope.

— Rothgar va tout organiser. Il a promis que tu aurais un siège spécial et confortable. Sa fille sera présente. J'ai tellement envie de la rencontrer ! Une histoire d'amour à Venise... Comme c'est romantique ! conclut Thalia à l'adresse de Bella, sans aucune gêne.

— Un scandale à Venise, oui, fit lady Calliope. Il n'était encore qu'un gamin.

— Ah, les amours de jeunesse, soupira lady Thalia. Et maintenant, la fille de Rothgar est mariée avec Huntersdown – le comte de Huntersdown, ma chère, précisa-t-elle pour Bella. Un vrai chenapan, un vil séducteur. Vous allez l'adorer, Bella.

La jeune femme fronça les sourcils. Grâce à la lettre de lady Fowler, elle savait que Huntersdown était un cousin d'Ithorne. Et si celui-ci était présent ?

— S'agira-t-il d'une réception de grande ampleur ? demanda-t-elle.

— Pas cette année, hélas, répondit Thalia, la mine boudeuse. À cause du bébé à venir. Il n'y aura que la famille proche. Mais l'essentiel sera assuré. Nous ferons ribote, nous festoierons !

Bella en eut le tournis, comme souvent en présence de lady Thalia. Heureusement, elle n'avait donc pas à redouter la présence de Thorn.

— Je m'en réjouis d'avance, milady. Merci de me convier.

Dès qu'il lut la lettre, Thorn y vit une tentation irrépressible. Rothgar l'invitait à passer Noël à Rothgar Abbey.

Maudit soit-il. Comment avait-il été informé, concernant Bella ?

Le même messager lui avait livré une lettre de Clatterford lui annonçant que Bella se rendrait à Rothgar Abbey à la même période.

Il lui avait accordé un mois pour réfléchir, dans l'espoir que ce séjour chez les sœurs Trayce la convaincrait que la vie ducale serait tolérable pour elle. Ces dames comptaient parmi les personnes les plus en vue, et si elles n'organisaient guère d'événements grandioses, Bella fréquenterait la haute société en leur compagnie.

Il aurait aimé lui faire découvrir la Cour, mais il n'aurait pas la patience d'attendre le mois de janvier et le début de la saison d'hiver. Il avait prévu une visite à Tunbridge Wells juste avant Noël, dans l'espoir de courtiser la jeune femme. S'il parvenait à la reconquérir, il l'emmènerait au château d'Ithorne pour les fêtes – avec un chaperon.

Il lui accorderait le plus de temps possible pour qu'elle puisse s'adapter à son univers. Mais il vivait dans la peur qu'elle épouse un autre homme. Elle était capable de conclure un mariage de raison pour éviter de lui céder.

Durant cette attente, Thorn n'avait pas sombré dans la folie uniquement grâce aux informations que lui transmettait Clatterford. Le notaire lui apprenait à présent que les sœurs Trayce étaient sur le point de partir pour Rothgar Abbey et qu'elles emmenaient Bella. Même si Thorn se précipitait à Tunbridge Wells, elles seraient déjà en route.

Cette invitation surprise de Rothgar était donc une aubaine. Toutefois, elle l'empêcherait de célébrer Noël dans son château d'Ithorne.

— Qu'en penses-tu ? demanda-t-il à Tabitha, désormais plus calme car ses chatons avaient grandi.

En revanche, ils accaparaient Thorn et son personnel. C'étaient de petits aventuriers, experts en bêtises.

L'oracle garda le silence.

— Dois-je attendre ?

— *Miaou !*

— Non, non. Tu serais heureuse qu'elle vive ici.

— *Miaou !*

— D'accord. Je dois régler cette histoire. Je ne supporterai pas cette torture encore longtemps.

Il relut la lettre de Rothgar et n'y trouva aucune malveillance. Il était contrarié que le marquis soit informé de ses sentiments pour Bella, mais il ne fallait pas que cela le détourne de son objectif.

Comme toujours, le principal obstacle était ses devoirs de duc.

Il alla regarder par la fenêtre. Le parc du château d'Ithorne était sous le givre. Il y avait passé tous les Noëls de sa vie. Souvent, il aurait préféré se trouver chez Christian et ses frères et sœurs, où les festivités étaient joyeuses.

Thorn avait toujours accompli son devoir pour ne pas décevoir les habitants de son domaine. S'il avait été absent, cela n'aurait pas servi à grand-chose de préparer un festin et de décorer le château pour les quelques parents vivant de sa charité. Ses métayers s'attendaient à le voir respecter les traditions.

Robin avait une mère qui se faisait un plaisir de le représenter.

Lui n'avait personne.

L'année prochaine, il serait peut-être marié et, un jour, il aurait des enfants…

Bella et leurs enfants.

Les gens du domaine pourraient se passer de lui cette fois, décida-t-il. Il écrivit à Rothgar pour accepter l'invitation, mais il froissa la feuille de papier et la jeta au feu.

Il prit une autre feuille et écrivit à Robin pour lui demander de s'occuper de Bella à sa place, et pour s'assurer qu'elle ne se liait avec aucun autre homme.

Quand ses obligations ducales seraient remplies, il rejoindrait Bella où qu'elle se trouve. Mais si elle n'avait pas changé d'état d'esprit, si elle refusait toujours d'être sa duchesse, il ne savait pas ce qu'il ferait.

À Rothgar Abbey, Bella descendit de la luxueuse voiture, brûlant d'impatience. Ce voyage lui avait fait du bien. Elle ressassait moins ses sombres pensées et se sentait prête à passer du bon temps.

Elle n'avait jamais vécu un Noël joyeux. Sous le règne de son père, l'événement était religieux, dénué de tout amusement ou décoration festive. L'avarice d'Augustus n'avait rien arrangé, au contraire. Elle savait qu'il avait été criblé de dettes, mais s'étonnait encore qu'il ait si bien réussi à le cacher. Chacun avait ses secrets. Les sœurs Trayce étaient au courant du scandale de sa jeunesse mais ignoraient tout de Bellona Flint ou de ses sentiments pour le duc d'Ithorne. C'était mieux ainsi.

L'homme brun qui les accueillit devait être le marquis, même s'il portait une tenue simple. Son sourire était si chaleureux qu'elle se demanda pourquoi on le surnommait le Sombre Marquis. Après les présentations d'usage, il offrit son bras à lady Thalia pour l'aider à gravir les marches. Lady Calliope fut extraite de l'ingénieux siège à sangles qui avait facilité son voyage. En dépit de sa simplicité apparente, le pouvoir et l'importance de Rothgar étaient manifestes.

Et le statut de Thorn dépassait le sien.

Non. Cela ne marcherait pas...

C'était une belle journée lumineuse, comme cela arrive parfois en décembre. Le soleil bas caressait les branches nues. Bella s'arrêta sur le perron pour contempler le parc. Il y avait tant de beauté dans le monde, quand on prenait la peine de s'y intéresser. Une femme pouvait avoir une vie agréable sans mari, sans enfants et sans amour particulier.

Lady Calliope fut hissée au sommet des marches dans sa chaise à porteurs. Bella entra dans la maison à sa suite, car elle était un peu intimidée par la splendeur des lieux.

Si la maison était opulente, elle ne vit aucun des ornements festifs évoqués par lady Thalia. Elle fit la connaissance de la marquise, dont le ventre était énorme et qui esquissa une grimace de douleur.

— Je crois que l'enfant danse la gigue, dit-elle.

Elle semblait si épanouie, si heureuse que Bella en eut le cœur gros - ce qui lui arrivait souvent, ces derniers temps. Elle fit une révérence et remercia lady Rothgar de l'avoir invitée.

— Soyez la bienvenue, mademoiselle Barstowe.

Son mari la rejoignit.

— Excusez ces fêtes sobres cette année, mademoiselle Barstowe. Nous sommes à la merci de ce futur Malloren.

Il sourit à son épouse, des étoiles dans les yeux. L'amour existait donc même dans les hautes sphères de la société...

La marquise de Rothgar avait déjà été comtesse d'Arradale avant de convoler. Elle avait hérité ce titre de son père. Qui se ressemble s'assemble...

Bella fut confiée aux soins d'une femme de chambre, qui l'entraîna dans un labyrinthe de couloirs vers une chambre qui lui parut bien trop somptueuse pour une dame de compagnie. Bella se garda de tout commentaire, mais elle s'enquit de lady Thalia et lady Calliope.

— Au bout du couloir, mademoiselle. Elles ne sont pas loin. Les nouveaux venus ont tendance à se perdre. N'hésitez pas à sonner un valet, qui vous guidera.

Elle lui montra le cordon près de la cheminée.

— Il suffit de tirer un coup sec et la clochette retentit à l'office. Je vais vous chercher de l'eau chaude pour que vous puissiez vous rafraîchir après ce voyage. Vos bagages ne vont pas tarder, mademoiselle. Puis-je faire autre chose pour vous ?

— Non, merci.

Bella balaya la chambre du regard. Finalement, ce luxe était moins terrifiant qu'elle ne le redoutait. Et en dépit des nombreux couloirs, il régnait à Rothgar Abbey une ambiance chaleureuse.

De nouvelles idées surgirent dans son esprit, telles des fleurs sortant de terre le printemps venu. Bella ne les repoussa pas longtemps. Elle finit par se détendre et les accepter.

Le trajet l'avait changée. Se trouver dans un endroit inconnu, dénué de souvenirs, était bienfaisant.

Il serait insensé de lutter contre son plus grand désir. Ainsi que des herbes qui parviennent à pousser entre les pierres, elle laisserait ses pensées s'épanouir d'elles-mêmes.

33

Bella ne mit guère de temps à se sentir chez elle à Rothgar Abbey. Peut-être parce qu'ils n'étaient pas très nombreux, principalement des membres de la famille. Par temps froid, une dizaine de personnes pouvaient se réunir dans une pièce de surface modeste, plus facile à chauffer.

Bella avait appris que, les années précédentes, les frères et sœurs de lord Rothgar étaient présents mais, étant mariés, ils adoptaient de nouvelles traditions au sein de leurs propres foyers. Lord Rothgar ne semblait pas s'en offusquer. Lui-même avait vu sa vie changer avec l'arrivée de sa fille adulte, lady Huntersdown, une ravissante jeune femme italienne.

Lady Fowler avait essayé de transformer l'existence de Petra Huntersdown en un enfer entaché de scandale. Bella avait honte d'avoir été associée à cette entreprise. Elle aurait aimé lui présenter des excuses, mais Bellona Flint était morte, emportant ses erreurs.

Lord Rothgar aurait bientôt un deuxième enfant, sans doute le premier d'une fratrie nombreuse. Les prochains Noëls auraient une tout autre saveur.

Il y avait quelques autres invités, des habitués des lieux. Mlle Malloren était une femme entre deux âges. Plutôt bavarde, elle connaissait l'histoire malheureuse de Bella. Quelqu'un la mit sans doute en garde, car elle n'aborda plus le sujet par la suite.

Thomas Malloren était très discret, et le lieutenant Moresby était un parent de retour sur la terre ferme et qui n'avait nulle part où aller. Il était toujours content et de bonne composition. Bella appréciait sa compagnie, même si elle ne s'intéressait nullement à lui sentimentalement.

Lord Huntersdown semblait parfois rivaliser avec lui pour obtenir l'attention de Bella, ce qui était embarrassant. Heureusement, sa femme ne s'en souciait guère.

— Ah, Robin ! Il flirte comme il respire, déclara Petra avec son délicieux accent italien. Et il est très doué. Les Noëls anglais sont un peu étranges, non ? Avec ce plum-pudding si lourd et cette tradition de la bûche. Demain, les hommes iront la couper. Ce sera amusant. Nous descendrons ensemble.

Ainsi, la veille de Noël, Bella marcha au côté de Petra tandis que les hommes, en bras de chemise, coupaient une énorme bûche à l'aide d'une scie. Lord Rothgar participa à ce rituel.

Elle alla ensuite récolter du houx, du gui et du lierre avec le lieutenant Moresby. Elle lui permit même de l'embrasser sous le gui pour respecter la tradition. Elle dut l'encourager, car il était timide. Le groupe s'affaira à orner la maison de verdure en chantonnant.

Ce n'était pas l'image qu'elle se faisait de l'aristocratie. Elle sentait ses nouvelles pensées se développer en elle. Elle savait qu'il existait un autre aspect de la noblesse, le faste, les convenances, l'arrogance. Or elle voyait simplement une famille attendant la naissance d'un enfant désiré.

En cette veille de Noël, celui-ci n'avait toujours pas pointé le bout de son nez. Un médecin et une sage-femme étaient présents pour veiller sur la future maman, qui restait souvent dans sa chambre. Malgré son impatience, lord Rothgar était un hôte exemplaire.

— Il se sent impuissant, expliqua Petra tandis qu'elles enroulaient des rubans colorés autour de la rampe du grand escalier.

D'autres accrochaient des clochettes au tintement enchanteur, mais un peu irritant à la longue.

— Personne ne peut rien faire, répondit Bella. Pourvu que cet accouchement se déroule au mieux. Quel malheur s'il y avait un problème...

Elle se rappela alors que Petra était enceinte de quelques mois et s'en voulut de sa bévue.

— Il a tellement l'habitude d'imposer sa volonté. « Pour un Malloren, tout est possible », dit-il souvent. C'est parfois difficile.

— Ah bon ? fit Bella, étonnée, en glissant une branche de houx sous le ruban.

Si les bouquets de baies étaient censés porter bonheur, d'autres traditions comparaient les petites boules rouges à du sang.

— Quand on est amoureux, on redoute plus que tout de perdre l'être aimé, soupira Petra.

— Il vaut peut-être mieux ne pas aimer, dans ce cas.

— Oh, on ne choisit pas. C'est la vie. L'amour nous tombe dessus.

Petra se tourna vers Bella.

— Vous... vous n'avez jamais aimé ?

— Je ne sais pas.

— Alors vous n'avez pas aimé, décréta Petra.

— Si ! protesta Bella.

Elle s'assit sur une marche, en proie au désespoir.

— Racontez-moi ! souffla Petra avec enthousiasme en prenant place à côté d'elle.

— Non.

— Pourquoi ?

Parce que l'évocation de cette histoire la ferait horriblement souffrir.

— Tu te sens bien, mon amour ? demanda alors lord Huntersdown, inquiet de voir sa femme assise.

— Bien sûr, répondit Petra. Un peu fatiguée.

Il l'aida à se lever avec une infinie tendresse. L'amour était à la fois merveilleux et terrible, mais ne pouvait être nié. Le plus beau cadeau de la vie.

Bella regarda les amoureux s'éloigner.

Un arbre pousse sans que rien puisse l'en empêcher...

Elle resta assise au milieu des feuilles de houx et des rubans, entourée de clochettes. Tout lui semblait clair, soudain, au point qu'elle se demanda comment elle avait pu voir les choses autrement.

L'amour était la clé, or il y avait de l'amour dans sa vie. Capitaine Rose ou duc d'Ithorne, l'homme qui se cachait en dessous était le même, son héros du Rat Noir, son compagnon de voyage, son partenaire de vengeance, son amant, son ami.

L'amour vivait en elle, cet amour qu'il avait avoué avoir pour elle en toute simplicité. Un sentiment solide, qui ne se laisserait pas atténuer par les épreuves et les difficultés. Cet amour était une plante robuste, capable de pousser entre les pierres. C'était un chêne.

Lady Thalia apparut au pied de l'escalier.

— Bella, ma chère, vous sentez-vous bien ?

— Parfaitement bien, répondit-elle avec un sourire en se levant.

Elle se remit à l'œuvre. Et si son aveuglement avait tout gâché ? Et s'il avait changé d'avis ? Un mois s'était écoulé...

Non, c'était impossible. Sinon, cet amour n'existait pas.

Mais elle l'avait rejeté. Si seulement elle pouvait aller le voir pour mettre les choses au clair ! Elle devrait patienter.

Pourquoi ?

Elle lâcha ses branches de houx et se précipita vers le petit salon, où se trouvait de quoi écrire.

Son grain de folie était de retour. Elle éclata de rire, puis se couvrit la bouche pour ne pas être entendue. Elle ne se sentait plus de joie en songeant au bonheur qui l'attendait.

Elle aurait pu se précipiter chez lui, quitte à voler un cheval ! Mais elle n'était pas folle à ce point. Elle ne pouvait qu'essayer de formuler des phrases cohérentes.

Elle dut s'y reprendre à cinq fois avant d'opter pour des mots simples :

Thorn, mon amour,
Pardonne-moi. Oui. Je t'en prie.
Bien à toi,

Bella

Elle plia la feuille de ses mains tremblantes et cacheta la lettre. Un peu bêtement, elle n'aurait pas voulu qu'on sache à qui s'adressait ce courrier. Elle se ressaisit et nota l'adresse, avant de partir en quête de lord Rothgar.

Il bavardait avec lady Calliope. En la voyant, il lui sourit. Bella devina son angoisse sous-jacente. Le prix de l'amour.

Et elle-même était prête à payer ce prix.

— J'ai besoin d'envoyer cette lettre, dit-elle. Je sais que c'est Noël et je suis désolée de demander à un valet de la porter, mais… c'est urgent.

En lisant l'adresse, il sourit.

— Bien sûr. Je m'en occupe.

Il ne lui restait plus qu'à attendre, tout en jouant le jeu des réjouissances avec les autres.

Peu avant minuit, lady Rothgar fit une apparition, souriante et détendue. Elle marchait difficilement, alourdie par l'enfant à naître. Une grande caisse en bois fut apportée.

— Veux-tu l'ouvrir ? demanda lord Rothgar à son épouse.

— C'est pour moi ? Comme c'est excitant !

Elle souleva le couvercle et écarta des brins de paille pour découvrir une figurine représentant un âne.

— Oh ! C'est une crèche ? Je me désolais de ne pas en voir une, cette année. Bella, ma chère, venez m'aider. Genova en avait apporté une, l'an dernier. Vous connaissez Genova, qui a épousé Ashart ? Ah, les amours de jeunesse ! Comme ils ont joué au chat et à la souris, ces deux-là ! Cela fait partie du plaisir... Venez tous m'aider ! Nous devons installer la crèche pour que l'enfant arrive à minuit.

Elle ne parut pas se rendre compte des regards qui se posèrent sur elle. Imperturbable, elle caressa son ventre arrondi.

Petra se mit à raconter la tradition de la crèche à son mari. Ravi de la voir heureuse, il lui sourit.

L'amour se multiplie, songea Bella. *Il sème la souffrance, mais aussi la joie...*

Une table avait été installée près de la cheminée pour accueillir la scène de la Nativité. Chaque pièce était finement ciselée et peinte : Marie, Joseph, le bœuf et l'âne, sans oublier quelques bergers et leurs moutons. Lady Thalia et Petra préférèrent disposer ces derniers à l'écart de la structure en bois figurant l'étable. Les Rois mages sur leurs chameaux devraient attendre le jour de l'Épiphanie.

— Genova possédait bien plus de personnages, commenta lady Thalia, mais vous compléterez la collection au fur et à mesure, comme l'ont fait ses parents, en offrant des pièces à votre enfant au fil des ans.

Ces paroles eurent un effet apaisant sur l'assemblée.

Au loin, des cloches se mirent à sonner, ainsi que les horloges de la maison. Noël ! Thalia déposa le petit Jésus dans son auge, puis ils entonnèrent des chants.

Le véritable bébé n'était toujours pas né. Quand tout le monde regagna sa chambre, Bella se demanda combien de temps Thorn mettrait à répondre à sa lettre.

Son grain de folie faisait place au doute. L'amour pouvait-il décliner ? Ou mourir ?

34

Le jour de Noël fut ensoleillé. Après la messe célébrée dans la chapelle, Bella s'éclipsa pour profiter d'un peu de solitude.

Ses prières avaient été égoïstes. *Faites qu'il veuille encore de moi, qu'il me le dise bientôt, que cette torture prenne fin*. Elle n'avait cependant pas oublié de prier pour l'enfant à naître de lady Rothgar, afin que le manoir retrouve sa sérénité.

Elle longea une allée bordée de haies à feuillage persistant, sans savoir où elle allait. L'amour était une folie. Elle marcha longtemps, puis se força à s'arrêter.

Elle devait regagner la maison pour le repas.

Si la salle à manger était à taille humaine, les mets étaient somptueux et servis dans une vaisselle dorée. Le vin coulait à flots et, au fil des toasts portés par chacun, l'impatience devint palpable. Bella finit par se demander s'il ne vaudrait mieux pas reporter les festivités jusqu'à la naissance de l'enfant.

Ou plutôt jusqu'à l'arrivée de Thorn ?

Le pudding flambé fit son entrée.

— Oh ! s'exclama alors lady Rothgar.

Tous les regards se tournèrent vers elle. Nul besoin d'explication. Elle ne semblait ni effrayée, ni en souffrance : simplement soulagée.

— Je crois que… enfin…

Son mari se leva d'un bond pour l'aider à quitter la pièce. Lord Huntersdown prit le relais :

— Bonne nouvelle ! Raison de plus pour trinquer ! Continuons à festoyer, mes amis !

La fête continua, mais les convives étaient distraits par l'événement. Il y avait toujours un risque pour la mère ou pour l'enfant. À l'issue du repas, ils gagnèrent la salle de jeu pour une partie de cartes.

Bella fut un peu étonnée de se retrouver autour d'une table en compagnie de personnes qui s'attendaient à ce qu'elle joue. Elle songea un instant à Augustus. Heureusement, c'était ici un jeu innocent où l'on ne gagnait que des jetons en ivoire. Même lady Calliope s'amusa comme une enfant, poussant des exclamations de victoire ou de déception.

Toutefois, Bella restait préoccupée par l'accouchement. Si seulement ils avaient des nouvelles ! Elle tenta de se concentrer sur ses cartes.

— Bella ? fit une voix.

Elle leva les yeux.

Incrédule, elle se dressa soudain pour se jeter dans les bras de Thorn. *Enfin !*

Après un baiser fougueux sous les acclamations de l'assemblée, elle rougit. Mais les autres ne la regardaient pas. Ils avaient les yeux rivés sur lord Rothgar, qui portait son enfant dans ses bras.

Des étoiles dans les yeux, songea-t-elle.

— J'ai une deuxième fille, annonça-t-il. La mère et l'enfant vont bien.

Chacun porta un toast à la santé du bébé, puis Petra et Thalia montèrent avec lord Rothgar voir la jeune maman.

Les parties de cartes firent place à de joyeux échanges.

Bella et Thorn en profitèrent pour sortir, main dans la main, désireux d'être seuls, de s'enlacer, de s'embrasser encore et encore.

Thorn prit son visage entre ses mains.

— Tu as une chambre ici ?

Bella acquiesça.

— Viens...

Après s'être perdus dans les couloirs, ce qui fit rire le duc, ils s'embrassèrent dans un coin tranquille. Ils firent même plus que s'embrasser. Son décolleté s'ouvrit et des mèches de ses cheveux s'échappèrent. Heureusement, les autres convives étaient occupés ailleurs.

Elle se remit en quête de sa chambre et, cette fois, trouva le bon couloir et la pièce qu'elle occupait.

Thorn la déshabilla prestement, pour le plus grand plaisir de la jeune femme, qui savoura chaque caresse et chaque baiser. Ses jambes menaçaient de se dérober tant elle vacillait. Il la porta jusqu'au lit, dont les couvertures étaient déjà rabattues.

Un sourire aux lèvres, elle le contempla tandis qu'il se débarrassait de ses propres vêtements. Le bonheur se mêlait à un sentiment de triomphe. Malgré les obstacles, ils étaient réunis. Lorsqu'il s'approcha, elle lut dans son regard une lueur possessive qui mit la touche finale à sa jubilation. Cet homme, ce héros, ce duc l'aimait et la désirait autant qu'elle l'aimait et le désirait.

— Je regrette de nous avoir fait perdre du temps, déclara-t-elle.

— En cet instant, je ne regrette rien du tout, dit-il en s'esclaffant.

Il la rejoignit enfin pour lui prodiguer les caresses qu'elle avait découvertes dans ses bras. Mais quelque chose avait changé, elle le voyait dans son regard. Enfin, elle reconnut la lueur qui faisait briller ses yeux, et qui lui coupa le souffle. Cette fois, ils iraient jusqu'au bout.

— Fais-moi tienne. Scelle nos destins pour l'éternité.

Ce fut ce qu'il fit. Cette fusion surpassa tout ce qu'elle avait pu imaginer. L'extase qu'elle avait connue lors de leur aventure atteignit des sommets inimaginables.

Bien plus tard, blottie dans ses bras, elle chassa des larmes d'émotion. Ce bonheur lui appartenait...

— Je vais progresser, dit-elle. Acquérir de l'expérience.

Loin de la contredire, Thorn répondit, facétieux :

— Ce sera merveilleux.

Puis il reprit son sérieux.

— J'aurais dû être plus avisé à l'auberge du Cerf, et accepter le cadeau que tu m'offrais.

Elle se tourna vers lui et le trouva très beau ainsi échevelé.

— Pourquoi ne l'as-tu pas fait ?

— Parce que je croyais que mon titre avait trop d'importance. Finalement, un être humain n'est que ce qu'il est sans vêtements.

— Nous allons quand même devoir nous rhabiller, argua Bella, amusée. Enfiler nos déguisements. Le moindre vêtement est un déguisement. Je vais peut-être me transformer en Bellona.

— Je t'interdis de t'affubler de cette verrue !

Au cœur de la nuit, Bella se dit qu'elle se moquait de savoir que les autres étaient au courant de ce qu'ils étaient en train de partager.

— J'apprendrai à être une duchesse.

— Tu le seras, mon amour. Reste telle que tu es. Tu n'auras pas à te comparer aux autres duchesses. C'est toi qui donneras le ton.

— En étant scandaleuse ?

Elle s'inquiétait encore un peu d'être jugée sur son passé.

— Je l'espère bien !

Il se leva, aussi sculptural qu'un dieu grec, et ramassa ses hauts-de-chausses pour sortir un objet de sa poche.

— Tu permets ?

C'était une bague.

Bella en eut le souffle coupé.

— Il le faut vraiment, tu sais, dit-il avec une note d'appréhension dans la voix.

Le duc d'Ithorne douterait-il d'elle, ne serait-ce qu'un peu ?

Bella se leva d'un bond et se jeta dans ses bras. Il la fit tournoyer, puis la déposa à terre pour lui passer la bague au doigt. Celle-ci était ornée d'une pierre unique, un rubis.

— Je pensais à une tête de mort, dit-il, mais nous ne cherchons pas à ce point le scandale, n'est-ce pas ?

— Ah non ? fit-elle d'un ton railleur. Après tout ce que nous venons de partager ?

Il rit de plus belle et l'embrassa.

— Les scandaleux duc et duchesse d'Ithorne ! Mais nous serons surtout célèbres pour notre amour éternel.

Thorn entraîna Bella vers le lit.

— Nous irons loin tous les deux, et quand nous serons fatigués nous serons scandaleux autrement. Nous filerons à bord du *Black Swan*. Le capitaine Rose et Bella l'Aventurière, libres comme l'air.

Note de l'autrice

J'espère que vous avez apprécié *La revanche de Bella*, l'ultime volet de cette trilogie, après *Le secret de lady Petra* (Robin et Petra) et *L'époux secret* (Christian et Caro). Ce sont les plus récents volumes de l'univers des Malloren, qui se situent dans l'Angleterre georgienne.

Je parle de mon « univers » georgien parce qu'il réunit des personnages fictifs et des figures historiques de l'époque. Ils existent tous à mes yeux. Je sais que le roi George est là, même quand je ne le cite pas dans un roman. De même, si mes personnages ne réapparaissent pas dans un autre récit, ils poursuivent quand même leur existence.

En 1764, quand s'achève *La revanche de Bella*, je sais que Brand Malloren, du *Prisonnier de lady Overton*, se trouve dans le Yorkshire, heureux de mener une vie à la campagne. Elf Malloren et son mari, lord Walgrave, de *Sous le masque de lady Malloren*, fêtent Noël dans leur propre maison, avec leur enfant qui aura un an le jour de Noël. Bryght Malloren, de *Lady Portia*, passe aussi les fêtes en famille sur son domaine pour la première fois. Je me demande si le duc de Bridgewater est en leur compagnie. C'est un ami, mais aussi l'un des personnages historiques qui figurent dans mes romans. Puisqu'il ne s'est jamais marié, je ne pense pas qu'il y aura un autre livre sur un duc !

Dans *Les Malloren*, on trouve d'autres personnes réelles, telles que le roi, la reine et leur famille. Je ne pourrais inventer un monarque, après tout, ni les politiciens en vue que croise Rothgar dans son milieu. Parfois, comme pour Bridgewater, je me rends compte qu'un personnage réel a toute sa place dans mon récit. Le chevalier d'Éon, dans *Le Sombre Marquis*, en est un exemple car il était vraiment ambassadeur de France en Angleterre à l'époque. Mme Cornelys, dans *Le secret de lady Petra*, a également existé. Cette Italienne était réputée à Londres pour ses bals masqués vénitiens, et fut même la maîtresse de Casanova. Comment résister ? J'aurais intégré Casanova s'il n'avait pas quitté l'Angleterre au moment où se déroule le roman.

Je mélange aussi lieux réels et imaginaires. À Douvres, par exemple, la Ship Inn – l'auberge du Navire – existe. C'était même l'auberge la plus importante de la ville à l'époque. En revanche, la Boussole est le fruit de mon imagination. La ville d'Upstone est également fictive. Si vous aimez les sites historiques, mon blog et mon site présentent des photos de certains lieux décrits dans mes romans.

Pourquoi des lieux réels et imaginaires ? Dans l'intérêt de la narration, tout simplement. Si je situe beaucoup d'actions dans un même lieu, je veux être libre d'inventer des chambres, des couloirs utiles à mon intrigue. Si je choisis un cadre qui existe vraiment, je suis limitée. De plus, il est difficile de savoir à quoi ressemblait un endroit il y a plusieurs siècles. Une auberge ayant subsisté aura subi des transformations inévitables, ne serait-ce que pour installer le chauffage et l'électricité. La plupart des auberges anglaises proposent maintenant une salle de bains attenante à la chambre, ce qui exige des travaux.

Cependant, il y a des lieux que je ne peux inventer, comme le palais St James à Londres, ou Hyde Park. Heureusement, il existe des illustrations et des descriptions de l'époque, qui me sont très utiles.

Avec les histoires de la famille Malloren et de ses amis dans l'Angleterre georgienne, j'ai rédigé une trentaine de romans au total. J'ai aussi un univers « Régence anglaise ». Il y a vingt ans, mes premiers ouvrages étaient des « Régence » classiques associant des intrigues sur la famille et les amis. Puis j'ai commencé ma série *La Ligue des libertins* sur un groupe d'anciens camarades de classe. Les lectrices et les lecteurs assidus auront reconnu l'héritage de certains de mes premiers personnages dans cette dernière.

Depuis plusieurs années, mes « Régence » classiques étaient très difficiles à trouver, mais ils ont été réédités en langue anglaise. Paru en 2010, *The Stanforth Secrets* se déroule à Heysham, dans le Lancashire, ma région d'origine.

Bien à vous,
Jo Beverley

14464

Composition
FACOMPO

Achevé d'imprimer en Italie
par GRAFICA VENETA
le 3 août 2025

Dépôt légal : septembre 2025
EAN 9782290417775
OTP L21EPSN002698-647940

ÉDITIONS J'AI LU
82, rue Saint-Lazare, 75009 Paris

Diffusion France et étranger : Flammarion